리마인더스 오브 힘

REMINDERS OF HIM
Copyright ⓒ 2022 by Colleen Hoover
All rights reserved
Korean translation copyright ⓒ 2024 by MIRAE JIHYANG
Korean translation rights arranged with Dystel, Goderich & Bourret LLC
through EYA Co.,Ltd.

이 책의 한국어판 저작권은 EYA(Eric Yang Agency)를 통해
Dystel, Goderich & Bourret LLC과 독점 계약한
도서출판 미래지향이 소유합니다.
저작권법에 의하여 한국 내에서 보호를 받는 저작물이므로
무단 전재 및 복제를 금합니다.

리마인더스 오브 힘

콜린후버 장편소설

1장

—

케나

그의 사망 날짜가 적힌 작은 나무 십자가 하나가 길가에 박혀 있었다.

스코티는 싫어했을 거야.

그의 어머니가 그곳에 두었음이 분명했다.

"차 좀 세워주실래요?"

기사가 속도를 줄이고 택시를 멈췄다. 나는 차에서 내려 십자가가 있는 곳으로 되돌아갔다. 십자가 주위의 흙이 물러질 때까지 좌우로 흔든 다음 십자가를 땅에서 뽑아냈다.

그는 바로 이 자리에서 죽었던 걸까? 아니면 이 주변 어딘가에서 죽었던 걸까?

나는 공판 전 사전 심리 때 세부 사항을 제대로 듣지 못했다. 그가 차에서 몇 야드 떨어진 곳까지 기어갔다는 이야기가 나오려고 할 때, 난 혼잣말을 중얼거리기 시작했기 때문에 검사가 하는 말이 더 이상 들리지 않았다. 그리고선 사건이 정식 재판까지 가게 된다면 꼼짝없이 앉아서 듣게 될 그 이야기를 피하려고, 나는 유죄를 인정했다…….

엄밀히 따지자면 나는 유죄가 맞다. 내 손으로 그를 직접 죽이진 않았지만, 내가 그를 죽인 것은 분명했다.

난 네가 죽은 줄만 알았어, 스코티. 그런데 어떻게 죽은 사람이 기어갈 수가 있어?

나는 십자가를 손에 들고 택시로 돌아왔다. 십자가를 내 옆에 내려놓고 운전기사가 출발하기를 기다렸지만 그는 출발하지 않고 가만히 있었다. 백미러로 바라보니 그는 눈썹을 치켜들고 나를 쳐다보고 있었다.

"길가의 추모비를 훔치는 것은 일종의 나쁜 업보가 되는 거예요. 정말 가져갈 겁니까?"

나는 그의 시선을 외면하며 거짓말을 했다. "네, 십자가를 저기다 놓은 건 저니까요." 차가 출발을 하는 와중에도 여전히 그가 나를 노려보고 있음을 느낄 수 있었다.

새로 살게 될 아파트는 여기서 불과 2마일 거리이고 내가 예전에 살던 곳과는 반대 방향이었다. 차가 없는 나는 걸어서 출근이 가능한 시내 가까운 곳에 집을 구해야 했다. 물론 일자리를 구할 수 있다면 말이다. 내 이력과 일천한 경험 때문에 쉽진 않을 것이다. 게다가 택시 기사 말마따나 이제는 업보까지 껴안고 가고 기에.

스코티의 추모비를 훔친 것은 분명 나쁜 짓이지만, 도로변 추모비를 싫어한다고 했던 사람을 위한 추모비를 그대로 남겨두는 것 또한 나쁜 짓일 것이다. 그래서 나는 운전기사에게 이 길로 우회해달라고 했던 것이다. 그레이스가 사고 현장에 무언가를 두고 갔을 거라는 생각이 들었고, 스코티를 위해 그 물건을 치워야 한다고 믿었다.

"현금이에요, 카드예요?" 운전기사가 물었다.

나는 미터기를 보고 지갑에서 현금과 팁을 꺼내 기사에게 건넸다. 그리고 여행 가방과 방금 훔친 나무 십자가를 집어 들고 택시에서 내려 건물로 향했다.

내가 머물 아파트는 한쪽에 버려진 주차장이 있고, 다른 한쪽에는 편의점이 있는 단독 건물이었다. 1층의 아파트 창문은 널빤지로 가려져 있었고 바닥에는 맥주 캔들이 곳곳에 널려 있었다. 여행 가방 바퀴에 끼지 않도록 맥주 캔 한 개를 옆으로 차버리며 건물로 향했다.

아파트는 온라인에서 본 것보다 훨씬 더 열악해 보였지만 예상했던 바였다. 빈방이 있는지 전화로 문의했을 때 집주인은 내 이름도 묻지 않았다. 그녀는 "항상 빈방은 있어요. 현금 가져오고요. 나는 아파트 1호에 있어요"라고 말했다. 그리고 전화는 끊겼다.

나는 아파트 1호실을 두드렸다. 창문에서 고양이 한 마리가 나를 쳐다보고 있었다. 너무 움직임이 없어 조각상인가 싶었는데, 눈을 한번 깜빡이더니 살그머니 사라졌다.

문이 열리더니 나이 지긋한 작은 키의 여자가 불만스러운 표정을 띤 채 나를 쳐다보았다. 그녀는 머리에 헤어롤을 말고 있었고, 코에는 립스틱이 묻어 있었다. "당신이 파는 물건 따위 관심 없어요."

나는 립스틱이 그녀의 입을 감싸고 있는 주름에 서서히 번지는 것을 보며 말했다. "지난주에 아파트를 알아보기 위해 통화했었어요. 방이 있다고 하셨고요."

마른 나뭇가지 같은 여자의 얼굴에 반짝 생기가 돈다. 그녀는 나를 위아래로 바라보며 흐흐흐 소리를 낸다. "이런 모습일 줄은 몰랐네."

그 말을 어떻게 받아들여야 할지 잠시 고민했다. 나는 그녀가 문에서 멀어지는 동안 내 청바지와 티셔츠를 내려다보았다. 그녀는 지퍼 파우치를 들고 돌아왔다. "한 달에 550달러. 첫 달과 마지막 달 집세는 오늘 내야 해요."

나는 돈을 세어 그녀에게 건넸다. "임대 계약서 같은 건 없나요?"

그녀가 웃더니 현금을 주머니에 넣는다. "6호실이에요." 그녀는 손가락으로 위를 가리켰다. "바로 내 위층이니 조용히 지냈으면 해요. 나는 일찍 자야 하거든요."

"방세에는 어떤 것들이 포함되어 있나요?"

"수도세와 쓰레기 비용은 포함되고 전기세는 본인 부담이에요. 지금 당장은 사용 가능하지만 3일 안에 본인 명의로 바꿔주세요. 보증금은 전기 회사에 250달러이고."

젠장. 250달러를 마련하는 데 3일이라고? 이렇게 빨리 돌아오기로 한 내 결정에 의문이 들기 시작했다. 하지만 임시 주택에서 나왔을 때 나에게는 두 가지 선택지뿐이었다. 그 도시에서 살아남으려 아등바등하거나, 300마일 거리의 이곳으로 와 모아둔 돈을 쓰며 버티거나.

나는 그래도 한때 스코티를 알던 사람들이 있는 이 마을에 머물고 싶었다.

여자는 집안으로 한걸음 물러서며 말했다. "파라다이스 아파트에 오신 걸 환영해요. 짐 정리하는 동안 고양이 한 마리를 데려다줄게요."

나는 그녀가 문을 닫지 못하도록 즉시 문에 손을 얹었다. "잠깐만요. 뭐라고요? 고양이요?"

"네, 새끼 고양이요."

나는 그녀가 방금 한 말로부터 마치 나를 보호할 수 있기라도 한 것처럼 그녀의 문에서 한 발짝 물러섰다. "아니, 됐어요. 고양이를 키우고 싶지는 않아요."

"나에겐 이미 너무 많아요."

"전 고양이를 원하지 않는다니까요." 나는 반복한다.

"대체 누가 고양이를 원하지 않아요?"

"저요."

그녀는 내 대답이 말도 안 되게 불합리하다는 듯 콧방귀를 뀌었다. "그럼 거래를 제안할게요." 그녀가 말했다. "고양이를 데려가면 우선 2주 동안 전기를 사용할 수 있게 해줄게요." '도대체 여기는 어떤 곳이지?' "좋아요. 알았어요." 그녀는 마치 나의 침묵이 훌륭한 협상 전략이라고 인정하는 듯이 이어서 제안한다. "한 달. 고양이 한 마리만 데려가면 한 달 동안은 보증금을 내지 않아도 돼요." 그녀는 문을 열어둔 채 자기 아파트에 들어갔다.

나는 고양이를 전혀 키우고 싶지 않았지만, 한 달 안으로 보증금 250달러를 내지 않아도 된다면야 고양이 10마리라도 기를 수

9

있을 것 같았다.
　그녀는 검은색과 주황색 무늬의 작은 새끼 고양이 한 마리를 데리고 다시 나타났다. 그리고 그녀는 내 손에 고양이를 올려놓았다. "여기요. 그리고 내 이름은 루스예요. 필요한 게 있으면 얘기해요. 하지만 아무것도 필요 없도록 노력해 주고요." 그렇게 말하고는 그녀는 문을 닫으려고 했다.
　"잠깐만요. 공중전화가 어디 있는지 알려주실 수 있나요?"
　그녀는 낄낄 웃는다. "그럼 2005년으로 가봐요." 그리곤 문을 완전히 닫아 버렸다.
　새끼 고양이가 야옹 소리를 냈다. 하지만 달콤한 울음소리는 아니었다. 도움을 바라는 외침처럼 들렸다. "그래. 너랑 나 둘 다." 나는 중얼거렸다.
　나는 여행 가방과 내… 고양이를 안고 계단으로 향했다. 몇 달만 더 버티고 여기로 돌아올 걸 그랬다. 2,000달러가 조금 넘는 돈을 모으기 위해 노력했지만, 그 대부분은 이곳으로 이사하는 데 써야 했다. 더 많이 모았어야 했다. 당장 일자리를 찾지 못하면 어떡하지? 이제 고양이 한 마리의 생존을 위한 책임까지 떠맡게 되었다.
　내 삶은 이제보다 열 배는 더 어려워졌다.
　새끼 고양이가 내 셔츠에 매달린 채 아파트로 올라갔다. 사물쇠에 열쇠를 꽂고 양손으로 잡고 돌려야 겨우 열쇠가 돌아갔다. 문을 열고 들어가면서 어떤 냄새가 날지 두려워 숨을 참았다.
　전등 스위치를 켜고 천천히 숨을 내쉬며 주위를 둘러보았다. 다행히 냄새가 심하진 않았고, 좋은 냄새와 나쁜 냄새가 동시에 풍

겨왔다.
거실엔 소파가 하나 있었다. 말 그대로 소파 하나, 그게 전부였다. 작은 거실과 그보다 더 작은 부엌, 식당은 없었다. 침실도 없다. 벽장이 하나 있었고 욕조에 변기가 닿을 정도로 작은 욕실이 있는 지극히 효율적인 아파트였다.
이곳은 쓰레기다. 46제곱미터짜리 완벽히 형편없는 쓰레기 같은 곳. 그럼에도 나에게는 한 단계 업그레이드된 곳이었다. 나는 룸메이트와 9제곱미터짜리 방을 공유하던 삶에서 6명의 타인과 함께 임시 주택에서 지내다가, 이제서야 내 집이라고 부를 수 있는 46제곱미터짜리 아파트로 이사했다.
나는 스물여섯 살이고 혼자 살게 된 것은 공식적으로 이번이 처음이다. 두렵기도 하지만 해방감이 느껴졌다. 한 달 후에도 이곳을 감당할 수 있을지 모르겠지만 노력할 것이다. 그러기 위해서는 내가 스쳐 지나가는 모든 상점에 지원을 해야 할지도 모른다.
내 아파트가 있으면 랜드리 가족에게 내 주장을 호소하는 데 도움이 될 수 있다. 내가 이제 독립했음을 보여줄 수 있을 것이다. 비록 그 독립이 힘들고 어려울지라도.
새끼 고양이가 내려가고 싶어 하는 것 같아 거실 바닥에 내려놓았다. 고양이가 아래층에 두고 온 가족을 부르며 돌아다닌다. 그 작은 것이 구석구석 탈출구를 찾는 모습을 보면서 가슴이 찢어지는 듯한 아픔을 느낀다. 집으로 돌아가는 길. 어머니와 형제자매들에게 돌아가는 길.
검은색과 주황색 무늬를 가진 고양이는 마치 핼러윈에 나오는 호박벌처럼 보였다.

"이름을 뭐라고 지을까?"

내가 고민하게 될 며칠 동안 고양이는 이름 없이 지낼 가능성이 높다. 나는 이름 짓는 일을 매우 진지하게 여겼다. 지난번에 이름 짓는 임무가 맡겨졌을 때, 그 어떤 일보다 나는 진지했다. 물론 임신 기간 내내 감방에 앉아있는 동안 내가 할 수 있는 일이라고는 아기 이름을 생각하는 것뿐이었기 때문이다.

나는 디엠이라는 이름을 선택했다. 그리고 나는 출소를 하게 되면 이곳으로 돌아와 디엠을 찾는 데 내 모든 힘을 다 쏟겠다고 다짐했었다.

드디어 이곳에 왔다.

카르페 디엠!

2장

―

렛저

트럭을 바 뒤편 골목으로 몰고 가는데 오른손 손톱에 매니큐어가 묻어 있는 것이 눈에 들어왔다. 젠장, 어젯밤에 네 살짜리 어린애와 분장 놀이를 했던 걸 깜빡했다. 그나마 보라색이 내 작업 셔츠와 어울려 다행이다.

내가 트럭에서 내리자 로만이 쓰레기봉투를 쓰레기통에 던지고 있었다. 내 손에 들려 있는 선물 봉투를 보더니 자기를 위한 선물인 걸 알고는 손을 뻗어 가져간다. "어디 봅시다. 커피잔?" 그는 안을 들여다본다.

커피잔. 항상 커피잔이다.

그는 고맙다는 말은 하지 않는다. 단 한 번도.

이 머그잔이 절주를 상징한다고 생각하지는 않지만 나는 매주 금요일 그에게 머그잔을 사준다. 오늘로 아흔여섯 번째 머그잔을 사주었다.

그의 집이 커피잔으로 가득 차서 이제 그만둬야 할 것 같지만 지금 포기하기에는 너무 많이 왔다. 그는 거의 100주가 다 되어 가도록 금주에 성공하고 있는 참이고, 나는 100주 기념 머그잔을 준비해 두었다. 덴버 브롱코스 머그잔이다. 그가 가장 싫어하는 팀.

로만이 바 뒷문을 향해 손짓을 한다. "안에 다른 손님을 방해하는 커플이 있어요. 잘 보고 계세요."

이상한 일이다. 보통 이렇게 이른 저녁엔 난폭한 사람들을 상대할 일은 없다. 아직 6시도 채 안 됐다. "어디에 앉아 있어?"

"주크박스 옆에요." 그의 시선이 내 손에 떨어진다. "손톱 멋지네요."

"그렇지?" 나는 손을 들고 손가락을 흔들었다. "네 살짜리 치고는 꽤 잘했어."

바의 뒷문을 열자, 내가 가장 좋아하는 노래가 '어글리 키드 조'에 의해 학살당하는 소리가 스피커를 통해 울려 퍼졌다.

이건 아니지.

주방을 지나 바에 들어서자마자 그들을 발견했다. 그들은 주크박스에 몸을 구부리고 있었다. 조용히 다가갔더니 그들은 숫자 네 개를 계속 반복해서 누르고 있었다. 장난꾸러기 아이들처럼 낄낄대는 어깨 너머로 주크박스 화면을 내려보니 「요람 속의 고양이」가 연속으로 36번 재생되도록 설정되어 있었다.

나는 목소리를 가다듬었다 "이게 재밌습니까? 앞으로 몇 시간 동안이나 똑같은 노래만 들으라는 거예요?"

내 목소리를 듣고는 아버지가 고개를 돌린다. "렛저!" 아버지는 나를 끌어당겨 안는다. 맥주와 엔진오일 냄새가 났다. 라임 냄새도?
"뭐야, 취한 거야?"
엄마는 주크박스에서 뒤로 물러났다. "우린 바로잡으려고 한 거야. 우리가 한 게 아니야."
"그래, 그랬겠죠." 나는 엄마와 포옹했다.
그들은 늘 언제 나타날지 알려주질 않았다. 그냥 나타나서 하루나 이틀, 아니면 사흘 머물다가 다시 캠핑카를 타고 떠났다. 하지만 술에 취해 나타나는 것은 생소한 일이었다. 어깨 너머로 힐끗 돌아보니 로만이 바에 서 있었다. 나는 부모님을 가리키며 물었다. "이 사람들한테 이렇게 술을 준 거야 아니면, 나타날 때부터 이런 식이었어?"
로만이 어깨를 으쓱한다. "둘 다요."
"우리 기념일이야." 엄마가 말했다. "축하하는 중이라니까."
"여기까지 운전해서 오신 건 아니죠?"
"안 했어." 아버지가 말한다. "우리 캠핑카는 정기 점검을 하려고 정비소에 두고 우버를 타고 왔어." 아버지가 내 뺨을 쓰다듬는다.
"널 보고 싶어서 네가 나타나기를 두 시간이나 기다렸고, 이제 배가 고파서 가려고 해."
"이래서 마을에 오기 전에 미리 연락하라는 거예요. 나도 내 삶이 있다고요."
"우리 결혼기념일 기억 못 했어?" 아버지가 물었다.
"깜빡했어요. 미안해요."
"내가 말했지?" 아버지가 엄마에게 말한다. "돈 내, 로빈."
엄마는 주머니에 손을 넣어 지폐를 꺼내더니 아버지에게 10달러를 건넸다. 그들은 거의 모든 것에 베팅을 했다. 내 연애 생활. 내가 기념일을 기억하는지. 내가 참가한 모든 풋볼 경기까지. 하지만 그들은 수년 동안 똑같은 10달러짜리 지폐 한 장을 서로 주고 또 받았을 거라고 나는 거의 확신한다.

아버지는 빈 잔을 들고 흔들며 말했다. "리필 좀 해줘요, 바텐더."

나는 아버지의 잔을 받았다. "얼음물은 어때요?" 나는 주크박스에 있는 그들을 뒤로하고 바 뒤편으로 향했다.

물 두 잔을 따르고 있는데 한 여자가 길을 잃은 표정으로 바에 들어왔다. 그녀는 여기 처음 온 듯 안을 살펴보더니 바 반대편 구석에 빈자리가 있는 것을 발견하고는 바로 그 자리로 향했다.

나는 그녀가 바를 지나가는 내내 그녀를 바라보았다. 너무 열심히 그녀를 바라보다가 잔에 물이 넘쳐흘러서 물이 사방으로 튀었다. 나는 수건을 들고 엉망진창으로 만든 곳을 닦아내야 했다. 내가 엄마를 쳐다보니 엄마도 그 여자를 쳐다보고 있었다. 그리고 나를 보았다. 그리고 다시 그녀를.

젠장. 내가 원치 않는 최악의 일은 엄마가 손님과 나를 연결하려고 드는 것이다. 술에 취하지 않았을 때도 수도 없이 중매쟁이 노릇을 하려고 하는데 몇 잔의 술을 걸친 지금이라면 얼마나 심해질지 상상조차 힘들었다. 그들을 여기서 나가게 해야 한다.

나는 두 분에게 물을 가져다주고 엄마에게 신용카드를 건넸다. "저 아래 제이크 스테이크 하우스에 가서 저녁 드세요. 제가 낼게요. 걸어 가면서 술 좀 깨면 될 거예요."

"정말 다정하시네요." 엄마는 가슴을 감싸 안고 감동한 듯 아버지를 바라본다. "벤지, 우리 정말 아들 잘 키운 것 같아. 아들 신용카드로 우리가 얼마나 아이를 잘 키웠는지 축하하러 갑시다."
"우리 아들 정말 잘 키웠어"라고 아버지도 맞장구친다. "우린 더 많은 아이를 가져야 해."
"이젠 안된다니까, 여보. 폐경기 때 내가 일 년 내내 당신을 미워했던 거 기억 안 나?" 엄마는 지갑을 집어 들고 일어선다.
"아들이 낸다니까 립아이 먹어야지." 아버지가 걸어가면서 중얼거린다.
나는 안도의 한숨을 내쉬고 바에 다시 돌아갔다. 그녀는 구석에 조용히 앉아 노트에 무언가를 쓰고 있었다. 로만이 지금 바에 없는 걸 봐선 아직 주문을 하지 못했을 것이다. 나는 기꺼이 서빙을 맡기로 했다.
"무얼 드릴까요?"
"물과 다이어트 콜라 주세요." 그녀는 나를 쳐다보지도 않았고, 나는 주문을 받고선 뒤돌아 나왔다. 내가 음료를 들고 그녀에게 다가갔을 때 그녀는 여전히 노트에 무언가를 쓰고 있었다. 그녀가 무엇을 쓰고 있는지 살짝 엿보려고 했지만 그녀는 노트를 덮고 나를 올려다보았다. "고마…" 그녀가 나에게 고맙다고 하려다 말고 말꼬리를 흐리더니 중얼거리며 빨대를 입에 넣었다.
그녀는 뭔가 위축되어 있는 것 같았다. 나는 그녀의 이름이 무엇인지, 어디에서 왔는지 물어보고 싶지만, 바에 혼자 온 사람들에게 질문을 했다가는 그 대화에서 어떻게 빠져나가야 할지 후회할 수도 있다는 것을 수년간 이곳을 운영하면서 배워왔다.
하지만 이곳에 오는 사람들 중 그녀만큼 내 관심을 끈 사람은 없었다. 나는 잔 두 개를 가리키며 "다른 사람 기다리나 봐요?"라고 물어보았다.

그녀는 두 잔을 가까이 놓았다. "아니요. 그냥 목이 말라서요." 그녀는 시선을 돌리더니 의자에 등을 기대곤 노트를 다시 펼쳐 온 신경을 그곳에 집중했다.

나는 그녀가 무엇을 원하는지 알아차렸다. 나는 내 자리로 돌아가 그녀에게 그녀만의 공간을 주었다.

로만이 부엌에서 돌아와 그녀 쪽으로 머리를 까닥였다. "누구예요?"

"나도 몰라. 하지만 결혼반지는 안 끼고 있어. 그러니까 그녀는 네 타입은 아냐."

"하나도 안 웃기거든요."

3장

케나

안녕 스코티,

옛날 그 서점이 술집으로 바뀌었어. 이게 믿어져? 우리가 일요일마다 앉던 그 소파는 어떻게 했을까?

맹세컨대, 이 마을 전체가 하나의 거대한 모노폴리 보드판 같아. 당신이 죽은 이후, 누군가가 와서 그 판을 집어 들고 모든 조각을 이리저리 뒤섞어 놓은 것 같아. 어떤 것도 예전과 같아 보이지가 않아. 모든 것이 낯설어. 지난 두어 시간 동안 시내를 돌아다니며 모든 것을 살펴보았어. 식료품점으로 가는 길에 우리가 아이스크림을 먹던 벤치에 발길이 멈췄어. 그곳에 앉아서 사람들을 한참을 지켜봤어.

이 마을 사람들은 모두 평온해 보였어. 마치 자기들은 길바닥에 내동댕이쳐지거나 하늘에서 떨어지지 않을 것처럼, 이곳 사람들은 자신들의 세상은 제대로 돌아간다는 듯이 걸어 다니고 있었어. 딸을 잃고 헤매는 엄마들이 있는지조차 모른 채 이곳에서 저곳으로.

이곳에 돌아온 첫날 밤에 술집에 올 생각은 아니었어. 내가 술에 문제가 있다는 것은 아니야. 끔찍한 그날 밤은 예외지만……. 너희 부모님 집에 찾아가기 전에 들른 곳이 술집이라고 알게 하고 싶진 않아.

하지만 난 여기가 서점인 줄 알았고 서점에는 보통 커피가 있잖아. 버스를 타고 또다시 택시를 타고 여기로 오기까지 정말 길고 힘든 하루였기 때문에 안으로 들어섰을 때 정말 실망스러웠어. 다이어트 탄산음료보다는 더 많은 카페인을 기대했거든. 바에 커피가 있을지도 모르겠어. 아직 물어보지는 않았어.

이 얘기를 하면 안 될 것 같지만, 이 편지를 마칠 때쯤엔 이해해 줄 수 있을 거라 생각해. 내가 교도관에게 키스를 한 적이 있어.

그러다 들켜서 그 사람이 다른 교도소로 전출되었는데, 그가 곤경에 처한 것 같아 죄책감이 들었어. 하지만 그는 나를 숫자가 아닌 사람으로 대해 줬던 유일한 이였어. 그에게 끌린 건 아니지만 그가 나를 좋아한다는 것을 알았기 때문에 키스하려고 그가 내게 몸을 기울일 때 나도 그에게 키스했어. 그것은 내 나름의 감사 표현이었고 그도 그 사실을 알았지만 괜찮은 것 같았어. 그때는 네가 내 곁을 떠난 지 2년이나 되었어. 그가 벽에 나를 밀어붙이고 허리에 손을 올렸을 때 나는 내 몸이 반응할 거라고 생각했어. 하지만 그럴 수가 없다는 걸 알았고 난 왠지 슬픈 감정을 느꼈어.

아무튼 내가 이 이야기를 하는 건 그에게서 난 커피 맛 때문이야. 죄수들에게 제공되는 교도소 커피보다 더 좋은 종류의 커피 맛이었어. 캐러멜과 휘핑크림, 체리가 들어간 스타벅스의 비싼 8달러짜리 커피 맛. 그래서 난 계속 키스했어. 키스가 좋아서도, 그가 좋아서도, 그의 손이 내 허리에 있기 때문도 아니었고, 그저 난 비싼 맛의 커피가 그리웠기 때문이었어.

그리고 당신이. 나는 비싼 커피와 당신이 그리웠던 거야.

사랑을 담아,

케나

∽

"리필 해 드릴까요?" 바텐더가 묻는다. 그는 셔츠 소매까지 내려오는 문신이 있었고 그의 셔츠는 감옥에서 자주 볼 수 없는 짙은 보라색이었다. 감옥에 들어가기 전까지는 그런 생각을 해본 적이 없었지만, 감옥은 정말 칙칙하고 무채색이어서 시간이 지나면 가을에 낙엽이 어떤 색이었는지조차 잊게 된다.

"커피 있나요?" 내가 물었다.

"네, 크림이나 설탕은요?"

"캐러멜 있을까요? 휘핑크림은요?"

그는 행주를 어깨에 걸쳤다. "당연하죠. 두유, 탈지유, 아몬드, 전유? 어떤 걸로 드릴까요?"

"전유요."

바텐더가 웃는다. "농담이었어요. 여긴 바잖아요. 4시간 전에 내린 커피뿐이고, 크림, 설탕 또는 둘 다 넣거나 아니면 넣지 않는 것 중에서 선택할 수 있어요."

피부 톤과 잘 어울린다고 생각했던 그의 셔츠 색상은 더 이상 인상적이지 않았다. 개자식. "그냥 아무거나 주세요." 나는 중얼거렸다.

바텐더는 전형적인 교도소 커피를 가져오기 위해 뒤로 물러났다. 나는 그가 커피 주전자를 들어 올려 코 가까이 가져가더니 냄새를 맡는 것을 지켜보았다. 그는 얼굴을 찡그리더니 싱크대에 커피를 버린다. 그러고는 한 남자의 맥주를 리필하면서 새로운 주전자에 커피를 내리기 시작했다. 또, 누군가의 술값을 계산하고, 그러는 동안 적당한 웃음을 띠우고, 내려오는 커피도 신경 썼다.

나는 그렇게 우아하게 움직이는 사람은 본 적이 없었다. 마치 팔이 7개, 뇌가 3개인데 한꺼번에 작동하는 것처럼 유연했다. 자기 일을 잘하는 사람을 바라보는 것은 매혹적이었다. 나는 내가 뭘 잘하는지 모르겠다. 이 세상에 내가 쉽게 할 수 있는 일이 대체 있기나 한 건지도.

내가 잘하고 싶은 것들은 있다. 나는 좋은 엄마가 되고 싶다. 앞으로 태어날 아이들에게. 무엇보다도 이미 이 세상에 태어난 내 딸에게. 그리고 무언가를 심을 수 있는 마당을 갖고 싶다. 잘 자라고 절대 죽지 않는 것들. 나는 내가 말한 것을 모조리 주워 담고 싶지 않도록 사람들과 잘 이야기하는 법을 배우고 싶다. 어떤 남자가 내 허리에 손을 올렸을 때 슬픔을 느끼고 싶지 않다. 나는 내 인생을 잘 살고 싶다. 그렇게 평온한 삶을 꿈꾸었지만 지금까지는 모든 면에서 내 삶은 헤쳐 나가기 너무 힘든 수풀과 같았다.

커피가 준비되자 바텐더가 나에게 다가왔다. 그가 머그잔에 커피를 채우는 동안 나는 그를 바라보았고 그의 모습은 나를 사로잡았다. 그는 딸의 양육권을 얻기 위해 노력해야 할 여자라면 멀리 해야만 할 정도로 잘 생겼다. 그는 사연이 있어 보이는 눈과 아마도 누군가를 한두 번쯤은 때려보았을 법한 손을 가지고 있었다.

그의 머릿결이 그의 움직임에 따라 흔들렸다. 그의 속눈썹처럼 짙은 색의 긴 머리카락은 그가 움직이는 대로 자유롭게 날리고 있었다. 그는 내가 여기 앉은 이후로 한 번도 머리를 매만지지 않았다. 가끔 고개를 살짝 움직여서 머리카락을 필요한 곳으로 옮기는 것 같다. 굵은 머리카락, 기분 좋은, 내 손으로 만져주고 싶은 머리카락.

내 머그잔엔 이미 커피가 가득 차 있는데 그는 손가락을 들며 "잠깐만요"라고 한다. 그는 몸을 돌려 미니 냉장고를 열더니 우유를 통째로 꺼냈다. 그는 머그잔에 우유를 붓고 다른 냉장고를 열어 깜짝 선물처럼 휘핑크림을 꺼낸다. 그리고 손을 뒤로 숨기는 척하더니 체리 한 개를 손바닥 위에 들고 보여준다. 체리를 음료 위에 조심스럽게 올려놓고 머그잔을 내 쪽으로 가까이 밀며 마치 마법을 부린 것처럼 두 팔을 벌린다.

"캐러멜은 없어요." 그가 말한다. "커피숍이 아닌 이곳에서 내가 할 수 있는 최선이에요."

그는 매일 비싼 8달러짜리 커피만 마시던 버릇없는 여자애를 위해 부르주아 음료를 만들었다고 생각하겠지만, 내가 제대로 된 커피를 마신 지 얼마나 오래되었는지 모를 것이다. 내가 임시 숙소에서 보내던 몇 달 동안에도 그들은 교도소 과거가 있는 소녀들에게 제격인 교도소 커피만을 제공했다.

눈물이 날 것 같았다.

눈물이 났다.

그가 바의 반대편에 있는 누군가에게 시선을 주자마자 커피를 한 모금 마시고 눈을 감았다. 눈물이 흘렀다. 삶이 너무 잔인하고 힘들어서 삶을 그만두고 싶다는 생각을 했던 적이 여러 번이었다.

하지만 이런 순간만큼은, 행복이란 우리가 인생에서 얻어야 할 영원한 것이 아니라, 우리가 계속 살아갈 수 있을 만큼의 힘을 주는 적은 양으로 가끔씩 나타나는 것임을 일깨워 주는 것 같았다.

4장

렛저

나는 아이가 울면 어떻게 해야 하는지 알지만 여자가 울면 어떻게 해야 하는지 모른다. 나는 그녀가 커피를 마시는 동안 가능한 그녀에게서 멀리 떨어져 있었다.

한 시간 전에 그녀가 이곳에 들어온 이후로 그녀에 대해 많이 알지는 못하지만 한 가지 확실한 것은 그녀가 누구를 만나러 온 것이 아니라는 것이다. 그녀는 혼자 있기 위해 이곳에 왔다. 그동안 세 명의 남자들이 그녀에게 접근하려 했지만 그녀는 손을 들고 눈도 마주치지 않고 그들을 처리했다.

그녀는 조용히 커피를 마셨다. 아직 저녁 7시가 채 되지 않았으니 힘든 회사 업무를 보고 있는지도 모른다. 너무 힘든 일은 아니면 좋겠는데……. 눈도 마주치지 않고 남자들을 거절할 거면서 우리가 제공하지 않을 것이 뻔한 음료를 주문하러 이곳에 왔다는 사실이 흥미롭게 느껴졌다.

메리 앤과 라지가 올 때까지는 로만과 내가 모든 일을 해야 한다. 바가 점점 더 바빠져서 내가 그녀에게 주고 싶은 관심을 다 줄 수가 없었다. 하지만 내 관심은 온통 그녀에게 쏠려 있었다. 그녀 주변에 너무 많이 머무는 것처럼 보이지 않도록 나는 내 자신을 충분히 분산시키려고 노력했다.

그녀가 커피를 다 마시자마자 다음에는 뭘 마실지 물어보고 싶었지만, 빈 머그잔을 앞에 둔 그녀가 편안하게 10분 정도 앉아있도록 두었다. 아마 15분 정도도 괜찮을 것 같다.

그동안 나는 그녀를 훔쳐보았다. 그녀의 얼굴은 하나의 예술 작품이었다. 박물관 어딘가에 그녀의 사진이 걸려 있어서 그 앞에 서서 원하는 만큼 오랫동안 그녀를 바라볼 수 있으면 좋겠다고 생각했다. 대신 나는 이쪽저쪽을 힐끗거리며 세상 모든 사람이 다 가지고 있는 눈과 코와 입이 얼마나 그녀에게 조화롭게 잘 어울리는지 감탄했다.

주말 저녁에 저렇게 꾸미지 않은 상태로 바에 오는 사람은 거의 없다. 그녀는 차려입지 않은 색이 바랜 마운틴 듀 티셔츠와 청바지를 입고 있었다. 그 초록색 셔츠가 그녀 눈동자의 초록색과 완벽하게 어울려서 마치 그녀가 완벽한 색상의 티셔츠를 찾기 위해 모든 노력을 기울인 것처럼 느껴졌다. 아무 생각 없이 입고 온 셔츠임이 분명하겠지만……. 그녀의 머리카락은 적갈색이었다. 단호한 색깔. 턱 바로 밑까지 오는 단호한 길이. 그녀는 때때로 머리를 쓸어 넘겼는데 그럴 때마다 의자 뒤로 쓰러질 것처럼 보였다. 바를 가로질러 그녀에게 다가가 그녀를 들어 올려 안아주고 싶을 정도였다.

그녀의 사연이 뭘까?

나는 알고 싶지 않다.

알아서는 안 된다.

이 바에서 만난 여자와는 사귀지 않는다. 나는 두 번 그 규칙을 깼고, 그 두 번이 나를 구렁텅이에 빠지게 했다.

게다가 이 여자한테는 뭔가 날 두렵게 하는 게 있었다. 정확히 설명할 수는 없지만, 그녀에게 말을 걸 때 갑자기 목이 메고 가슴이 답답해지는 것 같았다. 그녀 때문에 숨이 막힌다는 느낌보다는, 마치 머리에서 그녀에게 가까이 다가서지 말라고 경고하는 듯한 좀 더 이성적인 방식으로.

경고! 위험! 중지!

그러나 왜?

내가 그녀의 머그잔에 손을 뻗을 때 우리는 눈이 마주친다. 그녀는 오늘 밤 다른 누구에게도 관심을 보이거나 쳐다보지 않았다. 오직 나. 기분이 좋아야 하는데 겁이 난다.

나는 프로 풋볼 선수였고 바를 운영하고 있지만, 예쁜 여자와 눈을 마주치는 건 여전히 두렵다. 데이트 앱에 올리는 자기소개라면, '브롱코스에서 뛰었음. 바를 소유하고 있습니다. 그리고 눈 마주치는 게 무서워요'라고 써야 할까?

"다음엔 뭐 마실래요?" 내가 물었다.

"와인 주세요. 화이트와인."

바를 운영하면서 술을 마시지 않고 균형을 잡기란 어려운 일이다. 나는 다른 사람들도 술에서 자유롭기를 바라지만 손님은 필요하다. 나는 와인 한 잔을 따라 그녀 앞에 놓았다.

나는 어제부터 이미 잘 말린 잔을 걸레로 닦는 척하며 그녀 곁에 머물렀다. 그녀가 와인잔을 내려다보며 확신하지 못하는 듯 천천히 목을 웅크리는 것이 느껴졌다. 그 잠깐의 망설임, 아니 후회하는 듯한 그 표정은 그녀가 알코올 문제로 힘들어하고 있다는 생각이 들기에 충분했다. 아니면 음주 관련 트라우마를 겪고 있거나. 나는 사람들이 술잔을 바라보는 눈빛만 봐도 언제쯤 금주 맹세를 저버릴지 알 수 있다.

알코올 중독자에게는 마시는 행위 자체가 괴로운 일일 수도 있다. 그녀는 와인을 마시지 않았다. 대신 남아있던 탄산음료를 마지막까지 조용히 빨아들였다. 내가 빈 잔에 손을 뻗었을 때 그녀도 손을 뻗으면서 서로의 손가락이 닿았다. 그 순간, 내 심장 깊숙이 무언가가 박히는 것 같았다. 아마 심장 박동이 조금 더 빨라진 것일 수도 있고. 아니면 화산이 폭발한 것일지도.

그녀가 움찔하며 무릎에 손을 얹었다. 나는 빈 탄산음료 잔과 가득 찬 와인 잔을 함께 그녀에게서 치웠지만 그녀는 이유를 묻기 위해 고개를 들지 않았다. 대신 내가 와인을 치워서 안심했다는 듯 한숨을 쉬었다. 그럴 거면 도대체 왜 주문했을까?

나는 탄산음료를 다시 채워 가져다주고, 그녀가 보지 않을 때 싱크대에 와인을 붓고 잔을 씻었다. 그녀는 탄산음료를 좀 더 마시는 듯했지만 더 이상 나와 눈을 마주치지는 않았다. 아마 내가 그녀를 화나게 한 것 같았다.

로만이 내가 그녀를 쳐다보는 것을 알아차린다. 그는 카운터에 팔꿈치를 기대고 말한다. "이혼일까요, 사별일까요?"

로만은 혼자 이곳에 와서 남들과 어울리지 않는 사람들의 속사정을 추측하는 것을 좋아했다. 저 여자는 이혼 때문에 여기 온 것 같진 않았다. 여자들은 보통 전처라고 적힌 어깨띠를 자랑스레 두르고, 무리의 친구들과 함께 술집에 와서 이혼을 축하한다.

그녀는 슬퍼 보이지만 누군가의 죽음을 비통해하는 방식의 슬픔도 아니었다.

"난 이혼으로 할게요!" 로만이 말한다.

나는 대답하지 않았다. 그녀의 비극을 추측하는 것은 옳지 않다고 생각했다. 이혼도 죽음도 심지어 나쁜 하루도 아니었기를 바랐다. 오랫동안, 아주 오랫동안 그녀에게 좋은 일이 없었던 것만 같아서 그녀에게 좋은 일들이 일어났으면 싶었다.

다른 손님을 돌보느라 잠시 그녀를 쳐다보지 못했다. 돌아보니 그녀가 바에 현금을 놓고 사라졌다. 혼자 있을 시간을 준 것인데 몰래 빠져나가는 기회로 이용하다니.

나는 그녀가 앉았던 빈 의자와 그녀가 남긴 10달러 팁을 몇 초 동안 쳐다보았다. 그녀는 사라졌고 나는 그녀의 이름도 모르고 그녀의 이야기도 모른다. 다시는 그녀를 볼 수 없을 것 같아서 바를 돌아나가 그녀가 방금 빠져나간 입구를 향해 서둘러 뛰어갔다.

밖으로 나서니 하늘이 붉게 물들어가고 있었다. 해가 완전히 지기 전에 바 안에서 갑자기 나오게 되면 빛이 얼마나 공격적인지 잠시 잊고 있었다. 눈을 가렸다.

그녀가 보인다. 그 순간 그녀가 돌아보았다. 3미터 정도 떨어진 거리에서 태양을 등지고 서 있었기 때문에 그녀는 손으로 햇살을 가릴 필요는 없었다. 그녀의 얼굴 뒤에서 빛이 후광처럼 빛나고 있었다.

"바에 돈 놓고 왔는데요." 그녀가 말했다.

"알아요."

우리는 조용히 서로를 바라보았다. 무슨 말을 해야 할지 모르겠다. 그냥 바보처럼 서 있을 뿐이었다.

"그럼 무슨 일이에요?"

"아무것도." 내가 말했다. 하지만 곧바로 '할 말이 있어요'라고 말했으면 좋았을 거라는 아쉬움이 남았다.

그녀가 나를 가만히 쳐다보았다. 이런 감정이었던 적은 없었다. 그녀를 이대로 사라지게 둔다면, 팁을 남길 여유가 전혀 없을 것 같은, 그러나 10달러 팁을 남기고 떠난 슬픈 그녀에 대한 생각을 멈출 수 없을 거라는 걸 분명히 알고 있었다.

"오늘 밤 11시에 다시 와요." 나는 그녀가 거절하거나, 왜 올 수 없는지 변명할 기회를 주지 않고 곧바로 안으로 들어갔다. 내 말로 인해 그녀가 오늘 밤 이곳으로 다시 올 만큼 호기심이 생기기를 바라면서.

5장

―

케나

나는 아직은 이름이 없는 고양이와 함께 주입식 매트리스에 앉아서 그 술집에 돌아가지 말아야 할 모든 이유를 생각해 내고 있었다. 남자를 만나러 이 마을에 돌아온 게 아니야. 그 바텐더처럼 매력적인 남자라 하더라도 말이야. 난 내 딸 때문에 여기 왔고 그게 전부야.

내일은 중요한 날이다. 내일 나는 헤라클레스처럼 씩씩해야 하는데 바텐더가 의도치 않게 내 와인 잔을 치우는 바람에 마음이 약해졌다. 그가 내 얼굴에서 무엇을 보고 와인을 되가져갔는지 모르겠다. 난 마실 생각이 없었다. 단지 마시지 않는 것에 대한 통제감을 느끼기 위해 주문한 것뿐이다. 와인을 보고 냄새를 맡고 아무렇지 않게 일어나 내가 더 강해졌다는 것을 확인하고 자리를 뜨고 싶었을 뿐이다.

그런데 내가 와인을 바라보는 눈빛만 보고 그는 와인 잔을 치웠다. 그가 나의 술 문제가 현재진행형이라고 믿는 것 같아서 불안해졌다.

그렇지 않다. 비극과 뒤섞인 하룻밤의 술이 내 지난 5년간의 삶을 망쳤기 때문에 지금까지 술을 마시지 않았고, 그 5년의 삶이 나를 이 마을로 이끌었다. 이곳은 날 곤두서고 긴장하게 만들고 있지만, 내 신경을 진정시키는 유일한 방법은 내가 여전히 내 삶과 내 결정을 통제하고 있다고 느끼는 것이다. 그래서 와인에 퇴짜를 놓고 싶었던 거다, 젠장.

오늘 밤, 잠을 자긴 글렀다. 그가 나를 정반대로 만들었기 때문에 나는 어떤 성취감도 느낄 수가 없다. 오늘 밤 잘 자려면 내가 원하는 다른 것에 퇴짜를 놓아야 할 것 같다.

아니면 누군가든지.

난 정말 오랫동안 어느 누구도 원하지 않았다. 스코티를 처음 만난 이후로 쭉 그래왔다. 하지만 그 바텐더는 섹시했고 멋진 미소를 가졌다. 커피도 맛있었고…. 나에게 다시 와달라고 요청을 했으니 그에게 가서 거절하면 간단한 일이다. 그런 다음 푹 자고 일어나 내 인생에서 가장 중요한 날을 맞이할 준비를 하는 거다.

고양이를 데려가는 게 어떨까 싶었다. 조수가 필요할 것 같은데, 고양이는 좀 전에 가게에서 산 베개에 누워 자고 있었다.

물건을 많이 사진 않았다. 공기 주입식 매트리스, 베개와 시트 몇 장, 크래커와 치즈, 고양이 사료와 배변 봉투가 전부였다. 이 마을에선 이틀씩 단위로만 살기로 결심했다. 미래가 어떻게 될지 알기 전까지는 6개월 동안 일해서 모은 돈을 낭비하는 것은 의미가 없다. 이미 돈이 바닥나기 시작했기 때문에 택시는 부르지 않는 것이 좋을 것 같다.

술집으로 가려고 아파트를 나서면서 이번에는 지갑이나 노트를 챙기지 않았다. 운전면허증과 아파트 열쇠만 있으면 됐다. 아파트에서 그 가게까지는 1마일 반 정도 걸어가야겠지만 날씨가 좋고 길도 밝았다.

혹시 바에서나 걸어가는 도중에 누군가 나를 알아볼까 봐 조금 걱정이 됐지만 나는 5년 전과는 완전히 달라졌다. 예전에는 자기 관리에 신경을 썼다면, 감옥에 있는 동안에는 염색을 하거나 머리를 이어 붙이거나, 인조 속눈썹, 인조 손톱 같은 것에 더 이상 신경을 쓰지 않게 되었다.

스코티 외에는 여러 친구를 사귈 만큼 이 마을에 오래 살지는 않았었기 때문에 내가 누군지 알아보는 사람은 많지 않을 것이다. 물론 많은 사람이 사고에 관한 이야기를 들어 나라는 존재에 대해 알겠지만, 지나가다 나를 보고 알아채긴 쉽지 않을 것이다.

패트릭과 그레이스가 날 본다면 알아볼지도 모르겠다. 하지만 그들을 만난 것은 감옥에 가기 전 딱 한 번뿐이었다.

감옥. 이 단어는 아무리 해도 익숙해지지가 않는다. 소리 내어 말하기 힘든 단어이다. 글자를 하나하나 종이에 적을 때는 그렇게 가혹하게 느껴지지 않지만 '감옥'이라는 단어를 입 밖으로 내뱉을 땐 정말 끔찍하게 들린다.

지난 5년간 내가 있었던 그곳을 떠올릴 때 머릿속으로 항상 '그 시설'이라고 생각하려고 한다. 또, 그곳에 있었던 시간을 '내가 떠나 있을 때'로 기억하려고 한다. '내가 감옥에 있었을 때'라고 말하는 것에는 결코 익숙해지지 않을 것 같다.

이번 주에 일자리를 구할 때는 아마도 말을 해야겠지. 그들은 "범죄로 유죄 판결을 받은 적이 있습니까?"라고 물어볼 것이다. 그러면 나는 "네, 과실치사죄로 5년을 감옥에서 보냈습니다"라고 해야 한다. 그러면 그들은 나를 고용하거나 고용하지 않을 것이다. 아마 뽑지 않겠지만.

쇠창살 안의 공간에 대해서도 여자들에겐 이중 잣대를 들이댄다. 여자가 감옥에 있었다고 하면 쓰레기, 창녀, 중독자, 도둑이라 부르고, 남자가 감옥을 다녀왔다고 하면 쓰레기지만 멋지다, 중독자지만 강인하다, 도둑이지만 인상적이라는 등 부정적인 이미지에도 명예의 배지를 달아준다. 남자들에겐 약간의 오명이겠지만 여자들은 결코 낙인에서 벗어날 수 없고, 꼬리표를 뗄 수도 없다.

나는 11시 30분에 시내에 도착했다. 30분이나 늦었지만 그가 아직 바에 있기를 바랐다. 낮에 방문했을 땐 밝았고, 더 이상 서점이 아니라는 사실에 충격을 받아서였는지 보이지 않던 바의 이름이 작은 네온사인으로 워즈WARD'S라고 적혀 있었다.

나는 가게 앞에서 잠시 망설였다. 내가 돌아온 것이 그 사람에게 메시지를 보내는 것 같았기 때문이다. 그가 받기를 원하는지 내가 확신할 수 없는 메시지. 다른 선택지는 아파트로 돌아가서 다시 혼자 생각에 잠기는 것이다.

지난 5년 동안 혼자만의 시간은 충분히 보냈다. 나는 사람들과 소음, 그리고 내가 그동안 경험하지 못한 모든 것들을 갈망하고 있었다. 그리고 내 아파트는 외로움과 고요함이 가득 차서 마치 감옥을 연상시켰다.

가게의 문을 열었다. 아까보다 더 시끄럽고 연기가 자욱하고 왠지 모르게 어두웠다. 빈자리가 없어서 사람들 사이를 헤집고 화장실을 갔다가 복도에서 기다리다가 다시 사람들 사이를 돌아다녔다. 마침내 자리가 하나 나서 서둘러 그 자리에 혼자 앉았다.

바 뒤에서 그가 일하는 모습이 보였다. 그의 고요한 모습이 보기 좋았다. 두 남자가 말다툼을 벌였지만 그는 크게 신경 쓰지 않는 것처럼 보였다. 그는 그저 문을 가리켰고 그들은 나갔다. 그는 그런 행동을 자주 했다. 뭔가를 가리키면 사람들은 그가 가리키는 대로 따라 했다.

그는 다른 바텐더와 눈을 마주치면서 두 명의 손님을 가리켰다. 그 바텐더가 두 손님에게 다가가더니 계산을 마친다. 그가 빈 선반을 가리키자, 웨이트리스 중 한 명이 고개를 끄덕이고 몇 분 후 선반에 술을 다시 채워 넣었다. 그가 바닥을 가리키자 다른 바텐더가 스윙 도어 사이로 사라졌다가 걸레를 들고 다시 나타나 엎질러진 물을 닦아냈다. 그가 벽에 걸린 고리를 가리키자, 임신 중인 웨이트리스가 "고마워요"라고 말하며 앞치마를 걸어 놓고 집으로 돌아갔다.

그가 가리키면 사람들은 그렇게 했다. 마지막 주문을 받았고 문을 닫을 시간이 된 것 같았다. 사람들이 하나둘씩 빠져나갔다. 이제 들어오는 사람은 없었다. 그는 나를 쳐다보지 않았다. 단 한 번도.

내가 여기 왜 왔는지 다시 생각했다. 그는 바빠보였고 아마 내가 오해한 것 같았다. 그가 내게 다시 오라고 했을 때, 나는 이유가 있을 거라고 생각했다. 하지만 아마 그는 모든 손님에게 그렇게 말하는 모양이다.

가야겠다는 생각에 자리에서 일어섰다. 그런데 내가 일어서는 것을 본 그가 나를 가리킨다. 그는 간단한 손짓으로 내게 다시 앉으라고 지시했고, 나는 그렇게 했다.

내 직감이 맞았다는 사실에 안도했지만, 바가 비워질수록 긴장감은 더 커져갔다. 그는 내가 성숙한 어른이라고 생각하겠지만 사실 나는 내가 어른 같지 않았다. 나는 경험도 없고 모든 걸 처음부터 다시 시작해야 하는 26살짜리 10대 소녀였다.

내가 여기 온 게 옳은 일인지 잘 모르겠다. 그냥 여기 와서 잠시 시시덕거리다가 떠나면 될 줄 알았는데, 그는 그 어떤 럭셔리 커피보다 더 유혹적이었다. 거절하려고 왔는데 밤새도록 사람들을 가리킬 줄은 몰랐고, 나를 가리킬 줄도 몰랐다. 그리고 가리키는 것이 그렇게 섹시한지 전혀 몰랐다. 5년 전에도 그런 행동을 섹시하다고 느꼈을지, 아니면 지금 내가 한심할 정도로 쉽게 상대방에게 반하는 건지 궁금했다.

자정이 되자 우리 둘만 남았다. 다른 직원들은 모두 가고 문은 잠겼다. 그는 빈 병이 든 상자를 뒤쪽 밖으로 옮기고 있었다.

긴장이 됐다. 남자를 만나러 이 마을에 온 게 아닌데. 훨씬 더 큰 목적을 가지고 이 마을에 왔는데. 손으로 가리키기만 하면 기차조차 탈선시킬 수 있을 것 같은 남자를 만나러 온 건 아닌데. 하지만 난 평범한 보통 사람일 뿐이다. 사람은 친구가 필요하기 마련이고, 누군가를 만나기 위해 이 마을에 온 건 아니지만 이 남자는 무시하기가 어렵다.

그는 다른 셔츠로 갈아입고 걸어 들어왔다. 다른 직원들도 입고 있던 소매를 걷어 올린 보라색 칼라 셔츠가 아닌 흰색 티셔츠를 입고 있었다.

그가 내게 다가오며 미소를 지었고, 나는 그 미소가 내 몸을 감싸는 두툼한 담요의 온기처럼 느껴졌다. "돌아왔네요."

나는 아무렇지 않은 척하려고 노력했다. "그쪽이 오라고 했잖아요."

"뭐 좀 마실래요?"

"괜찮아요."

그는 머리를 쓸어 올리더니 나를 내려다본다. 그의 눈에는 전쟁이 일어나고 있는 듯했다. 내가 스위스 같은 중립국도 아닌데 그는 조심스레 다가오고 있었다. 그리고 내 곁에 앉았다. 바로 내 옆에. 몇 년 전 스코티가 내 창구에 네 번째 찾아왔을 때보다 심장이 더 빨리 뛴다.

"이름이 뭐예요?" 그가 물었다.

내 이름을 알려주고 싶지 않았다. 그는 스코티와 비슷한 나이로 보였기 때문에 내 이름을 기억하거나 나를 알아볼 수도 있고, 그때 사건을 기억할 수도 있을 것 같다는 생각이 들었다. 아무도 나를 알거나 기억하거나 랜드리 가족에게 내가 마을에 있다는 사실을 미리 알리지 않았으면 좋겠다.

이곳은 작은 마을은 아니지만 그렇다고 규모가 크지도 않다. 내 존재가 오랫동안 눈에 띄지 않기는 힘들겠지만 그래도 가능한 오랫동안 알려지지 않았으면 해서 나는 약간의 거짓말을 했다. 그에게 내 중간 이름을 알려주었다. "니콜이에요."

그의 이름을 묻지 않았던 이유는 그게 뭐든 상관없었기 때문이다. 내가 쓸 일이 없을 테니까. 오늘 밤 이후로 다시는 여기 안 올 거니까.

오랜만에 누군가와 가깝게 앉아 있다는 사실에 긴장하며 머리카락 한 가닥을 잡아당겼다. 어떻게 해야 할지 순간 멍해져서 나는 여기 와서 하려던 말을 불쑥 해버렸다. "마시려던 게 아니에요."

그는 내 고백에 당황한 듯 고개를 갸웃거렸다. 그래서 난 명확히 다시 설명했다.

"와인요. 가끔 저는…" 나는 고개를 흔든다. "바보 같지만 저는 술을 마시지 않기 위해 특별히 술을 주문해요. 전 음주 문제가 없어요. 통제력 테스트로 생각해요. 그게 절 덜 약하게 만들어줘요."

그의 눈이 약간의 미소를 머금고 내 얼굴을 가만히 들여다본다. "그 말씀 존중합니다." 그가 말했다. "나도 비슷한 이유로 술을 거의 마시지 않아요. 매일 밤 술 취한 사람들 주위에 있는데, 그들과 함께 있으면 있을수록 그들처럼 되고 싶진 않더라고요."

"술을 마시지 않는 바텐더라고요? 드문 일 아닌가요? 바텐더가 알코올 중독에 걸릴 확률이 가장 높을 거라고 생각했는데요. 접근하기 쉬우니까요."

"사실은 건설업에 종사하는 사람들이 그렇다고 하죠. 저한테는 달가운 사실은 아니지만요. 몇 년째 집을 짓고 있거든요."

"바텐더에 집짓기라……. 당신은 정말 단단히 각오해야겠군요."

그는 미소를 지었다. "그런 것 같네요." 그는 조금 더 편안하게 앉는다. "무슨 일을 해요, 니콜?"

지금이 바로 내가 자리를 떠나야 할 순간이었다. 내가 너무 많은 말을 하기 전에, 그가 더 많은 질문을 하기 전에. 하지만 그의 목소리와 그의 존재감이 마음에 들었고, 여기 계속 있으면 머리가 덜 복잡할 것 같았다. 지금은 다른 곳으로 생각을 돌릴 필요가 있었다.

그래도 더 이상 말을 하고 싶지는 않았다. 더 이상의 이야기는 마을에서 날 곤경에 처하게 할 뿐이다.

"내가 무슨 일을 하는지 정말 알고 싶어요?" 지금 이 순간 그는 여자가 하는 말을 듣는 것보다는 차라리 나의 셔츠 안으로 손을 넣고 싶어 할 거라는 생각이 들었다. 5년 동안 감옥에 갇혀 있어서 아무 일도 하지 못했다는 사실을 인정하고 싶지 않다는 듯, 나는 자연스럽게 그의 무릎 위에 미끄러지듯 앉았다.

내 행동이 그를 깜짝 놀라게 한 것 같았다. 마치 우리가 앞으로 한 시간 동안 여기 앉아서 이야기를 나눌 거라고 예상했던 것처럼. 그는 살짝 충격을 받은 것 같더니 곧 받아들이기 시작했다. 그의 손이 내 허리에 닿더니 곧 허리를 붙잡았다. 그의 손길에 몸이 떨렸다.

그는 나를 조금 더 가까이 당겨 안았고, 나는 청바지 사이로 그의 체온을 느낄 수 있었다. 그 순간 나는 5초 전과는 달리 그를 거절하고 나갈 수 있을지 확신이 들지 않았다. 나는 그에게 키스하고 잘 자라고 말한 뒤 당당하게 집으로 돌아갈 수 있을 거라고 생각했다. 내일이 오기 전에 조금이라도 힘을 얻고 싶었는데, 그는 내 허리를 부드럽게 만졌고, 그것이 나를 점점 더 약하게 만들고 있었으며, 아무런 생각을 할 수 없게 만들었다. 아무 생각이 없다기보다는 머릿속이 텅 비고 가슴이 벅차오르고, 온몸을 뜨거움이 뒤덮어서 아무 생각을 할 수 없는 그런 것……

그의 오른손이 내 등을 쓰다듬었고, 나는 그의 손길이 전류처럼 내 몸을 타고 밀려오는 것 같아서 숨을 헐떡였다. 이내 이 남자는 내 얼굴을 만지고 광대뼈를 손가락으로 쓸어내리고는 손가락 끝을 내 입술에 댔다. 그리고 그는 마치 나를 아는 사람인 듯 가만히 쳐다보고 있었다. 내 편집증으로 인한 착각이겠지만.

"당신 누구예요?" 그가 속삭인다.

이미 말했지만 어쨌든 나는 내 중간 이름을 반복했다. "니콜."

그는 미소를 지었다가 이내 웃음을 거두었다 "당신 이름은 알아요. 근데 어디서 왔어요? 이전에는 만난 적이 없죠?"

나는 그가 더 이상 질문하지 않기를 원했다. 나는 정직하게 대답할 수 없다. 그래서 나는 그의 입술로 조금 더 가까이 다가가며 물었다. "당신은 누구예요?"

"렛저." 그는 내 과거를 열고 가슴 깊숙이 박혀있던 것을 끄집어 내 바닥에 떨어뜨렸다. 그리고 내게 키스를 했다.

◈

사람들은 사랑에 빠진다고 말하지만 '빠진다'는 것은 생각해보면 정말 슬픈 단어이다. 빠지는 것은 결코 좋은 일이 아니다. 물에 빠지고 구덩이에 빠지고 비통함에 빠진다. 사랑에 빠졌다,라는 말을 처음 사용한 사람은 사랑에 빠졌다가 그 말을 할 당시는 이미 헤어 나왔음이 분명하다. 그렇지 않았다면 훨씬 더 좋은 말로 표현했을 테니까.

스코티는 우리 관계의 중간쯤에서 내게 사랑한다고 말했다. 그 날은 내가 그의 가장 친한 친구를 처음 만나기로 한 날이었다. 그가 '형제'라고 부르는 남자를 내게 소개한다는 사실에 그는 부모님께 날 보여줄 때 보다 더 흥분해 있었다.

하지만 그날의 만남은 성사되지 않았다. 오래전이라 이유는 기억이 나지 않는다. 하지만 그 친구가 약속을 취소해야 했고, 스코티가 너무 슬퍼해서 나는 쿠키를 구워주고 마리화나를 같이 피운 다음, 그가 원하는 방식의 사랑을 해주었다. 최고의 여자친구인 셈이었다. 내가 그를 죽이기 전까지는.

그때가 아마 스코티가 죽기 3개월 전이었고, 그날 밤 스코티는 슬프긴 했지만 살아 있었다. 그의 심장이 뛰었고 맥박이 빨랐으며 두근거리는 가슴으로 눈물을 흘리면서 말했다. "케나, 사랑해. 그 누구보다도 널 사랑해. 난 우리가 함께 있을 때에도 항상 네가 보고 싶어."

그 말이 기억에 남았다. '우리가 함께 있을 때에도 항상 네가 보고 싶어.'

그날 밤 내 기억에 남은 것은 그 말뿐이라고 생각했지만 틀렸다. 또 다른 무언가도 나에게 남아있었다. 그 이름, 렛저.

한 번도 모습을 드러내지 않은 가장 친한 친구. 한 번도 만나지 못한 그의 가장 친한 친구. 방금 내 입에 혀를 넣고 셔츠 위로 손을 올리고 내 가슴에 그의 이름을 새긴 가장 친한 친구.

6장

렛저

나는 끌린다는 것이 어떤 의미인지 몰랐다. 서로에게 끌린다는 게 대체 뭐지? 매주 수십 명의 여자들이 이 바의 문을 열고 들어왔지만, 그중 누구도 다시 보고 싶은 충동을 느낀 적이 없었기 때문이다. 그런데 그 여자가 왈츠를 추는 것처럼 걸어 들어왔을 때 나는 눈을 뗄 수가 없었다. 그리고 지금 나는 그녀에게서 내 입술을 뗄 수가 없다.

나 스스로 정한 규칙인 손님한테는 작업 금지를 지금 어기고 있다. 하지만 그녀에게는 뭔가가 있는 것 같았고, 내게는 단 한 번의 기회라는 생각이 들었다. 그녀는 이 마을을 지나가는 길이거나 다시 돌아올 계획이 없는 것처럼 보였다. 오늘 밤은 그녀의 평범한 일상에서 예외일 테고, 그녀와 함께할 기회를 놓친다면 분명 늙어서까지 내내 후회할 한 가지가 될 것 같았다.

그녀는 조용했지만 부끄러워하는 타입의 조용함은 아니었다.

그녀는 그보다는 강렬하게 조용했다. 폭풍이 몰래 다가와서 천둥 소리에 소스라치게 놀라기 전의 그 조용함처럼.

커피를 마셨음에도 그녀에게선 사과 맛이 났다. 사과는 내가 가장 좋아하는 과일이다. 지금은 내가 세상에서 가장 좋아하는 음식이 사과라고 확신한다.

우리는 몇 초 동안 키스했다. 그녀가 먼저 내게 다가왔으면서 내 입술이 그녀에게 닿았을 때 그녀는 약간 놀라는 것 같았다. 아마도 그녀는 내가 조금 더 기다리기를 바랐을 수도 있고, 이런 느낌을 기대하지 않았을 수도 있다. 내가 바랐던 건 정확히 이런 느낌이었지만. 하지만 두 입술이 닿기 직전 그녀의 작은 헐떡임의 이유가 무엇이든, 그녀가 키스를 원하지 않았던 것은 아니었다.

그녀는 잠시 우유부단한 표정을 지으며 멀어지는 듯했지만, 이내 마음을 굳힌 듯 내게 몸을 기대고 다시 키스를 했다.

하지만 그녀의 확신은 너무 빨리 사라졌다. 그녀는 다시 내게서 멀어졌고 이번에는 그녀의 눈에 후회가 가득했다. 그녀는 고개를 흔들며 손바닥을 내 가슴에 얹었다. 그녀가 '미안해요'라고 했을 때 나는 그녀의 손을 감싸 쥐었다.

그녀는 서둘러 미끄러지듯 내게서 내려오려고 했다. 그녀의 허벅지가 내게 닿았고 심장은 더 빠르게 뛰었다. 내가 손을 내밀어 그녀를 잡으려 했지만, 그녀의 손가락은 내 손을 빠져나가더니 테이블 뒤로 물러났다. "돌아오지 말았어야 했어요."

그녀가 나를 외면하고 문으로 향했다. 나는 기운이 쭉 빠졌다.

그녀의 얼굴을 아직 기억에 다 담지 못했다. 내 입술에 닿았던 그녀를 내내 떠올릴 것만 같았기 때문에, 그런 나를 버리고 산나는 생각에 참을 수가 없었다. 나는 자리에서 일어나 그녀를 따라 갔다.

그녀는 문을 열지 못했다. 내게서 빨리 도망치고 싶다는 듯 손잡이를 흔들고 있었다. 나는 그녀에게 머물어달라고 애원하고 싶으면서도, 한편으로는 그녀가 내게서 도망칠 수 있도록 도와주고 싶어졌다. 상단 잠금장치를 아래로 당기면서 발을 뻗어 동시에 바닥 잠금장치를 밀어 올렸다. 문이 열리자 그녀는 밖으로 뛰쳐나갔다.

그녀는 공기를 크게 들이마신 다음에 몸을 돌려 나를 바라보았다. 나는 사진처럼 기억 속에 그녀를 찍어두고 싶다는 생각을 했다. 셔츠 색깔과 같던 그녀의 눈동자에 눈물이 가득 차서 연한 녹색으로 변해 있었다. 다시, 난 어찌해야 할지 모르겠다. 짧은 시간 동안 이렇게 많은 감정 변화를 겪는 여자를 본 적이 없었다. 하지만 그 어떤 것도 억지스럽거나 극적으로 느껴지지 않았다. 그녀는 모든 움직임과 모든 감정을 다시 돌돌 말아서 집어넣고 싶어 하는 것 같았다.

그녀는 당황해 보였다.

그녀는 숨을 가쁘게 쉬며 터져 나오려던 눈물을 닦아내려고 애썼고, 나는 도대체 무슨 말을 해야 할지 몰라서 그녀를 안았다.

내가 뭘 더 할 수 있을까?

그녀를 내 쪽으로 끌어당기자 그녀의 몸이 굳어졌지만 한숨을 내쉬더니 금세 편안해졌다.

주변에는 우리뿐이었다. 자정이 넘었으니 대부분 집에서 잠을 자거나 영화를 보거나 사랑을 나누고 있을 것이다. 하지만 나는 여기 메인 스트리트에서 정말 슬픈 소녀를 껴안고 그녀가 왜 슬픈

지 궁금해하며, 그녀에게 반하지 않았더라면 어땠을까 생각했다.

그녀가 얼굴을 내 가슴에 대고 두 팔로 내 허리를 꽉 조였다. 그녀의 키는 이마가 내 턱에 닿을 정도였는데 가슴에 푹 파묻힌 그녀는 훨씬 조그맣게 느껴졌다. 나는 그녀의 팔을 문질러 주었다.

트럭은 모퉁이를 돌면 나오는 골목에 주차되어 있다. 그러나 이렇게 울고 있는 그녀에게 골목까지 따라오라고 하고 싶진 않았다. 나는 차양막 기둥에 기댄 채 그녀를 끌어안고 가만히 서 있었다.

얼마나 지났을까? 그녀가 나를 놓지 않는다. 내 팔과 가슴, 손이 주는 편안함에 젖은 듯 다시 나를 꽉 감싸 안았다. 나는 그녀의 등을 위아래로 문질렀고 잠시 목이 메어와 말이 나오지 않았다.

그녀에겐 뭔가 일이 있다. 이 시점에서 그녀를 더 알아가고 싶은지 확신이 들진 않았지만 그녀를 그냥 인도에 두고 차를 몰고 떠날 수는 없는 일이다. 이제 그녀가 울음을 멈춘 것 같았다.

"집에 가야 해요." 그녀가 말했다.

"내가 태워줄게요."

그녀는 고개를 가로젓더니 나에게서 떨어졌다. 그녀가 팔을 빼며 여전히 그녀를 감싸고 있는 내 오른손을 손가락 끝으로 가만히 만졌다. 살짝 스친 것이지만, 떠나기 전에 마지막으로 날 한 번 더 느끼고 싶은 것처럼 느껴졌다.

"여기서 멀지 않아요. 걸어갈게요."

이 시간에 집에 걸어가겠다면, 그건 미친 짓이다. "혼자 걷기엔 너무 늦었어요." 나는 골목을 가리켰다. "내 트럭이 열 발짝 거리에 있어요." 그녀는 망설이는 것 같더니 내 이유와 행동이 명확해서인지 내 도움을 받기로 하고 모퉁이를 돌아 나를 따라왔다.

내 트럭이 시야에 들어오자 그녀는 걸음을 멈췄다. 뒤를 돌아보니 그녀는 걱정스러운 눈빛으로 내 트럭을 바라보고 있었다.

"원하면 우버를 불러줄 수도 있어요. 하지만 맹세컨대, 그냥 집까지 태워다 주려는 거예요. 다른 기대 같은 거 없어요."

그녀는 잠시 발밑을 내려다보더니 트럭을 향해 다시 걸었다. 조수석 문을 열어주자 그녀는 차에 올라탔지만 정면을 보지 않았다. 여전히 날 바라보면서 내가 문을 닫지 못하게 다리로 막고 있었다. 그녀는 상처 입은 사람처럼 보였고, 쉬이 슬픔을 느끼는 것 같았다.

"괜찮아요?"

그녀는 좌석에 머리를 기대더니 날 쳐다보았다. "괜찮을 거예요." 그녀가 조용히 말했다. "내일은 저에게 정말 중요한 날이에요. 그냥 긴장돼서요."

"내일이 무슨 날이에요?" 내가 그녀에게 물었다.

"저한테 중요한 날이에요."

그녀가 더 자세히 설명할 생각이 없는 것 같아서 그녀의 사생활을 지켜주기 위해 고개를 끄덕였다. 그녀의 시선이 내 팔로 옮겨갔다. 그녀는 내 소맷자락을 만졌고, 나는 그녀의 무릎에 손을 얹었다. 그녀의 어딘가에 닿고 싶었는데 그녀가 원하는 곳이 어딘지 알려주기 전까지는 그녀의 무릎이 가장 안전한 장소 같았기 때문이다.

그녀의 의도가 뭔지는 모르겠다. 대부분의 사람들은 술집에 올 때 자신의 의도가 분명하다. 누군가를 꼬시러 온 건지 술에 잔뜩 취하러 온 건지 바로 알 수 있다.

이 여자는 모르겠다. 실수로 문을 열고 바에 들어온 것 같은데 오늘 밤 무엇을 원하는 건지 전혀 모르겠다.

그녀는 오늘 밤은 그냥 건너뛰고 내일 예정된 중요한 일로 바로 가고 싶은 건지도 모른다.

어쨌든, 나는 그녀를 집에 바로 데려다 줄 생각이었지만, 그녀가 무엇을 하길 원하는지 신호를 기다려 보기로 했다. 그녀가 계속 앞을 바라보지 않고 있기 때문이다. 마치 내가 다시 키스하길 바라는 것 같았지만 그녀를 또다시 울게 하고 싶진 않았다. 물론 나는 그녀에게 키스하고 싶다.

내가 그녀의 얼굴을 만지자 그녀가 내 손에 가만히 얼굴을 댔다. 정말 괜찮은 건지 여전히 확신이 서지 않아서 잠시 망설이자, 그녀가 내게 더 가까이 다가와 다리로 나를 감쌌다.

이제 알겠어.

나는 그녀의 입술을 탐했고, 그녀의 달콤한 입김이 내게 들어왔다. 여전히 사과 맛이 났고, 이전보다 더 짭짤하고 더 격정적이었다. 그녀의 몸이 뒤로 기울어지고 나는 트럭 안으로 그녀를 밀었다. 그녀가 천천히 뒤로 넘어지면서 나를 끌어당겼다. 내 몸을 그녀에게 가까이 댄 채 여전히 망설인다.

그녀가 작은 숨을 들이마시는 모습이 나를 미치게 만든다. 그녀가 안내하는 대로 나는 그녀의 가슴에 손을 얹고 그녀는 다리로 날 감싸 안았다. 내 청바지가 그녀에 닿아 있었지만 우리는 빌어먹을 고등학교 때처럼 어찌할 바를 모르고 이리저리 키스했다. 여기 외에는 갈 곳이 없는 것처럼.

그녀를 다시 비 안으로 데려가고 싶지만 이거면 충분하다. 이보다 더 바라는 건 무리다. 그냥 이 여자의 입술과 이 트럭이면 충분하다.

어둠 속에서 스킨십을 한 후, 나는 그녀의 감긴 눈과 살짝 벌어진 입술을 볼 수 있을 만큼만 몸을 뗐다. 적당한 속도로 그녀를 원했고 그녀는 내가 이끄는 대로 몸을 움직여 주었다. 우리 둘 사이의 불꽃은 실제로 불을 내기에 충분했다고 맹세한다. 그녀의 허벅지 사이가 이렇게 뜨거운데 이대로 끝낼 수는 없다. 그녀도 그럴 수 없을 것이다. 서로에게 더 가까이 갈 방법을 찾지 못한다면 미쳐버릴 것 같았다. 아니면 지금 그만두거나.

우리 집에 초대하고 싶지만 부모님이 시내에 와 계시고, 그 두 사람 근처에는 어떤 일이 있어도 데려가고 싶지 않았다.

"니콜," 내가 속삭였다. 마치 그녀가 침대에 데려갈 가치가 없는 것처럼 그녀와 이렇게 골목에서 계속 스킨십을 할 수는 없었다.

"우리 다시 들어갈래요?"

그녀는 고개를 저으며 "아니요, 당신 트럭이 좋아요"라고 말하며 내 입을 그녀의 입술로 다시 끌어당겼다.

그녀가 내 트럭이 좋다면 나도 내 트럭이 좋다. 내 트럭은 이제 내가 세상에서 두 번째로 좋아하는 물건이 되었다. 첫 번째는 그녀의 입술이고.

그녀가 내 손을 그녀의 청바지 단추로 옮겨 놓는 바람에 어쩔 수 없이 나는 그녀의 단추를 풀었다. 청바지 앞섶에 손을 밀어 넣자 손가락이 그녀의 팬티에 닿았다. 그녀가 신음 소리를 냈고, 잠 많은 이 조용한 마을 밤의 배경음악치고는 사운드가 너무 컸다.

손끝으로 그녀의 팬티를 살짝 밀어내자 매끈한 피부와 뜨거운 열기가 느껴졌다. 들이마시는 내 숨결의 떨림마저 느껴지는 것 같았다.

한참 그녀의 목에 얼굴을 묻고 있는데 어디선가 헤드라이트 불빛이 다가왔다.

"젠장." 트럭이 뒷골목에 주차되어 있긴 했지만 거리의 시야에서 숨겨지지는 않았다. 우리는 갑자기 현실로 돌아와 허둥대는 둘을 발견했다. 나는 그녀의 청바지에서 손을 뗐고 그녀는 단추를 잠갔다. 내가 그녀를 일으켜 세우자 그녀는 머리를 매만지면서 정면을 바라보았다.

내가 조수석 차 문을 닫고 골목길을 나가고 있을 때 차가 다가와 골목 바로 앞에서 멈췄다. 크루저에 그레이디가 타고 있는 게 보였다. 그레이디가 창문을 내리고, 나는 그의 차 쪽으로 걸어갔다.

"오늘도 많이 바빴어?" 그가 운전석에서 내 얼굴을 보려고 조수석 쪽으로 몸을 기울이며 물었다. 나는 트럭에 탄 니콜을 힐끗 돌아보고 다시 그레이디를 바라보았다. "응, 방금 닫았어. 아침까지 근무하는 거야?"

그는 라디오를 껐다. "휘트니가 병원 근무 시간이 바뀌어서 지금은 내가 다시 야간 근무를 하고 있어. 나는 좋아, 조용해서."

나는 그의 차를 두드리고 한 발짝 물러섰다. "잘됐네. 나 가봐야 해. 내일 경기장에서 볼까?"

그레이디가 뭔가 이상하다는 것을 눈치챘다. 나는 보통 이렇게 빨리 그를 털어내지 않는다. 그는 앞으로 몸을 더 숙여 내 주위를 둘러보며 트럭에 누가 타고 있는지 보려고 했다. 나는 오른쪽으로 몸을 기울여 그의 시야를 차단했다. "좋은 밤 보내, 그레이니." 나는 도로 쪽을 가리키며 순찰을 계속하라는 뜻을 전달했다.

그가 웃는다. "그래, 너도."

나는 그녀를 숨기려는 것이 아니다. 그의 아내가 가십거리를 좋아한다는 것을 알고 있고, 내일 티볼 경기장에서 난 화제의 중심에 서고 싶지 않을 뿐이다.

내가 트럭에 올라타자 그녀가 대시보드에 발을 올려놓았다. 그녀는 나와 눈을 마주치지 않으려고 창밖을 내다보고 있었다. 그녀가 어색한 기분을 느끼게 하고 싶진 않았다. 내가 가장 원하지 않는 일이다. 나는 손을 뻗어 그녀의 귀 뒤로 머리카락 한 가닥을 집어넣었다. "괜찮아요?"

그녀는 고개를 끄덕였지만 고개는 뻣뻣하고 미소도 뻣뻣했다. "세프코 근처에 살아요."

그 주유소는 거의 2마일이나 떨어져 있었다. 가까운 곳에 산다고 하더니, 한밤중에 2마일은 결코 가까운 거리가 아니다. "벨뷰에 있는 세프코요?"

그녀는 어깨를 으쓱한다. "그런 것 같아요. 도로 이름을 정확히 기억할 수는 없지만요. 오늘 막 이사 왔거든요."

그녀를 처음 본 것이 이제 설명이 된다. '어디서 왔어요? 여긴 왜 온 거예요?' 이렇게 묻고 싶었지만, 내가 아무 말도 하지 않기를 바라는 것 같아서 가만히 있기로 했다.

차가 거의 없어서 2마일을 가는데 5분도 채 걸리지 않았다. 그러나 섹스를 할 뻔한 여자와 트럭 안에서 보내는 그 짧은 시간이 내게는 영원처럼 느껴졌다. 멋진 섹스가 아니었을 것이다. 분명 너무 빠르고, 엉성하고, 이기적이고, 그녀에게 좋을 수 없는 섹스였을 것이다.

사과하고 싶은 마음이 들었지만 무엇에 대해 사과해야 할지 몰랐고, 내가 후회한다고 생각하게 만들고 싶진 않았다. 내가 후회하는 유일한 것은 그녀를 우리 집이 아닌 그녀의 집으로 데려다준다는 것이다.

"저기 살아요." 그녀가 파라다이스 아파트를 가리킨다.

나는 이 동네에 자주 오지 않는다. 집과 반대 방향이라 이 길로 운전해 올 일이 거의 없었고, 솔직히 이곳에 아직 사람들이 사는지 몰랐다.

주차장에 차를 세운 뒤 시동을 끄고 나서 차 문을 열어주려 했는데, 시동을 끄기도 전에 이미 그녀는 트럭에서 내렸다.

"태워줘서 고마워요." 그녀가 말했다. "그리고… 커피도 고마웠어요." 그녀는 이렇게 헤어져야 한다는 듯이 문을 닫고 휙 돌아섰다.

나는 문을 열었다. "이봐요, 기다려요."

그녀는 멈춰 섰지만 내가 그녀에게 다가갈 때까지 돌아서지 않았다. 그녀는 팔로 몸을 감싸고 입술을 씹으며 팔을 신경질적으로 긁고 있었다. 그녀가 나를 돌아보았다. "아무 말 안 해도 돼요."

"그게 무슨 말이에요?"

"내 말은… 알고있어요, 오늘 밤 일은 별일 아니었다는…" 그녀는 내 트럭으로 시선을 향하며 어서 가라는 듯 손을 흔들었다. "제 번호는 물어볼 필요 없어요. 어차피 번호도 없으니까요."

그녀가 뭘 어떻게 알지? 나는 우리 사이가 뭔지 모르는데. 여전히 머릿속이 복잡했다. 그녀에게 물어봐야 했다. "그럼 오늘 우리는 뭐였어요? 무슨 의미예요? 우리 다시 만날 수 있는 건가요?"
　나는 지도에도 없는 섬에 서 있는 것 같았다. 전에도 원나잇 스탠드를 해본 적이 있지만 모든 것을 상의하고 서로 동의한 후에 이뤄졌다. 그리고 그것은 항상 침대 또는 침대와 비슷한 곳에서 일어났다.
　하지만 그녀와는 갑자기 일이 벌어졌고, 그러다 중단이 되었고, 게다가 뒷골목이었다. 내가 개자식이 된 것만 같았다.
　무슨 말을 해야 할지 몰라 당황스럽다. 작별 포옹을 해야 할 것 같은데 손을 어디에 두어야 할지 모르겠다. 지금 그녀는 내가 가까이 있는 것을 원치 않는 것 같았다. 나는 청바지 주머니에 손을 집어넣었다. "다시 만나고 싶어요."
　그녀는 눈을 깜박이더니 시선을 아파트에 두고 한숨을 쉬며 말했다. "난… 아니요, 괜찮아요."
　그녀가 너무나 정중하게 말해서 나는 화를 낼 수도 없었다.
　나는 그녀가 계단을 올라 아파트로 들어가서 더 이상 보이지 않을 때까지 그녀의 아파트 건물 앞에 계속 서 있었다. 그 후 한참 동안 충격을 받은 상태로, 최소한은 얼떨떨한 상태로 같은 자리에 머물러 있었다.
　나는 그녀에 대해 전혀 아는 것이 없다. 하지만 지금까지 만난 그 누구보다 흥미롭게 느껴졌다. 그녀에게 더 많이 묻고 싶다. 그녀는 내가 그녀의 삶에 대해 물어본 단 하나의 질문마저도 대답하지 않았다. 도대체 당신은 누구예요?
　왜 나는 그녀에 대해 더 알고 싶은 걸까?

7장

―

케나

　스코티에게,
　세상이 좁다는 말이 농담이 아니었어. 세상은 좁고 보잘것없이 미미하고 사람들은 너무 많아.
　네가 이 편지를 실제로 읽을 수 없다는 걸 알기 때문에 이런 말을 하는 건데, 오늘 밤 렛저의 트럭을 보는 순간 울음이 나올 것만 같았어.
　사실, 그가 이름을 말했을 때 누군지 깨달았고 그와 키스했다는 사실에 눈물이 났어. 죄책감이 들었거든. 허둥지둥 밖으로 뛰쳐나갔는데 심장이 멎을 듯하고 정신을 차릴 수가 없었어.
　맞아, 그 빌어먹을 트럭. 아직도 그 트럭을 가지고 있다니 믿을 수가 없어. 우리 첫 데이트 날, 그 트럭을 타고 당신이 날 데리러 왔던 밤이 아직도 기억나. 대체 어떤 사람이 저런 색상을 선택할까 싶을 정도로 이해할 수 없는 밝은 주황색이어서 내가 웃었지.
　당신에게 쓴 300통이 넘는 편지를 훑어보다가, 우리가 서음 만났던 때를 자세히 얘기한 적이 없다는 사실을 오늘에서야 깨달았어. 우리의 정식 첫 데이트에 대해선 썼지만, 우리가 서로를 처음 만난 순간에 대해서는 말한 적이 없더라.

내가 달러 데이즈에서 캐셔로 일하고 있었잖아. 덴버에서 이사 와서 구한 첫 직장이었어. 아는 사람은 아무도 없었지만 괜찮았어. 나는 새로운 주, 새로운 도시에 있었고 아무도 나에 대해 선입견을 갖고 있지 않았으니까. 나의 엄마를 아는 사람도 없었고.

당신이 내 계산대에 왔을 때 난 바로 눈치채지는 못했어. 나는 고객의 얼굴을, 특히 내 또래의 남자 손님은 거의 쳐다보지도 않았어. 그때까지 내 또래 남자들은 나에게 실망만 안겨주었거든. 내가 만난 젊은 남자 중에서 나 스스로를 괜찮은 사람이라고 여기게 해주는 사람이 아무도 없었어. 그래서 나는 내가 나이 많은 남자에게 끌리는 타입이거나 여자에게 관심이 있는 건가 싶었어. 집적대는 휘파람 소리를 불거나 같이 잘 기회만 노리는 인간들이 북적대는 세상에서 남성이라는 생물에 대한 믿음을 완전히 잃었다고나 할까.

우리 가게는 크진 않아도 모든 물건이 단돈 1달러에 불과했기 때문에 사람들은 보통 카트에 물건을 가득 싣고 계산을 하러 왔어. 그런데 당신은 저녁 식사용 접시 하나만 들고 내게 왔지. 대체 어떤 사람이 디너 접시를 한개만 사는지 궁금했어. 분명 대부분의 사람은 가끔 친구들이 찾아 올거라고 생각하거나, 아니면 찾아와 줬으면 하고 바라지. 하지만 접시를 하나만 산다는 것은 항상 혼자 밥을 먹겠다는 선언처럼 느껴졌거든.

나는 접시를 포장한 후 봉투에 담아 당신에게 건네주었어.

몇 분 후, 네가 두 번째로 줄을 서고 나서야 비로소 너의 얼굴을 바라보게 되었지. 넌 두 번째 디너 접시를 가지고 서 있었어. 어쩐지 다행이라는 생각에 기분이 좋아졌어. 두 번째 접시를 계산하고 거스름돈을 건네고 봉투에 담아 건네주자 네가 웃었어.

넌 아마 깨닫지 못했겠지만 그 순간이 나를 사로잡았던 것 같아. 너의 미소는 나를 감싸는 따뜻한 온기 같았어. 위험하면서도 편안했고……. 그 복잡한 느낌을 어떻게 해야 할지 몰라 고개를 돌렸지.

다시 2분쯤 흘렀을까, 네가 세 번째 접시를 들고 다시 줄을 서 있었어. 네가 돈을 건넸고, 난 접시를 포장해서 봉투를 건넸지, "또 오세요"라고 말하며.

네가 웃으며 "그쪽이 원하신다면요"라고 했지.

네가 계산대를 돌아나가서 접시가 있는 매대로 가는 게 보였어. 다른 손님이 없어서 네 번째 접시를 들고 다시 계산대로 가져올 때까지 지켜보았지.

이번엔 내가 접시를 들고 "한 번에 두 개 이상도 살 수 있는 거 아시죠?"라고 물었어.

"네, 알아요. 하지만 난 한 개만 필요해요."

"그럼 왜 똑같은 걸 네 번째 사고 있어요?"

"데이트 신청할 용기를 내려고요."

그게 바로 내가 기다렸던 대답이었어. 봉투를 넘겨줄 때 원하던 대로 네 손가락이 내게 닿았을 때 두 손이 자석처럼 달라붙는 느낌이었어. 손을 빼는데 많은 노력이 필요했었지.

나는 다른 남자들에게 항상 그랬던 것처럼 관심 없는 척 행동하려고 했어. 그래서 "직원이 고객과 데이트하는 것은 매장 정책에 위배됩니다"라고 말했지.

내 목소리에서 단호함이나 진실함이 느껴지지 않았는지 넌 우리가 하고 있는 게임이 마음에 드는 눈치였어.

"알았어요. 잠시만 시간을 주시면 바로잡을게요."

그리고 너는 매장에 있는 나머지 유일한 다른 계산대로 걸어갔어. 불과 몇 발짝 떨어져 있어서 대화가 잘 들렸어. "이 접시 전부 환불 부탁합니다."

다른 점원은 네가 네 번씩이나 내 창구에 나타나는 동안 고객과 통화 중이었기 때문에, 네가 장난을 친다는 걸 몰랐던 것 같아. 그녀는 계산대에서 나를 힐끗 보며 황당하다는 표정을 지었어. 나도 접시 네 개에 영수증이 네 개나 있는 사람이 무슨 일인지 모르겠다는 듯이 어깨를 으쓱한 다음 내 할 일을 했어.

잠시 후 너는 나에게 와서 반품 영수증을 내려놓았어. "더 이상 손님이 아닌 거죠? 이제 어쩔래요?"

나는 영수증을 꼼꼼히 읽는 척하다가 다시 건네며 말했지. "난 7시 퇴근이에요."

너는 영수증을 접으며 날 쳐다보지도 않고 말했어. "그럼, 세 시간 후에 봐요."

6시라고 말했어도 됐는데. 그날 일이 일찍 끝나서 옆 가게에서 새 옷을 사면서 한 시간을 보냈어. 7시 20분이 지나도록 네가 나타나지 않아서 포기하고 차로 걸어가고 있는데, 네가 주차장으로 빠르게 차를 몰고 와서 내 옆에 차를 세웠어. 그리고 창문을 내리더니 "늦어서 미안해요"라고 말했지.

내가 자주 지각하는 편이라 지각에 대해 재단할 입장은 아니었지만, 트럭을 보고는 널 재단하고 말았어. 네가 미쳤거나 자신감이 과하다고 생각했지. 오래된 포드 F-250이었잖아. 커다란 더블캡에 내가 본 것 중 가장 못생긴 주황색이었어. "트럭이 맘에 들어요." 나는 내가 진실을 말하는 건지 거짓말을 하는 건지 모르겠더라. 정말 못생긴 트럭이라 너무 싫었지만 색상이 너무 재밌어서 그랬는지도.

"내 차가 아니고. 가장 친한 친구의 트럭이에요. 내 차는 정비소에 있어요."

네 차가 아니라는 안도감이 더 크면서도, 재밌는 색상 때문에 약간의 실망감도 있었던 것 같기 해. 나에게 트럭에 타라고 손짓할 때 너는 자신감이 넘쳐 보였고 달콤한 사탕 냄새가 났어.

"그래서 늦었어요? 차가 고장 나서?"

넌 고개를 저으며 "아니요, 여자친구와 헤어지느라고요"라고 대답했어.

내가 널 바라봤지. "여자친구가 있어요?"

"이젠 없어요." 순진한 척 날 빤히 바라봤어.

"하지만 아까 데이트 신청할 때는 있었단 말이잖아요?"

"네, 하지만 세 번째 접시를 샀을 때쯤 그녀와 헤어질 거라는 걸 알았어요. 많이 늦긴 했죠." 네가 계속 말했어. "우리 둘 다 오랫동안 이 관계에서 벗어나고 싶어 했어요. 그렇지만 헤어지기에는 너무 익숙했다고 나 할까." 넌 깜빡이를 켜더니 주유소로 가서 주유 펌프에 차를 세웠어. "어머니가 슬퍼할 거예요. 그녀를 정말 좋아하셨거든요."

"어머니들은 보통은 날 좋아하지 않아요." 내가 시인을 했지. 아니면 경고에 가까웠을지도 모르겠네.

넌 웃었지. "그럴 것 같아요. 어머니들은 아들이 건강해 보이는 여자와 사귀었으면 하죠. 당신은 너무 섹시해서 엄미 들을 안심시켜 술 수가 없어요."
　남자가 날 섹시하다고 말하는 것에 난 기분 상할 사람은 아니야. 그날 난 섹시해 보이려고 무진장 노력했거든. 내 몸매가 드러나 보이도록 30분 전에 구입한 브래지어와 허리선이 드러나는 로우컷 셔츠에 많은 돈을 썼을 만큼.
　조금 촌스럽게 느껴지는 말이긴 했지만 너의 칭찬이 고마웠어.
　네가 친구의 트럭에 기름을 채우는 동안에, 내가 데이트 신청을 받아들였다는 이유만으로 당신이 마음을 아프게 했을 그 건강해 보이는 여자가 생각났어. 그 순간 내가 꽃뱀처럼 느껴졌어. 하지만 그렇다고 도망칠 생각은 없었어. 당신의 에너지가 너무 좋아서 꼭 감싸고 절대 놓지 않을 계획이었거든.
　오늘 밤 렛저가 내 입술에 대고 자신의 이름을 말했을 때 나는 "스코티의 렛저?"라고 말할 뻔했어. 하지만 이미 그 순간 그가 당신의 렛저라는 걸 알았기 때문에 그 질문은 무의미한 거였어. 얼마나 많은 렛저가 있을 수 있겠어? 난 지금껏 그런 이름은 들은 적이 없는걸.
　난 묻고 싶은 게 너무 많았어. 하지만 렛저가 내게 키스를 했고, 널 두고 그에게 키스하고 싶은 내 마음 때문에 가슴이 찢어지는 것 같았어. 나는 물어보고 싶었어. "스코티는 어렸을 때 어땠어요? 그의 어떤 점이 좋았어요? 그가 내 얘기를 한 적이 있나요? 아직도 그의 부모님과 연락해요? 내 딸을 만나본 적 있어요? 내 부서진 인생의 모든 조각을 다시 맞추도록 도와줄 수 있나요?"
　하지만 난 아무 말도 할 수 없었어. 네 가장 친한 친구의 뜨거운 입술이 내게 닿아있었고, 그리고 마치 그 장면은 그가 내게 '배신자'라는 도장을 새기고 있는 것만 같았어. 왜 내가 널 배신하는 것처럼 느꼈는지 모르겠어. 네가 죽은 지 5년이나 지났고, 교도관과 키스를 했으니 네가 마지막 키스도 아니었잖아. 그때는 널 배신한다는 생각이 들지는 않았어. 그 교도관이 너의 가장 친한 친구는 아니어서였을까?

아니면 그와의 키스에는 떨림이 있었기 때문에 널 배신했다고 생각하는 건지도 몰라. 너의 키스가 항상 그랬던 것처럼 내 온몸에 전율이 느껴졌거든. 렛저는 내가 누군지 전혀 모른다고 생각하니 내가 정말 배신자, 거짓말쟁이, 쓰레기가 된 것 같은 느낌이 들었어. 렛저에게는 밤새도록 눈을 뗄 수 없던 하룻밤 상대의 여자와 키스하는 것뿐이겠지. 나에게는 가장 친한 친구가 나 때문에 죽은 잘생긴 바텐더와 키스한 것뿐이고.

모든 것이 엉망이 되었어. 산산이 부서지는 것 같아. 내가 누군지 알면 칼로 찔러버릴지도 모른다는 걸 알면서도 렛저가 날 만지는 걸 허락하고 있었어. 그의 키스에서 벗어나려는 것은 마치 핵폭탄으로 산불을 끄려는 것만큼이나 어려웠어.

사과하고 싶었어. 그리고 도망치고 싶었어.

렛저가 나보다 널 더 잘 알고 있을 거라는 생각에 쓰러질 것만 같았어. 이 마을에서 우연히 마주친 사람이 내가 피해야 할 유일한 사람이라는 게 싫어. 그래도 렛저는 내가 울고 있을 때 외면하지 않았어. 아마도 네가 했을 것과 같은 행동이었어. 그가 팔로 날 감싸 안고 원하는 만큼 원하는 대로 있게 배려해 주었어. 너 말고는 그렇게 편안하고 기분 좋게 안겨본 적이 없었어.

나는 눈을 감고 너의 가장 친한 친구가 내 편이라고 생각하려 했어. 그는 내 편이라고. 내가 너에게 한 짓에도 불구하고 그가 나를 안아주고 치유되도록 돕고 싶어 한다고. 또한 렛저가 고향에 돌아와 그 예전 트럭을 여전히 몰고 있다는 건 그는 단조로운, 틀에 박힌 삶을 좋아한다는 뜻이니 그가 계속 그런 마음을 간직하고 있으리라 믿고 싶어.

우리 딸이 렛저의 일상의 삶 중 일부일 수 있을 거라는 생각이 들어.

디엠과 만나지 못한 단 한 명이 나인 걸까?

네가 이 편지의 페이지를 볼 수 있다면 눈물 자국이 보일 거야. 내가 이제 잘하는 거라곤 우는 것밖에 없는 것 같아. 울면서 나쁜 결정을 내리는 것.

아, 물론 형편없는 시도 잘 써. 이 마을로 돌아오는 버스 안에서 쓴 시 한 편 들어볼래?

나에게는 한 번도 안아보지 못한 딸이 있다.
그녀는 내가 한 번도 맡아 본 적 없는 향기를 가지고 있다.
그녀는 내가 한 번도 부른 적 없는 이름을 가지고 있다.
그녀는 이미 실패한 엄마가 있다.

사랑을 담아,
케나

8장

렛저

어젯밤 집에 도착했을 때도 차고에 주차를 하지 않았다. 디엠은 아침에 일어나서 창밖을 내다보며 내가 집에 들어왔는지 확인하는 것을 좋아하는데, 내가 트럭을 차고에 세워두면 그게 디엠을 슬프게 만든다고 그레이스가 말했다.

나는 디엠이 생후 8개월일 때부터 길 건너편에 살았다. 내가 이 집에서 나가 덴버에서 살았던 기간을 제외하면 사실상은 평생을 이 집에서 살아온 셈이다.

부모님은 지금 둘 다 손님방에 쓰러져있지만, 근래 몇 년 동안 이 집에서 살지 않았다. 아버지가 은퇴하면서 캠핑카를 샀고 지금은 전국을 여행한다. 내가 덴버에서 돌아오면서 부모님으로부터 집을 샀고, 부모님은 짐을 싣고 떠났다. 기껏해야 1년 정도면 여행이 끝날 줄 알았는데 벌써 4년이 넘었고, 여전히 그들은 멈출 기미가 없다.

그냥 그들이 갑자기 나타나기 전에 미리 알려주기라도 해줬으면 좋겠다. 휴대폰에 GPS 앱을 깔든지 해서 앞으로는 대비를 해야 할 것 같다. 그들의 방문이 마음에 들지 않는 것은 아니지만 미리 대비하는 것은 좋은 일이니까. 그래서 새로 짓는 집에는 사생활 보호가 되는 정문을 만들고 있다.

언젠가는.

로만과 내가 많은 것을 직접 하고 있기 때문에 일이 더디다. 매주 일요일 로만과 함께 체셔리지까지 차를 몰고 가서 해가 뜰 때부터 질 때까지 작업을 한다. 좀 더 힘든 일은 외주를 주기도 하지만, 상당 부분의 공사를 직접 해냈다. 2년간의 일요일이 지나고 드디어 집이 완성되어 가고 있다. 아마 6개월 정도 뒤면 입주할 수 있을 것이다.

"어디 가는 거야?"

차고로 연결된 문을 나서려는데 목소리가 들렸다. 뒤를 돌아보니 아버지가 손님방에서 나와 서 있었다. 속옷만 입은 채로.

"디엠이 티볼을 해요. 오실래요?"

"아니. 오늘 애들이랑 놀기엔 너무 숙취가 심해. 그리고 다시 길을 떠나야 하고."

"벌써 떠난다고요?"

"몇 주 후면 다시 올 거야." 아버지가 날 안았다. "네 엄마는 아직 자고 있지만, 작별 인사 전해줄게."

"다음엔 오기 전에 미리 알려줘요. 일을 하루 쉬든지 할게요."

아버지는 고개를 절레절레 흔들었다. "아니, 우리가 예고 없이 불쑥 찾아왔을 때 놀라는 표정 보는 게 좋아." 아버지는 화장실로 들어가더니 문을 닫았다.

나는 차고를 지나 길 건너편에 있는 패트릭과 그레이스의 집을 향해 걸어갔다.

오늘은 내 집중력이 엉망이라 디엠이 수다스러운 기분이 아니길 바랄 뿐이다. 어젯밤에 만났던 그녀 생각뿐이고 그녀를 다시 만나고 싶다. 그녀 집 문 앞에 쪽지를 남기면 이상할까?

패트릭과 그레이스의 현관문을 두드리고 바로 걸어 들어갔다. 서로의 집을 너무 자주 오가다 보니 어느 순간 '열려 있어요'라는 말을 하는 것이 지겨울 정도가 되었다. 그리고 문은 항상 열려 있었다.

그레이스가 디엠과 함께 주방에 있었다. 디엠은 식탁 중앙에 다리를 접고 앉은 채로 무릎 위에 계란 한 그릇을 올려놓고 있었다. 디엠은 의자에 절대 앉지 않는다. 항상 소파 등받이, 주방 조리대, 식탁 등 사물의 맨 위에 있었다. 디엠은 올라가는 것을 좋아했다.

"아직 잠옷 차림이구나, D. 옷 입어, 우리 가야 해." 내가 복도 쪽을 가리키자 아이는 티볼 유니폼을 입으려 방으로 달려갔다.

"경기가 10시인 줄 알았는데?" 그레이스가 말했다. "미리 준비시켰어야 했는데 미안."

"10시 맞아요. 하지만 오늘 게토레이 담당이라 가게에 들러야 하고 로만도 태워 가야 해요." 나는 보조 주방 테이블에 기대며 귤을 집어 들었다. 그레이스가 식기세척기를 작동시키는 동안 귤껍질을 벗겼다.

"디엠이 그네를 갖고 싶대." 그레이스가 얼굴에 흘러내린 머리카락 한 올을 불어 넘기며 말했다. "너희 뒷마당에 있던 것처럼 엄청나게 큰 그네 말이야. 학교 친구 나일라가 그걸 샀나 봐. 우린 디엠에게 안된다는 말, 못하는 거 알지? 게다가 곧 다섯 번째 생일이고.”

“아직 그네 가지고 있어요.”

“그래? 어디에?”

“창고에 분리해서 놔뒀는데 패트릭이 다시 조립하는 걸 도와주면 될 것 같아요. 너무 어렵지만 않으면 좋겠네요.”

“아직 멀쩡할까?”

“분해했을 때만 해도 괜찮았어요.” 스코티 때문에 그네와 정글짐을 치워버렸다고 말하진 못했다. 스코티가 죽고 나서 그걸 볼 때마다 화가 났다.

귤을 한 조각 더 입에 넣자 생각이 돌아왔다. “벌써 다섯 살이라는 게 믿기지 않아요.”

그레이스가 한숨을 쉬었다. “나도 그래. 비현실적이야. 불공평하고.”

패트릭이 부엌으로 들어오며 내가 이미 서른 살 가까이 됐고 키가 자신보다 3인치나 크다는 사실을 잊은 듯 내 머리를 헝클어뜨린다. “안녕, 꼬마.” 그는 손을 뻗어 내 옆에 있는 귤 하나를 집어 들었다. “그레이스가 우리 오늘 경기 못 간다고 말했어?”

“아직 말 못 했어.” 그레이스가 말했다. 그녀는 눈을 굴리며 살짝 불편한 기색으로 나를 쳐다보았다. “언니가 병원에 입원했어. 수술을 받았는데, 괜찮긴 한데… 집에 가서 고양이 밥을 주어야 해.”

“이번엔 또 뭘 했대요?”

그레이스는 손을 그녀의 얼굴에 대고 흔들었다. “눈에다 뭔가

했나 봐. 누가 알았겠어? 나보다 다섯 살이나 많은데 열 살은 어려 보여."

패트릭이 그레이스의 입을 막는다. "그만. 당신은 완벽해." 그레이스는 웃으며 그의 손을 밀어냈다.

나는 저 둘이 싸우는 걸 본 적이 없다. 스코티가 어렸을 때조차도. 우리 부모님은 재미로 싸우나 싶을 정도로 사소한 일로 자주 다투었다. 하지만, 그레이스와 패트릭은 내가 아는 20년 동안 단 한 번도 다투는 걸 본 적이 없었다. 나도 누군가와 그런 삶을 살고 싶다. 하지만 지금은 그럴 여유가 없다. 할 일이 너무 많아서 몸과 마음 모두 점점 녹초가 되어가고 있는 것처럼 느껴진다. 패트릭과 그레이스처럼 인생의 반쪽과 오래도록 좋은 관계를 유지하려면 내겐 변화와 여유가 필요하다.

"렛저!" 디엠이 침실에서 소리를 질렀다. "도와줘요!" 나는 복도를 지나 아이의 침실로 향했다. 아이는 옷장 앞에서 무릎을 꿇고 안쪽을 이리저리 뒤지고 있었다. "다른 한쪽을 찾을 수가 없어요, 내 부츠가 필요해요."

디엠은 빨간 카우보이 부츠 하나를 들고 다른 부츠를 찾기 위해 이리저리 뒤지고 있었다. "부츠는 왜 필요해? 야구화가 필요하잖아."

"오늘은 야구신발 신고 싶지 않아요. 부츠를 신고 싶어요."

나는 침대 바로 옆에 있던 야구화를 가져다주며 말했다. "야구를 하려면 부츠를 신으면 안 돼요. 자, 침대에 올라가 앉아봐. 신는 걸 도와줄게."

니엠은 자리에서 일어나 두 번째 빨간 부츠를 침대 위로 던졌다.

"찾았다!" 킥킥 웃으며 침대에 올라가더니 부츠를 신기 시작한다.
"디엠, 야구하러 가는 거잖아. 야구를 할 때 사람들은 부츠를 신지 않아."
"난 그래요. 난 오늘 부츠를 신고 싶어요."
"아니, 안 돼." 그러다가 나는 입을 다물었다. 아이와 다툴 시간도 없고, 경기장에서 다른 아이들이 모두 야구화를 신고 있는 것을 보면 아이는 부츠를 벗겨달라고 할 것이다. 나는 부츠 신는 것을 도와준 뒤 아이를 안아 들고 한 손에 야구화를 들고 방 밖으로 나왔다.
그레이스는 문 앞에서 우리를 맞이하며 디엠에게 주스 파우치를 건넸다. "오늘 즐겁게 보내." 디엠의 뺨에 뽀뽀를 하더니 그레이스의 시선이 디엠의 부츠로 향했다.
"아무 말도 말아요." 내가 현관문을 열면서 말했다.
"안녕, 나나!" 디엠이 말한다.
부엌에 있던 패트릭이 디엠이 자신에게 하는 작별 인사를 깜빡 잊은 듯 보이자, 우리 쪽으로 쿵쾅거리며 다가왔다. "노노한테는 안 해?"
디엠이 말을 하기 시작했을 때 패트릭은 '아빠'로 불리고 싶어했다. 하지만 무슨 이유에서인지 디엠은 그레이스를 나나, 패트릭은 노노라고 물렀고, 그레이스와 나는 '노노'라는 말이 너무 재밌어서 결국 그 이름으로 굳어지게 되었다.
"안녕, 노노." 디엠이 킥킥거리며 말했다.
"우리가 일찍 돌아오지 못할 수도 있어." 그레이스가 말했다.
"혹시 늦게 되면 디엠 봐줄 수 있어?"

그레이스는 왜 항상 물어보는지 모르겠다. 내가 싫다고 말한 적이 없는데. 앞으로도 절대 거절하지 않을 텐데 말이다. "천천히 다녀와요. 점심도 먹일게요." 그렇게 말하고는 밖으로 나와 디엠을 내려놓았다.

"맥도날드!" 아이가 말한다.

"맥도날드는 안돼." 내가 트럭을 향해 길을 건너면서 말했다.

"맥도날드 드라이브 스루!"

뒷좌석 문을 열고 아이가 카시트에 앉는 것을 도와주었다. "멕시코 음식은 어때?"

"아뇨. 맥도날드."

"중국 음식은? 중국 음식 먹어본 지 오래됐는데."

"맥도날드."

"그럼 이렇게 하자. 경기장에 도착해서 야구화를 신으면 맥도날드를 먹을 수 있어." 안전벨트를 채워주며 말했다.

아이는 고개를 저었다. "아니, 난 부츠를 신고 싶어요. 어차피 점심은 먹고 싶지 않아요, 배부른데."

"점심시간이 되면 분명 배고플걸."

"안 그래, 나, 용 한 마리를 먹었어요. 아마 영원히 배가 부를 거예요."

이 아이가 너무 많은 상상의 이야기를 해서 가끔 걱정도 되지만, 걱정보다는 감탄이 더 클 정도로 설득력이 있었다. 아이가 몇 살부터 거짓말과 상상력의 차이를 알아야 하는지 모르겠지만, 그건 그레이스와 패트릭에게 맡기기로 하자. 내가 가장 좋아하는 부분인데 억누르고 싶지 않다.

차를 출발시키며 물었다. "용을 한 마리 먹었다고? 용 한 마리를 통째로?"

"네, 하지만 아기용이었어요. 그래서 내 뱃속에 들어가요."

"아기용은 어디서 찾았을까?"

"월마트에서요."

"월마트에서 아기용을 팔아?"

아이는 계속해서 월마트에서 아기용을 어떻게 파는지와 특별한 쿠폰이 있어야 하고 아이들만 먹을 수 있다는 설명을 해주었다. 내가 로만의 집에 도착했을 때, 아이는 어떻게 아기용을 요리하는지 설명하고 있었다.

"소금과 샴푸로 요리하면 돼요."

"샴푸는 먹는 게 아니야."

"먹는다는 게 아니라 용을 요리하는 데 사용한다니까요."

"아, 내가 바보였구나."

로만은 장례식에 가는 사람처럼 긴장한 표정을 지은 채 트럭에 올랐다. 그는 티볼 데이를 싫어했다. 그는 어린아이들을 싫어하는 타입이었다. 그가 내가 코치를 맡았을 때 도와준 유일한 이유는 다른 부모들은 아무도 하려 하지 않았기 때문이었다. 그가 가게에서 일하기 시작할 때부터 나는 그의 스케줄에 정식으로 이날을 추가했다. 돈을 받고 티볼 코치를 하는 사람은 내가 아는 한 로만이 유일했지만, 그는 그다지 죄책감을 느끼는 것 같지 않았다.

"안녕, 로만." 디엠이 뒷좌석에서 단조로운 목소리로 말했다.

"커피 한 잔밖에 못 마셨으니 말 걸지 마." 로만은 스물일곱 살이지만, 로만과 디엠은 둘의 중간 나이 어디쯤에서 만나 애증의 관계를 맺었다. 둘은 서로가 12살짜리 중학생인 것처럼 굴었다.
 디엠이 머리 받침대 뒤쪽을 두드리기 시작했다. "일어나, 일어나, 일어나."
 로만이 고개를 돌려 날 바라보았다. "사장님이 여가 시간에 어린아이들을 돕는 이 모든 일이 사후 세계에 어떤 도움도 되지 않을 거라는 거 알아요? 종교는 사람들을 규제하고 싶어서 사회가 만들어 낸 사회적 산물이에요. 천국은 만들어진 개념이라니까요. 우리는 지금 푹 자고 있어도 된다고요."
 "와우, 로만이 커피를 원하는 만큼 다 마시기 전엔 우리 만나지 않는 게 좋겠다." 나는 차를 출발시켰다. "천국이 개념적이라면 지옥은 뭐야?"
 "티볼 경기장."

9장

케나

일자리를 구하려고 여섯 군데를 돌아다녔는데 아직 오전 10시가 채 되지 않았다. 형태는 모두 똑같았다. 지원서를 쓰라고 하고 내 경력에 관해 물어보았다. 나는 경력이 없는 이유를 말해야 했다. 그러면 날 아래위로 훑어보고 나서 그들은 사과를 한다. 그들이 무슨 생각을 하는지 안다. 집주인 루스가 나를 처음 봤을 때 했던 말과 똑같다. "이런 모습일 줄은 몰랐어요."

사람들은 감옥에 가는 여성들은 특정한 외모를 가지고 있다고 생각한다. 특정한 방식으로 살아왔을 거라고. 하지만 우리는 엄마이고, 아내이고, 딸이다. 그리고 인간이다, 우리가 원하는 건 그저 한 번만이라도 그런 편견을 버려달라는 거다.

딱 한 번만.

일곱 번째로 찾아간 곳은 식료품점이었다. 아파트에서 거의 2.5마일이나 떨어져 있어서 생각보다 멀기도 했지만, 이 가게와 아파트 사이에 있는 다른 곳들에 들르는 동안 모든 힘을 다 써버려 온몸이 땀에 젖어버렸다.

상점에 들어서기 전에 화장실에서 매무새를 정리하는 게 좋겠다 싶었다. 세면대에서 손을 씻고 있는데 검은색 부드러운 머릿결을 가진 키 작은 여자가 화장실에 들어왔다. 그녀는 화장실 안으로 들어가지 않고 벽에 기대어 눈을 감았다. 그녀는 에이미라는 명찰을 달고 있었다.

눈을 뜨더니 내가 자신의 신발을 쳐다보고 있다는 것을 알아차렸다. 그녀는 흰색과 빨간색 구슬이 동그라미 모양으로 장식된 모카신을 신고 있었다.

"마음에 들어요?" 그녀가 발을 들어 한쪽으로 기울이면서 물었다.

"네. 예쁘네요."

"할머니가 만든 거예요. 여기선 운동화를 신어야 하는데 총지배인은 내 신발에 대해 어떤 말도 하지 않아요. 내가 무서운가 봐요."

나는 진흙이 묻은 내 운동화를 내려다보았다. 이렇게 더러운 신발을 신고 다닌 줄은 몰랐는데 몸이 움츠러들었다.

이런 상태로는 일자리를 구할 수 없다. 신발 한 짝을 벗고 세면대에서 씻기 시작했다.

"나 잠깐 숨어 있는 거예요"라고 그녀가 말했다. "평소에는 화장실에서 시간을 보내지 않는데 지금 매장에 항상 사사건건 불평하는 할머니가 있어서요. 오늘은 솔직히 그 할머니의 헛소리를 들을 기분이 아니에요. 두 살짜리 아이가 있는데 밤새 잠을 못 자서 오늘 정말 병가를 내고 싶었거든요. 그런데 내가 스케줄 담당이라…. 스케줄 담당은 병가를 내는 게 쉽지 않아요. 그래서 출근했죠."

"그리고 화장실에 숨었죠."

그녀가 웃었다. "맞아요."

나는 다른 신발을 씻으며 물었다. "혹시 채용 계획이 있나요? 일자리를 찾고 있어요." 목구멍에 덩어리가 걸린 것 같았다.

"그렇긴 한데 그쪽이 관심 있는 일은 아닐 거예요."

그녀는 내 얼굴의 절박함을 보지 못했나 보다. "무슨 일인데요?"

"식료품을 봉투에 담아주는 일이요. 풀타임이 아니라서 보통 특별한 도움이 필요한 청소년을 위해 그 자리를 남겨둬요."

"아, 그렇다면 다른 사람의 일자리를 빼앗고 싶지는 않아요."

"아니요, 그런 게 아니라," 그녀는 계속했다. "근무 시간이 짧아서인지 지원자가 많지 않아요. 파트타임으로 도와줄 일손이 절실히 필요한 상황이긴 해요. 일주일에 20시간 정도."

당장은 집세도 안 되겠지만 열심히 일하면 다른 자리로 옮길 수 있을지 모른다. "특별한 도움이 필요한 사람이 지원할 때까지 제가 할 수 있어요. 돈이 정말 필요해요."

에이미는 나를 위아래로 쳐다보았다. "왜 그렇게 절박해요? 급여가 형편없어요."

나는 신발을 다시 신었다. "저, 음…" 나는 신발 끈을 묶으며 피할 수 없는 순간을 조금이라도 늦추려고 했다. "실은 막 감옥에서 나왔어요." 그다지 신경 쓰이지 않는다는 듯이 빠르고 자신 있게 말했다. "하지만 전… 할 수 있어요. 실망시키지 않을게요. 문제도 일으키지 않을 거고요."

에이미가 큰 소리로 웃었다. 그러다가 내가 따라 웃지 않자 그녀는 팔을 가슴에 끼고 고개를 들었다. "뭐야, 젠장. 진심이에요?"

나는 고개를 끄덕였다. "네. 하지만 그게 규정에 위배된다면 충분히 이해합니다. 괜찮아요."

그녀는 급하게 손을 흔들었다. "사실 우리는 정식 규정 같은 거 없어요. 체인점이 아니라서 우리가 원하면 누구든 고용할 수는 있어요. 솔직히 난 '오렌지 이즈 더 뉴 블랙(상류층 뉴요커가 여성 교도소에 수감되면서 벌어지는 일들을 그린 미국 드라마 시리즈-옮긴이)'에 푹 빠져 있거든요. 어떤 부분이 엉터리인지 알려준다고 약속하면 지원서 줄게요."

울 것 같았다. 대신 난 웃는 척했다. "그 쇼에 관한 우스갯말을 너무 많이 들었어요. 한 번 봐야겠어요."

에이미가 고개를 끄덕인다. "네, 네, 네. 최고의 쇼예요, 최고의 출연진이고요. 따라와요."

나는 그녀를 따라 매장 정면에 있는 고객 서비스 데스크로 갔다. 그녀는 서랍을 뒤져 신청서를 찾아 펜과 함께 내게 건네주었다. "여기서 바로 작성해 주면 월요일 오리엔테이션에 참석할 수 있게 해 줄게요."

나는 지원서를 받아 들고는, 그녀에게 고맙다고 말하고, 그녀를 안아주고, 그녀가 내 인생을 바꿨다고 말하고 싶었다. 하지만 그냥 웃으며 조용히 정문 옆 벤치로 지원서를 가져갔다.

내 이름을 적되 중간 이름에 따옴표를 넣어 니콜이라고 부를 수 있도록 했다. 이 동네에서 케나라고 적힌 이름표를 달고 다닐 수는 없으니까. 누군가는 알아볼 거고, 그럼 수군거림이 시작될 것이다.
첫 페이지의 반쯤 썼는데 방해꾼이 나타났다.
"이봐요."
그의 목소리에 펜을 꽉 쥐었다. 천천히 고개를 들었더니 렛저가 게토레이 수십 팩을 가득 담은 식료품 카트를 들고 내 앞에 서 있었다.
그가 신청서 상단에 있는 내 이름을 보지 못했기를 바라며 신청서를 덮었다. 침을 삼키고 어제 그가 내게서 보아 버렸던 정제되지 못했던 기분보다 훨씬 안정되어 보이려고 노력했다.
게토레이를 가리키며 말했다. "오늘 밤 바에서 특별한 일이 있나 보죠?"
내가 당장 꺼지라고 할 줄 알았는지 그의 얼굴에 미묘한 안도감이 스쳐 가는 게 보였다. 그는 게토레이 팩 중 하나를 두드렸다. "티볼 코치예요."
왠지 그 대답이 불편하게 느껴져서 나는 그에게서 얼굴을 돌렸다. 그는 티볼 코치처럼 보이지 않는다. 엄마들이 굉장히 좋아하겠군.
그런데, 티볼 코치라고? 아이가 있는 거야? 아이도 있고 아내도?
그럼 내가 유부남인 티볼 코치랑 거의 잘 뻔한 거야?
클립보드 뒷면을 펜으로 두드렸다. "혹시… 결혼한 건 아니죠?"
그의 미소를 보니 아닌 것 같았다. 그는 말하지 않아도 됐지만 고개를 절레절레 흔들며 "싱글"이라고 대답한 다음 무릎 위에 있는 클립보드를 향해 손짓을 했다. "지원서 쓰는 중인가요?"

"네." 고객 서비스 데스크 쪽을 힐끗 쳐다보니 에이미가 나를 쳐다보고 있었다. 이 일이 정말 필요한데, 근무 시간 동안 섹시한 바텐더에게 한눈을 파는 것처럼 보일까 봐 걱정이 되기 시작했다. 렛저가 여기 서서 나와 이야기하는 것이 나의 기회를 해치는 것은 아닌지 걱정하며 그녀에게서 고개를 돌렸다. 클립보드를 다시 뒤집은 뒤 그가 내 이름을 볼 수 없도록 기울였다. 그가 그냥 가기를 바라며 주소를 적었다.

하지만 그는 그러지 않았다. 카트를 옆으로 밀어서 다른 사람이 지나갈 수 있게 한 다음 오른쪽 어깨를 벽에 기대고 말했다 "다시 만나길 바랐어요."

지금은 이러지 않을 거다. 내가 누군지도 모르는데 그를 끌어들이지 않을 거다. 고객에게 지나치게 친절하게 대해서 나를 위험에 빠뜨리지도 않을 거다.

"제발 가 줄래요?" 조용하게, 하지만 그가 충분히 들을 수는 있도록 말했다.

그는 당황하더니 말했다. "내가 뭐 잘못했어요?"

"아뇨, 전 이걸 끝내야 해요."

그는 턱이 굳어지고 벽에서 몸을 뗐다. "당신이 화난 것처럼 보여서… 어젯밤 일을 내가 미안해해야 하는 건지…"

"난 괜찮아요." 고객 서비스 데스크를 보니 에이미가 여전히 쳐다보고 있었다. 나는 렛저를 보고 그에게 애원했다. "난 이 일이 정말 필요해요. 그리고 지금 미래의 내 상사가 계속 이쪽을 보고 있고요. 악의는 없겠지만 당신은 문신으로 뒤덮여 있고 문제를 일으킬 사람처럼 보일 수도 있어요. 내가 전혀 문제를 일으키지 않을 거라고 상사가 생각해줬으면 좋겠어요. 어젯밤에 무슨 일이 있었는지는 상관없어요. 우리 둘만의 일이었을 뿐이니까요. 괜찮았어요."

그는 천천히 고개를 끄덕이며 쇼핑 카트 손잡이를 잡았다. "괜찮았다……." 그는 기분이 상한 듯 그 말을 반복했다.

잠시 너무 했다는 생각이 들었지만 그에게 거짓말을 하지는 않기로 했다. 그가 내 청바지에 손을 넣었고, 우리가 방해받지 않았다면 아마 섹스를 하게 되었을 것이다. 그의 트럭에서. 그가 생각하는 것처럼 그건 괜찮은 것 이상이었다. 그의 키스는 정말 훌륭했다. 하지만, 지금 내 인생에서 그의 입술보다 더 중요한 일이 너무 많기 때문에 머릿속이 너무 복잡하다.

그는 잠시 동안 조용히 서 있다가 쇼핑카트에 있는 자루에 손을 뻗고는 갈색 병을 꺼냈다. "캐러멜을 샀어요. 당신이 돌아올 때를 대비해서요." 그는 병을 카트에 던져 넣었다. "아무튼, 행운을 빌어요." 돌아서서 문을 나서는 그가 불안해 보였다.

신청서를 계속 쓰려는데 몸이 떨리기 시작했다. 내 몸에 폭탄이 묶여 있는 것 같았고, 그가 나타나면서 폭탄의 시계가 켜진 것 같았다. 내 비밀이 터질 순간이 점점 더 가까이 다가오고 있었다.

신청서 작성을 마쳤지만 손이 떨려서 필체가 엉망이었다. 고객 서비스 센터로 돌아와서 에이미에게 건네자 에이미가 묻는다. "남자친구예요?"

나는 모르는 척 말했다. "누구 말이에요?"

"렛저 워드요."

워드? 바 이름이 워드였는데. 그가 술집 주인이었나?

에이미의 질문에 머리를 가로저으며 대답했다. "아니요, 모르는 사람이에요."

"안됐네요. 그와 레아가 헤어지고 나서부터 이 근방에서 제일 인기 있는 상품이거든요."

그녀는 내가 레아가 누군지 안다는 듯 말했다. 이렇게 작은 마을에서는 대부분의 사람이 대부분을 아는 모양이다. 렛저가 사라진 문을 돌아보았다. "저는 인기 있는 상품을 찾으러 여기 온 게 아니에요. 그저 인기 있지 않은 직업을 찾고 있을 뿐."

에이미가 웃더니 지원서를 잠시 살펴보았다. "여기서 자랐나요?"

"아니요, 덴버 출신이에요. 대학 때문에 여기 왔어요." 거짓말이었다. 난 대학에 다닌 적이 없다. 하지만 여기는 대학도시이고 언젠가 대학에 가려고 했으니까. 아직 그런 일이 일어나지 않았을 뿐이다.

"아, 그래요? 학위가 뭐예요?"

"끝내지 못했어요. 그래서 다시 돌아왔고요." 다시 거짓말을 했다. "다음 학기에 등록하려고요."

"이 직업이 딱 맞아요. 수업 시간에 맞춰서 일할 수 있으니 월요일 8시에 오리엔테이션에 와요. 운전면허증 있어요?"

고개를 끄덕이며 말했다. "네, 가져올게요." 몇 달 동안이나 운전 면허를 되찾기 위해 노력한 끝에 지난달에 막 운전면허증을 다시 받게 되었다. "고마워요." 가능한 한 간절함을 최대한 줄이면서 말하려고 노력했고, 지금까지는 잘 풀리고 있는 것 같았다. 이제 내겐 아파트도 있고 직장도 생겼다.

이제 딸만 찾으면 된다.

돌아서려는데 에이미가 불렀다. "잠깐만요. 급여가 얼마인지 알고 싶지 않아요?"

"아 네, 물론이죠."

"최저임금이에요. 말도 안 되죠, 알아요. 내가 이 가게 주인이라면 당장 인상했을 거예요." 그녀는 앞으로 몸을 숙이고 목소리를 낮췄다. "로우스 매장에 취직할 수 있을 거예요. 초봉이 두 배는 되거든요."

"지난주에 온라인을 통해 알아봤는데 내 기록 때문에 고용하지 않을 거예요."

"아, 안됐네요. 그럼, 월요일에 봐요."

나는 다시 돌아서려다 말고, 카운터를 손가락으로 두드리고는 머뭇거리며 질문 하나를 했다. "좀 전에 얘기했던… 렛저라는 사람 잘 알아요?"

그녀는 즐거운 표정을 지었다. "그 사람이 왜요?"

"아이가 있나요?"

"조카인지 누군가 하나 있어요. 귀여운 여자애인데 가끔 여기 같이 오곤 해요. 하지만 렛저는 미혼이고 아이는 없을 거예요."

소가라고? 혹시 죽은 절친의 딸을 말하는 걸까? 내 딸과 함께 여기에 쇼핑하러 왔단 말인가?

갑자기 밀려오는 감정의 소용돌이 속에서도 억지로 미소를 지었다. 다시 한번 고맙다는 인사를 건네고, 기적처럼 렛저의 트럭이 아직 밖에 머물러 있고, 내 딸이 그 트럭에 함께 타고 있기를 바라며 서둘러 자리를 떴다.

주차장을 둘러보았지만 그는 이미 사라지고 없었다. 속이 울렁거리는 것 같았고, 희망으로 위장한 아드레날린이 온몸을 타고 흐르는 것을 느낄 수 있었다. 왜냐하면 이제 그가 티볼 코치라는 것을 알았고, 디엠이 그의 팀에서 뛰고 있을 가능성이 높기 때문이다. 아이도 없는 사람이 왜 코치를 하겠어? 티볼 경기장으로 바로 갈까도 고민했지만, 지금 당장 해야 할 일이 있었다. 패트릭과 그레이스와 만나 이야기를 해야만 한다.

10장

렛저

더그아웃에서 장비를 꺼내고 있는데 그레이디가 체인 링크 펜스 사이로 손가락을 집어넣어 철망을 붙잡고 물었다. "그래서? 누구야?"

나는 그가 무슨 말을 하는지 모르는 척했다. "누가 누구냐는 거야?"

"어젯밤 트럭에 있던 여자 말이야."

그레이디의 눈이 충혈되어 있다. 야간 교대 근무가 그에게 큰 타격을 준 것 같다. "손님이야. 집까지 태워준 거야."

그레이디의 아내 휘트니가 그의 옆에 와서 섰다. 그녀 뒤에 엄마 군단이 같이 몰려오지 않았어도, 휘트니의 눈빛만으로 티볼 경기장의 모든 사람들이 이미 내 이야기를 나눴다는 걸 알 수 있었다. 한 번에 한 커플씩 해명하려면……. "그레이디가 그러는데 어젯밤에, 트럭에 여자를 태우고 있었다고 하던데요."

나는 그레이디를 노려보았고, 그는 마치 아내가 정보를 빼내 간 것처럼 어쩔 수 없었다는 듯 힘없이 두 손을 들어 올렸다.
"아무도 아니에요. 그냥 손님을 집까지 태워다 준 것뿐이에요." 오늘 이 말을 몇 번이나 반복해야 할지 모르겠다.
"누군데요?" 휘트니가 묻는다.
"아는 사람은 아닐 거예요."
"우린 이 근처 사람 다 알아." 그레이디가 말했다.
"여기 출신이 아니야." 거짓말일 수도 있고 사실일 수도 있겠지만, 그녀에 대해 아는 게 거의 없어서 모르겠다. 그녀에게서 어떤 향기가 났는지만 빼고.
"데스틴이 스윙 연습 많이 했어." 그레이디가 아들 이야기로 주제를 바꾸며 말했다. "오늘 뭘 해낼지 잘 지켜봐."
그레이디는 다른 모든 아빠들의 선망의 대상이 되고 싶어 했다. 이해가 안 된다. 티볼은 재미있어야 하는데 그레이디 같은 사람들이 너무 경쟁심에 사로잡혀 스포츠를 망친다. 2주 전 그레이디는 심판과 싸울 뻔했다. 로만이 그레이디를 경기장 밖으로 데려가지 않았다면 아마 그 심판을 쳤을 것이다. 티볼 경기 때문에 그렇게 열을 내는 것이 누구에게 좋은 모습일지 모르겠다. 하지만 그레이디는 아들의 스포츠 경기를 매우 진지하게 생각한다.
난… 별로. 가끔은 디엠이 내 딸이 아니기 때문에 그런 건지 궁금할 때가 있다. 만약 내 친딸이었다면 점수 기록도 남지 않는 스포츠 경기에 화를 냈을까? 유전학적 친자식이라고 내가 다른 누군가를 디엠보다 더 사랑할 수 있을지 모르겠지만, 내 아이의 경기라고 달라질 거라는 생각은 들지 않는다. 어떤 부모들은 내가 프로 풋볼 선수였기 때문에 더 경쟁심이 강할 거라고 생각한다. 경쟁적인 코치들을 오랫동안 겪은 것은 사실이다. 이번에 내가 코치를 맡기로 한 이유는 경쟁심 강한 놈이 와서 디엠에게 나쁜 본보기가 되는 것을 막기 위해서였다.

다들 몸을 풀고 있어야 하는데 디엠은 홈 플레이트 뒤에 서서 야구 바지 주머니에 티볼을 집어넣고 있었다. 주머니에 두 개를 넣었는데 이제 세 개째 넣으려고 했다. 바지가 무게 때문에 처지기 시작했다.

디엠에게 다가가 무릎을 꿇었다. "D, 티볼 공을 다 가져갈 수는 없어."

"이건 드래곤 알이에요. 마당에 심어 아기 드래곤을 키울 거예요."

나는 공을 로만에게 한 번에 하나씩 던져주었다. "용은 그렇게 자라지 않아. 엄마 용이 알 위에 앉아서 품어줘야 해. 알을 땅에 묻어선 안 돼."

디엠이 조약돌을 집으려고 몸을 앞으로 구부리는데 윗옷 뒤편에 공 두 개가 꽂혀 있는 것을 발견했다. 옷자락을 빼자 공이 밑으로 떨어졌다. 나는 공을 발로 차 로만에게 보냈다.

"나도 알에서 자란 거야?" 아이가 물었다.

"아니, D. 넌 인간이야. 인간은 알에서 자라지 않아. 우리는……." 나는 말을 멈췄다. 우리는 엄마 배 속에서 자라는 거야, 라고 말하려다 입을 다물었다. 디엠 주변에서 아빠나 엄마에 대한 이야기는 하지 않으려고 항상 조심했다. 내가 대답할 수 없는 질문을 디엠이 하기 시작하면 안 되니까.

"우리는 어디에서 자라요?" 아이가 물었다. "나무?"
젠장.
그레이스나 패트릭이 아기가 어떻게 만들어지는지에 대해 뭐라고 설명했는지 알 수가 없어서 디엠의 어깨에 손을 얹고 그녀의 질문을 못 들은 척 무시하기로 했다. 내가 어찌할 수 없는 일이다. 난 아직 이런 대화를 할 준비가 되어 있지 않았다.
나는 모든 아이들에게 더그아웃으로 가라고 소리쳤고, 다행히 디엠은 친구들 중 한 명에게 정신이 팔려 내게서 멀어졌다.
나는 한숨을 내쉬며 대화가 때마침 여기서 끝난 것에 안도했다.

∽

맥도날드까지 따라올 필요는 없도록 로만을 바에 내려줬다.
디엠이 경기 중에 야구화를 한 번도 신지 않았는데도 맥도날드에 간 이유는, 디엠은 항상 원하는 것을 얻어내는 능력이 있었기 때문이다. 아이를 키울 때 언제 혼을 내야 하는지 결정해야 한다고들 한다. 하지만 아무것도 혼내지 않으면 정말 안 되는 걸까?
"더 이상 티볼을 하고 싶지 않아요." 디엠이 느닷없이 말했다. 디엠은 감자튀김을 꿀에 찍어 먹으며 그 결정을 내린다. 꿀이 아이의 손으로 흘러내렸다. 닦아주기가 훨씬 쉽기 때문에 감자튀김을 케첩에 찍어 먹게 하려고 노력했지만, 가능한 한 가장 어려운 방법을 택하지 않는다면 디엠은 디엠이 아니기에 실패했다.
"이제 티볼이 싫어?"
아이는 고개를 끄덕이며 손목을 핥았다.
"그럴 수 있어. 하지만 이제 몇 경기밖에 안 남았고, 넌 이미 서

약을 했잖아."

"서약이 뭔데요?"

"서약이란 무언가를 하기로 약속하는 거야. 팀의 일원이 되기로 동의한 거. 시즌 도중에 그만두면 친구들이 슬퍼할 거야. 남은 시즌을 버텨보면 어떨까?"

"만약 경기가 끝나고 매번 맥도날드를 먹을 수 있다면요."

나는 디엠에게 눈을 가늘게 뜨며 말했다. "왜 사기당한 것 같은 기분이 들지?"

"사기를 당한다는 게 무슨 뜻인데요?" 아이가 물었다.

"나를 속여서 맥도날드에 오려 한다는 뜻이지."

디엠이 웃으며 마지막 감자튀김을 입에 넣었다. 뒷정리를 하고 디엠의 손을 잡은 채 가게 밖으로 데리고 나오는데 꿀 생각이 났다. 아이의 손이 끈적거렸다. 바로 이런 이유로 트럭에 항상 물티슈를 비치해 둔다.

잠시 후, 카시트 안전벨트를 매주고 나서 그녀의 손과 팔을 물티슈로 닦아주고 있을 때였다. "언제 우리 엄마가 더 큰 차를 살 수 있어요?"

"미니밴 몰고 계시잖아. 더 큰 차가 필요해?"

"나나 말고요." 디엠이 말했다. "우리 엄마요. 스카일라가 우리 엄마가 디블 경기에 온 적이 없다고 말했어요. 그래서 스카일라에게 엄마가 더 큰 차를 사면 보러 올 거라고 내가 말했어요."

손을 닦는 것을 멈췄다. 디엠이 엄마 얘기를 꺼낸 적은 없었다. 이 비슷한 이야기가 하루에 두 번이나 나오다니. 이제 그럴 나이가 된 것도 같지만, 그레이스나 패트릭이 케냐에 대해 아이에게 무슨 말을 했는지 전혀 정보가 없고, 왜 엄마의 차에 대해 이야기하는지도 알 수가 없다.

"엄마한테 더 큰 차가 필요하다고 누가 말했어?"

"할머니요. 엄마 차가 크지 않아서 내가 할머니랑 할아버지와 같이 사는 거예요."

혼란스러웠다. 나는 머리를 흔들며 물티슈를 봉투에 넣었다. "난 모르겠어. 할머니한테 물어봐." 나는 문을 닫고 트럭 운전석으로 돌아가면서 그레이스에게 문자를 보냈다.

왜 디엠은 엄마한테 더 큰 차가 없어서 자신의 인생에 엄마가 없다고 생각할까요?

맥도날드에서 몇 마일 벗어났을 때쯤 그레이스의 전화가 걸려왔다. 스피커폰이 아닌지 우선 확인하고 전화를 받았다. "여보세요. 디엠과 같이 돌아가는 중이에요." 그레이스에게 내 쪽에서는 말을 많이 할 수가 없다고 알리는 나만의 방식이었다.

그레이스는 내 문자에 장황하게 설명할 준비를 하는 것처럼 숨을 들이마시며 말했다. "지난주에 디엠이 왜 자기는 엄마랑 같이 살지 않느냐고 물어봤어. 뭐라고 대답해야 할지 몰라서 엄마의 차가 우리 모두를 태울 만큼 크지 않아서 우리와 함께 산다고 말했어. 제일 먼저 생각난 거짓말이었어. 나 너무 당황했었거든, 렛저."

"그런 것 같네요."

"언젠간 말하려고 했어. 그런데 아이에게 엄마가 감옥에 있다고 어떻게 말하겠어? 감옥이 뭔지도 모르는 아이한테?"

"비난하려는 게 아니에요. 저는 단지 우리가 이해를 같이하고 있는지 확인하고 싶었을 뿐이에요. 하지만 좀 더 정확하게 진실을 알려줄 좋은 방법을 생각해 내야 할 것 같아요."
"알아. 그런데 아직 어리잖아."
"이미 궁금증이 생기기 시작했어요."
"알아. 그냥… 다시 물어보면 내가 설명해 줄 거라고 말해줘."
"이미 그렇게 말했어요. 대답 준비하셔야 할 것 같아요."
"좋아." 그녀가 한숨을 쉬며 말했다. "경기는 어땠어?"
"좋았어요. 빨간 부츠 신고 경기했어요. 그리고 맥도날드도 먹었죠."
그레이스가 웃었다. "넌 왜 디엠이 하자는 대로 다 하니."
"일 있으면 알려주세요. 이따 봐요." 나는 전화를 끊고 뒷좌석을 흘끗 쳐다보았다. 디엠은 골똘히 무슨 생각에 사로잡혀 있었다.
"무슨 생각 해, D?"
"나 영화에 나오고 싶어요." 디엠이 말했다.
"그래? 배우가 되고 싶어?"
"아니요, 영화에 나오고 싶다고요."
"알아. 그게 바로 배우야."
"그럼, 맞아요. 그게 내가 되고 싶은 거예요. 배우요. 만화에 나오고 싶어요."
나는 아이에게 만화는 목소리와 그림으로 만들어진다고 말하지 않았다. "넌 훌륭한 만화 배우가 될 것 같아."
"그럴 거예요. 말이나 용이나 인어가 될래요."
"아니면 유니콘은 어때?" 내가 거들었다.

아이는 웃으며 창밖을 내다보았다.
나는 디엠의 상상력을 사랑하지만, 그것이 스코티에게서 온 것은 분명히 아니라고 말할 수 있다. 그는 보도블록보다 더 단단하고 사실적인 사람이었으니까.

11장

케나

나는 디엠의 사진을 본 적이 없다. 그래서 날 닮았는지 스코티를 닮았는지조차 모른다. 아이의 눈은 파란색일까, 갈색일까? 아이의 미소는 아버지처럼 순수할까? 아니면 나와 같을까? 아이는 행복할까?

그게 바로 내가 유일하게 바라는 것이다. 딸이 행복했으면 좋겠다. 난 그레이스와 패트릭을 전적으로 믿었다. 그들은 스코티를 사랑했고 디엠도 사랑할 게 분명했다. 그 둘은 디엠이 태어나기도 전부터 디엠을 사랑했다.

내가 임신했다는 소식을 들은 날부터 그들은 양육권 소송을 시작했다. 아기의 폐도 채 발달하지 않았는데 아이의 삶을 놓고 싸우고 있었다. 디엠이 태어나기도 전에 난 양육권 싸움에서 졌다. 몇 년의 징역형을 선고받은 엄마가 가질 수 있는 권리는 많지 않았다.

판사는 상황의 특수성과 내가 스코티의 가족에게 가한 고통을 감안해서, 그의 양심상 내 방문권 요청을 들어줄 수 없다고 말했다. 또한 내가 감옥에 있는 동안 딸과 나의 관계를 이어갈 수 있도록 해줄 것을 스코티의 부모에게 강요할 수도 없다고 했다.

출소 후에 법원에 탄원서를 낼 수 있다고 들었지만, 양육권을 잃은 내가 할 수 있는 일은 거의 없었다. 디엠이 태어나고 거의 5년 후 출소할 때까지 날 위해 무언가를 해줄 수 있는 사람은 없었고, 해주려는 사람도 없었다. 내가 가진 것은 어린아이처럼 붙잡고 싶은, 막연한 희망뿐이었다. 스코티의 부모님에게 시간이 필요했던 것이길 기도했다. 그들이 결국에는 디엠의 삶에 내가 필요하다고 생각하길 빌고 또 빌었다.

세상으로부터 고립된 상태에서 내가 할 수 있는 일은 별로 없었지만, 세상으로 나간 뒤 이 일을 어떻게 해결할지는 오랫동안 진지하게 고민했었다. 어떻게 풀릴지는 모르겠다. 스코티의 부모님이 어떤 사람들인지도 사실 잘 모른다. 스코티와 사귀고 있을 때, 딱 한 번 부모님과 만났지만 그다지 잘 흘러간 것 같지는 않다. 온라인에서 스코티의 부모님을 찾아보려 했지만 프로필이 극도로 가려져 있었다. 디엠의 사진은 어디서도 찾을 수 없었다. 이름이 기억나는 스코티의 친구들도 찾아봤지만 기억나는 사람이 별로 없었고, 심지어 그들의 프로필도 모두 비공개였다.

날 만나기 전의 스코티의 삶에 대해 내가 아는 것이 거의 없는 것 같았다. 스코티의 친구나 가족을 제대로 알 수 있을 만큼 오래 함께하지도 못했다. 그가 살았던 22년 중 고작 6개월뿐이었으니까.

왜 그의 인생에 있던 사람들이 다들 문을 잠가놓은 것처럼 느껴질까? 혹시 나 때문일까? 이런 일이 일어날까 봐 두려워하는 걸까? 내가 나타날까 봐? 내가 내 딸의 삶에 일부가 되길 바랄까 봐?

그들이 날 미워할 거라는 걸 안다. 날 미워할 권리는 충분히 있다. 하지만 나의 일부가 지난 4년간 디엠이라는 이름으로 그들과 함께 살아왔다. 내 희망은 그들이 내 딸을 통해 나를 용서해 줄 조그마한 조각이라도 찾았으면 하는 것이다. 시간이 지나면 아무리 심한 상처라도 낫는다고 하지 않았던가?

물론 내가 남긴 건 단순한 상처가 아니라 너무나 가슴 아픈 일이라 절대 용서받지 못할 것이다. 그래도 내가 할 수 있고 기대할 수 있는 것은 이것뿐인데 희망조차 버릴 수는 없다. 이 희망이 나를 완성하거나 또는 나를 파괴할 것이다. 그 중간은 없다.

결판이 날 때까지 4분의 시간이 남았다.

5년 전 법정에서보다 지금 이 순간이 더 긴장되어 고무로 만든 불가사리를 손에 꼭 쥐었다. 아파트 옆 주유소에서 파는 유일한 장난감이었다. 택시 기사에게 월마트에 데려다 달라고 할 수도 있었지만, 그곳은 내가 디엠이 아직 살기를 바라는 곳과 반대편에 위치했고 택시비 또한 감당할 수 없을 것 같았다.

오늘 식료품점에서 일자리를 구한 뒤, 집으로 돌아가서 일단 낮잠을 잤다. 디엠이 집에 없을 때 나타나고 싶지 않았다. 에이미 말처럼 렛저에게 아이가 없다면 그가 티볼에서 코치하는 어린 소녀가 내 딸이라는 가정이 가장 합리적이다. 그리고 그가 구매한 게토레이의 양으로 미루어 볼 때, 그는 여러 명의 팀원과 함께 긴 하루를 준비하고 있는 것 같고, 그렇다면 디엠이 집에 돌아오려면 꽤 시간이 걸릴 것이다.

할 수 있는 한 최대한 오래 기다렸다. 바가 5시쯤에는 문을 열 테니 그전에 렛저가 디엠을 집에 데려다줄 것이고, 내가 도착했을 때 렛저가 거기 없었으면 해서 5시 15분쯤에 도착하도록 계산을 한 다음 택시를 탔다.

그보다 늦게 도착하고 싶지는 않았다. 혹시 그들이 저녁을 먹고 있을 때나 아이가 잠자리에 든 후에 나타나선 안 됐다. 모든 것을 제대로 하고 싶다. 나의 출현만으로 충분히 불쾌할 패트릭과 그레이스에게 더 이상의 불편을 주고 싶진 않았다. 내 부탁을 애원하기도 전에 그들이 나가라고 말하는 것은 원치 않는다.

세상이 내 편이라면 그들이 날 위해 현관문을 열어주고 한 번도 안아보지 못한 딸과 재회할 수 있게 해줄 것이다.

세상이 내 편이었더라면… 그들의 아들은 아직 살아있을지도…….

문 앞에서 날 발견했을 때 그들이 어떤 눈빛일지 궁금하다. 충격일까? 증오일까? 그레이스는 나를 얼마나 경멸할까?

가끔 그레이스의 입장이 되어 보려고 한다. 그녀의 나에 대한 증오심이 그녀의 관점에서 어떤 느낌일지 상상해 보았다. 눈을 감고 왜 내 딸을 만나지 못하게 하는지 이유를 생각해 보면 난 그녀를 미워할 수가 없었다.

케나, 네가 그레이스라고 상상해 봐.

너에게 아들이 하나 있어.

네 목숨보다, 그보다도 더 사랑하는 아름다운 아들이. 잘생기

데다 재능도 뛰어나. 더 중요한 것은 그 아이가 정말 다정하다는 거야. 다른 부모들이 자기 자녀가 네 아들을 조금이라도 닮았으면 좋겠다고 말하는 그런 아들 말이야. 넌 아들이 자랑스러워서 늘 미소를 지었을 거야.

한밤중에 잠꼬대가 심한 새 여자친구를 집에 데려왔을 때, 식사 기도를 하는 동안 방을 두리번거리거나 밤 11시 뒷마당에서 담배를 피우는 모습을 보고도 아무 말 하지 않고, 대신 완벽한 아들이 그녀에게 흥미를 잃기 바랐을 거야.

그러다 아들의 룸메이트가 아들이 어디 있는지 아느냐고 묻는 전화를 받았을 거야. 아들은 그날 일찍 연구실에 출근하기로 되어 있었는데 어떤 이유에서인지 숙소에도 연구실에도 나타나지 않았다고 했어. 아들은 약속을 반드시 지키는 성격이라 걱정이 되었을 거야. 아들에게 전화를 걸었는데 전화를 받지 않았고, 시간이 지날수록 당황하기 시작했을 거야. 평소와는 다른 느낌에, 두려움으로 가득 차고 확신은 점점 사라졌을 테지.

그래서 여기저기 전화를 걸기 시작했을 거야. 그의 대학에 전화를 걸고, 그의 교수님에게 전화를 걸고, 심지어 별로 신경 쓰지 않았지만 여자친구에게도 전화를 걸고 싶었겠지. 그런데 전화번호를 몰라.

쾅 닫히는 차 문소리에 잠시 안도의 한숨을 쉬다가 현관문에 나타난 경찰을 보고 바닥에 쓰러졌을 거야.

'유감입니다', '사고가 있었어요', '자동차 사고예요', '사망하셨습니다' 등의 말을 들었을 거야.

그 순간 죽지 못하고 삶을 지속해야 할 네 자신을 상상해 봐.

그 끔찍한 밤을 견뎌내고 다음 날 깨어나, 시신 확인을 요청받는다고 상상해 봐.

온기라고는 없는 그의 몸을.

네가 창조하고, 생명을 불어넣고, 네 안에서 기르고, 걷는 것을 가르치고, 말하는 법, 달리는 법, 그리고 다른 사람에게 친절하게 대하는 법을 가르친 그의 몸.

차갑고 차가운 그의 얼굴을 만지고, 그를 감싼 천에 눈물이 떨어지고, 악몽을 꾸고 있을 때처럼 소리치고 싶어도 터져 나오지 않는 비명이 목에 걸려 울음조차 나오지 않는다고 상상해 봐.

그런데도 넌 여전히 살아 있다는 거야. 어떻게든.

네가 만든 우주가 사라졌는데 너는 어떻게든 살아가야 한다니. 비통했을 거야. 너무 힘에 겨워 장례식 계획조차 세우기 어려웠을지 몰라. 너의 완벽한 아들, 너의 친절한 아들이 왜 그렇게 무모했는지 계속 궁금했을 거야. 넌 큰 충격에 황폐해졌을 테고, 계속되는 너의 심장 박동 소리가 널 더 괴롭게 했을 거야. 아들은 이제 그걸 더 이상 느끼지 못할 테니까.

그러다 상황이 더 나빠진다는 상상을 해봐.

이미 밑바닥이라고 생각했는데 완전히 새로운 절벽에서 다시 떨어지는 거야. 비포장도로를 과속 운전한 사람이 네 아들이 아니라는 거야. 사고의 원인이 그녀 때문이래. 담배를 피우고 저녁 먹을 때 눈을 감고 기도도 하지 않던, 조용한 집에서 너무 큰 소리로 잠꼬대하던 그녀.

그녀가 부주의했고 네 인생 전부였던 아들에게 잔인했었다는 말을 들은 거야. 그녀가 아들을 거기 두고 떠났다고 했어. 그 사람들은 '도망쳤다'고 말했을 거야.

다음 날 그들이 진흙과 아들의 피를 뒤집어쓴 채 술에 취한 그녀를 그녀의 침실에서 발견했다고 말했을 거야. 너의 완벽한 아들은 숨이 붙어있었고, 만약 그 여자가 사고 현장에 같이 남아 조치를 취했다면 아들이 살았을지도 모른다는 말을 들었다고 상상해 봐.

꼭 이렇게 될 필요는 없었다는 걸 알게 되었다고 상상해 봐.

6시간 동안은 살아있었을 거라고 사람들이 말했을 거야. 한참을 기어다니면서 널 찾았을 거야. 너에게 도와달라고 하면서. 피를 흘리고 죽어가면서.

그 긴 시간 동안.

밤 11시에 뒷마당에서 담배를 피우던 그 여자가 아들을 구할 수 있었다는 사실을 알게 되었다고 상상해 봐.

그녀가 전화 한 통만 걸었어도.

세 개의 숫자만 눌렀어도.

그의 삶을 앗아간 그녀는 단지 5년의 세월만을 빼앗겼어. 18년을 애지중지 키우고 아들의 미래를 응원하면서 4년을 보내고 있던 너의 삶은 모조리 망가졌는데. 그녀가 아니었다면 아직 아들과 50년은 더 함께할 수 있었을 텐데.

그런데 그 후에도 상황이 계속된다고 상상해 봐.

아들과 헤어지기를 바랐던 그 여자가 네게 이 모든 고통을 안겨 주고 다시 네 삶에 나타난다고 상상해 봐.

그녀가 너의 현관문을 용기 내어 두드린다고.

그녀가 네 얼굴에 미소를 짓는다고.

그리고 자기 딸에 대해 묻는다고.

네 아들이 기적적으로 남긴 작고 아름다운 그것과 함께 하고 싶어 한다고.

제발 상상해 봐. 살겠다고 죽기 전까지 발버둥 친 너의 아들을 버려두고 방에서 잠을 잤던 여자의 눈을 쳐다봐야 한다는 상상을 해봐.

이 세월 동안 고통을 겪은 네가 그녀에게 무슨 말을 할 것인지 상상해 봐.

그녀에게 상처를 줄 모든 방법을 상상해 봐.

그레이스가 날 미워할 이유를 찾기는 너무 쉬운 일이었다. 그 집에 가까워질수록 나도 점점 더 내가 미워지기 시작했다. 왜 더 준비하지 않고 여기 왔는지 모르겠다. 지난 5년 동안 매일 이 순간을 기다려 왔지만 실제로 연습을 해본 적은 한 번도 없었다.

택시가 스코티의 집이 있던 거리로 들어섰다. 전에는 경험해보지 못한 무거움과 함께 좌석으로 가라앉는 듯한 기분이 들었다. 스코티의 집이 보이고 극도의 두려움이 소리가 되어 새어 나왔다. 목구멍 깊숙한 곳에서 올라오는 예상치 못한 소리에 놀라면서도 눈물은 흘리지 않으려고 온 힘을 다해 노력했다.

디엠이 지금 저 집 안에 있을 거야.

디엠이 뛰놀던 마당을 내가 걸으려고 해.

디엠이 열었던 문을 내가 두드리려고 해.

"12달러요." 택시 기사가 차를 세웠다.

주머니에서 15달러를 꺼내주고 잔돈은 가지라고 말했다. 차에서 내리는데 마치 몸이 붕 떠 있는 것 같았다. 너무 이상한 기분에 혹시 내가 아직 택시 뒷자리에 앉아 있는 것은 아닌지 흘끗 돌아보며 확인을 해야 했다.

운전기사에게 기다려 달라고 하는 게 나을까 싶었지만 그건 너무 일찍 패배를 인정하는 것이다. 집에 돌아가는 방법은 나중에 생각해 보아야겠다. 지금은 몇 시간 후에나 떠나게 될 거라는 불가능한 꿈을 믿어보려 한다.

문을 닫자마자 운전기사는 차를 몰고 떠났다. 나는 집 건너편 길가에 남겨졌다. 해가 여전히 서쪽 하늘에 밝게 떠 있었다. 어두워질 때까지 기다릴 걸 그랬다. 마치 내게 다가오는 모든 것에 취약한 공개 표적이 된 것 같았다.

숨고 싶다.

시간이 더 필요하다.

아직 무슨 말을 할지 연습도 하지 못했다. 계속 생각은 했지만 소리 내 연습해본 적은 없다.

숨을 조절하기가 점점 더 어려워졌다. 뒤통수에 손을 대고 숨을 들이쉬고 내쉬고, 들이쉬고 내쉬기를 반복했다.

거실 커튼이 열려 있지 않아서 아직은 내 존재가 알려지지 않은 것 같았다. 보도블록의 코너에 앉아서 잠시 마음을 가다듬은 다음 저쪽으로 걸어가는 게 좋겠다. 내 생각들이 발밑에 흩어져 있는 깃처럼 느껴진다. 한 번에 하나씩 주워서 순서대로 정리해야 한다.

1. 사과를 한다.
2. 감사를 표한다.
3. 자비를 구한다.

옷을 더 잘 입어야 했다. 청바지와 어제 입었던 마운틴듀 티셔츠 차림이었다. 내가 가진 옷 중 가장 깨끗한 옷이지만, 지금 내 자신을 내려다보고 있으니 울고 싶어진다. 마운틴듀 티셔츠를 입고 딸을 처음 만나고 싶지 않다. 옷차림조차 제대로 갖추지 않았는데 패트릭과 그레이스가 나를 진지하게 받아들일 수 있을까?

서두르지 말았어야 했다. 좀 더 생각해야 했었다. 난 당황하기 시작했다. 물어볼 누군가가 있었으면….

"니콜?"

그의 목소리에 소리가 나는 쪽으로 고개를 돌렸다. 렛저의 눈과 마주칠 때까지 목을 최대한 들어올려야 했다. 일반적인 상황이라면 그를 여기서 만난 것에 충격을 받았겠지만, 이미 감정을 최대치로 다 써버린 상태라 심드렁하게 '그래. 이런 식이지!' 같은 기분이 들었다.

그가 나를 바라보는 눈빛이 너무 강렬해서 팔에 오한이 느껴졌다. "여기서 뭐 해요?" 그가 물었다.

젠장, 젠장, 젠장. "아무것도 안 해요." 젠장. 나는 길 건너편을 바라보며 대답했다. 그리고 다시 고개를 돌려 렛저의 뒤쪽, 그의 집일지도 모를 집을 쳐다본다. 렛저가 스코티의 집 길 건너편에서 살았다고 했던 기억이 났다. 그가 아직도 여기에 살고 있을 확률은 얼마나 될까?

어떻게 해야 할지 모르겠다. 우선 일어섰다. 발이 돌덩이처럼 무겁게 느껴진다. 렛저를 바라보았지만 그는 더 이상 나를 보지 않았다. 그는 길 건너편에 있는 스코티의 옛집을 바라보았다.

그가 턱을 손으로 쓸어내리더니 불안한 표정을 지었다. "왜 저 집을 쳐다보고 있어요?" 이렇게 묻고는 그는 땅을 보다가 길 건너편을 봤다가, 태양 쪽으로 얼굴을 돌리더니 내가 여전히 아무런 대답을 하지 못하자 내게로 눈길이 돌아왔다. 그리고 오늘 식료품점에서 본 남자와는 완전히 다른 사람이 되어 있었다.

그는 더 이상 롤러블레이드 타듯 술집에서 유연하게 움직이던 부드러운 남자가 아니었다.

"당신 이름은 니콜이 아니군요." 절망적인 깨달음을 얻은 것처럼 그가 말했다.

나는 움찔했다. 그가 모든 것을 알아차렸다. 이 순간 그는 모든 것을 갈기갈기 찢어 버리고 싶어 하는 것처럼 보인다.

그가 자신의 집을 가리켰다. "들어가요." 날카롭고 거부할 수 없는 나지막한 한마디였다. 나는 그에게서 떨어지려고 한 발짝 뒷걸음질 쳤다. 그가 둘 사이의 간격을 좁히며 다가섰고 그 순간 내 몸이 떨리기 시작했다. 그는 팔로 나를 감싸고 허리를 꽉 잡으며 길 건너편 집을 다시 바라보았다. 그러고는 내 딸이 사는 곳의 맞은편 집으로 나를 이끌기 시작했다. "그들이 당신을 보기 전에 안으로 들어가요."

그가 언젠가는 조각을 맞출 것이라고 예상했다. 차라리 어젯밤에 그가 알아차렸더라면 좋았을 텐데. 내 딸과 불과 몇 발짝 떨어져 있는 지금이 아니라.

나는 그의 집을 바라보고 패트릭과 그레이스의 집을 쳐다보았다. 그에게서 벗어날 방법이 없다. 이 순간 소란을 피우는 것은 정말 원치 않는다. 내 목표는 평화롭게 도착해서 가능한 한 순조롭게 일을 처리하는 것이었다. 렛저는 그 반대를 원하는 것 같았다.

"제발 날 좀 내버려 둬요." 이를 악물고 말했다. "당신이 상관할 일이 아니잖아요."

"젠장, 그래, 아니에요." 그가 씩씩거렸다.

"렛저, 제발요." 두려움과 슬픔으로 목소리가 떨린다. 그가 무섭고, 이 순간이 무섭고, 내가 두려워했던 것보다 훨씬 더 힘들어질 것이라는 생각에 겁이 났다. 그렇지 않다면 왜 내가 패트릭과 그레이스의 집 가까이 가는 것조차 막으려 드는 걸까?

패트릭과 그레이스의 집을 돌아보았지만 내 몸은 렛저에 이끌려 반대로 움직이고 있었다. 싸워야 하는데, 지금 보니 내가 랜드리 부부와 맞설 준비가 되어 있는지 확신이 서지 않았다. 아까 택시에 탔을 때 만해도 준비가 되었다고 생각했다. 그런데 렛저가 저렇게 화를 내는 걸 보니 내가 전혀 준비가 안 되었다는 것을 알 수 있었다. 이제 보니 그들은 내 도착을 어느 정도 예상했고 전혀 환영하지 않는다는 것이 확실해졌다. 그들은 내가 임시 숙소로 옮길 때 통보를 받았을 것이고, 언젠가는 이런 일이 일어날 것이라고 예상하고 있었을 것이다.

두 다리에 힘이 빠진 듯 아무런 느낌이 들지 않았다. 풍선처럼 공중에 떠 있는 기분이었고, 렛저가 줄을 잡아당기듯 나를 끌고 있는 것 같았다.

이곳에 왔다는 것이 부끄러워졌다. 내 주장도, 내 생각도 없는 것처럼 렛저에 이끌려가는 것이 아무렇지 않을 만큼 부끄러웠다. 지금 이 순간 모든 자신감이 사라졌다. 그리고 내 셔츠는 이 중요한 순간에 입고 있기엔 너무 한심하다. 이렇게 해도 잘될 거라고 생각한 내가 바보처럼 느껴졌다.

거실에 들어가자 렛저는 문을 닫더니 몸서리치는 듯한 표정을 지었다. 나를 보고 그런 얼굴을 하는 건지, 어젯밤 일이 떠올라서인지 모르겠다. 그는 한 손바닥을 이마에 대고 거실을 서성거렸다.

"그래서 내 바에 나타난 거예요? 날 속여서 디엠에게 다가가려고?"

"아니에요." 내 목소리가 무기력하고 한심하다.

그는 좌절감을 느끼는 듯 손으로 얼굴을 쓸었다. 그는 잠시 아무 말도 없더니 "젠장"이라고 중얼거렸다.

그는 나에게 제대로 화가 났다. 나는 왜 항상 최악의 결정을 내릴까?

"이 마을에 온 지 하루밖에 되지 않았어요." 그가 탁자 위에 열쇠를 던졌다. "정말 옳은 결정이라고 생각했어요? 이렇게 서둘러 나타나는 게?"

이렇게 서둘러라고? 디엠은 벌써 네 살인데.

나는 속이 울렁거려서 배를 한 팔로 꽉 움켜쥐었다. 어떻게 해야 할지 모르겠다. 어떻게 해야 하지? 내가 뭘 할 수 있을까? 뭔가 방법이 있을 거다. 타협점 같은 것. 디엠에게 최선이 무엇일지 나와 상의하지 않고 자기들끼리 결정할 수는 없다.

혹시 그럴 수 있는 걸까?

할 수 있을지도.

이 시나리오에서는 내가 말도 안 되는 짓을 하는 사람이다. 인정하기는 무섭지만. 어떻게 하면 스코티의 부모님이 내 말을 한 번만 들어줄 수 있을지 그에게 묻고 싶다. 하지만 나를 노려보는 그의 눈빛을 보니 내가 완전히 잘못하고 있다는 생각이 든다. 내가 질문할 자격이 있는지조차 의문이 들기 시작했다.

그의 시선이 내 손에 쥐어진 고무 불가사리에 가 닿았다. 그가 내게로 걸어와 손을 내밀었다. 나는 불가사리를 그의 손바닥에 올려놓았다. 내가 왜 그것을 건넸는지 모르겠다. 장난감을 보면 내가 좋은 의도로 이곳에 왔다는 걸 알 수 있을 것 같아서?

"진심이에요? 유아용 치발기?" 그는 지금까지 본 것 중 가장 멍청한 물건이라는 듯 불가사리를 소파에 던져버렸다. "네 살이라고요." 그가 부엌으로 걸어갔다. "집에 데려다줄게요. 차고 안으로 트럭을 가져올 테니 기다려요. 당신을 보면 안 돼요."

더 이상 공중에 떠 있는 기분은 들지 않았다. 그의 집 콘크리트 슬래브에 갇힌 것처럼 두 발이 무겁고 꼼짝할 수 없는 느낌이었다. 거실 창문으로 패트릭과 그레이스의 집을 바라보았다.

거의 다 왔어. 우리 둘 사이를 가로막는 것은 도로 하나뿐이야. 차도 지나가지 않는 텅 빈 도로.

앞으로 벌어질 일이 명확해졌다. 렛저가 나를 방해하는 걸 보면 패트릭과 그레이스는 나와 그 어떤 것도 하길 원치 않을 것이다. 이는 협상은 없다는 뜻이고, 그들의 마음에 가닿았길 바랐던 용서는 결코 이곳에 존재하지 않는다는 의미다.

그들은 여전히 나를 미워한다.

분명하게, 그들의 삶에 속해있는 렛저도 마찬가지이고.

그렇다면 내가 딸을 볼 수 있는 유일한 방법은 기적적으로 법원 시스템을 통과하는 것뿐인데, 그러려면 돈이 필요할 테고 견딜 수 없는 긴 세월이 필요할 것이다. 이미 놓친 시간이 너무 많은데 말이다. 그전에 디엠을 한 번이라도 보려면 이번이 유일한 기회다. 스코티의 부모님에게 용서를 구할 기회는 지금이 아니라면 다시는 없을지 모른다.

적어도 10초 동안은 내가 자신을 뒤따라오지 않는다는 걸 렛저가 눈치채지 못할 것이다. 그가 나를 붙잡기 전에 성공할 수 있을지 모른다. 나는 밖으로 빠져나와 최대한 빨리 길을 가로질러 달렸다. 집 마당에 들어섰다.

내 두 발이 디엠이 뛰놀던 잔디 위를 질주하고 있다.

현관문을 두드린다.

초인종을 누른다.

아이가 보일까 해서 창문을 들여다본다.

"제발." 중얼거리며 더 세게 문을 두드린다. 뒤에서 렛저가 다가오는 소리가 들리고 내 중얼거림은 공포로 바뀌었다. "저기요! 제발요." 나는 문을 계속 두드리며 소리쳤다. 두려움에 사로잡힌 울부짖음이 나왔다. "미안해요, 미안해요, 제발 아이를 보게 해줘요!"

어느새 렛저가 날 길 건너편에 있는 집으로 데려가고 있었다. 그의 품에서 벗어나기 위해 몸부림치는 와중에도 점점 작아지는 현관문을 바라보며 내 딸을 단 0.1초라도 볼 수 있기를 바랐다. 그들의 집에서는 여전히 어떤 움직임도 보이지 않았다. 렛저의 집 안으로 돌아와 나는 소파에 눕혀졌다.

그가 휴대폰을 들고 거실을 서성이며 전화번호를 누르는 것이 보였다. 단 세 자리 숫자. 경찰에 신고하려는 거다. 당황했다. "안 돼요." 애원하며 말했다. "안 돼, 안 돼요, 안 돼." 휴대폰을 뺏으려고 그에게 뛰어갔지만 그는 내 어깨에 손을 얹고 소파에 나를 다시 앉혔다.

나는 팔꿈치를 무릎 사이에 묻고 덜덜 떨리는 입술에 손가락을 댔다. "제발 경찰을 부르지 마세요. 제발요." 그가 내 고통을 느낄 수 있을 만큼만 내 눈을 바라봐주기를, 그리고 위협적으로 보이지 않기를 바라며 얼어붙은 듯 앉아 있었다.

눈물이 뺨을 타고 흘러내리기 시작할 때쯤 그의 눈이 내 눈과 마주쳤다. 그는 전화기를 귀에 댄 채 그 자리에 멈춰 섰다. 그리곤 나를 뚫어져라 쳐다보았다. 어떤 약속을 찾는 듯 내 얼굴을 빤히 보았다.

"다시는 돌아오지 않을게요." 그가 경찰에 신고한다면 내게 좋을 것이 없다. 내가 아는 한, 법을 어기진 않았지만 어떤 기록이라도 추가되면 유리할 게 없다. 그들이 원치 않는데 여기 있는 것만으로도 내게 좋지 않은 경력이 될 것이다.

그가 한 걸음 다가왔다. "여기 다시 오면 안 돼요. 다시는 우리가 당신을 볼 일 없을 거라고 맹세해요. 그렇지 않으면 지금 당장 경찰을 부르겠어요."

그럴 수는 없다. 약속할 수 없다. 내 삶에서 딸을 빼면 뭐가 남겠는가? 딸은 나의 전부다. 내가 아직 살아가는 이유이기도 하고. 이럴 수는 없다. 제발 이 순간이 꿈이기를.

"제발요." 내가 무엇을 애원하는지 모르겠다. 누군가 내 말을 들어줬으면. 제발 내 이야기를 들어줬으면. 내가 얼마나 고통스러운지 이해해 줬으면. 그가 어젯밤 술집에서 만났던 친절했던 그 남자로 돌아가면 좋겠다. 나를 가슴에 기대게 해주고, 내게도 기댈

곳이 있다고 믿게 해주면 좋겠다. 절대, 절대로 괜찮아지지 않을 거라는 걸 난 이미 알고 있지만, 그래도 내게 괜찮아질 거라고 그가 말해줬으면 좋겠다.

그다음부터는 기억이 흐릿해졌다. 패배감이 온몸을 감싸고 감정은 엉망진창이 되었다.

나는 렛저의 트럭에 올라탔고, 렛저는 내 딸이 평생을 살아온 동네로부터 나를 멀리 데리고 나왔다. 오랜 세월이 지나 드디어 딸이 있는 동네에 도착했는데, 지금 이 순간만큼 딸과 멀어진 느낌은 처음이었다. 조수석 창문에 이마를 대고 처음부터 다시 시작할 수 있기를 바라며 눈을 감았다.

처음부터. 아니면 적어도 마지막 부분까지 빨리 감기를 해서라도 어서 결말에 도달하기를.

12장

렛저

사람들이 죽은 사람을 추억하는 것은 일반적이다. 때때로 떠난 사람을 추앙하기 위해 기억을 왜곡하기도 한다. 하지만 스코티에 관한 이야기들은 모두 그를 아름답게 기억하기 위해 꾸며진 것이 아니었다. 그는 모두가 추억하는 그대로였다. 착하고, 재밌고, 운동도 잘하고, 정직하고, 카리스마 있고, 최고의 아들이자 좋은 친구였다.

그가 살아있을 때였든, 죽은 후에든, 그와 나의 자리를 바꾸고 싶다는 생각을 단 하루도 하지 않은 날이 없었다. 단 하루라도 스코티가 디엠과 함께 살게 해줄 방법이 있다면······.

케나가 단순히 그 사고만 일으켰다면 내가 이렇게까지 화가 났을지, 디엠을 이렇게까지 보호했을지 모르겠다. 하지만 그녀는 훨씬 더 큰 잘못을 저질렀다. 그녀는 운전해서는 안 되는 곳에서 운전을 했고, 과속을 했고, 술을 마셨고, 차를 뒤집었다. 그리고 떠났다. 스코티를 죽게 내버려 두고 집으로 걸어가서 침실로 기어들어 갔다. 왜냐하면 그녀는 그렇게 벗어날 수 있으리라 생각했기 때문이다. 문제가 생길까 봐 두려워한 그녀 때문에 스코티가 죽었다.
그런데 이제 와서 용서를 구한다고?
일단 지금은 스코티의 죽음에 대해 곱씹고 있을 수가 없다. 그녀가 내 트럭, 내 옆에 앉아 있는 지금은 적어도. 맹세코 그녀에게 디엠이 주는 충만함을 알게 하고 싶지 않다. 죽는 한이 있어도. 만약 지금 당장 복수를 위해서라면 우리 둘 다 다리에서 떨어지는 방법이라도 실행에 옮길 수 있을 것도 같다.
자신이 나타나도 괜찮을 거라고 그녀가 생각했다는 사실을 이해할 수가 없다. 여기 온 것도 화가 나지만, 어젯밤에 내가 누군지 알고 있었다는 사실에 그 분노가 더욱 증폭되는 것 같다. 우리가 키스했을 때, 내가 그녀를 안았을 때.
내 직감을 무시하지 말았어야 했다. 뭔가 이상했다. 그렇지만 5년 전 기사에서 봤던 케나와는 전혀 달랐다. 신문에서의 케나는 긴 금발 머리였는데. 그녀의 사진을 자세히 보지는 않았다. 직접 만난 적은 없지만 친한 친구를 죽인 여자의 얼굴쯤은 머릿속에 더 깊이 박아뒀어야 했다.
내가 멍청하게 느껴졌다. 화가 났고, 상처받은 것 같았고, 이용딩했다고 느껴졌다. 오늘 식료품점에서도 그녀는 내가 누군지 알면서도 자신이 누구인지에 대한 눈치조차 전혀 주지 않았다.
신선한 공기를 마치면 좀 진정될까 해서 창문을 내렸다. 핸들을 잡은 손마디가 하얗게 변해 있었다. 그녀는 아무 반응 없이 창밖을 응시하고 있었다. 울고 있을지도… 모르겠다. 나는 상관하지 않을 거다.
 신경 안 써.
 그녀는 내가 어젯밤에 만났던 그 여자가 아니다. 그 여자는 존재하지 않는다. 그녀는 가식적이었고 나는 속아 넘어간 거다.
 패트릭이 몇 달 전 그녀가 풀려났다는 사실을 알았을 때 걱정하는 소리를 했다. 그는 이런 일이 일어날지도 모른다고 생각했다. 디엠을 만나고 싶어 그녀가 나타날지도 모른다고. 그 뒤 그들의 앞마당을 감시하는 감시 카메라를 우리 집 쪽에 설치했다. 그래서 누군가 연석에 앉아 있다는 것도 알 수 있었다.
 나는 사실 패트릭에게 그런 걱정이 어리석은 짓이라고 말했다. "그녀가 그런 짓을 했는데 나타나지는 않을 거예요."
 핸들을 더 꽉 잡았다. 케나가 디엠을 이 세상에 데려왔을지 모르지만, 디엠에 대한 그녀의 권리는 거기서 끝이다.
 그녀의 아파트가 시야에 들어오고 트럭을 한 곳에 세우고 주차를 했다. 나는 일부러 시동을 끄지 않았다. 그런데도 케나는 트럭에서 내릴 움직임을 전혀 보이지 않는다. 어젯밤처럼 차가 완전히 멈추기도 전에 차에서 뛰어내릴 줄 알았는데, 뭔가 하고 싶은 말이 있는 것 같았다. 아니면 이 트럭에 머무는 것만큼이나 그 아파트에 들어가는 것이 두려운 것 같기도 했다.
 그녀는 무릎에 깍지 낀 손을 쳐다보고 있었다. 그녀가 안전벨트에 손을 가져가더니 벨트를 풀었다. 하지만 그러고 나서도 이전과 같은 자세로 가만히 앉아 있었다.
 디엠이 그녀를 닮았다. 디엠의 모습에서 스코티가 많이 보이지 않아서 그녀를 닮았을 거라고 생각했지만, 오늘 전까지는 디엠이 얼마나 엄마를 많이 닮았는지 몰랐다. 둘은 똑같이 붉은 빛이 도는 갈색 머리를 가졌고, 웨이브나 컬 없이 머릿결이 곱고 단정했다. 아이는 케나의 눈을 가지고 있었다. 그래서 어젯밤에 경고 깃발을 본 것 같았는지도 모른다. 내 무의식이 그녀를 먼저 알아본 것이다.

케나의 눈동자가 나를 바라보는 순간, 내 마음속에서 좌절감이 밀려왔다. 디엠이 슬플 때 보이는 눈과 똑같았다. 내가 마치 디엠의 미래 모습을 바라보고 있는 것 같았다. 이 세상에서 내가 가장 싫어하는 사람이 가장 사랑하는 사람을 떠올리게 하는 게 싫다.

케나가 손으로 눈을 훔쳤다. 하지만 나는 휴지를 찾아주려 글러브박스를 열지 않았다. 그녀가 이틀 동안 입고 있는 마운틴 듀 셔츠를 사용하면 될 일이었다.

"어젯밤 바에 나타날 때까지도 당신을 몰랐어요." 그녀가 떨리는 목소리로 말했다. "맹세해요." 그녀는 머리 받침대에 고개를 뒤로 젖히고 정면을 바라보았다. 숨을 깊이 들이마시자 가슴이 솟아오른다. 그녀가 숨을 내쉬고 있을 때를 맞춰 잠금 해제 버튼을 눌렀다. 그녀에게 내리라는 신호다.

"어젯밤 일은 상관없어요. 내겐 디엠이 중요해요. 그게 다예요."

그녀의 턱을 타고 눈물이 흘러내리는 것이 보였다. 그 눈물의 맛을 안다는 사실이 싫다. 손을 뻗어 그녀의 눈물을 닦아주고 싶은 마음이 일렁이는 게 싫다.

그날 밤 그녀는 스코티를 남겨두고 떠나면서 울었을까?

마치 우아한 슬픔처럼 그녀는 앞으로 몸을 숙이고 두 손에 얼굴을 묻었다. 그녀의 움직임이 트럭 가득 샴푸 향을 채웠다. 과일 냄새가 났다. 사과 냄새. 나는 팔꿈치를 문틀에 대고 손으로 입과 코를 가리며 최대한 문으로 몸을 기대어 그녀에게서 멀어지려고 했다. 그녀에 대해 더 이상 알고 싶지 않아 창밖을 바라보았다. 그녀에게서 어떤 향기가 나는지, 어떤 목소리로 말하는지, 어떻게 눈물을 흘리는지, 그녀의 고통이 날 어떤 기분으로 만드는지 알고 싶지 않았다.

"그들은 당신이 디엠의 삶에 끼어드는 걸 원하지 않아요, 케나."
"내 딸이에요." 울음소리와 함께 수년간의 심적 고통이 담긴 헐떡임이 섞여 나왔다.

그 순간 그녀의 목소리는 영혼을 대신하고 있는 것 같았다. 입으로 나온 공기에서 내는 소리가 아니라 영혼의 고통과 절망, 그 자체였다.

나는 핸들을 다잡고 엄지손가락으로 핸들을 두드리며 어떻게 말해야 그녀가 이해할 수 있을지 생각했다.

"디엠은 그분들 딸이에요. 당신의 권리는 끝났어요. 내 트럭에서 내려요. 그리고 우리 모두를 위해 덴버로 돌아가 줘요."

그러자 흐느낌이 진짜였던가 의심될 정도로 빠르게 그녀는 뺨을 닦더니 문을 열고 트럭에서 내렸다. 문을 닫기 전에 그녀가 날 바라보았다. 마주 보는 그녀는 디엠과 너무도 닮았고, 심지어 눈물이 어른거리는 눈빛도 디엠이 울 때의 눈빛과 같았다.

마음 깊이 그녀의 모습이 새겨지는 것 같았다. 하지만 그건 아마도 그녀가 디엠을 너무나 많이 닮았기 때문일 것이다. 난 디엠 때문에 마음이 아픈 거야. 이 여자 때문이 아니라.

케나는 그냥 가버릴지, 내 말에 대답을 할지, 소리를 지를지 간

등하는 표정이었다. 그녀는 팔짱을 끼더니 커다랗고 황폐한 두 눈으로 나를 바라보았다. 그녀는 고개를 들어 잠시 하늘을 쳐다보다가 떨리는 숨을 들이마셨다. 그리곤 말했다. "저리 꺼져요, 렛저."
고통 속에 가시 돋친 그녀의 목소리에 움찔했지만 겉으로는 최대한 냉정함을 유지하는 척하려 했다. 그녀가 소리친 것도 아니었다. 그저 조용하고 날카로운 한마디였다.
그녀는 트럭 문을 쾅 닫더니 손바닥으로 창문을 내리쳤다. "저리 꺼져!"
나는 그녀의 세 번째 말을 기다리지 않았다. 트럭을 후진시켜 도로로 다시 나왔다. 온몸이 사슬로 묶인 것처럼 몸이 죄어오고 속이 뒤틀리기 시작했다. 그녀에게서 멀어져야 엉킨 매듭이 풀어질 것 같았다.
내가 뭘 기대했었는지 모르겠다. 몇 년 동안 머릿속으로 그녀에 대해 상상했다. 자신이 한 일에 대해 후회하지 않는 여자. 이 세상에 자기가 데려온 아이에 대한 사랑이 전혀 없는 엄마.
선입견이지만 지난 5년간의 확고한 생각이 쉽게 버려지지 않는다. 케나는 내 머릿속에서 한 가지 방식으로만 존재했다. 후회하지 않는다. 관여하지 않는다. 배려심이 없다. 그리고 가치가 없다.
디엠과 함께하지 못해서 고통받는 그녀의 감정적 혼돈과 스코티의 생명에 대해 보인 그녀의 무관심을 어떻게 이해하고 받아들여야 할지 알 수가 없었다. 그리고 내가 했어야 할 수많은 말들이 떠올랐다. 아직도 답을 얻지 못한 수많은 질문들.
'왜 당신은 구조를 요청하지 않았나요?'
'왜 그를 거기 두고 갔어요?'

'왜 당신은 이미 파괴한 그들의 삶에 또 다른 대혼란을 일으킬 자격이 있다고 생각해요?'

'왜 나는 그럼에도 불구하고 여전히 당신을 안아주고 싶은 건가요?'

13장
케나

 최악의 시나리오를 살고 있는 것 같다. 오늘 딸을 만나지 못했을 뿐만 아니라 딸에게 나를 데려다 줄 수 있었던 유일한 사람이 이제 적 1호가 되었다.
 나는 그를 증오한다. 어젯밤 그가 다가올 수 있게 허락한 내 자신도 증오한다. 어제 그와 함께했던 짧은 시간이 그에게는, 나를 거짓말쟁이, 창녀, 알코올 중독자라고 낙인찍을 수 있는 탄약이 된 셈이다. 살인자라는 이름만으로는 충분하지 않다는 듯이.
 그는 그레이스와 패트릭에게 곧장 가서 나에 대한 증오에 더욱 불을 붙일 것이다. 그리고 나와 내 딸 사이에 더 견고하고 높고 두꺼운 벽을 쌓도록 그들을 도와줄 것이다.
 내 편은 어디에도 없다. 어느 누구도.
 "안녕하세요."
 계단을 오르다 말고 중간쯤 멈춰 섰다. 계단 끝에 한 십 대 소녀가 앉아 있었다. 다운증후군이 있는 것처럼 보였는데 날 보고 마치 오늘이 내 인생에서 최악의 날이 아니라고 말해 주는 것처럼 사랑스럽게 웃고 있었다. 에이미가 식료품점에서 입었던 것과 같은 종류의 작업복을 입고 있는 것으로 보아 거기서 일하는 모양이었다. 특별한 도움이 필요한 사람들에게 일자리를 마련해 둔다던 에이미의 말이 생각났다.

뺨에 흐르던 눈물을 닦아내고 나는 "안녕하세…"라고 웅얼거리며 곁을 지나쳤다. 평소 같으면, 특히 같이 일하게 될 사람이라면 이웃을 만들기 위해 더 많은 노력을 기울였겠지만, 목 안에 말보다 눈물이 너무 많이 고여있었다.

아파트 문을 열고 들어가자마자 문을 쾅 닫고는 반쯤 수축해서 가라앉은 매트리스 위에 엎드렸다. 원점으로 돌아왔다고 말할 수도 없다. 나는 지금 마이너스 원점에 있다.

문이 열리는 소리에 나는 바로 자리에서 일어났다. 계단에 있던 여자애가 초대도 없이 내 아파트로 들어왔다. "왜 울어요?" 그녀는 문을 닫고 등을 기대 서서 호기심 어린 눈으로 내 아파트를 훑어보았다. "왜 물건이 이렇게 없어요?"

허락도 없이 들어온 그녀에게 화를 내기엔 내가 너무 큰 슬픔에 잠겨 있었다. 그녀는 경계선을 잘 모르는구나. 참고하고 있어야겠다.

"방금 이사 왔어"라고 짐이 없는 이유를 설명했다.

소녀는 냉장고로 걸어가더니 문을 열고 아침에 반쯤 먹다 남겨둔 런처블을 집어 들었다. "이거 먹어도 돼요?"

적어도 그녀는 먹기 전에 허락을 기다렸다. "그래."

그녀는 크래커를 한 입 베어 물더니 갑자기 눈을 크게 뜨고 런처블을 조리대에 던져 버렸다. "오, 고양이가 있네요!" 그녀는 고양이에게 다가가서 고양이를 안았다. "우리 엄마는 고양이를 못 키우게 하는데…. 루스한테서 데려왔어요?"

다른 때 같았으면 잘 대해줬을 것이다. 진심으로. 하지만 내 인생 최악의 순간에서도 친절하게 누군가를 대할 힘은 없었다. 내게는 품위 있는 붕괴가 필요하다. 그걸 여기서 그녀와 함께 할 수는 없다. "제발 가줄래?" 최대한 친절하게 말하려 했지만, 누군가에게 나가달라고 부탁하는 것이 결코 부드러울 수는 없다.

"내가 다섯 살 때, 지금 열일곱 살인데 다섯 살 때 새끼 고양이를 키웠거든요. 그런데 기생충에 걸려서 죽었어요."

"그랬구나. 안됐네." 그녀는 여전히 냉장고를 닫지 않았다.

"고양이 이름이 뭐예요?"

"아직 이름을 못 지었어." 그녀는 내가 나가라는 말을 못 들었을까?

"왜 이렇게 가난해요?"

"왜 내가 가난하다고 생각해?"

"음식도 맛없고, 침대도 가구도 아무것도 없잖아요."

"난 감옥에 있었어." 이러면 겁을 먹어 나갈지도 모르겠다.

"우리 아빠가 감옥에 있어요. 우리 아빠 아세요?"

"아니."

"하지만 아빠 이름도 말하지 않았는데요?"

"난 여자들만 있는 감옥에 있었어."

"에이블 다비. 그게 아빠 이름인데, 알아요?"

"아니."

"왜 울었어요?"

나는 매트리스에서 내려와 냉장고로 걸어가 문을 닫았다.

"누가 괴롭혔어요? 왜 울어요?"

내가 그녀에게 대답하고 싶은 게 믿기지 않는다. 내 허락도 없이 내 집에 무단으로 들어온 10대에게 속마음을 털어놓는다는 게 나를 더 한심하게 만드는 것 같다. 하지만 큰 소리로 말하고 나면 기분이 좋아질 것 같았다. "나한테 딸이 있어. 그런데 아무도 딸을 만나게 해주지 않아."

"딸이 납치된 거예요?"

가끔은 그렇게 느껴지기도 하니 그렇다고 대답하고 싶다. "아니. 내가 감옥에 있는 동안 딸이 다른 사람들과 함께 살았는데, 출소하고 나니 그 사람들이 딸을 만나지 못하게 해."

"언니는 원하는데요?"

"응."

그녀는 새끼 고양이의 머리 위에 입을 맞췄다. "어쩌면 잘된 일인지도 몰라요. 난 아이들은 별로 좋아하지 않아요. 내 동생은 가끔 내 신발에다가 땅콩버터를 발라놓는다니까요. 이름이 뭐예요?"

"케나라고 해."

"난 레이디 다이애나예요."

"그게 진짜 네 이름이야?"

"아니요, 루시예요. 하지만 레이디 다이애나라고 불리는 게 더 좋아요."

"식료품점에서 일해?" 나는 그녀의 셔츠를 가리키며 물었다.

그녀는 고개를 끄덕였다.

"나도 월요일부터 거기서 일 시작해."

"난 컴퓨터를 사려고 거의 2년 동안 거기서 일했어요. 그런데 아직 한 푼도 모으지 못 했어요. 이제 저녁 먹으러 갈게요." 그녀는 고양이를 건네더니 문 쪽으로 걸어가기 시작했다. "나한테 폭죽 있는데. 나중에 어두워지면 나랑 같이 폭죽놀이 할래요?"

나는 조리대에 기대어 한숨을 쉬었다. 거절하고 싶지는 않지만 적어도 아침까지는 이 절망감에서 벗어나긴 힘들 것이다. "다음에."

레이디 다이애나가 내 아파트를 떠났다. 이번엔 문을 잠그고 나서 노트를 꺼내 스코디에게 편지를 썼다. 왜냐하면 그것만이 내가 무너지는 것을 막는 유일한 방법이기 때문이다.

스코티에게,

우리 딸이 어떻게 생겼는지 너에게 말해주고 싶었는데…….

어젯밤 내가 누구인지 렛저에게 솔직하게 말하지 못한 내 잘못인지도 몰라. 오늘 내가 누군지 알고 나서 배신으로 받아들인 것 같았어. 그곳에 있는 날 보고 너무 화를 내서 부모님을 뵙지도 못했어.

난 그냥 우리 딸을 보고 싶었을 뿐이야, 스코티. 그저 한번 얼굴이라도 볼 수 있길 바랐어. 그분들에게서 디엠을 빼앗아 가려고 여기 온 게 아니야. 하지만 렛저나 너희 부모님은 몇 달 동안 뱃속에 한 사람을 품고 있다가 만나기도 전에 그 작은 것을 빼앗긴다는 게 어떤 기분인지 전혀 모를 거야.

그거 알아? 수감된 여자가 아기를 낳게 되면, 형기가 거의 끝나가는 경우라면 감옥에서 아기를 데리고 지낼 수 있대. 물론 주로 복역 기간이 짧은 구치소인 경우가 많지만, 교도소에서도 가끔 있다고 하더라고. 드문 경우이긴 하지만.

그런데 난 수감 기간이 얼마 되지 않은 때에 디엠을 낳았잖아. 교도소에서는 아기를 데리고 있도록 허락해 주지 않았어. 디엠은 미숙아라 호흡이 정상적이지 않다는 것을 알아차리고 태어나자마자 바로 신생아 집중치료실로 데려갔어. 그들은 내게 아스피린과 대형 패드를 주었고, 빈 자궁과 빈 팔을 가진 나를 다시 감옥으로 데려갔어.

상황에 따라 어떤 산모들에게는 유축을 허용해줘서 모유를 모아 아기에게 전달할 수 있다고 했어. 하지만 난 그렇게 운이 좋은 사람이 아니었어. 나에게는 유축이나 모유를 멈추게 하는 어떤 것도 허용해주지 않았어.

디엠이 태어나고 5일 후, 나는 교도소 도서관 구석에서 울고 있었는데, 흘러나온 모유 때문에 옷이 흠뻑 젖어 있었고 감정적으로나 육체적으로나 피폐한 상태였어. 그때 아이비를 만났어.

그녀는 그곳에서 오랫동안 지냈기 때문에 모든 경비원들, 모든 규칙, 그리고 어디까지 눈감아 줄 수 있는지, 누가 허락해 줄지를 잘 알고 있었어. 그녀는 산후 우울증에 관한 책을 들고서 울고 있는 날 보았어. 그리고 내 젖은 셔츠를 보더니 화장실로 데려가 씻는 걸 도와주었어. 그녀는 종이 타월을 사각형으로 꼼꼼하게 접어서 브래지어 안에 겹쳐 넣을 수 있도록 하나씩 건네주었어.

"남자, 여자?" 그녀가 물었어.

"딸이요."

"이름이 뭐예요?"

"디엠."

"좋은 이름이네요. 강한 이름이에요. 건강해요?"

"조산이라 태어나자마자 데려가 버렸어요. 하지만 간호사가 잘 지내고 있다고 했어요."

내가 그 말을 하자 아이비가 움찔했어. "아기는 볼 수 있게 해준대요?"

"아니요, 안 될 것 같아요."

아이비는 고개를 저었고, 그때는 몰랐지만 아이비는 여러 가지 방식의 고개를 흔드는 법으로 대화를 전달하곤 했어. 몇 년이 지나면서 조금씩 알아가긴 했지만, 그날은 아이비가 고개를 흔드는 방식이 '저 개자식들'이라는 뜻인지 몰랐어.

그녀가 내 옷 말리는 것을 도와주고, 도서관으로 같이 돌아와서는 나를 앉혀놓고 이렇게 말했어. "이렇게 해요. 이 도서관에 있는 모든 책을 읽어요. 곧 감옥 안의 암울한 세상이 아닌 책 속의 화려한 세상에서 살게 될 거예요."

나는 책을 좋아하는 사람이 아니야. 그녀의 계획이 마음에 들지 않았지만 나는 고개를 끄덕였어. 물론 그녀는 내가 그 말을 귀담아듣지는 않고 있다는 걸 알았을 거야.

그녀는 책꽂이에서 책 한 권을 꺼내 내게 건네주었어. "그들이 당신 아기를 데려갔어요. 절대 극복할 수 없을 거예요. 그러니 지금 바로 여기서 결정해요. 슬픔 속에서 살 것인가, 아니면 슬픔에 빠져 죽을 것인가?"

그 질문은 더 이상 딸이 들어 있지 않은 내 텅 빈 뱃속에 주먹을 날리는 것처럼 느껴졌어. 아이비는 나에게 기운 내라는 위로를 하는 게 아니었어. 어쩌면 오히려 정반대였지. 아이비는 내가 지금 느끼는 감정을 더 잘 견뎌내라거나 일이 더 쉬워질 거라고 말하지 않았어. 그녀는 내가 느끼는 비참함이 내 새로운 일상이라고 말했어. 그 고통이 날 집어삼키도록 내버려 두거나, 아니면 고통과 함께 사는 법을 배우라고.

나는 침을 삼키고 "그 속에서 살게요"라고 말했어.

아이비는 미소를 지으며 내 팔을 꽉 쥐었어. "잘했어요, 엄마."

아이비는 몰랐겠지만 그날 그녀의 잔인한 정직함이 나를 살렸어. 아이비 말이 맞았어. 내 삶은 예전과 같을 수가 없어. 당신을 잃고 나서부터 과거와 같지 않았고, 우리 딸을 너의 부모님에게 잃고 나니 세상에서 더욱 멀리 내몰린 것 같았어.

그때 그들이 아이를 빼앗아 갔을 때 내가 느꼈던 패배감과 비참함을 지금 똑같이 느끼고 있어. 렛저는 오늘 밤 자신의 행동이 내게 남은 마지막 몇 조각을 얼마나 망가뜨렸는지 전혀 모를 거야. 아이비는 5년 전의 그녀의 말이 여전히 나를 구하고 있다는 것도 모를 테고.

아, 고양이 이름을 그렇게 지어야겠다. 아이비라고.

사랑을 담아,

케나

14장

렛저

집으로 돌아오는 길에 패트릭으로부터 세 통의 전화가 걸려 왔지만, 케나에 대해 수화기 너머로 이야기하기에는 내가 너무 화가 나 있는 상태라 전화를 받지 않았다. 케나가 현관문 두드리는 소리를 그들이 듣지 못했기를 바랐는데 그들이 알고 있다는 것은 명확해졌다. 집 앞에 도착하니 패트릭이 뜰에서 기다리고 있다가 내가 트럭에서 채 내리기도 전에 말을 걸었다.

"뭘 원한대? 그레이스는 아직도 힘들어하는데, 설마 양육권 돌려받겠다고 소송을 하려는 건 아니야? 변호사가 그건 불가능할 거라고 했잖아." 그는 나를 쫓아 부엌으로 들어오면서 질문을 쏟아내고 있었다.

나는 테이블 위에 열쇠를 던져놓으며 말했다. "나도 모르겠어요, 패트릭."

"접근금지명령을 받아야 할까?"

"그렇게 할 근거는 없을 것 같아요. 그녀가 위협한 건 없잖아요."

그는 부엌을 서성거렸고 나는 그에게 물 한 잔을 따라 건넸다. 그는 잔을 그대로 내려놓더니 의자 하나에 털썩 걸터앉아 고개를 떨어뜨렸다. "디엠에게 절대 일어나서는 안 될 일이 그 여자가 디엠의 삶에 들락날락하는 거야. 스코티에게 한 짓을 생각하면… 우린 그럴 수 없어……."

"다시는 여기 나타나지 않을 거예요." 내가 말했다. "그녀는 경찰에게 전화하는 것을 많이 두려워했어요."

그 말이 오히려 그의 걱정을 더 키웠다. "왜? 우리를 법정에 끌고 갈 때를 대비해서 기록을 깨끗하게 유지하려는 건가?"

"그녀는 시궁창에 살고 있어요. 변호사를 고용할 돈은 없을 것 같아요."

그가 일어섰다. "이제 여기 산대?"

나는 고개를 끄덕였다. "파라다이스 아파트라고요. 얼마나 오래 머물 계획인지는 모르겠어요."

"젠장." 그가 중얼거렸다. "그레이스를 망가뜨리게 될 거야. 어떻게 해야 할지 모르겠어."

그에게 어떤 조언도 할 수가 없다. 디엠의 삶에 깊이 관여하고 있긴 하지만 난 어찌 되었든 디엠의 아버지가 아니었다. 디엠이 태어났을 때부터 키워온 사람도 내가 아니다. 어쩌다 보니 싸움의 한복판에 뛰어들긴 했지만 이건 내 싸움이 아니었다.

법적인 발언권은 없지만 내 생각은 분명했다. 상황을 고려해보면 관련된 모든 당사자가 만족할 만한 하나의 결론은 존재하지 않겠지만, 한 가지 분명한 것은 디엠의 삶의 일부가 되는 것은 특권이며, 케나는 자신의 안녕이 스코티의 목숨보다 더 가치가 있다고 결정한 그날 밤 그 특권을 잃었다는 것이다.

그레이스는 케나를 마주하는 것조차 힘들어하는 사람이었다. 패트릭도 강한 사람은 아니지만 적어도 그레이스가 필요로 하는 만큼은 강인한 척해 왔다. 그레이스 앞이었다면 이렇게 무너진 모습을 보이진 않는다. 스코티의 죽음이 너무 버거워지는 순간이 닥치기 전까지는 그는 이런 모습을 잘 숨길 수 있었다. 그리고 도망쳐야 하는 순간이 오면 내 뒷마당에 와서 혼자서 울었다.

때때로 두 사람이 같이 실타래가 풀리듯 넋이 나가기 시작할 때가 있다. 대부분은 스코티의 생일이 있는 2월에 그런 일이 벌어졌다. 하지만 그러다 5월 디엠의 생일이 돌아오면 두 사람에게 다시 새로운 생기가 돌았다. 케나는 이 점을 이해해야 한다. 그레이스와 패트릭은 디엠이 있기에 살아 있다.

이 그림에서 케나가 들어갈 자리는 없다. 용서할 수 있는 일들도 있지만, 때때로 어떠한 행동은 너무나 고통스러워서 그 기억이 10년이 지난 후에도 여전히 사람을 짓누를 수 있다. 디엠과 내가 스코티에게 일어난 일을 잊고 하루하루를 버틸 수 있도록 도와주었기 때문에 패트릭과 그레이스는 살아 낼 수 있었다. 하지만 케나가 나타난다면 그의 죽음은 계속해서 그들의 뇌리를 떠돌 것이다. 매일 다시 또다시.

패트릭은 눈을 감은 채 손을 턱에 가만히 대고 있었다. 조용히 기도하는 것처럼 보였다.

나는 바에 몸을 기대고 그를 안심시킬 수 있는 목소리를 내려고 노력했다. "디엠은 이제 안전해요. 케나는 경찰을 부르기엔 너무 겁에 질렸고, 양육권 싸움을 시작하기엔 너무 가난해요. 당신이 유리해요. 오늘 밤이 지나면 케나는 아마 손을 떼고 덴버로 돌아갈 거라고 확신해요."

패트릭은 10초 정도 바닥을 응시했다. 그가 겪어온 모든 일의 무게가 그의 어깨에 고스란히 내려앉은 것이 느껴졌다.

"그랬으면 좋겠구나." 그는 현관문으로 향했고, 그가 떠나자 나는 눈을 감고 숨을 내쉬었다.

내가 방금 그에게 했던 모든 안심시키는 말은 전부 거짓말이다. 지금까지 내가 케나에 대해 알게 된 것만으로도, 이번 일이 전혀 끝나지 않았다는 느낌이 들었다.

∽

"무슨 일 있어요? 어딘가 정신 나간 사람 같아요." 로만이 말했다. 그는 내가 들고 있던 잔을 가져다가 맥주를 따르기 시작했다. "좀 쉬는 게 좋겠어요. 이렇게 넋 놓고 있으면 우리까지 일의 속도가 늦어져요."

"난 괜찮아."

로만은 내가 괜찮지 않다는 것을 알고 있다. 그를 볼 때마다 그는 나를 빤히 쳐다보고 있었다. 나에게 무슨 일이 일어나고 있는지 알아내려는 것 같았다.

한 시간 정도 더 일하려고 했지만 토요일 밤이었고 너무 소란스러웠다. 토요일 밤이라 바텐더가 세 명이나 있는데도, 로만의 말대로 내가 속도를 못 맞춰서 일이 더뎌지고 상황을 악화시키고 있었다. 그래서 결국 나는 휴식을 취하기로 결정했다.

골목 계단에 앉아 하늘을 올려다보며 스코티라면 이 순간 어떻게 했을까 하고 생각했다. 스코티는 항상 냉정한 분별력이 있었다. 내가 아는 한은 부모님에게서 물려받은 건 아닌 것 같다. …어쩌면 아닐 수도 있겠다. 그렇게 마음에 큰 상처를 입고 냉정하게 삶을 살아가고 생각한다는 것은 불가능할 테니 말이다.

뒤에서 문이 열리는 게 느껴졌다. 어깨 너머로 고개를 돌려보니 로만이 살며시 밖으로 나오고 있었다. 그는 내 옆에 앉더니 아무 말도 하지 않았다. 내가 말할 수 있도록 자리를 펴는 로만의 방식이었다.

"케나가 돌아왔어."

"디엠의 엄마 말이에요?"

나는 고개를 끄덕였다.

"젠장."

나는 손가락으로 눈을 문지르며 온종일 쌓인 두통의 압박감을 조금이나마 덜어내려 했다. "어젯밤 그녀와 섹스할 뻔했어. 내 트럭에서. 가게 문 닫은 뒤에."

이 말에 로만에게서는 즉각적 반응이 나오지 않았다. 그를 힐끗 쳐다봤지만 그는 멍하니 나를 바라보고만 있었다. 그러더니 정신을 차리고서야 손을 얼굴로 가져가 입을 가렸다.

"뭘 어쨌다고요?" 로만이 자리에서 일어나더니 골목을 서성거렸다. 그는 내가 방금 한 말을 머릿속에서 처리하고 있는 듯 자기 발만 내려다보고 있었다. 그는 내가 집 앞에서 그녀를 보고 이런저런 상황을 종합해서 결론에 도달했을 때 받았던 충격만큼이나 놀란 것처럼 보였다. "디엠의 엄마를 싫어하는 거 아니었어요?"

"어젯밤에는 그녀가 디엠의 엄마인지 몰랐어."

"어떻게 모를 수가 있어요? 제일 친한 친구의 여자 친구였잖아요?"

"만난 적이 없어. 사진으로만 한 번 봤어. 아마 범죄자 공개 사진이었을 거야. 그때는 긴 금발 머리였는데 완전히 달라 보였어."

"와우," 로만이 말했다. "그녀는 누군지 알면서 그런 거고요?"

나는 여전히 그 질문에 대한 답을 모르기 때문에 그냥 어깨를 으쓱했다. 그녀는 당시 집 밖에서 나를 봤을 때 놀라지 않은 것 같았다. 그저 약간 당황한 것처럼 보였다.

"그녀가 나타나서 오늘 디엠을 만나려고 했는데, 이제…" 나는 고개를 저었다. "내가 망쳤어, 로만. 패트릭과 그레이스한테 이러면 안 돼."

"그 여자한테 그럴 권리가 있어요?"

"아니. 징역 기간 때문에 양육권을 잃었어. 우린 그저 그녀가 나타나지 않고 디엠의 삶에 영향을 주지 않기를 바랐어. 내 말은, 그분들이 그걸 두려워했다고. 우리 모두 그랬지. 미리 조금이라도 경고가 있었으면 좋았을 텐데."

로만이 목을 가다듬었다. "사실 그 여자가 디엠을 낳았잖아요. 그 자체가 이미 경고였던 거죠." 로만은 모든 일에서 '악마의 변호인' 역할을 하는 것을 좋아했다. 그가 지금 이렇게 하는 것도 놀랍지 않다. "계획이 뭐예요? 그 여자가 디엠의 인생에 들어오고 싶다는 걸 이제 알았으니, 그분들이 디엠이 엄마를 만나는 걸 허락할까요?"

"케나가 나타나는 것만으로도 패트릭과 그레이스는 너무 힘들어할 거야."

로만이 얼굴을 찡그렸다. "케나는 그걸 어떻게 받아들일까요?"

"케나가 어떻게 느끼든 상관없어. 어떤 조부모도 아들의 살인범과 면회 일정을 잡도록 강요받아서는 안 되니까."

로만이 눈썹을 치켜세웠다. "살인자라. 그건 좀 극적이네요. 그녀의 행동이 스코티를 죽음으로 몰고 간 건 분명해요. 하지만 그 여자는 냉혈한 살인자가 아니잖아요." 그는 조약돌을 발로 차며 말했다. "난 항상 그들이 그녀에게 너무 가혹하다고 생각했어요."

로만은 스코티가 죽었을 때 나를 알지 못했다. 그는 그때의 이야기만 전해 들었을 뿐이다. 하지만 만약 그가 5년 전에 그 일이 모두에게 어떤 영향을 미쳤는지 알고 있다면, 그런데도 여전히 방금 한 말을 그대로 한 거라면, 나는 그에게 주먹을 한 대 날렸을 것이다.

하지만 그는 로만이니까. 악마의 변호인이자 그때 상황을 다 알지 못하는.

"그녀가 나타났을 때 어떻게 됐어요? 그들이 그녀에게 뭐라고 말했어요?"

"거기까지 가지도 못했어. 길거리에서 내가 그녀를 가로채다시피 해서 아파트에 내려줬어. 그리고 당장 덴버로 돌아가라고 말했어."

로만이 주머니에 손을 집어넣었다. 나는 그의 얼굴을 보며 그의 판단을 기다렸다. "이게 얼마나 지난 일이죠?" 그가 물었다.

"몇 시간 됐어."

"걱정되지 않으세요?"

"누구? 디엠 말이야?"

그는 내가 못 알아듣는다는 듯 작은 웃음과 함께 고개를 저었다. "케나를 말하는 거예요. 이곳에 가족이 있나요? 친구는요? 아니면 당장 꺼지라고 말해놓고 혼자 버려둔 건가요?"

나는 자리에서 일어나 청바지 뒷부분을 털어냈다. 그가 무슨 말을 하는지 알지만 내 문제는 아니다. 적어도 내 자신에게 계속 그렇게 말해왔다.

"가서 확인해 보는 게 어때요?" 그가 제안했다.

"난 안 가볼 거야."

로만은 실망한 표정이었다. "이보다는 괜찮은 사람 아니었어요?"

목구멍에서 맥박이 요동치는 것이 느껴진다. 지금 그에게 화가 나는 건지 케나에게 화가 나는 건지 모르겠다.

로만이 한 발짝 다가섰다. "그 여자는 사랑했던 사람이 사고로 죽었고 그에 대한 책임이 있죠. 그것도 모자라 감옥에 갇히고 자신의 아이까지 포기해야 했어요. 마침내 그녀가 딸을 만나고 싶어 다시 나타났는데, 그녀와 일이 있을 뻔했던 당신이 나서서 딸을 만나지 못하게 막고 꺼지라고 말했죠. 밤새도록 이렇게 머리 박고 있는 게 당연한 것 같네요." 그는 계단을 걸어 올라가더니 가게로 들어가기 전 나를 돌아보며 이렇게 덧붙였다. "내가 길가 배수로 옆에서 죽지 않은 이유는 당신 덕분이에요, 렛저. 다른 사람들은 다 포기했을 때 당신은 내게 기회를 줬어요. 내가 얼마나 당신을 존경하는지 모를 거예요. 하지만 지금은 당신을 존경하기가 성말 힘들어요. 개자식처럼 행동하고 있잖아요." 로만이 바 안으로 사라졌다.

나는 문이 닫힌 후에도 계속 문을 쳐다보다가 소리쳤다. "젠장!"

그리고 골목을 서성거리기 시작했다. 걸음을 재촉할수록 죄책감은 더 커져갔다. 스코티에게 어떤 사고가 있었는지 알게 된 그 순간부터 나는 확실한 패트릭과 그레이스의 편이었다. 하지만, 로만의 말도 영향을 미쳤겠지만 시간이 흐를수록 내 판단에 대한 의구심은 커지고 점점 더 불안해지고 있다.

머릿속에 떠오른 가능성은 두 가지였다. 첫째는 여전히 케나가 내가 계속 믿어왔던 바로 그런 종류의 인간이고, 자신의 존재가 패트릭과 그레이스, 심지어 디엠에게 어떤 영향을 미칠지 전혀 생각하지 않고 이기적으로 이곳에 나타났을 가능성이다.

두 번째는 케나는 아이를 잃은 슬픔에 젖은 엄마이고, 아이를 위해 아파하고 무엇이든 하려는 엄마라는 가정이다. 만약 그게 사실이라면 내가 오늘 저지른 일들이 괜찮은 건지 모르겠다.

로만 말이 맞다면? 내가 그녀가 가진 모든 희망을 찢어버린 거라면? 그렇다면 그녀를 어디에다 던져버린 셈인 걸까? 어떤 미래도 기대할 수 없는 채로 그 아파트에 홀로 남겨진 걸까? 걱정해야 하는 걸까?

그녀가 괜찮은지 확인해야 할까?

몇 분쯤 더 가게 뒤쪽 골목을 서성거리다가 마침내 계속 머릿속을 맴도는 질문을 내게 던져보았다. 스코티라면 어떻게 했을까?

스코티는 항상 사람들의 좋은 면을 보았다. 내가 전혀 좋은 점을 찾지 못한 사람들에게도 그랬다. 그가 여기 있었다면 이 모든 일을 어떻게 합리화했을지 상상해 본다.

"넌 너무 가혹했어, 렛저. 의심의 여지가 있더라도 일단 모든 사람은 믿어줘야 해. 그 여자가 만약 죽으려 한다면 상관하지 않고 살 수 있겠어, 렛저?"

"젠장, 젠장, 젠장."

케나가 어떤 사람인지 난 잘 모른다. 아까 본 그녀의 감정적 반응은 과장된 것일 수 있지만 케나에게 혹시 정말 어둡고 우울한 면이 있다면……. 양심의 가책을 느끼며 잠을 잘 수는 없다.

불안하고 답답한 마음으로 트럭을 몰고 케나의 집으로 향했다.

∽

로만이 틀렸으니 안도감이 들어야 하는데, 그냥 화가 난다.

케나는 집 안에 갇혀 있지 않았다. 이 세상 따위에는 아무런 관심도 없는 사람처럼 그녀는 밖에 나와 빌어먹을 불꽃놀이를 하고 있었다. 형형색색의 폭죽. 몇 시간 전만 해도 세상이 곧 끝날 것처럼 행동하던 그녀가 어떤 여자애와 함께 아이처럼 잔디밭에서 불꽃놀이를 하고 있는 것이다. 그녀는 주차장을 등지고 있어서 차를 세우는 것을 보지 못했고, 내가 여기 있는 것도 눈치채지 못했다.

그녀가 소녀를 위해 또 다른 폭죽을 켜면 소녀는 폭죽을 들고 미친 듯이 달리다가 빛의 흔적을 남기며 모퉁이를 돌아 사라졌다. 혼자가 된 케나는 손바닥으로 눈을 가리더니 얼굴을 들어 하늘을 올려다보았다. 그러고는 가만히 몇 초 동안 그렇게 서 있었다. 그러다 그녀는 티셔츠로 눈을 닦았다.

소녀가 다시 나타나고 케나는 미소를 지었다. 소녀가 사라지면 케나의 얼굴은 다시 찡그려졌다. 마치 전등이 켜졌다 꺼지고 다시 켜졌다 꺼지는 것 같았다. 그 소녀가 돌아올 때마다 슬프지 않은 척하는 걸 보면 아무래도 로만의 말이 맞았다.

소녀가 다시 돌아와서 폭죽을 하나 더 건넸다. 불을 붙이려고 고개를 들다가 그녀가 내 트럭을 발견했다. 그녀의 몸이 순간 움츠러드는 것 같았지만, 소녀를 향해 억지로 미소를 짓고 건물을 한 바퀴 돌도록 손짓을 했다. 소녀가 사라지자마자 케나는 나에게 걸어오기 시작했다. 내가 그녀를 지켜보고 있었다는 것은 변명의 여지가 없었다. 숨기려고 노력하지도 않았다. 케나가 트럭에 도착하기 직전에 잠금장치를 풀었다.

그녀가 차에 올라타더니 문을 쾅 닫았다. "무슨 좋은 소식 가지고 왔어요?"

몸을 고쳐 앉았다. "아니요."

그러자 그녀는 문을 열고 나가려 했다.

"잠깐, 케나."

그녀는 잠시 멈추더니 문을 다시 닫고 트럭에 남았다. 정적이 흘렀다. 그녀에게선 화약과 성냥 냄새가 났다. 그 냄새가 트럭 안에 이상한 기류를 만들었고, 마치 트럭 전체가 폭발할 것만 같은 느낌이 들었다. 하지만 아무 일도 일어나지 않았고 아무도 말을 하지 않았다.

마침내 목소리를 가다듬고 내가 말했다. "괜찮을 거죠?" 그녀를 걱정하던 마음은 차가운 돌 같은 내 겉모습에 묻히고, 어떤 답이 돌아올지 신경 쓰지 않는 듯이 억지로 묻는 것처럼 들릴 것임을 안다.

케나가 다시 트럭에서 내리려 해서 나는 그녀의 손목을 잡았다. 그녀의 눈이 내 눈과 마주친다.

"괜찮을 거냐고요?" 나는 같은 말을 반복했다.

그녀는 부어오르고 충혈된 눈으로 나를 뚫어지게 쳐다보았다. "당신…" 그녀는 혼란스러운 듯 고개를 저었다. "내가 자살이라도 할까봐 걱정돼서 여기 온 거예요?"

걱정을 비웃는 듯한 그녀의 태도가 마음에 들지 않았지만 나는 그녀의 질문을 다른 말로 바꿔 다시 물었다. "당신이 정상인 상태가 아닐 것 같아 내가 걱정해야 하는 건가요?" 그리고 조심스럽게 덧붙였다. "그래요, 걱정했어요. 당신이 괜찮은지 확인하고 싶었어요."

그녀가 몸을 내 쪽으로 돌리고 운전석의 나를 바라보기 위해 얼굴을 오른쪽으로 약간 기울였다. 어깨 길이의 생머리가 그녀와 함께 기울어진다. "그게 아니에요." 그녀가 말했다. "내가 만약 죽으면 내게 참을 수 없을 정도로 잔인했다는 죄책감에 시달릴까봐 걱정하는 거겠죠. 그래서 다시 돌아온 거예요. 내가 실제로 죽든 말든 상관없고, 단지 내 결정에 자극을 보탠 사람이 되고 싶지 않을 뿐이죠." 그녀는 얕은 웃음과 함께 고개를 저었다. "당신이 해냈어요. 날 확인했으니까요. 이제 양심은 깨끗해졌으니 안녕히 가세요."

케나가 문을 열려는데 폭죽놀이를 하던 그 소녀가 갑자기 조수석 창문에 나타났다. 그녀의 코가 유리에 눌려 있었다.

"창문 내려줘요." 케나가 나에게 말했다.

그녀 쪽 창문을 내리자 소녀는 우리에게 미소를 지으며 몸을 기울였다. "케나 아빠예요?"

그녀의 질문은 너무도 예상치 못한 것이어서 나는 웃을 수밖에 없었다. 케나도 소리 내 웃었다. 디엠은 스코티의 웃음소리와 미소를 가졌다. 케나의 웃음소리는 그녀만의 것이었다. 이 순간 이전에는 한 번도 들어보지 못했던 웃음소리. 그리고 내가 다시 듣고 싶은 소리.

"내 아빠는 절대 아니야." 케나가 말했다. 그녀는 나와 눈을 마주치며 말했다. "아까 말했던 그 사람이야. 내 딸에게서 나를 떼어 놓은 사람." 케나가 문을 열고 차에서 내렸다.

그녀가 내 트럭 문을 쾅 닫자 십 대 소녀는 조수석 창문을 통해 "멍청이"라고 말했다.

케나는 소녀의 손을 잡고 트럭에서 멀어진다. "가자, 레이디 다이애나. 그는 우리 편이 아니야." 케나는 소녀를 데리고 걸어갔고, 그녀는 한 번도 뒤를 돌아보지 않았다. 젠장, 내 머릿속은 엉망진창으로 꼬였다.

내가 그녀의 편에 서고 싶어도 그럴 수 있을지 모르겠다. 이 모든 상황에는 구석구석 깨진 틈과 갈림길이 너무 많아서 어느 한쪽을 선택하는 것이 우리 모두에게 몰락이 될 것 같은 느낌이 든다.

15장

케나

문제는 이런 거다. 엄마가 완벽하지 않더라도 크게 상관없다는 것. 과거에 크고 끔찍한 실수를 한번 했든, 작은 실수를 여러 번 했든 상관없어야 한다. 엄마가 아이를 보고 싶으면, 설사 단 한 번뿐이라 하더라도 아이를 볼 수 있도록 허락해줘야 한다.

내 경험에 비추어보자면, 만약 불완전한 엄마 밑에서 자랄 수밖에 없는 환경이라면, 엄마가 내게 전혀 관심조차 없다는 사실을 알면서 자라는 것보다는 불완전한 엄마가 나를 위해 싸우고 있다는 것을 알면서 자라는 것이 훨씬 낫다.

내 인생에서 2년 동안의 시간을 위탁 가정에서 보내야 했다. 엄마는 마약 중독자거나 알코올 중독자가 아니었다. 그녀는 그저 좋은 엄마가 아니었을 뿐이다.

엄마의 방임은 내가 7살 때 처음 밝혀졌다. 엄마가 일하던 대리점에서 만난 어떤 남자가 하와이에 데려가 주겠다고 히자 나를 혼자 남겨두고 일주일간 사라졌다. 한 이웃이 집에 아이 혼자 있는 것을 알아차렸고, 엄마는 누가 물어보면 거짓말을 하라고 했지만, 사회복지사가 집에 찾아왔을 때 나는 너무 무서워서 거짓말을 할 수 없었다.

나는 엄마가 자신의 권리를 찾기 위해 노력하는 9개월 동안 한 위탁 가정에 맡겨졌다. 위탁 가정에는 많은 아이들과 여러 가지의 규칙이 존재했다. 마치 엄격한 여름 캠프 같았다. 그래서 엄마가 마침내 내 양육권을 되찾았을 때 나는 안도했다.

두 번째 위탁 가정에 맡겨진 것은 내가 열 살 때였다. 그 집에서는 내가 유일한 위탁 아동이었는데, 60대의 그녀 이름은 모나였다. 그리고 난 그 집에서 거의 일 년을 보냈다. 모나는 대단한 사람은 아니었지만, 가끔 나와 같이 영화를 보고, 매일 저녁 요리를 하고, 빨래를 해준다는 단순한 사실만으로도 내게 친엄마보다 훨씬 더 많은 것을 준 사람이었다. 모나는 평범했다. 그녀는 조용하고 그다지 재미있지도 않았고, 그리 유쾌하지도 않았지만, 그녀는 내 곁에 있어 주었다. 보살핌을 받는다는 것이 뭔지 알게 해준 사람이었다.

모나와 보낸 일 년 동안, 나는 나의 엄마가 대단하거나 훌륭할 필요가 없다는 것을 깨달았다. 나는 그저 나의 엄마가 국가가 개인 가정의 육아에 개입하지 않아도 될 만큼만의 역할을 해내 주길 바랐다. 자식이 생명을 준 부모에게 이 정도 바라는 것이 무리한 요구는 아니라고 생각한다.

"많이 바라지 않아. 최소한만. 내가 살 수 있을 정도만. 제발 날 혼자 두지 마."

엄마가 양육권을 되찾아서 내가 모나를 떠나야 했을 때는 첫 번째로 엄마가 양육권을 되찾았을 때의 감정이 아니었다. 난 엄마를 만나고 싶지 않았다. 모나와 함께 사는 동안 11살이 되었고, 그 나이대의 아이가 내 엄마 같은 사람과 있으면 느낄 법한 당연한 감정을 가지고 집으로 돌아왔다. 나 스스로를 지켜야만 하는 환경으로 돌아간다는 것을 알았고 난 전혀 행복하지 않았다. 최소한조차도 아이를 돌보지 못하는 엄마에게 돌려보내졌다.

그때 이후로 우리 관계는 결코 정상으로 돌아가지 못했다. 엄마와 나는 싸움으로 변하지 않는 대화는 나눌 수 없었다. 그렇게 몇 년이 지나고 내가 열네 살쯤 되자, 엄마는 나를 양육하지 않으려고 들었다. 내가 그녀의 적이 된 것처럼 느껴졌다.

다행히 그 무렵 나는 혼자 먹고 살 수 있을 정도가 되었고, 일주일에 두 번 집에 들어와 내가 어떤 사람인지 내가 어떻게 살고 있는지 알지도 못하면서 아는 척하는 엄마가 필요 없어지게 되었다. 고등학교를 졸업할 때까지는 엄마와 같이 살았지만 우리 둘 사이엔 아무런 관계도 남아 있지 않았다. 그녀가 내게 말을 할 때 쓰는 모든 단어는 모욕이었다. 때문에 나는 그녀와 대화하는 것을 멈추었고, 언어 학대보다는 무시당하는 쪽을 선택했다.

스코티를 만났을 때는 엄마의 목소리를 들은 지가 2년쯤 되었을 때였다. 뭔가 대단한 다툼이 있었던 것도 아니었고 그저 우리 관계 자체가 부담스러웠을 뿐이고, 그 부자연스러움이 깨졌을 때 우리 둘 다 자유로워졌다고 느꼈기 때문이다.

하지만 언젠가 내가 그렇게나 절망적인 상황에 처할지는 몰랐던 거다. 내가 감옥에서 엄마에게 전화했을 때 우리는 거의 3년 동안 연락을 하지 않고 지낸 상태였다. 매달릴 곳이 없었다. 임신 7개월이었고 그레이스와 패트릭은 이미 양육권을 신청한 상태였으며, 형기가 길다는 이유로 친권 해지 소송도 진행 중이라는 사실을 알게 되었다.

이해할 수 있었다. 아기는 갈 곳이 필요하고 내가 아는 한 엄마보다는 랜드리 부부가 훨씬 나은 선택지였다. 하지만 그분들이 내 양육권을 영구적으로 박탈하려 한다는 사실을 알고는 너무나 두려웠다. 그 말은 내 딸을 앞으로 전혀 볼 수 없다는 뜻이었다. 출소하고 나서도 딸에게 말조차 걸 수 없을지 모른다는 뜻이었다. 형기가 길고 딸의 양육권을 맡아 도와줄 사람이 아무도 없었기 때문에 나를 도와줄지도 모르는 유일한 가족에게 연락을 해야 했다.

엄마가 조부모로서 방문권이라도 얻는다면 적어도 내 딸에게 무슨 일이 있을 때 어느 정도 통제권을 가질 수 있고, 아기가 태어나면 엄마가 교도소로 아이를 데려와서 최소한 딸의 얼굴이라도 볼 수 있을 거라는 생각이 들었다.

그날 엄마는 면회실에 들어서면서 얼굴에 의기양양한 미소를 띠고 있었다. '보고 싶었어, 케나' 식의 미소가 아니었다. '이 정도면 놀랍지도 않아, 네가 그러면 그렇지'라고 말하는 미소였다.

그래도 그녀는 예뻤다. 드레스를 입고 있었고, 마지막으로 본 이후로 머리가 많이 길었다. 십 대가 아닌 평등한 입장에서 처음으로 그녀를 만나니 기분이 이상했다.

우리는 포옹하지 않았다. 둘 사이에 흐르는 긴장과 적대감이 너무 커서 어떻게 대해야 할지 알 수 없었다.

그녀는 앉아서 내 배를 향해 손을 까닥였다. "첫 아이야?"

나는 고개를 끄덕였다. 엄마는 할머니가 되는 것이 신나지 않는 것 같았다.

"구글에 검색해봤어." 그녀가 말했다.

그것은 '네가 한 짓을 읽었어'라고 말하는 그녀의 방식이었다. 후회할 말을 하지 않으려고 엄지손톱으로 손바닥을 꾹 눌렀다. 하지만 내가 하고 싶은 말은 모두 후회할 말이었기 때문에 어디서부터 말해야 할지 고민하면서 우리는 한참을 침묵 속에 앉아 있었다.

엄마는 손가락으로 테이블을 두드리며 내 침묵에 조바심을 냈다. "그래서? 내가 왜 여기 있는 거니, 케나?" 그녀는 내 배를 가리켰다. "내가 아이를 키워줘야 하는 거야?"

나는 고개를 저었다. 엄마가 내 아이를 키우는 것을 원하지 않는다. 스코티 같은 남자를 키운 부모님이 내 아이를 키워주길 바랐지만, 나도 내 아이가 보고 싶다. 그래서 당장이라도 일어나서 엄마에게서 멀어지고 싶은 마음을 꾹 참았다.

"그게 아니라. 아이 아빠 쪽 조부모가 양육권을 가질 거예요. 하지만…" 입술이 바짝 마르고 있었다. "엄마가 할머니로서 방문권을 요구해 주면 좋겠어요." 말을 마치자 입술이 달라붙는 것을 느낄 수 있었다.

엄마가 고개를 기울였다. "왜 그래야 해?"

그 순간 배 속의 아기가 마치 이 여자에게 자신과 관련된 어떤 부탁도 하지 말라고 애원하는 듯 움직였다. 나는 죄책감을 느꼈다. 하지만 선택의 여지가 없었다. 나는 침을 삼키고 배에 손을 얹고 말했다. "그들은 내 모든 권리를 박탈하고 싶어 해요. 그렇게 되면 난 이 아기를 볼 수 없을 거예요. 하지만 할머니로서 권리가 생기면 가끔씩 여기로 데려와서 내게 보여줄 수 있어요." 마치 여섯 살 때의 목소리처럼 들렸다. 엄마가 두렵지만 여전히 엄마가 필요한.

"차로 다섯 시간 거리야." 나의 엄마가 말했다.

엄마가 하려는 말이 무슨 뜻인지 몰랐다.

"나도 내 삶이 있어, 케나. 매주 감옥에 있는 너에게 보여주려고 네 아기를 데리고 5시간씩 운전해서 올 시간이 없어."

"난… 매주 올 필요는 없어요. 가능할 때만 와주면 돼요."

엄마는 자리에서 몸을 움직였다. 그녀는 나에게 화가 났거나 짜증스러워 보였다. 운전하는 게 귀찮을 거라는 건 알았지만, 날 만나면 적어도 5시간 정도는 운전할 만한 가치는 있었다고 여길 거라 생각했다. 적어도 그녀가 내게 나타나 용서를 구하고 싶어 할 거라고 생각했다. 적어도 할머니가 될 거라는 사실을 알고 나면 이제 만회할 수 있는 기회를 잡았다고, 이번엔 노력이라도 해볼 거라고 생각할 줄 알았다.

"지난 3년 동안 전화 한 통 없었잖니, 케나. 그래 놓고 이제 와서 내게 도움을 바라니?"

나도 마찬가지로 엄마에게서 단 한 통의 전화도 받은 적이 없다. 그러나 그 얘기는 하지 않았다. 그래봤자 엄마를 더 화나게 할 뿐이라는 것을 알기 때문이다. 대신 나는 말했다. "제발요. 내 아기를 빼앗아 가려고 해요."

그러나 엄마의 눈동자에는 아무것도 없었다. 어떤 동정도 그 어떤 공감도.

그 순간 나는 깨달았다. 그녀는 나에게서 벗어난 것이 기뻤고 할머니가 될 생각은 조금도 없다는 것을. 기대했던 내 잘못이었다.

엄마를 마지막으로 본 이후로 몇 년이 지났으니 조금이라도 마음의 가책을 느꼈길 바랐던 것뿐인데.

"정부가 널 빼앗아 갈 때마다 내가 어떤 기분이었는지 너도 알게 되겠구나. 널 되찾으려고 두 번씩이나 온갖 고초를 겪었는데 넌 고마워하지 않았어. 고맙다는 형식적인 말조차 없었지."

정말 감사 인사를 원했다고? 부모 노릇을 제대로 못 해서 정부가 날 두 번이나 뺏어가게 한 자신한테 감사하다고 말하길 원했다고? 나는 그 순간 자리를 박차고 일어나서 방을 나갔다. 그녀는 나에게 뭐라고 말하고 있었지만 아무 소리도 들리지 않았다. 왜냐하면 나는 그런 엄마에게 전화할 정도로 절박했던 나 스스로에게 너무나 화가 났기 때문이었다. 엄마는 바뀌지 않았다. 그녀는 여전히 내가 자랄 때와 달라진 게 없는, 자기중심적이고 자아도취에 빠진 사람이었다.

나는 혼자였다. 완벽하게. 배 속에서 자라고 있는 아기조차도 내 것이 아닌.

16장

렛저

오늘 패트릭과 나는 우리 집 뒷마당에 그네 세트를 설치하기 시작했다. 디엠의 생일이 얼마 남지 않았지만, 그녀의 생일 파티 전에만 조립을 마친다면 디엠과 친구들이 노는 데에는 문제가 없을 것이다.

계획은 실현 가능해 보였다. 그러나 그네 세트 하나 설치하는 것이 집 한 채를 짓는 것과 별반 다르지 않다는 것을 우리 둘 다 알지 못했다. 부품 조각들이 여기저기 산재했고 설명서조차 존재하지 않는 이런 상황은 패트릭을 세 번이나 '빌어먹을'이라고 중얼거리게 만들었다. 그런 단어를 거의 입에 담지 않는 사람인데 말이다.

우리는 내내 케나에 대한 언급을 피하고 있었다. 패트릭이 얘기를 꺼내지 않았기 때문에 나도 그와 관련된 어떤 말도 하지 않았다. 그러나 어제 이곳에 그녀가 모습을 드러낸 이후로 패트릭과 그레이스가 줄곧 그 생각을 하고 있다는 건 알고 있었다.

그러던 그가 하던 일을 멈추고 "그래, 할 수 없지"라고 말하는 순간, 케나에 대한 침묵이 이제 끝났음을 알아차렸다. 패트릭이 원치 않는 대화를 시작할 때 하는 말이었다. 또는 그가 해서는 안 되는 말이라는 걸 알면서 하려고 할 때나. 그의 이런 대화법은 내가 십 대 시절에 파악하게 되었다. 그는 내가 집에 가야 할 시간이라고 말하려고 스코티의 방에 들어와서는 하려던 말을 하지 않았다. 대신 돌려서 이야기했다. 문고리를 두드리며 이렇게. "그래, 할 수 없지. 너희 둘은 내일 학교 가야겠다."

패트릭은 파티오 의자에 앉더니 테이블 위에 공구를 올려놓으며 말했다. "오늘 조용하네."

말하지 않아도 그의 숨은 뜻을 해독하는 방법을 난 안다. 케나가 다시 나타나지 않았다는 사실을 언급하려 하고 있었다.

"그레이스는 어때요?"

"아슬아슬해. 어젯밤에 변호사와 얘기 나눴어. 현재 케나가 법적으로 할 수 있는 일은 없다고 하더군. 하지만 그레이스는 아무도 보지 않을 때 티볼 경기장에서 디엠을 몰래 데려가는 것 같은 멍청한 짓을 할까봐 걱정하는 것 같아."

"케나가 그런 짓을 하지는 않을 거예요."

패트릭이 성의 없이 웃었다. "렛저, 우리 중 아무도 케나를 몰라. 걔가 어떤 짓을 할지 모르지."

그가 생각하는 것보다 나는 케나를 잘 알지만, 그에게 말할 수는 없었다. 패트릭의 말이 맞을지도 모른다. 난 그녀와 키스하는 것이 어떤 기분인지는 알아도 인간으로서의 그녀가 어떤 사람인지 모른다. 하지만 그녀는 패트릭이 걱정할 만큼 나쁜 의도를 지닌 것 같지는 않고, 비록 가장 필요한 순간에 자신을 버리고 떠난 그녀이지만 스코티도 그렇게 믿었을 거라는 생각이 들었다.

나의 충성심이 상처를 입고 있었다. 한순간은 패트릭과 그레이스가 너무 안쓰러웠다가, 다음 순간에는 케나에게 미안한 마음이 들었다. 디엠이 고통받지 않고 모두가 타협할 수 있는 방법이 있을 것이다.

침묵을 깨려고 물을 한 모금 마시며 목을 축였다. "그 여자가 원하는 게 뭔지 궁금하지 않아요? 혹시 디엠을 데려가려는 게 아니라면요? 그냥 만나보고 싶은 거라면요?"

"그건 내 관심사가 아니야." 패트릭이 퉁명스럽게 말했다.

"그럼, 뭐예요?"

"우리가 겪을 고통이 내 관심사야. 케나 로완이 우리의 정신상태를 망가트리지 않고 우리 삶에 들어올 방법은 없어. 디엠의 삶에는 더더욱." 그는 말을 하면서도 골똘히 무언가 생각에 잠긴 듯 시선을 땅바닥에 집중하고 있었다. "그녀가 나쁜 엄마가 될 것이라고 생각하는 게 아니야. 물론 좋은 엄마가 될 거라고 생각하지도 않아. 하지만 그레이스가 그 여자와 우리 예쁜 꼬맹이를 공유해야 한다면 그레이스는 어떻게 될까? 매주 그 여자와 눈을 마주쳐야 한다면? 더 나쁜 것은… 케나가 어떻게든 판사에게 불쌍하게 보여서 그녀의 권리를 회복한다면 어떻게 되지? 그레이스와 나는 어떻게 될까? 우린 이미 스코티를 잃었어. 스코티의 딸까지 잃을 순 없어. 위험을 감수할 순 없다고."

패트릭이 무슨 말을 하고 싶은 건지 이해한다. 전적으로. 하지만 케나를 알게 된 지난 며칠 만에 내가 가졌던 그녀에 대한 증오가 다른 것으로 바뀌기 시작했다는 것도 알고 있다. 증오심이 공감으로 바뀌고 있었다. 패트릭과 그레이스도 케나에게 기회를 주기만 한다면 그들의 마음도 달라질 수 있다.

내가 어떻게 말해야 할지 생각하고 있는데 패트릭이 내 표정을 읽었다. "그 여자가 우리 아들을 죽였어, 렛저. 그걸 용서하지 못한다는 죄책감을 느끼게 하진 마."

패트릭의 말에 나는 움찔했다. 내 침묵이 그의 상처를 건드린 것 같지만, 그들이 내린 결정에 대해 죄책감을 느끼게 만들고 싶은 건 아니었다. "전 절대 그런 짓 안 해요."

"그 여자, 우리 삶과 이 마을에서 사라졌으면 좋겠어." 패트릭이 말했다. "그 두 가지가 모두 일어날 때까지 안전하다고 느끼지 못할 거야."

패트릭의 분위기가 완전히 바뀌었다. 그들에게 케나의 입장을 이해해 보라고 말하려 했다는 것만으로도 죄책감이 들었다. 그녀는 스스로 이 지경에 이르렀다. 스코티를 사랑했던 사람들이 그녀의 상황을 받아들여 주기를 기대하기보다 자신이 저지른 일의 결과를 받아들이고 스코티의 부모가 내린 결정을 존중하는 것이 훨씬 쉽고 덜 해로운 일이 될 것이다.

스코티가 이 장면들을 볼 수 있다면 어떻게 하길 원할지 궁금했다. 그날의 사고는 막을 수 있던 사고였다는 걸 우리 모두 알고 있다. 스코티는 자신을 남겨두고 떠난 그녀에게 화가 났을까? 그녀를 미워하며 죽어갔을까? 지금 케나를 디엠으로부터 떼놓은 부모님과 나를 부끄러워하고 있을까? 혹시 스코티가 원했던 것과 반대로 가고 있는 건 아닐까? 나는 그 답을 영원히 알 길이 없고 다른 누구도 알 수가 없다.

파티오 의자에 기대어 제발 곧 모습을 드러냈으면 하는 정글짐을 바라보았다. 정글짐을 바라보자니 스코티가 떠오른다. 그게 바로 당시에는 내가 정글짐을 뜯어내 버렸던 이유였다.

"스코티와 제가 이 정글짐에서 처음으로 담배를 피웠어요." 패트릭에게 말했다. "열세 살이었죠."

패트릭이 웃으며 의자에 기대어 앉는다. 그는 내가 주제를 바꾼 것에 안도하는 것 같았다. "열세 살짜리들이 담배는 어디서 구했어?"

"아버지 트럭에서요."

패트릭이 고개를 절레절레 저었다.

"여기서 처음으로 맥주도 마셨어요. 처음으로 취했죠. 그리고 제 기억이 맞다면 스코티가 첫 키스를 한 곳도 여기예요."

"어떤 여자애였어?" 패트릭이 물었다.

"데이나 프리먼이요. 저쪽 길 아래에 살았어요. 제 첫 키스 상대였고요. 그래서 저랑 스코티가 처음이자 마지막으로 싸웠죠."

"누가 먼저 키스했는데?"

"제가요. 스코티가 독수리처럼 날아와서 제게서 그녀를 빼앗아 갔어요. 화가 났지만 그녀를 좋아해서 그런 건 아니었어요. 그녀가 나 대신 스코티를 선택한 게 못마땅했을 뿐이에요. 우린 8시간 내내 한마디도 말을 안 했어요."

"글쎄, 그건 당연한 것 같은데. 스코티가 너보다 훨씬 잘 생겼었잖아."

나는 웃었다.

패트릭은 한숨을 쉬었고, 우리 둘 다 스코티에 대해 생각을 하다보니 기운이 쭉 빠졌다. 이런 일이 자주 일어나는 게 싫다. 언제쯤이면 이런 일이 줄어들지도 궁금하고.

"스코티도 내가 달라지길 바랐을까?" 패트릭이 묻는다.

"무슨 말이에요? 패트릭은 최고의 아버지였어요."

"난 평생 사무실에서 매출 수치를 계산하는 일을 했어. 가끔 스코티가 아버지가 소방관 같은 더 나은 직업을 가지길 바랐던 건 아닌지 궁금했어. 아니면 운동선수라던가. 난 아들이 자랑할 만한 아빠는 아니었던 것 같아."

패트릭이 스코티가 자신과 다른 사람이 되기를 바랐을 거라고 생각한다니 마음이 아파 왔다. 스코티와 내가 미래에 대해 수없이 많이 나누던 대화 중 한 대목이 기억났다.

"스코티는 이곳을 결코 떠나고 싶어 하지 않았어요." 내가 말했다. "그는 좋은 여자를 만나서 아이를 낳고, 주말마다 영화관에 데려가고 여름이면 디즈니월드에 가고 싶어 했어요. 스코티가 그렇게 말했을 때 미쳤다고 생각했던 기억이 나요. 제 꿈은 훨씬 더 컸거든요. 나는 풋볼 선수가 되고, 세계를 여행하고, 내 사업체를 운영하며 안정적인 현금 흐름을 갖고 싶다고 말했죠. 난 단순한 삶을 원하지 않는다고요." 그리고 말을 계속했다. "제가 얼마나 중요한 사람이 되고 싶은지 말하자 스코티가 '중요한 사람이 되고 싶지 않다'고 말했던 기억이 나요. 지나친 압박감은 싫대요. 아버지처럼 레이더에 걸리지 않는 평범한 사람으로 살고 싶다고요. 아버지는 집에 돌아올 때 항상 기분이 좋다고 했어요."

패트릭은 잠시 조용히 있다가 말했다. "완전 헛소리야. 그 아이가 그렇게 말했을 리가 없어."

"맹세해요." 내가 웃으며 말했다. "항상 그런 말을 했어요. 스코티는 아버지를 있는 그대로 사랑했어요."

패트릭은 앞으로 몸을 숙이고 두 손을 깍지 낀 채 땅을 응시했다. "고마워, 그렇게 말해줘서. 사실이 아니더라도."

"사실이에요." 나는 그를 안심시키며 말했다. 하지만 패트릭은 여전히 슬퍼 보였다. 스코티에 대한 더 가벼운 이야기가 필요했다. "한번은 정글짐 안에 앉아 있는데 갑자기 어디서 나타났는지 비둘기 한 마리가 바닥에 착지했어요. 비둘기는 우리에게서 몇 발짝밖에 떨어져 있지 않은 곳에서 가만히 저희를 쳐다보고 있었어요. 스코티가 그런 비둘기를 보고 '이런, 여기 웬 비둘기야?'라고 말했는데, 둘 다 취해서 그랬는지는 모르겠지만 정말 크게 웃었죠. 별것도 아닌 말인데 눈물이 날 때까지 웃었던 것 같아요. 그 이후 스코티는 종종 어이없는 장면을 볼 때마다 '웬 비둘기야?'라고 말하곤 했어요."

패트릭이 회상에 잠긴 채 웃으며 말했다. "그래서 가끔 그런 식의 말을 했었구나……."

나는 고개를 끄덕였다.

패트릭이 더 크게 웃기 시작했다. 그리고 그는 눈물이 날 때까지 웃었다.

그리고 흐느끼기 시작했다.

패트릭에게 이런 식의 추억이 떠오르기 시작하면 나는 항상 그 자리를 벗어나서 그를 혼자 두곤 했다. 그는 슬플 때 위로를 원하는 타입이 아니었다. 고독을 원할 뿐.

　패트릭과 그레이스가 언젠가는 극복하고 나아질 수 있을까 걱정하며 집으로 들어가 문을 닫았다. 이제 겨우 5년이 지났다. 10년이 지나도 여전히 혼자 울어야 할까? 아니면 20년? 그들이 치유되기를 간절히 바라지만 아이를 잃는다는 것은 영원히 아물지 않는 상처다. 그렇다면 혹시 케나도 패트릭과 그레이스와 같은 아픔으로 우는 건 아닌지 궁금해진다. 디엠을 빼앗겼을 때 케나도 그런 절망과 상실감을 느꼈을까?

　만약 그렇다면 그런 고통을 뼈저리게 느끼는 그레이스와 패트릭이 누군가가 계속 그런 감정을 느끼도록 내버려 둘 것 같지는 않았다.

17장

케나

스코티에게,

오늘부터 새 직장에서 일하기 시작했어. 사실 지금 새 직장에서 이 글을 쓰고 있어. 지금 오리엔테이션 중인데 정말 지루해. 채소를 어떻게 포장하고 달걀을 어떻게 담는지, 고기는 분리해서 넣어야 한다는 것 등에 관한 두 시간짜리 비디오를 보고 있어. 눈을 뜨고 있으려고 하는데 너도 알다시피 어젯밤 잠을 잘 자지 못했어. 다행히도 화면 창을 최소화 해도 오리엔테이션 비디오가 여전히 재생된다는 것을 알아냈어. 그래서 이번엔 워드를 이용해서 이 편지를 너에게 쓰고 있어.

여기 프린터기를 이용해서 감옥에 있을 때 작성했던 예전 편지들을 모두 인쇄했어. 이런 걸 프린트해도 되는지 몰라서 인쇄된 편지를 가방에 일단 쑤셔 넣고 직원 사물함에 숨겨 뒀어. 내가 너에 대해 기억하는 거의 모든 것을 문서화 했어. 우리가 나눈 모든 중요한 대화, 네가 죽은 후 일어났던 모든 충격적인 순간들.

지난 5년 동안 너에게 편지를 쓰며 보냈어. 혹시 언젠가 디엠이 너에 대해 알고 싶어하는 순간이 오면 말해주려고 너와 함께했던 모든 추억을 떠올리면서 말이야. 너의 부모님이 나보다는 너에 관해 더 자세히 이야기해 줄 수 있겠지만, 내가 알았던 너도 꼭 이야기해 주고 싶었어.

얼마 전 시내를 걷다가 그 골동품 가게가 없어진 걸 발견했어. 지금은 철물점이 되었더라. 우리가 처음 그곳에 갔을 때 네가 사준 작은 고무손이 생각나. 사귄 지 6개월 기념일이 얼마 남지 않았을 때였는데, 주말 근무가 잡혀 있어서 시간을 맞출 수가 없을 것 같아서 미리 기념일을 축하하고 있었잖아.

우리 둘 다 그날 서로에게 사랑한다고 말했어. 우리의 첫 키스, 첫날밤, 그리고 우리의 첫 다툼도 모두 지나간 뒤였지. 새로 생긴 초밥 레스토랑에서 막 식사를 끝내고 그 골동품 상점을 둘러 보고 있었어. 아직 밖이 어두워지진 않아서 시간을 보낼 겸 말이야. 우린 손을 꼭 잡고 다니다 넌 가끔 멈춰서서 내게 키스했어. 당신을 제외하고는 그 누구와도 도달한 적이 없는 그 지독한 사랑의 단계에 있었지. 우린 행복했고, 사랑에 빠져 있었고, 열정과 희망이 가득했어.

그건 행복이었어. 영원히 지속될 거라 믿었던 행복.

네가 골동품 가게의 한쪽으로 날 데려가더니 말했어. "하나만 골라 봐. 사줄게."

"아무것도 필요 없어."

"너 때문이 아니야. 내가 그러고 싶어. 너에게 뭔가 사주고 싶어."

네가 돈이 많지 않다는 걸 알고 있었어. 대학 졸업을 앞두고 있었고 풀타임 대학원에 진학할 계획이었잖아. 나는 여전히 최저 임금을 받으며 할인점에서 일하고 있었고. 그래서 나는 뭔가 저렴한 물건을 찾을 수 있기를 바라며 액세서리를 진열해 둔 곳으로 갔어. 팔찌나 귀걸이 정도가 있으면 좋겠다고 생각하면서.

그런데 내 눈을 사로잡은 건 반지였어. 1800년대의 누군가의 손가락에 끼워져 있었을 것 같은 우아한 금색 반지였어. 가운데 분홍색 보석이 박혀있는. 내가 순간 숨이 막히는 걸 네가 눈치챘던 것 같아.

"이게 마음에 들어?" 네가 물었어.

카운터 뒤에 있는 점원을 불러서 꺼내 보여줄 수 있는지 물어보았고 그 점원이 반지를 꺼내서 네게 건네주었지. 너는 내 오른손 약지에 끼워 주었고 그 반지는 손가락에 완벽히 맞았어. "예쁘다." 내가 말했어. 정말로 내가 지금까지 본 것 중 가장 예쁜 반지였어.

"얼마예요?" 네가 그 점원에게 물었어.

"4천 달러요. 2백 달러 정도는 빼줄 수 있을 거예요. 몇 달째 진열되어 있는 거라서요."

가격에 눈이 휘둥그레졌어. "4천 달러요?" 너는 믿기지 않는다는 표정으로 물었어. "이게 웬 비둘기래요?"

나는 네가 왜 항상 그런 말을 쓰는지 몰라서 웃음이 터졌어. 그리고 골동품 가게의 반지 하나가 말도 안 되는 4천 달러라는 말에도 웃었어. 내 몸에 4천 달러짜리 값어치가 있는 어떤 것을 착용해 본 적이 있었을까 싶더라.

너는 내 손을 잡더니 말했어. "망가뜨리기 전에 얼른 빼." 너는 그 점원에게 바로 반지를 돌려줬어. 그리고 계산내 옆에 고무로 된 작은 가짜 손이 있었잖아. 손가락 끝에 각각 끼우면 손가락이 쉰 개가 되어버리는 재밌는 선물 말이야. 그중 하나를 집어 들고 네가 물었지. "이건 얼마예요?"

그 남자가 말했어. "2달러요."

네가 각 손가락에 하나씩 10개를 사줬어. 지금까지 받은 선물 중 가장 멍청한 선물이었지만 내가 가장 좋아하는 선물이야.

가게에서 나오면서 우리 둘 다 큰소리로 웃었어. "4천 달러라니." 너는 머리를 흔들며 중얼거렸어. "그 반지 사면 자동차를 사은품으로 주나 봐? 아니면 모든 반지가 다 그렇게 비싼 거야? 우리 약혼식을 위해서 지금부터라도 저축하기 시작해야 하는 거야?" 너는 내 손가락에 고무손을 끼워주면서 그 보석의 가격에 대해서 큰소리로 불평해 댔어.

너의 불만 섞인 소리에도 난 미소를 참을 수가 없었어. 왜냐하면 그 단어, '약혼'을 말한 건 처음이었거든. 너도 말하자마자 알아차린 것 같았어. 그 이후로 네가 갑자기 조용해졌었잖아.

10개의 고무손이 내 손가락에 끼워진 채로 너의 양쪽 뺨을 만졌어. 정말 우스꽝스러워 보였지. 너는 내 손목을 잡더니 웃으면서 내 손바닥에 키스했어. 그리곤 고무손 10개의 손바닥에도 모두 키스했어.

"손가락 정말 많지." 내가 말했어. "내 손가락 50개나 되는데 여기 끼울 반지 전부 사줄 수 있겠어?"

너는 웃었고 나를 가까이 당기면서 말했어. "방법을 찾아볼게. 은행을 털지 뭐. 아니면 제일 친한 친구 털면 돼. 곧 부자 될 거거든. 운 좋은 놈."

렛저 이야기를 한 거였나 봐. 그때는 몰랐지만. 브롱코스와 막 계약서를 작성했다고 했어. 스포츠에 대해서도 잘 알진 못했지만, 당신 친구에 대해선 더 모르고 있었어.

우리는 서로에게 너무 몰두하느라 다른 사람을 만날 시간이 거의 없었어. 넌 대부분 학교에서 수업을 들어야 했고, 난 대부분 일을 해야 했어. 그래서 함께 보낼 시간이 조금이라도 생기면 우리 둘만의 시간을 보냈지. 세상이 달라진 것 같았어. 우리는 서로가 서로에게 최우선 순위가 되는 시기를 보내고 있었고, 너무나 행복한 시간들이었어.

언젠가 당신이 내게 프러포즈하고, 우리가 결혼을 하고, 아이를 낳고 이곳에서 함께 키울 거라는 상상을 했어. 너는 네가 자란 이곳을 좋아하니까, 너가 원하는 곳이라면 난 어디든 괜찮다고 생각했어. 하지만 넌 죽었고 우리는 꿈을 이루지 못했어.

그리고 앞으로도 영원히 그럴 수 없을 거야. 왜냐하면 삶은 잔인하고도 잔인한 것이거든. 누구를 어떻게 괴롭힐지 고르고 선택하는 세상을 보면 말이야. 이런 말도 안 되는 상황에 우리를 처하게 해놓고는 항상 우리도 아메리칸드림을 이룰 수 있다고 얘기하곤 하지. 하지만 그들이 말하지 않았던 건 꿈이란 절대 현실이 될 수 없다는 사실이야. 그래서 사람들이 아메리칸 현실이라 하지 않고 아메리칸드림이라고 부르는 거야.

우리의 현실은 네가 죽었다는 사실이야. 그리고 난 이 형편없는 직장에서 최저 임금을 받기 위해서 오리엔테이션을 받고 있고, 우리 딸을 우리가 아닌 다른 사람들이 키우고 있다는 거야.

현실은 정말 우울해.

이 일도 마찬가지이고.

이제 집중해야겠다.

사랑해,

케나

∽

3시간에 걸친 오리엔테이션이 끝나고, 에이미는 나를 바닥부터 내가 알아서 일하도록 내팽개쳤다.

첫날이니만큼 누군가를 그림자처럼 따라다니면 될 줄 알았는데 "무거운 것들은 제일 바닥에 두는 걸 명심하고 빵과 달걀을 아기 다루듯 하세요. 그러면 돼요"라고 말해주고 끝이었다.

하지만 그녀 말이 맞았다. 나는 식료품을 담아주고 고객에게 주차장까지 날라주는 일을 지금까지 2시간 정도 했는데, 내 일은 그저 평범한 최저 임금에 걸맞은 정도의 일이었다. 아무도 이 직업에 업무상 위험 요소가 있다고 내게 경고해 주지 못했을 뿐.

이 직업의 위험 요소는 렛저였다. 그의 못생긴 주황색 트럭이 주차장에 있는 것을 목격했다. 그날이 떠올라 갑자기 맥박이 빨라졌다. 지난 토요일 밤 아파트에 그가 나타난 이후로 그를 보지 못했다.

그날, 나 스스로 꽤 잘 대처했다고 생각한다. 그는 스코티의 집 앞에서 날 그렇게 대했던 것에 대해 후회하는 것 같았지만 난 침착하게 동요하지 않은 것처럼 행동했다. 비록 그가 다시 나타난 것은 분명 당황스러웠지만.

약간의 희망이 생긴 건 분명했다. 그가 나 때문에 마음이 편치 않다면 언젠가는 내 상황에 대해 조금이라도 공감할 때가 올지도 모른다. 물론 아주 작은 기회이긴 하지만 기회가 있다는 게 중요했다. 그를 피하지 말아야겠다. 눈앞에서 나는 그가 생각했던 괴물이 아니라는 것을 깨닫게 해주는 게 필요하다. 주차장에서 상점 안으로 걸어 들어가 카트를 제자리에 놓고 고객서비스센터에 서 있는 에이미에게 갔다.

"화장실 좀 다녀와도 될까요?"

"화장실 가면서 허락받을 필요 없어요." 그녀가 말했다. "우리가 어떻게 만났는지 기억나죠? 일할 때 나는 매시간 가짜 오줌을 위해 화장실에 가요. 그래야 제정신으로 일할 수 있어요."

그녀가 정말 마음에 든다.

화장실을 쓸 필요는 없었다. 그냥 돌아다니다가 혹시 렛저를 발견할 수 있지 않을까 싶었던 것이다. 마음 한켠에는 그가 이곳에 디엠과 같이 왔으면 싶지만 그럴 리가 없다는 것을 알고 있다. 그는 내가 이곳에서 일자리를 구하고 있는 것을 두 눈으로 보았고, 그 말은 이곳으로 디엠을 절대 데려오지 않을 것이라는 뜻이다.

마침내 시리얼 통로에서 그를 찾았다. 그가 물건을 사는 동안 몰래 그를 지켜볼 생각이었는데 내가 복도에 들어서는 순간 그와 마주쳐 버렸다. 그를 발견하자마자 그도 나를 보았다. 두세 걸음 정도 떨어진 상태로 그는 프루티 페블스 한 상자를 들고 있었다. 디엠이 좋아하는 것인지 궁금했다.

"취직했군요."

내가 직장을 구한 것이 다행이라는 것인지, 아니면 짜증이 난다는 것인지 도통 감을 잡을 수 없는 말이었다. 하지만 내가 여기서 일하는 것이 싫었다면 다른 곳에 가서 쇼핑을 했을 거라는 생각이 들었다. 내가 이 일을 구하고 있는 걸 몰랐던 것도 아니었으니 말이다. 그는 신경이 쓰이면 다른 가게를 찾아 가면 될 일이다. 난 아무 데도 가지 않을 것이다. 그럴 수도 없고. 다른 곳에선 아무도 날 고용하지 않을 테니까.

손에 들린 시리얼 상자에서 눈을 떼고 그의 얼굴을 올려다보지 말았어야 했다. 그는 오늘 달라 보였다. 그와 마주칠 때마다 그를 가까이서 자세히 보려 하지 않았기 때문이었을 수도 있고, 아니면 이곳 시리얼 통로의 형광등 조명이 그를 환하게 밝히고 있기 때문일 수도 있겠다.

형광등 불빛 아래에서 그가 더 잘 생겨 보이는 게 마음에 들지 않았다. 그게 어떻게 가능하지? 그의 눈빛은 더 친절하고 그의 입술은 더 매력적이었다. 그리고 내 딸이 있던 집에서 물리적으로 날 끌어낸 남자에 대해 좋은 감정이 든다는 사실 자체가 마음에 들지 않았다. 목구멍 안에 이상한 덩어리가 생긴 것 같은 느낌으로 돌아섰다.

마음이 바뀌었다. 자기 멋대로 날 재단하면서 5년을 보낸 그의 관점을 식료품점 통로 한복판에서 한순간에 바꿀 수는 없을 테고, 그의 등장에 당황한 나머지 내가 제대로 된 좋은 인상을 줄 수도 없을 것 같았다.

자리에 돌아와 그가 나갈 때 혹시 마주치지 않으려고 시간을 계산해가며 애를 썼지만, 운명의 장난처럼 다른 포장 보조원들이 모두 바빠서 그가 줄을 서 있는 계산대로 난 불려 갔고, 그의 식료품을 담아주어야 했다. 그 말은 손님의 짐을 들어서 트럭에 가져다 주고 말을 걸고 친절하게 대해야 한다는 의미였다.

그와 눈을 마주치지 않으려고 했다. 그러나 그의 음식을 쇼핑봉투에 나눠 담고 있는 동안 줄곧 그의 시선이 느껴졌다.

마을 사람들이 무엇을 사는지 자주 보다 보니 그 사람들의 삶을 이해하는 무언가가 생기는 듯했다. 식료품을 보면 대충 어떤 사람인지가 보였다. 혼자 사는 여자들은 건강에 좋은 것을 많이 산다. 혼자 사는 남자들은 스테이크와 냉동식품을 사고, 식구가 많은 가족은 대용량 고기와 농산물을 산다.

렛저는 저녁 식사용 냉동식품과 스테이크, 우스터 소스, 프링글스, 애완동물 크래커, 프루티 페블스, 우유, 초콜릿 우유, 그리고 엄청 많은 게토레이를 샀다. 그의 상품 선정에 근거해, 나는 그가 내 딸과 많은 시간을 보내는 독신 남성이라는 결론에 이르렀다.

계산원이 마지막으로 찍은 품목은 스파게티 소스 캔 세 개였다. 그는 내 딸이 무엇을 좋아하는지를 알고 있다는 사실에 갑자기 샘이 났다. 그 질투심은 내가 캔을 쇼핑 봉투에 아무렇게나 던지고 카트에 쿵쾅거리며 담는 방식으로 드러났다.

렛저가 식료품값을 계산하는 동안 계산원이 곁눈질로 나를 흘끗 보았다. 그가 영수증을 받고 접어서 지갑에 넣더니 카트 쪽으로 걸어왔다. "내가 할게요."

"제가 해야 해요." 나는 단호하게 말했다. "가게 정책이라서요."

그는 고개를 끄덕이더니 그의 트럭을 향해 앞장섰다. 여전히 그가 매력적이라는 사실이 마음에 들지 않았다. 주차장을 가로질러 가는 동안 아무 곳이나 다른 쪽에 눈길을 주면서 그를 보지 않으려고 노력했다.

요전 날 그의 술집에서 그가 주인이라는 것을 알기 전에 종업원들이 정말 다양하다는 사실에 놀랐다. 주인이 누구든지 간에 감사한 마음이 들 정도였다. 두 명의 바텐더 라지와 로만은 흑인이었고, 웨이트리스는 히스패닉이었다.

그런 그가 내 딸 인생에 중요한 사람이어서 다행이었다. 내 딸은 좋은 사람들 밑에서 컸으면 했다. 비록 렛저를 잘 알지 못하지만 지금까지 보면 그는 정말 괜찮은 사람 같았다.

트럭에 도착하자 렛저는 게토레이를 꺼내 트렁크에 실었다. 나는 나머지 식료품들을 디엠의 카시트가 놓여있는 자리 옆에 옮겼다. 그러다 뒷좌석 바닥에 분홍색과 흰색이 섞인 머리 끈이 떨어져 있는 게 눈에 들어왔다. 잠시 머리 끈을 바라보다가 손을 뻗었다. 갈색 머리카락이 엉켜있었다. 머리카락 한 가닥을 풀려나올 때까지 잡아당겼다. 15~20cm 정도 길이에 나와 똑같은 갈색 머리카락이었다.

아, 나와 같은 머리색이구나.

렛저가 뒤에서 다가오는 게 느껴졌지만 상관하지 않았다. 나는 뒷좌석에 앉아 디엠의 카시트와 그녀의 머리 끈 옆에 머물고 싶었다. 혹시라도 아이가 어떻게 생겼는지 어떻게 살고 있는지 힌트를 줄 다른 작은 흔적이라도 찾을 수 있지 않을까.

여전히 머리 끈에서 눈을 떼지 못한 채 몸을 돌렸다. "날 닮았나요?" 나는 그를 올려다보았다. 그리고 그의 눈썹이 찡그려졌다. 그가 왼쪽 팔을 트럭 위에 올려놓자 나는 렛저와 차 문 그리고 카트 사이에 갇힌 새가 된 것 같았다.

"그래요. 맞아요."

그는 얼마나, 어느 부분이 나와 닮았는지 말하지 않았다. 눈이 닮았을까? 입 모양? 머리색이? 아니면 전부 다? 우리 둘의 성격이 비슷한지 물어보고 싶었지만 그는 날 모른다.

"언제부터 그 아이를 알고 지냈어요?"

그는 질문에 대답하는 것이 불편한 듯 팔짱을 낀 채 발치를 내려다보고 있었다. "그분들이 아이를 집으로 데려오자마자요."

질투심이 온몸을 감싸는 소리가 들리는 듯했다. 떨리는 숨을 들이켜며 터져 나오려는 눈물을 막기 위해서 다른 것을 물어보았다. "그녀는 어떻게 생겼어요?"

이번 질문에 그는 한숨을 크게 내쉬었다. "케나." 그는 내 이름을 불렀을 뿐인데 내 질문에 대한 대답이 끝났다는 것을 알기엔 충분했다. 그는 나를 외면하며 주차장을 훑어보았다. "걸어서 출근해요?"

화제를 바꾸기란 참 쉬웠다. "네."

그는 이제 하늘을 올려다보고 있었다. "오늘 오후에 폭풍이 온대요."

"멋지네요."

"우버를 이용하는 게 좋을 거예요." 그의 눈길이 내게로 돌아왔다. "우버 있었어요? 예전에 당신이…" 그가 갑자기 말끝을 흐렸다.

"감옥 가기 전 말이에요?" 나는 눈을 찡긋하며 그가 질문을 마치도록 도와주었다. "네, 우버 있었어요. 그렇지만 지금 나한테 휴대폰이 없어서 앱도 없겠네요."

"전화가 없어요?"

"예전에 있었는데 지난달에 떨어뜨리는 바람에요. 월급 받을 때까지는 새로 살 수가 없어서요."

누군가 리모트 키를 사용해 우리 맞은편에 있는 차의 문을 열었다, 주변을 둘러보니 레이디 다이애나가 한 노부부와 함께 식료품을 잔뜩 실은 카트를 끌고 다가오고 있었다. 길을 막고 있시는 않았지만 그걸 핑계 삼아 그의 트럭 문을 닫을 수 있었다.

레이디 다이애나가 트렁크를 열면서 렛저를 쳐다보더니 첫 번째 봉투를 집으며 중얼거렸다. "멍청이."

그녀의 말에 웃음이 났다. 흘끗 쳐다보니 다행히 렛저도 미소 짓고 있는 것처럼 보였다. 그가 멍청이든 쓰레기든 아무튼 그런 류의 사람이 아니라는 게 마음에 들지 않는다. 그가 쓰레기라면 그를 미워하기가 훨씬 쉬웠을 텐데.

"내가 이 머리 끈은 가질게요." 카트 방향을 돌리며 내가 말했다.

그가 앞으로도 여기서 계속 쇼핑을 하고 싶다면 다음번에는 내 딸을 데려와야만 할 거라고 말하고 싶었다. 하지만 그의 앞에만 서면 나와 딸을 유일하게 연결해 줄 수 있는 존재인 그에게 친절하게 대해야 할지, 아니면 내 딸에게서 날 떼어놓으려는 사람이니 그에게 못되게 굴어야 할지 판단이 서지 않았다. 하고 싶은 말이 너무 많기에 차라리 아무 말도 하지 않는 것이 현재로서는 최선의 선택일 지도 모른다. 상점으로 들어가기 전에 잠시 돌아보았더니 그는 여전히 트럭에 기댄 채 나를 지켜보고 있었다.

카트를 보관대에 가져다 놓고 디엠의 머리 끈으로 머리를 올려 묶고는 남은 근무 시간 내내 그 머리 끈을 착용했다.

18장

렛저

바에 들어섰는데 초콜릿 컵케이크 12개가 종이상자 옆에서 나를 쳐다보고 있었다.

"젠장, 로만."

그는 매주 길 아래 빵집에 가서 컵케이크를 사 왔다. 그가 컵케이크를 사는 이유는 빵집을 운영하는 여자의 얼굴을 볼 핑계가 필요해서였지만 그는 실제로 케이크를 입에 대지도 않았다. 그 말은 내가 컵케이크를 모두 먹어서 처리해야 하는 임무가 부여된다는 뜻이기도 했다. 나는 보통 그날 밤에 살아남는 컵케이크는 디엠에게 가지고 가곤 했다.

내가 컵케이크 하나를 집어 들었을 때 로만이 바 뒤쪽 스윙 도어를 통해 들어오고 있었다. "그냥 차라리 가서 데이트 신청을 하지 그래? 네가 그녀를 처음 본 다음부터 내가 10파운드나 쪘어."

"그녀 남편이 아마 안 좋아할 텐데요." 로만이 말했다.

아, 그렇지. 그녀는 유부녀였지. "좋은 지적이야."

"알다시피, 그녀에게 말을 걸어본 적도 없어요. 그냥 그녀가 예뻐서 얼굴이라도 보려고 컵케이크를 계속 사는 것뿐이에요. 왜 나 스스로를 괴롭히는지 나도 모르겠네요."

"내 생각에도 분명 넌 자기 고문을 즐기는 것 같아. 그 여자 만나려는 이유 때문에 여기서도 일하는 거고."

"정확해요." 로만이 카운터에 기대며 단호하게 말했다. "그래서 어떻게 됐어요? 케나 관련 업데이트 없어요?"

나는 그의 어깨 뒤쪽을 두리번거리며 훑어보았다. "아직 아무도 오지 않았지?" 다른 사람들 앞에서 케나에 관한 이야기를 하고 싶진 않았다. 스코티의 부모님이 이미 알고 있는, 그날의 집 앞 만남을 제외하고는 내가 그녀와 만났다는 사실을 두 분이 절대 알아선 안 된다.

"네 아무도요. 메리 앤은 7시 출근이고 라지는 오늘 밤 쉬어요."

컵케이크를 한 입 베어 물고는 이야기했다. "케나가 칸트렐에 있는 식료품점에서 일해. 그녀는 차가 없고, 전화도 없어. 가족도 없는 것 같아 보여. 걸어서 출근한대. 근데 이 컵케이크 정말 맛있다."

"빵 굽는 그녀를 한번 보셔야 해요." 로만이 말했다. "그런데 디엠의 할머니 할아버지는 어떻게 할지 결정하셨대요?"

남은 컵케이크 반을 상자에 다시 넣으며 냅킨으로 입을 닦았다. "어제 패트릭하고 이야기해 보려고 했는데 말을 꺼내고 싶어 하지 않았어. 그녀가 이 마을을 떠나 그들의 인생에서 영원히 사라졌으면 하는 것 같아."

"사장님 생각은 어떤데요?"

"나는 디엠에게 최선이 되는 방법을 원하지." 즉각적으로 말이 튀어나왔다. 나는 항상, 언제나 디엠에게 최선인 방법을 바랐다. 내가 과거에는 맞다고 생각했던 것이 지금도 여전히 아이에게 최선인지가 헷갈릴 뿐.

로만은 아무 말이 없었다. 그는 상자 안의 컵케이크를 쳐다보고 있다가 말했다. "젠장." 그리고 하나를 집어 들었다.

"그녀가 빵을 잘 굽는 것처럼 요리도 잘할까요? 언젠가 내가 알아낼 거예요. 미국에선 두 커플 중 한 커플이 이혼한대요." 그가 희망 섞인 목소리로 말했다.

"휘트니가 데이트할 멋진 여자를 소개해 줄 수 있을 거야, 로만."

"쓸데없는 소리 하지 마요." 그가 중얼거렸다. "컵케이크 여신님의 결혼이 깨지는 걸 차라리 기다릴래요."

"너의 컵케이크 여신에게 이름은 있고?"

"참나, 누구나 이름은 있죠."

～

월요일인 데다 비까지 와서인지 오랜만에 매우 한가한 밤이었다. 평소의 왁자지껄한 분위기에선 알아차리기 힘들었겠지만, 단 세 명의 손님만 바에 있었기 때문에 그녀가 비를 맞은 채 문을 열고 안으로 들어왔을 때 모든 시선은 그녀에게 집중되었다.

로만도 그녀를 알아보았다. 그녀가 들어오는 모습을 같이 바라보며 그가 말했다. "사장님 인생이 엄청나게 복잡해질 것 같은 느낌이 드네요."
옷이 흠뻑 젖은 채로 케나가 내 쪽으로 걸어왔다. 그리곤 이곳에 처음 왔을 때 앉았던 같은 자리에 앉았다. 그녀는 디엠의 머리끈을 풀더니 바 쪽으로 몸을 기울여 냅킨을 한가득 집어 올렸다. "음. 당신 말이 맞았네요." 팔과 얼굴을 냅킨으로 닦으며 그녀가 말했다. "집에 갈 차가 필요해요."
혼란스러웠다. 지난번 트럭에서 내릴 때 그녀는 매우 화가 나 있었고, 다시는 내 트럭에 타려 하지 않을 거라고 생각했다. "내가요?"
그녀는 어깨를 으쓱한다. "당신이든 우버든 택시든 상관없어요. 하지만 먼저 커피를 마시고 싶어요. 이제는 캐러멜 사 놓는다고 하지 않았나요?"
그녀는 오늘 까칠해 보였다. 깨끗한 수건을 건네주고 그녀가 몸을 닦는 동안 커피를 만들기 시작했다. 시계를 보니 상점에서 만난 지 10시간이 지난 것 같았다. "이제 일이 끝났어요?"
"네, 결근한 사람이 있어서 두 배로 일했어요."
식료품점은 9시에 문을 닫는다. 집까지 걸어가려면 그녀의 걸음으로 족히 1시간은 걸린다. "이렇게 늦은 시간에 걸어 다니면 안 돼요."
"그럼 차를 한 대 사주던가요." 그녀가 눈썹을 치켜세우며 쏘아붙인다.
나는 커피에 체리를 얹어 그녀에게 건네주었다.
"얼마나 오랫동안 이 술집을 운영했어요?" 그녀가 물었다.
"몇 년 정도 됐어요."

"예전에 프로 스포츠 선수였다고 하지 않았어요?"

그녀의 질문이 날 미소짓게 만들었다. 2년간의 그 짧은 NFL 선수 시절이 이곳 사람들이 나와 나누고 싶어 하는 유일한 주제인 반면, 케나는 그저 스쳐 지나가는 이야깃거리인 것처럼 말했기 때문일 것이다. "네, 브롱크스에서 풋볼을 했었어요."

"잘했어요?"

나는 어깨를 으쓱하고는 말했다 "NFL에 진출했으니 나쁘진 않았던 거죠. 하지만 계약을 다시 갱신할 정도로 잘하진 못했어요."

"스코티가 당신을 자랑스러워했어요." 커피잔을 두 손으로 감싼 채 내려다보며 그녀가 말했다.

이곳에 온 첫날의 그녀는 마음이 닫혀 있어서 어떤 사람인지 알 수 없었지만, 지금은 조금씩 그녀의 성격이 여기저기서 드러나기 시작한다. 그녀는 체리를 먼저 먹고 나서 커피를 한 모금 마셨다.

나는 그녀에게 로만이 머무르는 2층으로 올라가서 몸을 말리라고 말해주고 싶었지만, 그녀에게 친절하게 대하면 안 될 것 같아 그만두었다. 지난 며칠 동안 내 머릿속에서 끊임없이 벌어지고 있는 전투였다. 내가 오랜 시간 증오해온 존재에게 어떻게 매력을 느낄 수 있는 건지 이해가 되지 않았다. 아마 그녀가 누군지 알기도 전에 먼저 끌렸기 때문에 어쩔 수 없는 측면이 있을 수도. 아니면 그녀를 그렇게 오랜 기간 내가 미워해야 했던 이유에 대해 의구심이란 틈이 생겼기 때문일 수도 있겠다.

"직장에서 집까지 태워다 줄 친구나 가족 같은 거 없어요?"

그녀가 커피를 내려놓았다. "이 마을에 아는 사람이 두 명 있어요. 하나는 내 딸인데 이제 겨우 4살이라 아직 운전을 못해요. 다른 한 사람이 그쪽이구요."

그녀의 비꼬는 것 같은 말투가 거슬렸지만, 왠지 매력적으로 느껴지기도 했다. 그녀와 대화를 나누는 것을 그만두어야 한다. 그녀가 내 가게에 있어선 안 된다. 내가 그녀와 이야기하는 것을 누군가 보고 그레이스와 패트릭에게 전할 수도 있다. "커피 다 마시면 내가 집에 데려다줄게요."

그녀에게서 벗어나려고 등을 돌리고 바의 반대쪽으로 걸어갔다.

∽

케나와 내가 밖으로 나온 것은 30분쯤 지나서였다. 가게 문을 닫으려면 아직 한 시간 정도 남았지만 로만이 알아서 마무리하겠다고 했다. 다른 누군가가 우리 둘을 엮지 못하도록 케나를 내 술집에서 데리고 나와야 했다. 여전히 비가 내리고 있었다. 나는 우산을 들어 그녀에게 씌워주었다.

그녀를 위해 조수석 문을 열어주는 순간 트럭 안으로 올라타는 그녀와 눈이 마주쳤다. 잠시 어색한 기운이 흘렀다. 지난번 이곳 트럭에서 함께 했던 때를 떠올리지 않을 방법이 없었다. 문을 닫아주고 그날 밤을 기억하지 않으려고 노력했다. 그녀에 대한 나의 감정도…….

운전석에 앉고 나니 그녀가 양발을 모으고 얌전히 있는 것이 눈에 들어왔다. 디엠의 머리 끈을 가지고 꼼지락거리는 그녀를 보며 차를 출발시켰다.

그녀가 했던, 이곳에서 아는 사람은 두 명뿐이라는 말이 계속 머릿속을 맴돌았다. 하지만 디엠은 그녀가 아는 누군가가 아니다.

디엠은 그녀가 이곳에 존재하는 이유이지 그녀가 아는 사람일 수는 없다. 그렇다면 그녀가 이 마을에서 아는 유일한 사람이 나 하나라는 것이다.

마음에 들지 않았다. 사람에게는 사람이 필요하다. 그녀의 가족은 어디에 있는 거지? 그녀의 엄마는? 왜 그녀의 가족 중 아무도 디엠을 만나려고 하지 않았을까? 늘 궁금했다. 디엠의 외할머니나 외할아버지, 아니면 이모나 외삼촌이라도. 왜 어떤 사람도 그레이스와 패트릭에게 연락해서 디엠을 만나고 싶다고 하지 않을까?

전화도 없다면, 대체 누구와 이야기하며 지내는 걸까?

"내게 키스한 거 후회해요?" 느닷없는 그녀의 질문에 도로를 향하고 있던 내 눈길이 즉시 그녀에게로 옮겨졌다. 기대에 찬 눈빛으로 그녀가 날 바라보고 있었다. 나는 핸들을 꽉 잡고 다시 시선을 돌렸다. 그리고 나는 고개를 끄덕였다. 나는 후회한다. 그녀가 추측하는 이유는 아니겠지만 내가 후회하고 있다는 사실은 변하지 않는다.

그 이후로 그녀의 집까지 가는 길은 조용했다. 트럭을 주차하고 그녀를 힐끗 보았다. 그녀는 손에 든 머리 끈을 줄곧 내려다보고 있었다. 머리 끈을 손목에 끼더니 나와 눈도 마주치지 않고 작은 소리로 웅얼거렸다. "태워다 줘서 고마워요." 그러고는 내가 잘 자라는 말을 채 꺼내기도 전에 문을 열고 트럭에서 내렸다.

19장

케나

 가끔 디엠을 납치하는 상상을 한다. 실행에 왜 옮기지 못하는지는 잘 모르겠다. 지금 살고 있는 삶보다 더 나빠질 것도 없는데 말이다. 내가 감옥에 있을 땐 적어도 내가 딸을 만나지 못하는 이유가 분명히 있었다.
 그러나 지금은 내 아이를 길러주는 사람들이 날 가로막고 있다. 내 딸을 사랑해 주는 사람을 미워해야 하는 현실이 날 아프게 한다. 그들을 미워하고 싶지 않다. 감옥에 있는 동안에는 아이를 돌봐준다는 사실만으로도 감사한 마음이었고, 내겐 그들을 비난할 자격조차 없었다.
 하지만 이곳 외로운 아파트에 있자니 디엠을 데리고 달아나면 얼마나 좋을까 하는 생각을 하지 않을 수가 없었다. 잡히기 전 며칠 동안만이라도. 디엠과 함께하는 동안 아이에게 모든 걸 다 해 줄 것이다. 아이스크림도 사주고 갖고 싶은 선물도 사주고 디즈니

랜드로 여행을 갈 수도 있겠지. 내가 자수하기 전까지 일주일간의 풍요로운 축하 파티를 즐길 수 있을 테고, 디엠은 영원히 그것을 기억할 거다.

아이가 날 기억할 것이다.

그리고 나서 그녀를 납치한 죄로 감옥에 있다가 출소할 즈음이면 그녀는 성인이 되어있겠지. 그땐 날 이해할지도 모른다. 딸과의 행복한 일주일을 위해서 수감되는 것도 마다하지 않은 엄마를 용서하지 않을 리가 있겠는가?

디엠을 몰래 데려오고 싶지만 망설이게 되는 이유는 오직 패트릭과 그레이스가 언젠가 생각을 바꿀 수도 있지 않을까 해서이다. 그들이 마음을 돌릴 수만 있다면 법을 어기지 않고도 디엠을 만날 수 있지 않을까?

그리고 또 다른 이유는 내 딸이 나에 대해 전혀 모른다는 사실이다. 나를 사랑하지도 않는다. 아이가 같이 생활하고 있는 양육자에게서 떼어 놓는다는 것은, 나에겐 매력적으로 들릴지 몰라도 디엠에게는 끔찍한 일이 될 가능성이 높았다.

이기적인 결정을 내리고 싶진 않다. 언젠가 내 딸도 내가 어떤 사람인지 그리고 내가 얼마나 딸과 함께하고 싶었는지 알게 될 테고, 디엠에게 좋은 영향을 주는 사람이 되고 싶다.

아이 스스로 엄마인 나와 어떻게 지내고 싶은지 결정할 수 있는 나이가 되려면 13년의 시간이 남았다. 그 이유만으로 나는 아이에게 자랑스러운 엄마가 되겠다는 희망으로 다가올 13년을 살아갈 수 있다.

아이비를 꼭 껴안고 잠들고 싶지만 잠이 오지 않는다. 머릿속에는 너무 많은 생각이 떠돌아다니고 어떤 생각도 가라앉지를 않는다. 스코티가 죽은 그날 밤부터 내내 불면증에 시달리고 있었다. 디엠과 스코티를 생각하면서 뜬눈으로 밤을 지새우곤 했다. 그리고 이젠, 렛저에 대한 생각까지 더해졌다.

디엠을 만나려는 날 가로막았다는 사실에 여전히 미치도록 화가 난다. 하지만 그와 함께 있을 때 희망이 느껴지기도 했다. 그는 나를 미워하는 것 같지는 않았다. 그래, 나와 키스한 것을 후회한다고 했지만 그건 상관없다. 내가 그따위 질문을 왜 했는지 모르겠다. 나는 그저 그가 스코티의 가장 친한 친구였기 때문에 후회하는 것인지, 아니면 스코티에게 내가 한 짓 때문에 후회하는 것인지 궁금하다. 둘 다이겠지만.

나는 스코티가 보았던 나의 좋은 면을 렛저가 알아봐 주기를, 그래서 나를 이해해 주기를 바란다. 친구라고는 10대 청소년 한 명과 고양이 한 마리뿐이니 솔직히 정말 외롭다.

스코티가 살아있을 때 그의 어머니와 잘 지내려고 노력해야 했었다. 그랬다면 뭔가가 달라졌을까?

스코티의 부모님을 찾아뵀던 그 날밤은 내 인생에서 가장 낯선 밤이었다. 텔레비전에서 비슷한 가족을 본 적은 있어도 직접 두 눈으로 목격한 것은 처음이었다. 솔직히 말해서 난 그런 가족이 존재하리라고 생각지 않았다. 부모님이 사이가 좋은 데다 서로 사랑하고 있는 것처럼 보인다니.

그들은 집 앞 마당에 나와 우리를 맞이해 주었다. 스코티가 집에 온 것은 3주 만이었는데 마치 몇 년은 보지 못했던 것처럼 반가워했다. 그들은 스코티를 안아주었다. 인사용 포옹이 아니라 '정말

보고 싶었어', '넌 세상에서 최고의 아들이야' 하는 포옹 말이다. 그들은 나도 안아주었지만, 느낌은 다른 포옹이었다. 빠르게 '안녕', '만나서 반가워' 하는 포옹이랄까.

집 안으로 들어가자 그레이스는 저녁 식사 준비를 마저 마쳐야 한다고 말했다. 그때 나는 내가 돕겠다고 말해야 한다는 걸 알고 있었다. 하지만 부엌에서 뭘 해야 하는지 모르는 나의 서툰 손길을 알아차릴까 걱정이 되고 두려웠다. 그래서 대신 스코티 곁에 껌딱지처럼 붙어있는 쪽을 택했다. 긴장했고 어색함에 내가 있을 곳이 아닌 것처럼 느껴졌다. 스코티만이 내가 안심할 수 있는 편안한 곳이었다.

그들은 감사 기도도 했다. 스코티가 대표로 기도를 했는데, 저녁 식탁에 앉아 한 남자가 주님이 양식을 주심에 감사하고 가족과 나를 위해 감사 기도하는 것을 듣고 있자니 지구를 뒤흔드는 것처럼 놀라운 느낌이었다. 초현실적으로 느껴져서 눈을 감고 있을 수가 없었다. 기도할 때 어떤 표정을 짓는지 그 순간을 하나하나 기억에 담아두고 싶었다. 스코티와 결혼하게 된다면 이들이 내 가족이 될 거라는 생각이 머릿속을 떠나지 않았고 그들을 지켜보고 싶었다. 이런 부모님을 갖게 될 테고, 이런 식사를 차리는 걸 돕게 될 테고, 음식과 가족을 위해 하늘에 어떻게 감사하는지를 배우게 될 것이다. 그렇게 하고 싶다. 간절히 원했다.

정상적인 삶.

나와는 거리가 먼 생소한 그것.

기도가 끝날 무렵 그레이스가 고개를 들어 내가 두리번거리고 있는 것을 보고 말았다. 재빨리 눈을 감았지만, 그 순간 스코티가 아멘이라고 말했고 모두 포크를 집어 들었다. 그레이스는 그때 나에 대한 선입견을 갖지 않았을까? 하지만 난 너무 어렸고 긴장되어 있었기 때문에 어떻게 만회해야 할지 방법을 알지 못했다.

식사 시간 내내 그들은 나를 쳐다보기 힘들어했다. 그 셔츠를 입지 말았어야 했다. 스코티가 제일 좋아하는, 가슴이 깊이 드러나는 셔츠였다. 나는 식사 시간 내내, 나 자신을 부끄러워하면서 접시에 몸을 웅크리고 식사를 했다.

저녁 식사 후, 스코티와 나는 뒤뜰에 나가 있었다. 부모님은 침실로 들어갔고 이내 방의 불빛이 꺼지는 것을 보자 나는 안도의 한숨을 내쉬었다. 줄곧 평가받는 듯한 기분이었다.

"잠깐 이거 들고 있어 줘." 스코티가 담배를 내게 내밀며 말했다. "오줌 마려워." 나는 담배를 피우지 않았지만 그가 담배를 피우는 게 크게 신경 쓰이진 않았다. 밖은 어두웠고 스코티는 건물 한쪽 편으로 걸어가 사라졌다. 난 담배를 들고 난간에 기대어 서 있었는데, 그때 주무시고 계신 줄 알았던 그의 어머니가 뒷문을 열고 나타났다.

몸을 곧추세우고 담배를 등 뒤로 서둘러 숨기려고 해보았지만 그녀가 이미 본 뒤였다. 그녀는 자리를 떴다가 잠시 후 빨간색 플라스틱 컵을 가지고 돌아왔다.

"담뱃재는 여기다 버려줘요." 그녀가 내게 컵을 건네주며 말했다. "우리 집엔 재떨이가 없어요. 아무도 담배를 피지 않아서요."

수치심 비슷한 자괴감이 들었지만 내가 할 수 있는 말은 그저 '감사합니다'였다. 그녀가 뒷문을 닫고 사라지자마자 스코티가 돌아왔다.

"네 엄마가 날 싫어해. 이 컵 어머니가 주고 가셨어." 담배와 그 컵을 그에게 주면서 내가 말했다.

"아니야. 그렇지 않아." 그가 이마에 키스했다. "너와 엄만 언젠가 최고의 친구가 될 거야." 그가 마지막 담배 한 모금까지 마저 피우고 나서 나는 그를 따라 집으로 들어갔다.

그가 날 업고 계단을 올라가는 동안 계단에 늘어선 그의 사진을 발견했다. 그 사진들을 하나하나 볼 수 있도록 그를 멈춰 세웠다. 정말 행복해 보였다. 사진 속 어머니가 아들을 바라보는 눈빛은 지금 성인이 된 아들을 바라보는 눈빛과 똑같았다.

"세상에 어떤 아이가 이렇게 귀여워?" 내가 그에게 물었다. "너희 부모님은 너 같은 아이를 세 명은 더 낳았어야 해."

"그러려고 했어." 그가 말했다. "들어보니 내가 기적의 아이였대. 할 수만 있었다면 일곱이나 여덟 명은 낳으려고 하셨을 거야."

그레이스가 안 됐다는 생각이 들었다.

그의 방에 도착하자 그는 나를 침대에 던지면 말했다. "넌 너의 가족에 대해 한 번도 말한 적이 없어."

"난 아무도 없어."

"부모님은?"

"아버지는… 어딘가 있겠지. 양육비를 내는데 질려서 도망갔어. 엄마와 나는 사이가 좋지 않아. 몇 년째 연락도 하지 않았는걸."

"이유가 뭔데?"

"그냥. 우리는 화합할 수 없는 사이야."

"그게 무슨 뜻이야?" 스코티는 침대에 팔다리를 쭉 펴고 누우며 말했다. 그는 내 삶을 진심으로 궁금해하는 것 같았고 나도 진실을 그에게 말해주고 싶었지만, 한편으로는 그가 무서워서 날 떠날까봐 겁이 났다. 이렇게 정상적인 가정에서 자란 그가 난 그렇지 않다는 것을 알면 어떻게 생각할지 확신이 들지 않았다.

"난 혼자 있는 시간이 많았어." 내가 말했다. "엄마는 항상 먹을 건 챙겨줬어. 하지만 두 번이나 위탁 가정에 맡겨질 정도로 날 방치했어. 비록 두 번 다 엄마에게 돌려보내졌지만. 그건 엄마가 형편없다는 뜻이지만 형편없는 정도가 최악은 아니라는 건가 봐. 자라며 다른 가정을 보게 되면서 나의 엄마가 좋은 엄마가 아니라는 것을 조금씩 깨닫게 됐어. 심지어 좋은 인간도 아니라는 걸 말이야. 점점 같이 지내기가 정말 어려워졌어. 엄마는 나를 자기 편이 아니라 경쟁자로 여기는 것 같았어. 정말 지치는 일이었지. 이사를 나오고도 가끔은 연락을 했었어. 그러다 엄마가 연락을 끊었어. 그리고 나도 더 이상 엄마에게 전화하지 않았고. 2년째 연락하지 않은 것 같아." 나는 스코티를 바라보았다. 그의 얼굴에 슬픔이 가득했다. 그는 아무 말도 하지 않았다. 그는 머리를 쓸어 올리며 조용히 있었다. "좋은 가족을 둔다는 건 어떤 기분이야?" 내가 그에게 물었다.

"조금 전까지만 해도 내가 얼마나 좋은 환경에서 살았는지 몰랐어." 그가 대답했다.

"그래, 그럴 거야. 너는 부모님을 그리고 이 집을 사랑하잖아. 느낄 수 있어."

그가 부드럽게 미소 지었다. "제대로 설명할 수 있을지 모르겠지만, 여기 있으면 난 가장 진실되고 진짜 내 모습이 돼. 나는 울어도 되고 기분이 나쁘거나 슬프거나 행복할 수 있어. 어떤 감정도 여기서는 다 받아주지. 다른 곳에서는 느낄 수 없는 거야."

그것은 내가 한 번도 경험하지 못한 것이라 날 슬프게 했다. "그게 뭔지 난 모르겠어."

스코티는 허리를 굽혀 내 손에 키스했다. "내가 너에게 그걸 줄게. 나중에 우리 둘이 함께 집을 마련할 거야. 그리고 네가 원하는 것으로 집안을 꾸미고 네가 원하는 대로 페인트칠을 하게 될 거야. 그리고 네가 원하는 사람들만 그 집에 오도록 할 게. 지금까지 살았던 집 중에서 가장 편안한 곳이 될 거야."

나는 웃었다. "마치 천국처럼 들리는데."

그때 그가 내게 키스했고 우리는 사랑을 나누었다. 집안은 너무 고요했고 소리를 줄이려는 우리의 노력도 물거품이었던 것 같았다.

다음 날 아침 우리가 떠나려 할 때 스코티의 어머니는 내 눈을 똑바로 쳐다보지 않았다. 그녀의 어색함이 내게 스며들 정도라서 그녀가 나를 어떻게 생각하는지 그 순간 확실하게 알 수 있었다.

주차장을 빠져나오면서 나는 스코티의 차 조수석 창문에 이마를 대고 말했다. "차마 얼굴을 들 수가 없어. 어젯밤 어머니가 우리 소리를 들으신 것 같아. 얼마나 긴장해 계시는지 봤어?"

"엄마한테는 충격적인 일일 거야." 스코티기 말했다. "엄마잖아. 엄마는 내가 여자랑 잔다는 것 자체를 상상도 못 했을걸. 너 때문에 그러는 게 아니야."

나는 자리에 다시 기대며 한숨을 쉬었다. "너희 아버지는 좋은 분인 것 같아."

 스코티가 웃었다. "곧 우리 엄마도 좋아하게 될 거야. 다음에 집에 올 때는 우리 미리 하고 오자. 그래도 내가 아직은 순수하다고 우리 엄마가 믿을 수 있게 말이야."

 "그리고 담배도 끊어."

 스코티는 내 손을 잡고 "그럴게. 다음번엔 엄마가 널 정말 많이 사랑하게 될 거야. 결혼식도 서두르고 손주들도 빨리 낳으라고 우리를 괴롭힐 게 뻔해."

 "그래." 아쉬운 마음을 접으며 말했다. "그럴지도 몰라." 하지만 여전히 불안감이 들었고, 나 같은 여자는 어떤 가족에도 어울리지 않는 것만 같은 느낌이었다.

20장

렛저

그녀가 가게에 다녀간 지 사흘이 지났고, 내가 이곳 식료품점에 온 지도 사흘이 지나 있었다. 다시는 여기 오지 않겠다고 다짐했건만, 월마트에서 다시 쇼핑하기로 결정 해놓고는 어젯밤 디엠과 저녁 식사를 하고 나서, 저녁 내내 케나 생각을 하며 시간을 보냈다.

그녀가 마을에 온 뒤로 디엠과 시간을 보낼 때마다 케나에 대한 궁금증이 점점 더 커지는 것을 느끼고 있다. 디엠의 작은 습관들이 그녀를 닮은 것인지가 궁금해졌고, 디엠의 성격도 좀 더 이해할 수 있을 것 같았다. 스코티는 구체적이었고 솔직한 타입이었다. 대신 상상력이 풍부하진 않았다. 그러나 그것이 그의 장점이기도 했다. 그는 일이 어떻게 돌아가는지, 그 이유는 무엇인지 파악하고 싶어 했다. 과학적 근거가 없는 것에는 시간을 낭비하지 않았다.

디엠은 정반대였다. 그럼에도 불구하고 디엠이 엄마의 성향을 물려받았을 거라고 생각해 본 적이 없었다. 케나도 스코티처럼 구체적이고 현실적인 스타일일까? 아니면 상상하기를 좋아하는 사람일까? 예술가적인 성향인가? 딸과의 재회를 제외하고 그녀에게 다른 어떤 꿈이 있을까?

더 중요한 질문은 '그녀는 좋은 사람일까'였다.

스코티는 좋은 사람이었다. 그날 밤 그 일로, 난 줄곧 케나가 좋은 사람이 아니라고 여겨왔다. 하나의 원인과 결과. 이 모든 것이 그녀가 내린 끔찍한 선택 하나 때문이라고 생각해 왔다. 하지만 우리 모두 너무나 큰 상처를 받아서 그저 비난할 누군가가 필요했던 것은 아닌지.

케나가 우리만큼이나 상처받았을지도 모른다는 생각은 단 한 번도 해본 적이 없었다.

그녀에게 물어보고 싶은 것들이 많았다. 내가 물어봐도 괜찮은지 모를 질문들이지만, 나는 그 날밤의 진실에 대해 더 자세히 알고 싶었고 그녀의 진짜 의도를 알아야 했다. 그녀가 조용히 마을을 떠나지는 않을 것은 확실했다. 패트릭과 그레이스는 이 일을 모른 척 덮어두고 싶어 하지만 쉽게 끝나지 않을 것 같은 느낌이 든다.

그래서 내가 여기 이곳에 있는지도 모르겠다. 트럭에서 그녀가 사람들의 차에 식료품을 실어주는 모습을 지켜보면서 말이다. 30분째 주차장에 숨어 있는 나를 그녀가 알아차렸는지는 모르겠다. 아무래도 눈치채지 않았을까. 내 트럭이 주변 환경에 잘 어울리는 색상은 아니었다.

갑작스레 창문을 두드리는 노크 소리에 깜짝 놀라 벌떡 일어나 앉았다. 그레이스였다. 그레이스가 디엠을 안고 서 있었다. 문을 열고 차에서 내렸다.
"여기서 뭐 하고 있어?"
그레이스가 의아한 눈빛을 보내며 물었다. 걱정보다는 뭔가 재밌는 일이 있나 기대하는 눈치였다. "식료품 좀 사려고 왔는데 트럭이 보이길래."
"같이 가고 싶어요." 디엠이 나에게 손을 뻗었고 그레이스의 품에서 디엠을 데려와 안았다. 동시에 주차장을 눈으로 훑으며 케나가 바깥에 있는 건 아닌지 살펴보았다.
"여기서 나가야 해요." 바로 앞줄에 주차된 그레이스의 차가 눈에 들어왔다. 그쪽으로 향했다.
"대체 무슨 일이야?" 그레이스가 물었다.
나는 그녀를 돌아보며 단어를 신중하게 골랐다. "음. 그녀가 여기서 일해요."
그레이스의 표정에 혼란스러움이 흘러내렸다. 그러다 무슨 말인지를 깨닫고는 얼굴이 백지장처럼 창백해졌다. "뭐라고?"
"지금 근무하고 있을 거예요. 여기서 디엠을 데리고 당장 나가야 해요."
"하지만 난 같이 가고 싶어요." 디엠이 말한다.
"나중에 내가 데리러 갈게, 디엠." 차 문손잡이를 잡으며 내가 말했다. 그레이스의 차 문은 여전히 잠겨 있었다. 그레이스가 문을 열어주기를 기다렸지만 그녀는 넋이 나간 듯 그 자리에 얼어붙어 있었다. "그레이스!"
그제야 그녀는 정신을 차리고 자동차 열쇠를 찾기 위해 지갑을 뒤지기 시작했다.

바로 그때 나는 케나를 보았다.

그때 바로 케나가 날 보았다.

"서둘러요." 목소리를 낮춰 그레이스에게 말했다.

자동차 리모컨을 누르는 그레이스의 손이 심하게 떨리기 시작했다.

케나는 가던 걸음을 멈추고 주차장 한가운데 우두커니 서 있었다. 우리를 바라보면서.

그녀가 자신이 보고 있는 것이 무엇인지 깨달았을 때, 그녀의 딸이 고작 몇 발짝 떨어져 있다는 사실을 알아차렸을 때, 그녀는 손님의 식료품 카트를 아무렇게나 버려두고 우리 쪽으로 다가오기 시작했다.

그레이스가 차의 잠금장치를 풀자마자 나는 뒷문을 열어 디엠을 최대한 빨리 보조 의자에 앉혔다. 왜 시간과의 싸움을 벌이는 것 같은 느낌인지 모르겠다. 케나가 우리 둘에게서 디엠을 맘대로 데려갈 수 있는 것도 아닌데 말이다. 나는 그저 그레이스가 케나와 마주치게 하고 싶지 않았다. 게다가 디엠의 앞에서라면 더더욱.

그리고 지금 이곳은 케나가 딸을 처음으로 만나게 되는 장소로는 적당하지 않았다. 너무 혼란스러울 것이다. 그리고 분명 디엠을 겁먹게 만들 것만 같았다.

"잠깐만요!" 케나가 소리쳤다.

디엠에게 안전띠를 미처 채워주지도 못한 채 나는 그레이스에게 말했다. "출발해요!" 그리고 바로 차 문을 닫았다.

그레이스는 후진해서 케나가 도착하기 직전에 주차장을 벗어났다. 케나는 나를 스쳐 지나 자동차를 쫓아 달려갔다. 그녀를 붙잡고 싶었지만 디엠의 집 현관문에서 그녀를 끌어냈던 순간에 대한 양심의 가책 때문에 이번에는 손을 뻗지 못했다.
 케나는 그레이스의 차 뒷부분을 두드릴 수 있을 정도로 거의 따라붙으며 애원하듯 소리쳤다. "잠깐만 기다려주세요. 그레이스, 기다려요. 제발!"
 그레이스는 기다리지 않았다. 점점 멀어지는 그레이스의 자동차를 쫓아가는 케나를 보고 있자니 고통스러웠다. 그들을 더 이상 따라잡을 수 없다는 것을 깨달은 뒤에야 그녀는 돌아서더니 내 쪽을 보았다. 눈물이 그녀의 두 뺨을 타고 흐르고 있었다.
 그녀는 입을 손으로 가리더니 흐느끼기 시작했다. 그녀가 제때 도착하지 못해 다행이다 싶은 마음과 그로 인해 가슴이 아픈, 두 감정이 내 안에서 충돌하고 있었다. 케나가 자기 딸을 만날 수 있었으면 좋겠다. 그러나 디엠이 엄마를 만나는 것은 원치 않는다. 둘 다 같은 사람이긴 하지만 그럴 수만 있다면.
 케나에게 난 괴물이고 디엠에게 나는 보호자이다.
 케나는 극심한 고통에 금방이라도 쓰러질 것처럼 보였다. 근무를 마칠 수 있는 상태가 아니었다. 나는 트럭을 가리키며 말했다. "내가 집에 데려다줄게요. 당신 상사 이름이 뭐예요? 몸이 좋지 않다고 가서 이야기하고 올게요."
 그녀는 손으로 눈물을 닦아내며 말했다. "에이미." 그러고는 내 트럭을 향해 힘없이 걷기 시작했다.
 그녀가 말하는 에이미가 누구인지 알 것 같다. 예전에 상점에서 그녀를 본 적이 있었다.
 케나가 내버려 둔 카트는 여전히 그 자리에 놓여있었다. 좀 전 케나가 식료품을 옮겨 주고 있던 노부인은 자신의 자동차 옆에 그 대로 선 채 케나가 내 트럭에 올라타는 것을 지켜보고 있었다. 대체 무슨 소동이 벌어지고 있는 건지 궁금해하는 눈치였다.
　나는 카트로 달려가 그 노부인에게 카트를 가져다주었다. "죄송합니다." 그녀는 고개를 끄덕이더니 트렁크를 열었다. "그녀에게 별일 없는 거면 좋겠네요."
　"네, 괜찮습니다." 나는 그녀의 차에 식료품들을 실어주고 카트를 옮겨다 놓은 뒤 고객 서비스 센터에서 에이미를 찾았다.
　그녀에게 웃음을 띠며 말하려고 했지만, 그 순간 가짜 미소를 짓기에는 내 마음속이 너무나 혼란스러웠다. "케나가 몸이 많이 안 좋아요." 나는 거짓말을 했다. "내가 집에 데려다주려고 해요. 말씀드려야 할 것 같아서요."
　"오, 이런. 케나는 괜찮아요?"
　"아마 괜찮아질 거예요. 그녀 물건 중 챙겨서 가져다줘야 할 게 있을까요? 이를테면 지갑이라든지."
　에이미가 고개를 끄덕였다. "네, 휴게실 12번 사물함에 가봐요." 고객 서비스 센터 뒤쪽에 있는 문을 가리켰다. 에이미의 뒤쪽으로 돌아 휴게실로 향하는 문을 열었다. 케나의 아파트 건물에서 보았던 여자아이가 의자에 앉아서 고개를 들어 나를 보며 말했다. "우리 휴게실에서 뭐 하는 짓이에요, 멍청 씨?"
　그녀에게 설명하거나 변명할 기분조차 아니었다. 이미 그녀는 나에 관한 판단을 마친 상태였고 지금 이 시점에선 그녀의 말이 맞았다. 12번 사물함의 문을 열고 케나의 가방을 꺼냈다. 토트백 같은 것인데 열린 채여서 안쪽에 아무렇게나 넣은 두툼한 종이 뭉치가 보였다. 함부로 보면 안 된다고 스스로 다짐했지만 나도 모르게 첫 페이지의 첫 줄이 눈에 들어왔다.

'스코티에게'

더 읽고 싶은 마음을 가까스로 누르고 가방을 닫아 그녀의 사생활을 존중하기로 했다. 휴게실을 나가며 아이에게 말했다. "케나가 아파. 내가 집에 데려다줄 건데 오늘 밤에 그녀가 괜찮은지 한번 살펴봐 줄 수 있겠니?"

여자아이가 빤히 나를 바라보더니 마침내 고개를 끄덕였다. "좋아요. 멍청 씨."

나는 여자아이에게 웃어주고 싶었지만 그러기에는 머릿속이 너무 뒤죽박죽이었다.

에이미가 있는 자리로 돌아가자 그녀가 말했다. "내가 퇴근 처리했다고 케나에게 말해줘요. 필요한 거 있으면 나한테 전화하라고 하고요."

케나에겐 전화가 없다. 그러나 나는 고개를 끄덕였다. "그럴게요. 감사해요, 에이미."

트럭으로 돌아와 보니 케나는 조수석에 몸을 웅크리고 유리창에 기대앉아 있었다. 내가 차 문을 열 때 그녀가 몸을 움찔했다. 그녀의 토트백을 우리 둘 사이에 놓았고 그녀는 그녀 쪽으로 가방을 당겼다. 그녀는 여전히 울고 있었지만 내게 아무런 말도 하지 않았다. 나 역시 그녀에게 아무런 말도 하지 못했다. 내가 그녀에게 무슨 말을 해야 할지 어떤 생각도 떠오르지 않았다. 미안하다고? 괜찮냐고? 아니면 내가 나쁜 놈이라고?

주차장을 벗어나 반 마일도 채 달리지 않았는데 케나가 무언가 중얼거렸고 차를 세우라는 소리처럼 들렸다. 그녀를 보았더니 그녀는 계속 창밖을 바라보고 있었다. 내가 깜빡이를 켤 생각을 하지 않자 그녀는 혼잣말을 하듯 반복했다. "차 세워요." 그녀의 목소리가 이제는 확실하게 들렸다.

"5분 정도면, 집에 도착할 수 있어요."

그녀는 발을 굴렀다. "차 세워요!"

나는 아무 말도 하지 않았다. 대신 깜빡이를 켜고 도로 가장자리에 차를 세웠다. 그녀는 토트백을 집더니 트럭에서 내렸고 문을 소리 나게 닫았다. 그리고 그녀는 자신의 아파트 방향으로 걷기 시작했다. 차 앞쪽으로 그녀가 몇 발짝 걸어가는 것을 보고는 차를 출발해 그녀를 따라가며 유리창을 내렸다.

"케나, 트럭에 다시 타요."

그녀는 계속 걸었다. "당신이 떠나라고 말했어요! 내가 다가오는 걸 보고 당신이 그레이스에게 떠나라고 했다고요! 왜 자꾸 나한테 이래요?" 그녀가 걷는 속도에 맞춰 천천히 차를 몰면서 길 가장자리를 따라갔다. 마침내 그녀는 걸음을 멈추고 나를 보았다. "대체 왜요?" 그녀가 단호하게 물었다.

나는 브레이크를 밟아 차를 세웠다. 죄책감 때문인지 손이 떨리기 시작했다.

아니면 분노 때문인가?

"진심으로 식료품점 주차장에서 그레이스와 그런 식으로 부딪치고 싶어요?"

"글쎄요. 난 처음엔 그분들 집에서 만나려고 했었는데, 그때 어떻게 됐는지는 우리 둘 다 잘 알잖아요."

나는 머리를 흔들었다. 내가 말하고자 하는 게 장소 문제는 아니지 않은가. 내가 무엇을 말하고 싶은지 모르겠다. 생각을 정리하려고 애썼다. 그녀가 맞을지도 모른다는 생각에 혼란스러웠다. 처음에 케나는 평화적으로 그들에게 다가가려고 했는데 그때도 나는 그녀를 막아섰다.

"당신이 그분들에게서 디엠을 데려가려고 온 게 아니라 하더라도, 당신이 여기 왜 왔는지 그 이유는 상관없이 그분들은 견디기 힘든 상황이에요. 디엠을 당신과 나눠 가져야 한다는 것도 견디기 힘들 테고요. 두 분은 디엠에게 정말 행복한 삶을 만들어 주고 있어요, 케나. 디엠은 지금 행복하고 안전해요. 그거면 충분하지 않나요?"

케나는 숨을 고르고 있는 것처럼 보였지만 그녀의 가슴이 들썩거리는 게 보였다. 잠깐 나를 바라보더니 그녀는 내가 그녀의 얼굴을 볼 수 없도록 트럭 뒤쪽으로 돌아갔다. 그리고 잠시 동안 그 자리에 서 있었다. 그러다가 길 가장자리의 풀숲으로 걸어가더니 그 자리에 주저앉았다. 그녀는 무릎을 끌어당겨 팔로 감싸고 빈 들판을 가만히 응시했다.

잠시 생각할 시간이 필요한 건가 싶어서 그녀가 혼자 있을 수 있도록 시간을 주었다. 그러나 그녀는 움직이지도 일어나지도 않았다. 나는 어쩔 수 없이 트럭에서 내려야 했다. 그녀에게 다가가 아무런 말도 하지 않고 조용히 그녀 옆에 앉았다. 등 뒤로 자동차와 세상은 계속 움직이고 있었지만, 우리 눈앞에 펼쳐진 것은 드넓은 들판뿐이었다. 우리 둘은 서로를 쳐다보지 않고 앞만 바라보며 가만히 앉아 있었다.

그녀가 아래를 내려다보며 풀밭에서 작은 노란 꽃 한 송이를 뽑아내더니 손가락에 그것을 조용히 감았다. 그리고 그녀는 천천히 숨을 들이쉬더니 나를 쳐다보지 않고 말을 시작했다.

"감옥에서 아이를 낳아 본 사람들이 이후 어떻게 진행되는지 알려줬었어요. 감독관이 병원에 데려다줄 거고 출산 후 이틀 동안 아이와 함께 있을 수 있다고 했어요. 온전한 이틀 동안 나와 아이만 같이 지낼 수 있다고요." 눈물 한 방울이 그녀의 빰을 타고 흘렀다. "얼마나 그날을 기다렸는지 몰라요. 내가 기다릴 수 있는 유일한 것이었는지도 모르겠지만요. 그런데 아이가 일찍 태어났어요……. 당신이 아는지 모르지만 디엠은 조산아였어요. 6주나 빨리요. 폐가 다 자라지도 못한 채……." 케나는 크게 숨을 내쉬었다. "디엠이 태어나자마자 그 사람들이 아이를 다른 병원에 있는 신생아집중치료실로 데려가 버렸어요. 나는 무장 경비원이 지켜보는 가운데 회복실에서 그 이틀을 혼자 보냈고요. 이틀이 지나고 그들은 나를 다시 교도소로 돌려보냈어요. 난 디엠을 한 번도 안아보지 못했어요. 스코티와 내가 탄생시킨 생명체와 눈맞춤 할 기회조차 주지 않았어요."

"케나…"

"하지 마세요. 무슨 말을 하려고 하든 하지 말아요. 터무니없이 들릴지는 몰라도 이곳으로 오면서 혹시 내가 아이의 삶에 받아들여질지도 모른다, 작은 역할이라도 할 수 있지 않을까 하는 희망을 품지 않았다고 한다면 그건 거짓말일 거예요. 하지만 나도 아이가 있어야 할 곳이 어디인지도 잘 알아요. 그래서 그 모든 것에 감사했고요. 디엠을 한 번이라도 볼 수만 있다면, 그것이 나에게 허락된 전부라고 해도 감사했어요. 당신이나 스코티의 부모님이 내가 그럴 자격이 있다고 생각하든 아니든요."

그 목소리가 너무 고통스러워서 나는 눈을 감았다. 그녀가 말을 할 때 얼굴에 드리워지는 지독한 아픔을 보는 것은 더 최악이었다. "그분들께 정말 진심으로 감사하고 있어요." 그녀가 말했다. "아마 당신은 모를 거예요. 난 임신 기간 내내 어떤 사람이 내 아이를 키우게 될지 걱정할 필요가 없었어요. 스코티를 길러주신 두 분이 있으니까요. 그리고 스코티는 완벽한 사람이었으니까요." 잠시 침묵이 흘렀다. 그래서 나는 눈을 떴다. 그녀가 나를 쳐다보고 있었고 고개를 저으며 말했다. "난 나쁜 사람이 아녜요, 렛저." 그녀의 목소리가 후회와 회한으로 가득 차 있었다. "내가 그럴 자격이 있다는 생각으로 여기 온 게 아니에요. 나는 그저 디엠을 보고 싶을 뿐이에요. 그게 다예요. 그게 전부예요." 그녀가 옷소매로 눈물을 닦았다. "만약 스코티가 우리를 볼 수 있다면 어떻게 생각할까 가끔 궁금해질 때가 있어요. 그럴 때면 사후 세계가 존재하지 않았으면 좋겠다는 생각이 들어요. 왜냐하면 천국에 있을 스코티가 너무 슬퍼할 것 같아서요."

그 말이 가슴에 와 박혔다. 그녀의 말이 맞을지도 모른다는 두려움 때문이었다. 스코티를 죽게 만든 여자가 아니라, 스코티가 사랑했던 여자로 케나를 바라보기 시작한 이후로 생긴 가장 큰 두려움은 바로 그것이었다.

자리에서 일어나 케나를 풀밭에 혼자 두고 트럭으로 걸어갔다. 콘솔을 열고 휴대폰을 꺼내 그녀가 앉아 있는 장소로 돌아와 케나 옆에 앉았다. 그리고 카메라 앱을 연 다음 디엠을 촬영한 동영상이 저장된 폴더를 열었다. 어젯밤 저녁 식사 때 찍은 가장 최근 영상을 불러와 재생을 누르고 휴대폰을 케나에게 건넸다.

엄마가 처음으로 자기 아이를 마주하는 순간이 어떤 느낌일지 상상해 본 적이 없다. 화면 속 디엠의 모습은 케나의 숨을 멈추게 했다. 케나는 입을 손으로 막고 울기 시작했다. 너무 많은 눈물로 인해 그녀는 전화기를 다리 위에 올려놓고 셔츠로 눈물을 닦아야만 했다.

케나는 순식간에 내 눈앞에서 다른 사람이 되었다. 한 여자가 엄마가 되는 순간을 목격한 것 같았다. 내가 지금껏 본 장면 중 가장 아름다운 모습이었다. 그녀를 더 일찍 도와주지 않았던 내가 변명의 여지 없는 괴물처럼 느껴졌다.

미안해 스코티.

길가 풀밭에 앉아 네 개의 동영상을 보는 내내 그녀는 울다가 웃기를 반복했다. 디엠이 말을 할 때마다 소리 내어 웃기도 했다.

그녀의 집까지 차로 데려다주면서 더 많은 영상을 볼 수 있도록 해주었다. 그녀가 전화기에 너무 집중하는 바람에 아파트에 도착해서 위층으로 오를 때까지도 말없이 따라 올라갔다. 그리고 나서도 그녀는 한 시간 가까이 영상을 보고 있었다. 그녀의 감정은 온통 엉망이었다. 그녀는 웃고 있었고 또 울고 있었다. 그녀는 행복했고, 또 슬퍼했다. 내 전화기를 어떻게 돌려받아야 할지 알 수가 없었다. 돌려받고 싶은 건지도 잘 모르겠다.

그러나 그녀의 아파트에 너무 오래 머물렀고 고양이는 내 무릎에서 이미 잠이 들었다. 나는 소파 한쪽 끝에, 케나는 다른 쪽 끝에 앉아 있었고, 마치 아버지가 된 듯 뿌듯한 마음으로 디엠의 영상을 보고 있는 그녀를 바라보고 있었다. 디엠은 건강하고 야무지고 재미있는 데다 행복하기까지 하다는 것을 알기에, 케나가 딸의 이런 면을 알게 되는 순간을 지켜보는 것만으로도 기분이 좋았다.

하지만, 동시에 내 인생에서 가장 중요한 두 분을 배신하고 있는 듯한 감정이 들었다. 만약 패트릭과 그레이스가 내가 지금 이 순간 여기에서 케나에게 그분들이 기른 손녀의 모습을 보여주고 있다는 것을 알게 된다면 나와 다시는 말을 하려 들지 않을지도 모른다. 당연한 일이다.

누군가를 배신하지 않고 이 상황을 헤쳐 나갈 방법은 없다. 케나가 디엠을 만나지 못하게 하는 것은 케나를 배신하는 일이다. 케나에게 디엠을 살짝 보여주는 것은 패트릭과 그레이스를 배신하는 것이고. 아직 어떻게 배신했는지는 잘 모르겠지만 나는 스코티도 배신하고 있다. 이러한 죄책감이 어디에서 오는지 알아내려고 여전히 노력 중이지만······.

"디엠은 정말 행복하네요." 케나가 말했다.

고개를 끄덕이며 나도 말했다. "정말 그래요. 디엠은 아주 행복해요."

케나는 내가 트럭에서 건네준 구겨진 냅킨으로 눈을 닦으며 나를 바라보았다. "디엠이 한 번이라도 나에 관해 물어본 적이 있나요?"

"구체적으로는 없어요. 하지만 요즘 자신이 어떻게 태어났는지 궁금해하기 시작했어요. 지난 주말에 아이가 자신이 나무에서 자라났는지 달걀에서 태어났는지 물어봤어요."

케나가 미소를 지었다.

"디엠은 아직 가족의 역학 관계를 이해하기에는 너무 어려요. 나랑 패트릭, 그레이스가 있으니까 누군가 빠졌다고 느끼는지는 잘 모르겠어요. 당신이 듣고 싶은 말인지는 모르겠네요. 그냥 사실이에요."

케나는 머리를 흔들었다. "괜찮아요. 아이가 아직 자기 삶에서 엄마가 빠져있다는 걸 모른다면 그건 차라리 다행이에요." 동영상 하나를 더 보고 나서 마지못해 그녀는 전화기를 내게 건넨 후 소파에서 일어나 욕실로 걸어갔다. "아직 가지 말아요."

아무 데도 가지 않겠다고 그녀에게 약속을 하듯이 나는 고개를 끄덕였다. 그녀가 욕실 문을 닫고 들어가자 나는 고양이를 옮겨놓고 자리에서 일어났다. 마실 게 필요했다. 지난 몇 시간 동안 울고 있는 것은 케나였는데 온몸의 수분이 빠져나간 것은 나였다.

케나의 냉장고를 열었는데 그 안은 텅 비어있었다. 완벽하게 빈 냉장고. 냉동고도 마찬가지였다. 그녀가 욕실에서 걸어 나왔을 때 나는 그녀의 빈 선반을 뒤지고 있었다. 그곳도 그녀의 아파트만큼이나 황량했다.

"아. 아직 아무것도 없어요. 미안해요." 그녀는 매우 당황한 듯 보였다. "여기로 이사 오느라 모든 것을 다 써버렸어요. 하지만 곧 월급을 받을 거예요. 그리고 조만간 옮길 계획이라서요. 여기보다 좀 더 좋은 곳으로 가야겠죠. 전화기도 곧 구할 거고…"

그녀 스스로 부양 능력이 있는지, 디엠을 키울 능력이 되는지 내가 확인하는 줄 착각한 것 같아서 나는 손을 들어 그녀의 말을 막았다. "케나, 괜찮아요. 여기까지 온 당신의 결단력을 존중해요. 하지만 당신도 밥은 먹어야 해요." 나는 주머니에 전화기를 넣고 문으로 향했다. "가요. 저녁 살게요."

21장

케나

 디엠은 나를 닮았다. 머리카락도 똑같고 눈도 똑같았다. 심지어 가느다란 손가락도 나와 똑같았다. 그리고 디엠은 스코티의 웃음소리와 미소를 닮았다. 아이의 영상을 보고 있으니 스코티의 어린 시절을 되돌려보는 것처럼 느껴질 정도로 스코티를 닮은 모습이었다. 너무 오랜 시간이 흘렀고 감옥에 있는 동안 스코티의 사진이 없어서 그가 어떻게 생겼었는지 기억이 흐릿해지고 있었다. 그렇지만 디엠을 통해 스코티를 볼 수 있어서 너무 감사했다.
 패트릭과 그레이스도 디엠의 얼굴에서 아들의 모습을 볼 수 있을 거라는 생각에 마음이 놓였다. 항상 디엠이 날 너무 많이 닮았을까 봐 걱정했다. 그들이 디엠에게서 그의 흔적을 찾을 수 없을까 봐.
 그리고 아이의 얼굴을 보고 나면 뭔가 기분이 달라질 거라고 생각했다. 내 안의 감정이 조금은 정리가 될 것이라고. 하지만 이건 마치 누군가가 나의 상처를 억지로 벌려 후춧가루를 뿌려 놓은 것만 같았다. 아이가 행복하다면 내가 더 행복할 줄 알았다. 하지만 그건 어떤 면에서 나를 더 슬프게 만들었다.

완벽하게 이기적인 나.

설사 눈 한번 마주치지 못했다 하더라도 제 몸으로 낳은 아이를 사랑하는 것은 어려운 일이 아니다. 하지만 내 아이가 어떻게 생겼는지, 어떤 소리를 내는지, 어떻게 행동하는지를 보고 나서 아이에게서 떠나야 한다는 사실을 마침내 깨닫게 된다는 것은 매우 고통스러운 일이다. 하지만 그것이 바로 모든 사람들이 내게 기대하는 바였고 내게 원하는 바이다. 뱃속을 로프로 꽉 묶어서 조이는 것처럼 느껴졌고 금방이라도 끊어질 것 같았다.

렛저의 말이 맞았다. 나는 먹어야 했다. 그러나 음식을 앞에 두고 앉아서 내가 한 일이라고는 지난 몇 시간을 끊임없이 되새김질하는 것뿐이었다. 음식을 입에 넣을 수 있을 것 같지 않았다. 메스껍고 스트레스로 머리가 지끈거리고, 감정이 요동을 쳤으며 동시에 기운이 빠졌다.

렛저는 드라이브 스루에서 햄버거를 주문했다. 공원 주차장에 차를 대고 그의 트럭 안에서 음식을 들고 앉아 있었다.

그가 나를 공공장소로 데려가지 않는 이유를 알고 있다. 나와 같이 있는 모습이 디엠의 할아버지 할머니에게 좋게 전달될 리가 없다. 이 마을에는 과서에 민났던 사람들이 있고 나를 알아볼 가능성이 존재했다. 예전에 직장 동료가 몇몇 있었고 렛저는 만난 적이 없지만 스코티의 다른 친구들은 몇 명 본적이 있었다. 게다가 여기는 작은 마을이라 떠들기 좋아하는 사람들이 내 범죄자 공개 사진을 돌려보았을 테고 그중 누군가의 눈에 띌 수 있었다.

사람들은 소문을 좋아한다. 그리고 내가 잘하는 한 가지가 있다면, 그건 사람들의 먹잇감이 되는 것이었다. 모든 것이 나 때문이다. 다른 사람들을 비난할 생각은 없다. 그날 밤 내가 당황하지 않았더라면 모든 것이 달라졌을 것이다. 그러나 나는 당시 제정신이 아니었고 지금 이것이 그 결과이다. 그리고 나는 그것을 받아들였다. 수감 기간 중 처음 몇 년은 내가 내린 모든 선택을 다시 돌이켜보면서 보냈다. 그때로 돌아갈 수만 있다면, 한 번만 다시 기회가 있다면.

아이비는 언젠가 이렇게 말했다. "후회는 멈춤 속에 우리를 가두는 거야. 감옥처럼 말이야. 네가 여기서 나가면 재생 버튼을 누르고 앞으로 전진해야 한다는 걸 잊지 마."

하지만 앞으로 나아간다는 것이 두렵다. 앞으로 나아가는 유일한 방법이 디엠이 없는 삶이라면 나는 어떻게 해야 할까?

"뭐 하나 물어봐도 돼요?" 렛저가 말했다. 얼핏 보니 그는 이미 음식을 다 먹은 것 같았다. 나는 몇 입 베어 물지도 않은 상태였다.

렛저는 외모가 준수했다. 하지만 옆집에 사는 멋진 소년 스타일인 스코티의 그것과는 달랐다. 겉으로 보기에 렛저는 이웃집에 살 것 같은 남자가 아니라 이웃집 아이를 혼내 줄 것 같은 덜 다듬어진 듯 투박한 스타일의 남자이다. 하지만 그가 말을 하기 시작하면 보기와는 전혀 달랐다. 그게 중요한 포인트다.

"그분들이 당신이 아이를 만나는 것을 허락하지 않으면 어떻게 할 거예요?" 그가 물었다.

먹고 싶은 생각이 싹 사라졌다. 생각만으로도 구역질이 났다.

나는 어깨를 으쓱하면서 말했다. "그렇다면 멀리 떠나야겠죠. 나를 위협적인 사람으로 느끼게 하고 싶진 않아요." 더 이상 다른 말이 떠오르지 않아 억지로 감자튀김을 입에 넣었다.

렛저가 음료수를 한 모금 마셨다. 트럭 안은 조용했고 무언가의 미안한 감정이란 것이 떠돌고 있는 것처럼 느껴졌지만, 그것이 나에 대한 미안함인지는 확실치 않았다.

렛저가 의자를 똑바로 하면서 트럭 안을 감돌고 있는 기운을 좀 더 명확히 했다. "내가 사과해야 할 것 같아요. 당신을 그때 멈춘 거…"

"괜찮아요." 그의 말을 끊으며 말했다. "당신은 디엠을 보호하기 위해 당신이 해야 한다고 믿는 일을 했을 뿐이에요. 내 입장에선 정말 화가 났지만… 디엠을 위해서 그렇게 치열하게 보호해 주는 사람이 있다는 사실은 기뻐요."

그는 머리를 약간 기울이고 가만히 나를 바라보았다. 내 대답을 곰곰이 생각하는 듯하더니, 무슨 생각을 하는 건지 단서도 찾기 전에 자신의 생각을 어딘가로 치워버리고 표정을 감추었다. 그러더니 내가 먹지 않은 음식 쪽으로 고개를 슬쩍 내밀었다. "배 안 고파요?"

"지금은 너무 힘들어서 먹을 수 없을 것 같아요. 집에 가져갈게요." 나는 버거와 남은 감자튀김을 다시 종이봉투에 집어넣었다. 봉투 입구를 싸서 둘 사이에 놓고 말했다. "저도 질문 하나 해도 돼요?"

"그럼요."

나는 의자에 머리를 기대고 그의 얼굴을 찬찬히 살폈다. "당신은 나를 미워하나요?" 입에서 이런 말이 터져 나오다니 스스로 깜짝 놀랐다. 하지만 그가 무슨 생각인지 알아야 했다. 지난번 그의 집에 들어갔을 때, 그는 스코티의 부모님만큼이나 나를 미워하는 것처럼 느껴졌다. 하지만 그러다 가끔은, 지금처럼, 내 처지를 안타까워하듯 나를 처다본다. 나는 적이 누군지 알아야 하고 같은 편이 될 사람이 있는지 알아야 한다. 나에게 적뿐이라면 여기서 뭘 하고 있는 것일까?

렛저는 운전석 문에 기대며 팔꿈치를 창틀에 올렸다. 그리고 정면을 바라보면서 턱을 쓰다듬었다. "스코티가 죽고 나서, 당신에 대해서 내 멋대로 규정했던 생각 같은 게 있었어요. 지난 몇 년 동안 당신을 내가 함부로 재단해도 되고 제대로 알지도 못하면서 비난해도 상관없는, 온라인에서 만난 모르는 사람처럼 여겼던 것 같아요. 하지만 이렇게 직접 마주하고 보니, 그동안 당신을 만나면 꼭 하고 싶었던 그 모든 말들이 지금은 내가 하고 싶은 건지 모르겠어요."

"하지만 그분들께는 여전히 미안한 마음인 거죠?"

그는 고개를 가로저었다. "나도 모르겠어요, 케나." 그가 자리를 고쳐 앉으며 내게 더 집중하려고 했다. "당신이 내 술집에 걸어 들어온 그날 밤, 나는 당신이 내가 지금까지 본 여자 중 가장 흥미로운 여자라고 생각했어요. 그렇지만 그다음 날 패트릭과 그레이스의 집 앞에서 당신을 봤을 땐 내가 지금까지 만난 사람 중 가장 역겨운 사람이라고 생각했어요."

그의 솔직함에 당황스러움이 온몸을 감쌌다. "그럼 오늘 밤은요?" 나는 조용히 물었다.

그는 내 눈을 들여다보며 말했다. "오늘 밤… 당신은 지금까지 내가 만난 가장 슬픈 여자라는 생각이 들기 시작했어요."

나는 울고 싶지 않아서 세상에서 가장 고통스러워 보일 웃음을 지으며 말했다. "지금은 그게 나의 전부예요."

그의 웃음도 나만큼이나 고통스러웠다. "그래서 미안해요." 그의 두 눈에 질문이 가득했다. 수많은 물음. 그동안 내게 묻고 싶었던 질문들. 그걸 피하려고 그의 얼굴에서 고개를 돌려야 했다.

렛저는 쓰레기를 모으더니 트럭에서 내려 쓰레기통으로 걸어갔다. 쓰레기를 버린 후 잠시 시간을 끌며 트럭 밖에 머무는 듯했다. 그가 운전석 쪽 문에 다시 나타났지만 차에 타지는 않았다. 트럭 윗부분을 손으로 짚은 채 나를 보며 물었다. "당신이 떠나야 한다면 어떻게 할래요? 계획이 있어요? 다음에 어떻게 할 건지?"

"저도 모르겠어요." 나는 한숨을 쉬며 말했다. "그렇게 멀리까지 생각해보지 않았어요. 스코티의 부모님이 생각을 바꿀 수도 있다는 희망조차 버리기엔 너무 무서워요. 그분들이 나에게 기회를 줄 수도 있다고 생각해요?" 이 질문이 맞는 방향인지는 확신이 들지 않지만, 그 누구보다 그분들의 생각을 잘 알만한 사람은 렛저였다.

렛저는 대답하지 않았다. 고개를 젓지도 끄덕이지도 않았다. 그는 내 질문을 완전히 무시하고 트럭에 타더니 차를 몰아 주차장을 벗어났다.

나에게 답을 주지 않았다는 사실, 이 또한 대답이었다.

집으로 오는 내내 그 생각뿐이었다. 언제쯤이면 이 상실감에서 벗어날 수 있을까? 내 삶이 디엠과 이어지지 않는다는 사실을 언제쯤이면 받아들일 수 있을까?
 아파트 주차장에 도착할 때쯤, 목 안은 바싹 마르고 심장은 텅 비어있는 듯했다. 렛저가 트럭에서 내리더니 차 문을 열어주려고 다가왔다. 그리고 그는 문을 연 채 그 앞에 그대로 서 있었다. 발을 땅바닥에 이리저리 뒤척이며 뭔가 하고 싶은 말이 있는 것처럼 보였다. 그는 팔짱을 끼더니 바닥을 내려다보며 말을 시작했다.
 "좋게 보이진 않았어요. 부모님에게, 판사에게, 법정의 모든 사람에게요. 당신은 뭐랄까……." 그는 하던 말을 끝내지 않았다.
 "내가 어떻게 보였는데요?"
 그가 내 눈을 바라보았다. "양심의 가책을 받지 않는 것처럼."
 그 한마디에 숨이 턱하고 막혔다. 어떻게 내가 양심의 가책을 느끼지 않았다고 생각할 수가 있지? 나는 완벽하게 무너져 있었는데.
 눈물이 터져 나올 것 같았지만 오늘은 이미 충분히 울었다. 그냥 트럭에서 내리는 게 좋겠다. 가방과 포장 음식을 챙겨 내릴 준비를 하자 렛저가 비켜서며 차에서 내릴 수 있도록 해주었다. 발이 땅에 닿자마자 나는 걷기 시작했다. 그의 말에 어떻게 반응을 해야 할지, 대답을 할 수가 없었고 쉬어지지 않는 숨을 골라야 했기 때문에 서둘러 걷는 것을 제외하고는 달리 할 수 있는 것이 없었다.
 그래서 내 딸을 만나지 못하게 했던 걸까? 내가 사고에 대해 전혀 반성하지 않는다고 생각하는 걸까?
 뒤를 따라오는 그의 발걸음 소리가 들렸지만 그 소리는 결국 나를 더 빨리 걷게 할 뿐이었다. 나는 재빨리 계단을 올라 아파트 안으로 들어가 들고 있던 물건들을 주방 탁자에 올려놓았다. 나를 뒤따라오던 렛저는 아파트 현관 밖에 서 있었다.

싱크대에 붙어있는 주방 탁자 모서리를 잡고 그의 말을 다시금 생각했다. 그런 다음 둘 사이에 거리를 둔 채 그의 얼굴을 쳐다보았다. "스코티를 만난 건 나한테 일어난 가장 멋진 일이었어요. 나는 반성하지 않은 게 아니에요. 충격에서 헤어나지 못해서 아무런 말도 하지 못했을 뿐이에요. 나 자신이 살아있는 것처럼 느껴지지 않았어요. 변호사가 진술서를 써야 한다고 했지만 몇 주 동안 전혀 잠을 잘 수가 없는 상태였어요. 종이에 한 글자도 쓸 수가 없었고요. 머리가… 그때는 아마…" 나는 손을 가슴에 얹었다. "나는 산산조각이 난 상태였어요, 렛저. 믿어줘요. 나 자신을 방어하거나 내 인생에 무슨 일이 일어났는지 신경을 쓰기에는 너무나 산산이 부서졌어요. 감정이 없었던 게 아니라 나는 무너졌던 거예요."

또다시 시작이었다. 눈물이 쏟아졌다. 이 빌어먹을 눈물! 정말 지겹다. 그 사람도 이제 지겨울 것 같아서 더는 보여주고 싶지 않은 마음에 몸을 돌렸다.

문 닫히는 소리가 들렸다. 그가 떠난 걸까 싶어 몸을 돌렸다. 렛저는 집안에 서 있었다. 그가 내 옆으로 천천히 다가왔다. 그리고 팔짱을 끼더니 다리를 꼬고 주방 탁자에 기대어 서서 아무 말 없이 잠시 바닥을 응시했다.

렛저가 나를 바라보며 물었다. "누구에게 이익이 될까요?"

더 명확한 설명이 있을 것 같아서 기다렸다. 왜냐하면 그가 무엇을 묻고 있는지 전혀 알 수 없었기 때문이다.

"당신과 디엠의 양육권을 나눠 갖는 것은 패트릭과 그레이스에게는 도움이 되지 않을 거예요. 상당한 스트레스를 가져다줄 게 뻔해요. 감정적으로 견뎌낼 수 있을지 모르겠어요. 그리고 디엠에게는……. 아이에게 도움이 될까요? 자신의 삶에서 누가 빠졌는지도 모르는 아이예요. 디엠에게는 이미 부모님처럼 여기는 두 사람이 있고요. 가족들도 모두 아이를 사랑해주고 있어요. 디엠에게는 나도 있고요. 당신이 방문권을 가진다고 해도, 그래요. 그건 아이가 컸을 때면 의미가 있을지도 몰라요. 그렇지만 지금은… 나쁜 뜻으로 하는 말은 아니에요, 케나. 하지만 스코티의 죽음 이후로 그분들이 정말 어렵게 노력해서 쌓아온 평화로운 삶을 당신이 바꾸게 될지도 몰라요. 당신이 나타남으로써 패트릭과 그레이스가 받는 스트레스가 디엠에게도 느껴질 테고요. 아무리 숨기려 한다 해도 어쩔 수 없을 거예요. 그러니… 당신이 디엠의 인생에 나타나는 것이 누구에게 도움이 될까요? 당신을 제외하면요."

심장이 조여오는 것이 느껴졌다. 그의 말에 화가 나서가 아니라 그의 말이 옳을지도 모른다는 생각에 두려워졌다. 내가 없는 삶이 아이에게 더 낫다면? 내 존재가 그저 방해만 된다면? 패트릭과 그레이스에 대해 누구보다 잘 알고 있는 그다. 나의 출현이 그들이 구축해 놓은 적절한 역학 관계를 바꿀 수도 있다는 그의 주장에 어찌 감히 반박할 수 있겠는가?

이미 충분히 두려웠는데, 지금 그의 입에서 나오는 단어 하나하나가 날 고통스럽게 하고 절망에 빠지게 했다. 그의 말이 옳다. 내가 여기 있는 것은 이기적인 행동이다. 그는 그것을 알고 있고 그들도 알고 있다. 나는 딸의 삶의 빈 공간을 채워주려 한 게 아니라 나의 공허함을 메꾸려고 온 거다.

눈물을 훔치고 차분하게 숨을 내쉬었다. "여기 돌아와선 안 된다는 걸 알아요. 당신 말이 맞아요. 하지만 떠나고 싶어도 떠날 수가 없어요. 여기 오려고 모든 걸 버렸어요. 꼼짝할 수가 없어요. 갈 데도 없고 돌아갈 돈도 없어요. 일이라곤 식료품점의 파트타임이 고작이에요."

내 말에 공감하는 듯한 표정이었지만 그는 조용했다.

"그분들이 내가 여기 있는 걸 원하지 않는다면 떠날게요. 하지만 돈이 없어서 시간이 좀 걸려요. 이 마을에 있는 상점들에서 정식 일자리를 구하려 했지만 내 과거 기록 때문에 아무도 날 고용하지 않아요."

렛저가 머리 뒤로 손깍지를 끼더니 몸을 일으켜 몇 발짝을 걸었다. 내가 돈을 달라고 한 것으로 오해하지 않았으면 좋겠는데. 그렇게 되면 이 대화의 마지막으로는 가장 수치스러운 결과가 될 것이다. 하지만 그가 돈을 제안한다면 거부할 수 있을지 확신하기 힘들었다. 돈을 줘서라도 나를 떠나게 하고 싶은 마음이라면, 미련 없이 당장 떠나는 게 차라리 나을지도 몰랐다.

"금요일과 토요일 밤에 8시간씩 일자리를 줄 수 있어요." 그는 말이 나오자마자 제안을 후회하는 것처럼 보였다. "주방일이에요. 대부분은 설거지를 하면 될 거예요. 하지만 뒤편에서만 머물러야 해요. 아무도 당신이 일하는 걸 알아선 안 돼요. 내가 당신을 도와준다는 걸 패트릭과 그레이스가 알게 되면…"

내가 마을을 좀 더 빨리 떠날 수 있도록 그가 이 일자리를 제안하고 있다는 걸 깨달았다. 나를 도와주려는 것이 아니라 패트릭과 그레이스를 돕기 위해서였다. 하지만 이유는 생각하지 않기로 했다. "아무한테도 말하지 않을게요." 그리고 재빨리 덧붙였다. "맹세해요."

주저하는 렛저의 표정에서 후회가 느껴졌다. 없었던 일로 하자고 말을 되돌릴 것만 같아서 서둘러 나는 고맙다는 인사를 내뱉었다. "고마워요. 금요일과 토요일에는 4시에 일이 끝나요. 4시 30분까지는 갈 수 있을 거예요."

그는 고개를 끄덕이더니 말했다. "뒷문으로 들어와요. 그리고 누가 이름을 물어보면 니콜이라고 해요. 다른 직원들한테도 그렇게 말할게요."

"알겠어요."

그는 인생 최악의 실수를 막 저질렀다는 듯 머리를 절레절레 저으며 문으로 향했다. "잘 자요." 그의 목소리가 딱딱했다. 그런 다음 그는 뒤돌아보지 않고 문을 닫고 사라졌다.

아이비가 발치에 다가와 몸을 비비고 있었다. 몸을 숙여 아이비를 안아 들어 가슴팍에 대고 꽉 껴안았다.

렛저는 방금 나에게 마을을 떠나게 할 일자리를 제안했을 수도 있지만, 그것과는 상관없이 소파에 앉자 웃음이 났다. 오늘 하루가 얼마나 힘들었는지는 상관없이 드디어 딸의 얼굴을 볼 수 있었기 때문이다. 나는 마침내 지난 5년 동안 기도했던 것 중 하나를 이루었다. 노트에 지금까지 스코티에게 썼던 그 어떤 것보다 중요한 편지를 써야겠다.

스코티에게,

아이는 우리 둘 다를 닮았더라. 그리고 너처럼 웃어.

모든 면에서 완벽해.

네가 아이를 볼 수 없어서 정말 미안해.
사랑해,
케나

22장

―

렛저

케나가 곧 나타날 것이다. 하필 내가 케나를 고용하기로 맘먹은 날부터 로만이 휴가여서 그에게 '경고'할 기회가 없었다. 그녀에게 일자리를 주겠다고 말한 그 순간부터 나의 갈등은 끊임없이 계속되고 있었다.

로만이 막 도착했고 케나는 네 시 반쯤 오겠다고 했으니, 로만을 바보 만들지 않으려면 지금이 말을 꺼내기 가장 좋은 타이밍일 것 같다는 생각이 들었다.

오늘 밤 술에 곁들일 라임과 오렌지를 충분히 준비하려고 한참을 썰고 있는 중이었다. 로만이 미처 바 뒤쪽으로 오기도 전에 내가 말했다. "나 망했어." 케나를 고용했다고 말하려던 거였는데 생각해보니 어차피 같은 의미처럼 느껴졌다.

로만의 눈빛이 의심스러워졌다.

과일을 썰면서 할 대화는 아닌 것 같았다. 손가락을 자르기 전에 칼을 내려놓았다. "내가 케나를 고용했어. 파트타임으로. 하지만 아무도 그녀가 누군지 모를 거고 알아서도 안 돼. 다른 직원들 앞에서는 니콜이라고 불러." 로만이 지금 짓고 있는 표정보다는 라임을 쳐다보는 게 나을 듯해서 다시 칼을 집어 들었다.

"음… 와우! 근데 왜요?"

"이야기가 길어."

그가 열쇠와 전화기를 바에 내려놓고 의자에 앉는 소리가 들렸다. "우리 둘 다 자정까지 일하니까 다행이네요. 그 긴 이야기 한번 시작해 보세요."

나는 바 가장자리로 걸어가 주방을 살짝 들여다보며 우리 둘만 있는지 확인했다. 아직 아무도 도착하지 않은 것 같았다. 그래서 나는 식료품점 주차장에서 일어난 일과 어떻게 디엠의 동영상을 보여주게 되었는지, 그녀에게 버거를 사주고 왠지 그녀가 너무 안쓰러워서 미안한 마음에 이 마을을 떠날 수 있도록 일자리를 제안하게 되었다는 것까지 요약해서 재빠르게 설명해 주었다.

내가 털어놓은 모든 사정을 듣고도 그는 내내 아무 말도 하지 않았다.

"손님이 없는 뒤편에만 있으라고 했어." 내가 말했다. "그레이스나 패트릭이 케나가 여기서 일하는 걸 보는 위험을 감수할 수는 없지. 물론 그분들이 여기는 절대 안 오실 테니 그럴 염려는 없겠지만 말이야. 그래도 뒤편에서 보조로 있는 게 좋겠어. 설거지도 하면서 애런을 도우면 될 거야."

로만이 웃었다. "그래서 지금, 꼭 필요는 해서 바텐더 보조를 뽑긴 뽑았는데, 바에는 나오지도 못하고 뒤편에만 있어야 할 보조를 뽑았다는 거죠?"

"저 뒤에서 할 일이 얼마나 많은데. 엄청 바쁠 거야."

로만이 전화기와 열쇠를 가져가는 소리가 들렸다. 주방으로 통하는 스윙 도어를 통해 사라지기 전에 그가 말했다. "다시는 컵케이크 여자와 관련해 충고할 생각 따위 하지 말아요."

로만이 길 아래 유부녀 제빵사에게 집착하는 것과 내가 케나에게 마을을 빨리 떠나도록 일자리를 제공한 것은 조금 다른 이야기라고 지적하기도 전에 그는 사라졌다.

잠시 후 뒷문이 여닫히는 소리가 들리고, 이내 로만이 얼굴을 내밀고 말했다. "새로 고용하신 직원분 방금 도착했습니다."

주방으로 가니 케나가 토트백을 들고 반대쪽 손으로 손목을 잡은 채 서 있었다. 긴장한 것처럼 보였지만 뭔가 이전과 달라 보였다. 그녀의 입술에는 립글로스가 발라져 있다. 왜 늘 그녀의 입술에 눈길이 먼저 가는지 알 수가 없어서 나는 괜히 목을 가다듬고 그녀의 눈길을 피하며 아무렇지 않은 듯 말했다. "왔어요?"

"안녕하세요." 그녀가 말했다.

나는 직원들이 물건을 보관하는 옷장을 가리켰다. "가방 저기 넣으면 돼요."

그녀에게 앞치마를 챙겨주고 가능한 전문가다운 태도를 보이려고 애썼다. "간단히 안내할게요." 그녀는 내가 주방을 보여주는 동안 조용히 나를 따라왔다. 접시를 씻고 나서 차곡차곡 어떻게 넣는지 설명해 주고 재고 창고도 간단히 둘러보았다. 내 사무실이 어디인지 알려주고 어느 쓰레기통에 우리 가게 쓰레기를 버려야 하는지도 알려주었다.

골목으로 난 문을 통해 안으로 들어오려는데 그때 애런이 나타났다. 그는 골목에서 케나와 서 있는 나를 보고 발걸음을 멈추었다.
"애런, 여기는 니콜이야. 그녀가 주방에서 널 도와줄 거야."
애런은 케나를 위아래로 바라보며 눈을 가늘게 떴다. "제가 주방에서 보조가 필요했던가요?" 그가 의아해하며 물었다.
나는 케나를 보았다. "주말에는 메뉴가 한정되어 있어요. 애런이 다 알아서 할 거예요. 그가 도움이 필요하면 도와주면 돼요."
케나는 고개를 끄덕이며 애런에게 손을 내밀었다. "만나서 반가워요." 그녀가 말했다. 애런이 악수를 하며 손을 마주 잡았지만, 그는 여전히 의심스러운 눈초리로 나를 바라보고 있었다.
나는 그녀에게 문을 가리키며 애런과 잠깐 할 이야기가 있다는 몸짓을 했다. 케나는 이해를 한 듯 가게 안으로 들어갔다. 그제야 나는 애런을 똑바로 바라보았다. "최대 몇 주정도 있을 거야. 도움을 줘야 해서 그래."
애런이 두 손을 들며 말했다. "충분히 알아들었어요, 보스." 그는 나를 지나치며 내 어깨를 꽉 한번 쥐더니 안으로 향했다.
오늘 하루 그녀가 바쁘게 지낼 수 있도록 많은 걸 알려주었다. 그리고 애런이 있다. 애런이 그녀를 돌봐줄 것이다.
주방 쪽 문으로 들어가면 그녀와 다시 마주치게 될 것 같아서 정문으로 향했다. 나는 오늘 자리를 비워야 해서 라지와 로만 둘이 오늘 밤을 감당해야 한다. 케나에게 오늘부터 출근하라고는 했지만, 오늘 나의 다른 일정 때문에 그녀의 근무 시간 대부분 내가 바에 있지 못할 것이라는 사실은 미처 생각하지 못했다.
"9시쯤 돌아올게." 내가 로만에게 말했다. "발표회가 끝나면 다

같이 저녁 먹으러 갈 거야."

로만이 고개를 끄덕인다. "메리 앤이 물어봐요." 그가 말했다. "조카를 바텐더 보조로 채용해 주기를 계속 바랐잖아요. 가만히 있지 않을 것 같은데요."

"메리 앤에게는 케나가… 아니 니콜이 임시직이라고 말해. 그 렇게만 알고 있으면 돼."

로만이 머리를 흔든다. "이 문제를 제대로 심사숙고하지 않았 군요, 렛저."

"많이 생각했어."

"그랬을지도 모르죠. 하지만 정상이 아닌 머리로 생각한 게 문 제예요."

나는 그의 지적을 무시하고 자리를 떴다.

∽

디엠은 몇 달 전 무용 수업을 듣기로 했다. 그레이스 말로는 디 엠이 무용을 좋아해서가 아니라 가장 친한 친구가 무용을 배우기 때문이라고 했다.

오늘 밤 발표회를 보고 나니 무용이 디엠의 열정은 아니라는 점 이 분명해졌다. 디엠의 춤은 엉망이었다. 무용 수업 시간에 단 일 초라도 집중했었던가 의심이 들 정도였다. 왜냐하면 다른 아이들 은 적어도 반복적인 춤은 따라 하기라도 하는 반면, 디엠은 자신 이 가장 좋아하는 영화, 「위대한 쇼맨」을 재창조하려는 듯 무대 위 에서 앞으로 뒤로 뛰어다니고 있었다.

모든 청중이 그 모습에 웃었다. 그레이스와 패트릭은 부끄러워 얼굴을 들 수 없을 지경이었지만, 웃지 않으려는 데에 더욱 애를 써야 했다. 어느 순간 그레이스는 몸을 숙이더니 속삭였다. "다시는 그 영화 보여주지 마."

나는 물론 그 모든 것을 녹화하고 있었다.

디엠을 촬영하는 동안 나는 케나에게 보여준다는 일종의 기대감 같은 것을 마음속에 갖고 있었다. 하지만 디엠의 순간은 내가 마음대로 나눠줄 수 있는 게 아니라는 걸 기억해야 한다. 며칠 전 케나가 잠시 디엠을 훔쳐볼 수 있도록 해주었을 때, 그 모습을 지켜보며 얼마나 기분이 좋았는지와는 다른 문제다.

패트릭과 그레이스는 법적으로 디엠을 위한 모든 결정을 내릴 수 있으며 이는 합법적인 권한이다. 만약 나와 친분이 있는 누군가가 나의 분명한 반대 의사에도 불구하고 디엠에 대한 정보를 다른 사람과 공유하고 있다는 사실을 알게 된다면, 나는 분명 화를 넘어 분노했을 것이다. 그리고 그 즉시 내 인생에서 그 사람을 지워버렸을 것이다. 패트릭과 그레이스와의 관계에서 그런 위험을 감수할 수는 없다. 케나에게 일자리를 준 것만으로도 충분히 그들의 뒤통수를 친 셈이었다.

"더 이상 무용을 하고 싶지 않아요." 디엠이 말했다. 디엠은 여전히 보라색 무용복을 입고 있었는데 먹고 있던 치즈 퀘소가 흘러내리고 있었다. 테이블 같은 쪽에 앉아 있던 내가 묻은 것을 닦아주었다.

"아직은 안돼." 그레이스가 말했다. "석 달 치나 미리 냈어."

디엠은 새로운 것을 시도하는 걸 좋아했다. 한번 시도해 본 뒤에 기꺼이 그만두려는 그녀의 태도가 꼭 부정적인 특성이라고만 생각하지 않는다. 그 때문에 아이가 가능한 모든 운동을 배워볼 수 있는 강점이 될 수도 있다.
"나, 검으로 하는 그거 하고 싶어요." 디엠이 포크를 이리저리 공중에 휘두르며 말했다.
"펜싱 말이야?" 패트릭이 물었다. "이 마을에 펜싱 수업은 없을걸?"
"렛저가 가르쳐 주면 돼요." 디엠이 말했다.
"나한텐 검도 없고 시간도 없어. 티볼 코치 이미 하고 있잖아."
"티볼은 지옥이에요." 디엠이 말한다.
웃다가 목이 메었다.
"그런 말 하면 못써." 그레이스가 속삭였다.
"로만이 그렇게 말했어요." 디엠이 반박하며 말했다. "나 화장실 갈래요."
화장실이 좌석에서 바로 보이는 곳에 있었기 때문에 디엠은 혼자 테이블에서 미끄러지듯 내려가서 자리를 빠져나갔다. 그레이스는 디엠이 화장실 안으로 들어갈 때까지 눈을 떼지 않았다. 일인용 화장실이라 디엠이 문을 잠그면 아무도 들어오지 않는 형태라 그레이스가 따라가지 않아도 되었다.
그레이스는 보통은 디엠을 데리고 화장실에 같이 들어가는데 최근 들어 디엠이 독립을 요구하고 있다고 한다. 디엠이 그레이스를 화장실 바깥에서 기다리라고 요청하곤 했기 때문에, 이 식당에 왔을 때도 화장실 가까운 자리를 달라고 했다. 그래야 그레이스가 디엠이 혼자 자신만의 처리를 할 수 있도록 여지를 주되, 아이를 계속해서 지켜볼 수 있기 때문이다.

패트릭이 말하는 동안에도 그레이스의 정신은 반쯤 화장실에 가 있는 것 같았다. "디엠 엄마 대상으로 접근금지 신청서 제출했어."

순간 평정심을 유지하고 싶었지만 쉽지 않았다. 입에 물고 있는 음식과 함께 그 단어들을 삼키고 물을 한 모금 마셨다. "왜요?"

"그녀가 뭘 하려고 하는 거든 준비를 해야 하니까." 패트릭이 말했다.

"그렇지만 그녀가 뭘 하려고 할까요?" 그레이스가 고개를 갸우뚱하며 짓는 표정을 보니 이 말은 하지 말았어야 했다. 신청서가 제출되었다는 이유만으로 접근금지명령을 판사가 승인해 줄까? 케나가 이 마을에 나타났다는 것만으로 접근금지명령이 쉽게 승인될 리는 없을 것이다.

그레이스가 말했다. "마트 주차장에서 우리를 쫓아 왔잖니. 안전하다고 느껴지지 않았어, 렛저."

애초에 첫 만남부터 곤란한 상황을 만든 것은 내 잘못이 컸는데, 케나를 위한 변명을 뭐라도 해야 한다고 생각하면서 난 여전히 아무런 말도 하지 못한다.

"그레이디와 얘기했어." 패트릭이 말했다. "자기가 판사한테 빨리 처리해달라고 부탁할 수 있대. 이번 주에 아마 처리될 거야."

하고 싶은 말이 너무 많지만 지금은 때가 아니다. 언제가 적절한 때일지 모르겠지만… 아니 내가 말을 해야 하는 건지도 모르겠지만. 나는 한 모금을 더 마시며 그들의 새 소식에 반응하지 않았다. 배신자라는 분위기를 풍기지 않으려고 조용히 앉아 있을 뿐이었다.

"이제 다른 이야기 하자." 디엠이 자리로 돌아오는 것을 보고 그레이스가 말했다. "렛저, 어머니는 어떠시니? 이번에 돌아오셨을 때 얘기도 못했네."

"잘 지내세요. 옐로스톤으로 가고 계시더라고요. 아마 돌아오실 때 다시 들르실 것 같아요."

디엠을 무릎 위에 앉히며 그레이스가 말했다. "어머니 보고 싶구나. 여기 오시면 저녁 같이 먹을 수 있게 약속 잡자."

"이야기해 볼게요."

그레이스가 디엠에게 감자튀김을 건네며 말했다. "그날이 다가오네. 기분이 어때?"

무슨 말인가 싶어서 나는 눈을 껌뻑였다. 스코티와 관련된 것이 아니라는 것은 알겠는데 무슨 말을 하는지 전혀 알 수가 없었다.

"레아?" 그레이스가 말했다. "취소한 결혼식 날짜?"

"아. 그거요." 나는 어깨를 으쓱했다. "난 괜찮아요. 그녀도 괜찮고요. 둘 모두에게 차라리 잘된 일이에요."

그레이스가 이마를 약간 찌푸렸다. 그녀는 레아를 좋아했다. 하지만 진짜 레아가 어떤 사람인지는 잘 몰랐다. 레아가 나쁜 사람이라는 게 아니다. 그렇게 생각했다면 그녀에게 청혼하지도 않았을 것이다. 하지만 그녀는 디엠에게 충분하지 않았다. 그레이스가 그 사실을 알게 된다면 혹시 내가 마음을 바꾸었을까 하는 희망으로 다시 말을 꺼내기보다는 결혼식을 취소한 나에게 고마워할 것이다.

"집 짓는 건 어떻게 되어 가니?" 패트릭이 물었다.

"좋아요. 이사 갈 때까지 몇 달 남지 않은 것 같아요."

"지금 사는 집은 언제 내놓을 생각이야?"

그 생각만으로 앉은 자리에서 바닥으로 몇 센티는 푹 꺼지는 것 같았다. 어릴 적 살던 집을 매물로 내놓는 것은 내 몸의 일부를 파는 것처럼 느껴졌다. 다른 이유도 있겠지만. "아직 모르겠어요."

"이사 안 갔으면 좋겠어요." 디엠이 말했다.

그 말 한마디 한마디가 가슴에 와서 박혔다.

"하지만 렛저의 새집에 가서 가끔 지낼 수 있어." 아이를 안심시키려고 그레이스가 말했다. "게다가 멀지 않아."

"지금 렛저 집이 좋아요." 디엠이 입을 삐죽 내밀며 말했다. "새집은 나 혼자 걸어갈 수 없잖아요."

디엠은 자기 손을 내려다보고 있었다. 손을 뻗어 디엠을 그레이스의 무릎에서 데려와 꼭 안아주며 '널 절대 떠나지 않을 거야'라고 말해주고 싶었다. 하지만 그건 지키지 못할 약속이 될 것이다. 새집을 짓기로 결정하는 걸 일 년도 아닌 반년 정도만 더 미뤘더라면 어땠을까 하는 후회가 남는다. 결정 후 6개월의 기간은 그레이스와 패트릭이 기르던 작은 꼬마 아가씨가 내 삶에 스며들어 내 마음을 뺏어가기 충분한 시간이었다.

"디엠은 괜찮을 거야." 그레이스가 날 안심시킨다. 내 표정을 읽은 것 같았다. "20분 거리야. 변하는 건 없을 거야."

디엠을 쳐다보니 디엠도 나를 바라보았다. 아이의 눈에 눈물이 맺혀있는 것 같았다. 하지만 그 순간 디엠은 눈을 감더니 그레이스의 품을 파고들었다.

23장

케나

 렛저가 내게 사인하라고 남겨둔 종이를 보고 나서야 그가 식료품점 급여보다 훨씬 큰 금액을 나에게 지급하려 한다는 사실을 알게 되었다. 하지만 내가 잠시도 엉덩이를 붙이지 않고 저녁 내내 열심히 일한 이유가 그 때문은 아니라고, 나의 성격 탓이라고 말하고 싶다.
 나는 주방의 모든 것을 재편성했다. 어느 누구도 시키지 않았지만, 나는 접시가 돌아오는 속도보다 빠르게 설거지를 하고 접시의 습격 틈틈이 선반을 정리하고 재고 창고와 서랍장 안에 있던 모든 그릇을 다시 분류해서 정리했다.
 나에겐 5년간의 경험이 있었다. 항상 그 시절을 이야기하는 게 어색해서 렛저에게도 주방 경력에 대해서는 말하지 않았지만 그곳에 있을 때 주방일을 맡았다. 20~30명쯤 되는 술집 손님의 설거지는 수백 명이 사용한 그릇과 비교해보면 공원 산책과 같았다.

처음에는 애런과 이곳에 처박혀 있는 것이 어떨지 걱정이 되었다. 왜냐하면 그는 두툼한 어깨에다 짙은 눈썹에 표정이 다양해서 위협적으로 보였기 때문이다. 하지만 그는 곰 인형에 가까웠다. 그는 몇 년 전 렛저가 문을 열었을 때부터 이곳에서 일했다고 했다.

애런은 결혼한 유부남이고 네 명의 자녀가 있으며 투잡을 뛰고 있다. 주중에는 고등학교에서 유지보수 일을 하고 금요일과 토요일엔 이곳에서 주방일을 한다. 아이들은 이미 다 자라서 독립한 상태지만 월급을 저축해서 아내와 함께 에콰도르에 있는 아내의 가족을 방문해서 매년 휴가를 보내고 싶어서 이 일을 계속한다고 했다.

그는 일하면서 춤추는 것을 좋아했다. 스피커를 크게 켜 놓고 말할 때는 소리를 질렀다. 다른 직원들 이야기를 듣는 것은 즐거웠다. 메리 앤은 7년째 만나고 있는 남자가 있는데 둘 사이에 두 번째 아이가 곧 태어날 예정이라고 했다. 하지만 메리 앤은 그 남자의 성이 마음에 들지 않아서 결혼을 거부하고 있다고 했다. 그는 로만이 길 아래 빵집을 운영하는 유부녀에게 푹 빠져서 계속 직장에 컵케이크를 사 온다고도 폭로했다.

그가 다른 바텐더, 라지에 대해 말하려는 순간에 누군가 주방으로 들어오며 소리쳤다. "세상에나!" 몸을 돌려보니 웨이트리스 메리 앤이 주방을 둘러보며 서 있었다. "그쪽이 이걸 다했어요?"

나는 고개를 끄덕였다.

"얼마나 엉망진창이었던 건지 이제야 알겠네요. 와우. 렛저가 돌아오면 자신의 성급한 결정에 감탄하겠는데요?"

오늘 그가 여기 없었다는 것도 몰랐다. 가게 안을 볼 수도 없었고 아무도 주방 쪽으로는 들어오지 않았다.

메리 앤이 자신의 배 위에 손을 얹고 냉장고로 향했다. 임신 5개월쯤 되어보였다. 그녀는 타파웨어 통을 열어 송이 토마토를 한 줌 집었다. 입에 하나를 집어넣으며 그녀가 말했다. "토마토만 당긴다니까요. 마리나라 소스, 피자, 케첩 이런 것들이요." 그녀가 하나를 먹어보라고 권했고 나는 고개를 저었다. "토마토를 먹으면 속이 쓰리긴 한데 멈출 수가 없어요."

"첫 번째 아기예요?" 아이가 있다는 사실을 모르는 척 그녀에게 물었다.

"아니요. 두 살이 된 아들이 하나 있어요. 이번에도 아들이래요. 아이 있어요?"

이 질문에 어떻게 대답해야 할지 알 수가 없었다. 감옥에서 풀려난 후 자주는 아니지만 이런 질문을 받게 될 때면 나는 보통 그렇다고 대답을 한 다음 대화 주제를 바꿨다. 하지만 여기 일하는 사람들이 계속 아이에 관해 물어보는 상황을 만들고 싶지 않아서 나는 고개를 젓고, 그녀에게 계속 집중하고 있다는 의미로 물었다. "아들 이름은 뭐라고 지을 거예요?"

"아직은 모르겠어요." 그녀는 토마토를 하나 더 먹은 후 용기를 다시 냉장고에 넣었다. "사연이 뭐예요?" 그녀가 물었다. "이 동네가 처음이에요? 결혼했어요? 아니면 만나는 사람이라도? 몇 살이에요?"

질문마다 다른 답변을 하느라 나는 고개를 끄덕였다가 저었다가 하면서 결국 그녀의 질문 포화가 멈출 때쯤에는 머리를 흔들거리는 보블헤드 인형처럼 느껴졌다.

"막 이 도시로 이사 왔어요. 스물여섯 살이고 싱글이에요."

그녀가 이마를 찡그리며 물었다. "렛저도 당신이 싱글인 걸 알아요?"

"아마도요."

"음." 그녀가 말했다. "이제 설명이 되네."

"무슨 설명이요?"

메리 앤과 애런이 서로 눈빛을 교환하고 있었다. "왜 렛저가 당신을 고용했는지요. 궁금했었거든요."

"왜 날 고용했다고 생각해요?" 그녀가 어떤 생각인지 궁금했다.

"잘못된 결정이라는 뜻은 아니고요." 그녀가 말했다. "하지만 우리는 2년 넘게 쭉 같은 인원이 일했어요. 일손이 더 필요하다는 말을 한 적도 없었어요. 그래서 내 분석은 렛저가 레아를 질투 나게 하려고 당신을 고용했다는 거예요."

"메리 앤!" 애런이 경고하듯 그녀의 이름을 불렀다.

그녀는 손사래를 쳤다. "렛저는 이번 달에 결혼하기로 되어있었어요. 결혼식이 취소된 것이 아무렇지 않은 척하지만 최근에 뭔가 그의 신경을 거슬리는 것이 있는 것 같아요. 그가 요즘 좀 이상했단 말이죠. 그리고 당신이 지원서를 냈더니 그 자리에서 바로 채용을 해버렸다고요? 우리는 일손이 필요하지 않은데요?" 그녀가 어깨를 으쓱하며 말을 이었다. "말이 되기도 해요. 당신은 엄청 미인이고 그 사람은 마음을 다쳤죠. 공허함을 채우려는 것 같아요."

사실 전혀 말이 되지 않았다. 하지만 메리 앤은 호기심이 많은 타입으로 보여서 내가 어쩌다 이곳에서 일하게 됐는지 등의 궁금증을 불러일으킬 만한 어떤 말도 더는 하지 않는 게 나을 것 같았다.

"무시해요." 애런이 말했다. "메리 앤은 토마토를 먹는 만큼이나 소문 거리를 좋아해요."

메리 앤이 웃는다. "사실이에요. 나는 별 볼 일 없는 잡담 같은 거 좋아해요. 별 뜻은 없고, 그냥 지루하니까요."

"결혼식은 왜 취소됐어요?" 내가 그녀에게 물었다. 이 주방에서 궁금증이 많은 사람은 그녀만이 아니었던 모양이다.

그녀는 어깨를 으쓱하더니 말했다. "나도 모르겠어요. 레아, 그의 전 여자친구는 사람들에게 자기 둘은 같이 갈 수 없는 사이라고 했대요. 렛저는 아무 말도 하지 않아요. 그는 깨트리기 힘든 달걀 같아서 속을 알 수가 없거든요."

로만이 스윙 도어를 열고 들여다보자 그녀의 관심이 그쪽으로 쏠렸다. "남학생 패거리들이 당신을 필요로 해요, 메리 앤."

그녀는 눈을 굴리더니 말했다. "윽. 나는 대학생 남자아이들 싫어. 팁을 끔찍하게 주잖아."

∽

일을 시작하고 3시간쯤 지나고 나니 애런이 잠깐 쉬라고 했고 나는 뒷골목 계단에 앉아 시간을 보내기로 했다. 쉬는 시간이 있을지, 오늘 밤 몇 시간이나 일해야 하는지 모르고 있었기 때문에 혹시나 해서 식료품점을 나서면서 칩과 생수를 샀던 게 다행이었다.

골목은 조용했지만 낮은 음악 소리는 조금씩 들렸다. 메리 앤이 조금 전 다시 수다를 떨기 위해 다녀갔고, 그녀는 내가 음악 소리가 들리지 않도록 휴지를 귀에 꽂고 있는 것을 보았다. 나는 편두통이 자주 온다고 거짓말을 했다. 사실 내가 대부분의 음악을 싫어한다는 것은 말하지 않았다.

모든 음악이 내 삶의 나쁜 순간을 떠올리게 했기 때문에 나는 아예 아무런 노래도 듣지 않는 쪽을 택했다. 메리 앤은 내일 헤드폰을 가져다주겠다고 했다. 지금까지 이 일에서 싫은 유일한 한가지가 바로 음악이었다. 감옥에 있을 때는 거의 음악을 듣지 않아서 좋았다.

로만이 뒷문을 열고 나오다가 순간적으로 계단에 앉아 있는 나를 보고 놀란 것 같았다. 그는 골목 끝으로 걸어가서 양동이를 거꾸로 뒤집어 놓았다. 그러더니 그 위에 앉아 다리를 쭉 뻗고 무릎을 매만졌다. "첫날 밤은 어때요?" 그가 물었다.

"좋아요." 그가 걸을 때 다리를 절뚝거리는 것을 본 적이 있는데, 다리를 쭉 뻗고 있는 지금 보니 많이 아파하는 것 같았다. 최근에 다친 것인지는 모르겠지만, 만약 그렇다면 오늘 밤 그는 지금까지 일한 시간을 고려하면 좀 더 쉬는 게 좋을 것 같았다. 그는 바텐더라 전혀 앉지 못했다. "다리 다쳤어요?"

"오래된 거예요. 날씨에 따라 통증이 심해지죠." 그는 바지를 걷어 올려 무릎의 긴 흉터를 보여주었다.

"오우, 어쩌다 그렇게 심하게?"

로만은 건물 벽돌에 기대어 몸을 뒤로 젖혔다. "부상이에요."

"당신도 풋볼 선수였어요?"

"렛저와는 다른 팀에서 선수 생활을 했어요. 나라면 브롱크스에서 뛰느니 죽는 걸 택했을 거예요." 그는 무릎을 가리켰다. "1년 반 정도가 지나고 이 사달이 벌어졌어요. 내 풋볼 커리어가 끝나는 순간이었죠."

"정말 안타깝네요."

"직업의 위험성."

"어쩌다 렛저와 여기서 일하게 되었어요?"

그가 나를 주의 깊게 바라보았다. "내가 당신에게 묻고 싶은 말이에요."

그랬다. 맞는 말이다. 나는 로만이 나에 대해 얼마나 알고 있는지 모르고 있다. 그렇지만 렛저는 진짜 내가 누구인지 아는 단 한 사람이 로만이라고 했다. 그 뜻은 그는 모든 걸 알고 있다는 의미였다.

내 얘기를 하고 싶지는 않았다.

다행히도 그 순간 골목이 헤드라이트 불빛으로 가득 차서 더 이상 대화를 이어갈 수가 없었다. 렛저가 골목에 주차를 하고 있었다. 무슨 이유에서인지 로만은 순식간에 실내로 도망을 가버렸고 나만 혼자 그곳에 남았다.

로만이 사라지고 렛저가 나타나자 묘하게 긴장이 되었다. 계단에 앉아 있는 것이 갑자기 어색해졌다. 렛저의 트럭 문이 열리자마자 내가 말했다. "줄곧 일했어요. 맹세해요. 하필 내가 쉬고 있을 때 당신이 나타난 거예요."

렛저는 내 설명이 불필요하다는 듯 트럭에서 내리면서 미소를 지었다. 그 미소에 왜 내 몸이 반응하는지는 모르겠지만 속이 울렁거리는 기분이었다. 그가 나타나면 긴장된 에너지가 내 온몸을 감싸고 윙윙 소리를 내며 살갗을 간지럽히는 듯했다. 그것은 아마 저 사람이 내 딸과 연결해 줄 수 있는 유일한 사람이라서 일 것이다. 사실은 내가 밤마다 눈을 감으면 지난번 이 골목에서 있었던 일이 떠올랐기 때문인지도 몰랐다.

아니, 이제는 그가 나의 보스이기 때문이다. 이 직장을 잃고 싶지 않은데 나는 지금 아무것도 하지 않고 있고, 갑자기 한심한 멍청이처럼 느껴졌기 때문이다. 그가 여기 없을 때가 훨씬 좋고 편안했는데.

"오늘 일하는 건 어땠어요?" 그는 마치 가게로 들어갈 생각이 없다는 듯 트럭에 몸을 기댔다.

"좋아요. 모두들 잘해줬어요."

그는 믿지 않는다는 듯 눈썹을 치켜올렸다. "메리 앤마저도요?"

"음. 저한테는 친절했어요. 물론 당신에 대해서 험담을 좀 하긴 했지만요." 내가 웃고 있어서 그는 내가 놀리고 있다는 것을 알 것이다. 그녀는 렛저가 내가 예쁘다는 이유로 그의 전 여자친구에게 질투심을 일으키려고 날 고용했다고 의심했다. "레아가 누구예요?"

렛저가 트럭에 뒷머리를 찍으며 신음소리를 냈다. "누가 레아 이야기를 꺼냈죠? 메리 앤?"

나는 고개를 끄덕였다. "이번 달 당신이 결혼할 계획이었다던데요."

렛저가 불편해 보였지만 그의 불편함 때문에 이 대화를 먼저 그만두고 싶지는 않았다. 그가 말하고 싶지 않다면 아무 말도 하지 않아도 된다. 하지만 나는 알고 싶었고 그가 답을 내놓을 때까지 기다릴 작정이다.

"돌이켜보면 솔직히 정말 어리석었어요." 그가 말했다. "이별하는 과정 내내요. 아직 갖지도 않은 아이 문제로 다퉜으니까요."

"그래서 약혼이 깨진 건가요?"

그가 끄덕였다. "네."

"다툼의 이유가 뭔데요?"

"그녀는 내게 디엠보다 미래의 아이를 더 사랑할 거냐고 물었어요. 그래서 나는 아니라고 대답했어요. 나는 그들을 똑같이 사랑할 거라고요."

"그 말이 그녀를 화나게 했어요?"

"내가 디엠과 너무 많은 시간을 보낸다고 신경을 썼어요. 언젠가 우리가 가정을 꾸리게 되면 내가 디엠에게 집중하는 시간을 줄이고 우리 가족에게 더 많은 시간을 할애해야 한다고요. 그때가 머리를 한 대 얻어맞은 것 같은 깨달음의 순간이었어요. 그때 나는 그녀가 나와는 달리 디엠을 우리 가족의 일원으로 생각하지 않는다는 것을 깨달았어요. 그 뒤로 어쩌다보니 그렇게 끝이 난 것 같아요."

나는 왜 그들이 더 심각한 이유로 헤어졌을 거라고 예상했는지 모르겠다. 사람들은 일반적으로 미래에 일어날 일을 미리 가정하고 이야기하다 헤어지지는 않는다. 하지만 그것은 렛저에 대해 많은 것을 설명하고 있었다. 렛저의 행복이 디엠과 얼마나 깊이 연결되어 있는지, 그리고 그것을 존중하지 않는 사람에게는 그가 누구이든지 양보하지 않는다는 점이었다.

"레아는 끔찍하게 나쁜 여자네요." 처음 말을 꺼낼 때는 반쯤 농담으로 한 말이었고 그 말에 렛저도 가볍게 웃음을 띠었다. 하지만 생각하면 할수록 짜증이 났다. "진심이에요. 디엠이 아직 이 세상에 존재하지도 않는 아이만큼도 사랑받을 가치가 없다고 생각한다니 미친 거 아닌가요?"

"맞아요. 사람들은 그녀와 헤어진다고 모두들 나보고 미쳤다고 했지만 나는 앞으로 우리가 직면하게 될 많은 잠재적 문제의 근원을 봤어요." 그가 나를 보고 웃었다. "과잉보호하는 엄마 바로 여기 있네요. 이제야 내가 좀 덜 이상해 보이는 것 같군요."

그 말을 듣자마자, 디엠의 엄마로 날 인정하는 것 같아 얼굴이 발갛게 달아올랐다. 간단한 문장이었지만 그의 입에서 나온 그 말은 모든 것을 담고 있었다. 실수였다 해도 상관없다.

렛저가 몸을 일으키더니 차 문을 잠갔다. "안으로 들어가 봐야겠어요. 주차장이 꽉 찬 걸 보니 손님이 많겠네요."

그는 오늘 밤 몇 시간을 비우고 어디에 다녀왔는지 이야기하지 않았지만 디엠과 시간을 보내고 왔을 거라는 느낌이 들었다. 하지만 누군가와 데이트를 하러 나갔을 수도 있다는 생각이 들었고 어느 쪽이 되었든 머리가 복잡해 지는 건 마찬가지였다.

나는 내 딸의 인생에 끼어들 수가 없지만 렛저가 사귀게 되는 사람은 내 딸의 인생에 들어갈 수 있다. 그래서 그게 누가 되었든 그녀에게 질투가 났다.

적어도 레아는 안돼. 망해버려라!

～

로만이 유리잔이 가득 담긴 상자를 가져와 싱크대 옆에 놓았다. "나 퇴근할게요." 그가 말했다. "렛저가 기다려도 괜찮으면 집까지 태워다 주겠다고 하던데요. 30분 정도 할 일이 남았대요."

"고마워요." 나는 로만에게 말했다. 로만은 자신의 앞치마를 벗어 오늘 일을 이미 끝낸 다른 직원들이 가져다 놓은 앞치마 뭉치에 던져 넣었다. "앞치마는 누가 빨아요?" 내가 해야 할 일일까 싶어서 물었다. 내 일이 어디까지인지 여전히 확실치 않았다. 렛저는 저녁 내내 자리를 비우느라 따로 교육해주지 않았고, 다른 사람들은 여기저기 내가 할 수 있는 일을 두서없이 알려주었다. 그래서 나는 손이 닿는 한, 내가 할 수 있는 모든 일을 했다.

"위층에 세탁기와 건조기가 있어요." 로만이 말했다.

"바에 다른 층도 있어요?" 계단을 본 적이 없는데.

그는 문을 가리키더니 골목을 따라 손짓을 했다. "위층으로 가는 계단은 바깥에 있어요. 절반은 창고이고 나머지 절반은 세탁기와 건조기가 있는 스튜디오 아파트예요."

"제가 가지고 올라가서 세탁하면 될까요?"

그는 고개를 저었다. "내가 보통 아침에 해요. 거기 살거든요." 로만이 평상복으로 갈아입으려고 입고 있던 셔츠를 벗어 바구니에 던져 넣으려고 할 때, 마침 렛저가 주방으로 걸어 들어왔다.

로만이 윗옷을 벗은 상태인 것을 보고 렛저가 들어오다 말고 나를 뚫어지게 쳐다보았다. 마치 내가 로만이 옷 갈아입는 것을 쳐다보고 있는 것처럼 보였겠지만 우리는 활발히 대화를 나누고 있었을 뿐이다. 그가 순간적으로 옷을 벗는 바람에 나는 그를 바라보고 있지도 않았다. 그게 중요한 것은 아닌데도, 나는 당황했고 몸을 돌려 남아있던 유리잔을 씻는 척했다.

로만과 렛저가 무슨 이야기를 나누는지 잘 들리지 않았다. 하지만 로만이 렛저에게 잘 자라는 인사를 하고 떠나는 소리는 들을 수 있었다. 렛저는 바 안쪽으로 다시 사라졌다.

나는 혼자가 되었지만 그편이 나았다. 렛저는 나를 편안하게 하기보다 긴장하게 했다.

설거지를 끝내고 마지막으로 한 번 더 깨끗이 수건으로 닦았다. 자정을 30분쯤 지나있었다. 렛저가 일을 마치려면 얼마나 남았는지 알 수가 없었다. 그를 귀찮게 하고 싶지 않지만 집에 걸어가기에는 너무 피곤했고 나는 그를 기다리기로 마음먹었다.

소지품들을 챙겨 주방 테이블에 자리를 잡고 노트와 펜을 꺼냈다. 스코티에게 쓰고 있는 이 편지들이 무슨 소용이 있는지는 모르겠지만, 편지를 쓰고 나면 마음이 정화되고 시원한 기분이 드는 느낌이었다.

스코티에게,

렛저는 개자식이야. 그건 이미 알고 있지? 내 말은 렛저가 서점을 술집으로 바꿔놓았어. 어떤 놈이 그런 짓을 하겠어?

하지만… 나는 그가 다정한 면도 있다는 생각이 들기 시작했어. 아마 그래서 너희 둘이 제일 친한 친구였나 봐.

"뭘 쓰고 있어요?"

그의 목소리에 노트를 서둘러 닫다가 탁 하는 소리가 과장되어 나왔다. 렛저는 앞치마를 벗으며 나를 쳐다보고 있었다. 노트를 가방에 대충 집어넣고 중얼거렸다. "아무것도 아니에요."

그는 고개를 갸웃거리며 호기심에 가득 찬 눈빛으로 물었다. "글 쓰는 거 좋아해요?"

나는 고개를 끄덕였다.

"당신은 예술적 성향이 더 강한가요, 아니면 과학적 성향이 더 강한가요?"

이상한 질문이었다. 나는 어깨를 으쓱하면서 말했다. "나도 모르겠어요. 예술 쪽? 아마도요. 왜요?"

렛저는 깨끗이 닦인 유리잔을 집어 들고 싱크대로 걸어갔다. 잔에 물을 따르더니 한 모금을 마셨다. "디엠이 상상력이 풍부해요. 당신한테서 물려받은 건지 늘 궁금했어요."

자부심이 가득 차오르는 기분이었다. 그가 아이에 대한 작은 토막뉴스라도 털어놓는 순간이 좋았다. 누군가가 아이의 창의성에 대해서 높이 평가한다는 사실도 기분이 좋았다. 어렸을 때 나도 상상력이 반짝거리며 빛나는 아이였지만 나의 엄마는 그것을 억눌렀다. 아이비가 나의 일부를 깨우고 격려해 주었을 때야 비로소 처음으로 누군가 지지해 준다는 느낌을 받았다.

스코티도 아마 그랬겠지만, 그는 내가 예술가 성향이라는 것조차 몰랐다. 그를 만나고 있을 때 나의 내면은 아직 깊은 잠에 빠져 있었기 때문이다.

하지만 지금은 다르다. 나는 내내 글을 쓴다. 시를 쓰고 스코티에게 편지를 쓴다. 언제 구체화할 수 있을지, 형태를 갖춘 글로 만들어 낼 수 있을지조차 모르지만 책에 대해 구상도 하고 있다. 쓰는 것이야말로 나를 구원해 준 행동이었다.

"난 주로 편지를 써요." 이 말을 하자마자 괜한 말을 했다 싶어 후회됐다. 하지만 렛저는 나의 고백에 웃지 않았다.

"알아요. 스코티에게 편지를 쓰는 거." 물 마신 유리잔을 식탁에 내려놓고 팔짱을 끼며 말했다.

"그 사람에게 편지 쓰고 있다는 걸 어떻게 알아요?"

"한번 본 적 있어요." 그가 말했다. "걱정하지 말아요. 읽은 건 아니에요. 지난번 사물함에서 당신 가방을 꺼낼 때 우연히 잠깐 보았을 뿐이에요."

그가 대충 구겨 넣었던 종이 더미를 본 것 같다. 혹시 내용을 훔쳐본 것은 아닐까 걱정이 되었지만, 그가 읽은 건 아니라고 했으니 그의 말을 믿기로 했다.

"지금까지 몇 통이나 썼어요?"

"300통 이상?"

그는 믿기지 않는다는 듯 고개를 절레절레 흔들더니 무슨 연유에서인지 이내 미소를 지었다. "스코티는 글쓰기를 싫어했어요. 나한테 돈을 주면서 보고서를 대신 써달라고 했었죠."

그 말에 웃음이 났다. 우리가 함께 지낼 때 그를 대신해 나도 보고서를 한두 편 써 준 적이 있었기 때문이다.

내가 알던 스코티와 많은 면에서 같은 방식으로 이해를 하고있는 누군가와 이야기를 나눈다는 것에 묘한 기분이 들었다. 이전에 단 한 번도 경험한 적이 없는 느낌이었다. 기분이 좋았고 그를 떠올리면서 눈물을 짓는 대신 웃을 수 있었다. 나와 함께 할 때가 아닌, 내가 모르는 스코티에 대해 더 많은 것을 알고 싶었다.

"나중에 디엠은 삭가로 사릴지도 믈리요. 단어를 만들어내는 걸 좋아하거든요." 렛저가 말했다. "만약 모르는 단어가 있으면 디엠은 새로운 단어를 자기가 만들어 내요."

"예를 들면요?"

"태양열 가로등이요." 그가 말했다. "차도에 쭉 세워져 있는 태양열로 켜지는 등 말이에요. 이유는 모르겠지만 디엠은 패트첼이라고 불러요."

웃음이 났지만 동시에 마음이 아파져 왔다. 그가 아는 만큼 디엠에 대해 많이 알고 싶었다. "또 다른 건 없어요?" 떨리는 걸 숨기려고 목소리가 작아졌다.

"얼마 전에 자전거를 타는데 발이 페달에서 계속 미끄러졌어요. 그랬더니 '내 발이 자꾸 슬리퍼 해'라고 하더군요. 내가 슬리퍼 한 게 무슨 말이냐고 했더니 자기가 슬리퍼를 신으면 발이 자꾸 미끄러진다나요. 그리고 디엠의 흠뻑 젖었다는 말은 매우라는 뜻이에요. '나 흠뻑 젖게 피곤해요'라거나 '나 흠뻑 젖게 배고파요'라고 말하거든요."

너무 마음이 아파서 그 말에 웃을 수조차 없었다. 그래서 억지로 미소를 지어보였지만 렛저는 내가 알지 못하는 그의 이야기가 내 마음을 조각조각 찢어놓고 있다는 것을 알아차린 것 같았다. 그가 웃음기를 거두고 싱크대로 걸어가더니 유리잔을 씻었다. 그리곤 말했다. "갈 준비 됐어요?"

나는 고개를 끄덕이고 테이블에서 몸을 일으켰다.

집으로 가는 길에 그가 물었다. "그 편지로 뭘 할 생각이에요?"

"아무것도요." 즉시 대답했다. "그냥 쓰는 게 좋아서요."

"편지 내용은 뭐예요?"

"전부 다요. 가끔은 아무것도 아닌 얘기들이요." 속마음을 들킬까봐 창밖을 바라보았지만, 한편으로는 그에게 솔직해지고 싶었다. 나는 렛저가 나를 믿어주었으면 한다. 내가 증명해야 할 것이 많았다. "실은… 언젠가 책으로 엮어 내고 싶어요."
 그가 멈칫하는 것 같았다. "해피엔딩이 되는 내용일까요?"
 나는 여전히 창밖을 바라보며 말했다. "내 삶에 관한 책이 될 거예요. 그래서 어떻게 이야기가 흘러갈지 나도 모르겠어요."
 렛저는 앞쪽을 응시하며 내게 물었다. "그 편지들 중에 스코티가 죽은 날 밤에 무슨 일이 있었는지에 대한 것도 있나요?"
 그의 질문에 대답을 하기까지 잠시 시간이 필요했다. "네. 편지 중 하나는 그날 밤에 관한 이야기예요."
 "내가 읽어볼 수 있어요?"
 "아니요."
 렛저의 눈길이 내게 잠시 머무는 것이 느껴졌다. 그러더니 전방을 살피고 깜빡이를 켜더니 집 쪽으로 방향을 꺾었다. 주차장에 차를 세우고도 그는 트럭의 시동을 끄지 않았다. 바로 차에서 내려야 할지 우리 사이에 더 할 말이 남아있는 건지 확신이 들지 않았다. 나는 손잡이에 손을 얹은 채 그에게 말했다. "일자리를 주셔서 고마워요."
 렛저가 엄지손가락으로 핸들을 두드리며 고개를 끄덕였다. "그럴 자격이 충분하던데요. 가게를 연 이후로 주방이 그렇게 잘 정리된 건 처음 봤어요. 하룻저녁 만에요."
 그의 칭찬에 기분이 좋아졌다. 그의 말을 음미하면서 잘 자라는 인사를 건넸다.
 차에서 내린 뒤 뒤돌아보고 싶은 마음을 누르며 앞을 보고 걸으려고 노력했다. 등 뒤에서 차가 출발하는 소리가 들릴 거라 생각했지만 아무 소리도 들리지 않았다. 내가 아파트까지 올라가는 것을 그가 지켜보고 있다는 뜻이었다.

집안으로 들어서니 아이비가 내게 뛰어들었다. 고양이를 안아 들고 창밖을 보려고 불도 켜지 않고 창가로 달려갔다. 렛저는 그 자리에 그대로 있었다. 트럭 운전석에서 아파트를 올려다보면서. 얼른 벽 뒤로 몸을 숨겼다. 마침내 엔진 소리가 들리고 트럭이 주차장을 빠져나가는 것 같았다.

"아이비," 고양이 머리를 쓰다듬으며 속삭였다. "우리 지금 뭐 하고 있는 거지?"

24장

렛저

"렛저!"

장비를 챙기다 말고 고개를 들었다가 나는 더 빨리 짐을 싸기 시작했다. 엄마 부대가 나를 향해 걸어오고 있었다. 그들이 지금 같은 발걸음으로 무리를 지어 걸어온다는 건 결코 좋은 일이 아니었다. 모두 네 명이었는데 각자 아이들의 이름이 적힌 간이의자를 들고 있었다. 대부분은 내가 자기 아이들에게 제대로 신경 써주지 않는다고 항의하려는 것이거나, 그게 아니면 결혼하지 않은 자신들의 친구와 나를 엮어주려는 의도였다.

운동장을 보니 디엠은 친구 두 명과 잡기 놀이를 하고 있었다. 그레이스가 디엠을 지켜보고 있는 걸 확인하고 나는 서둘러 마지막으로 헬멧을 가방에 담았다. 하지만 내 주의를 끌기 위해 손짓하고 있는 그녀들을 못 본 척하기에는 너무 늦었다.

휘트니가 먼저 말했다. "디엠의 엄마가 다시 나타났다면서요?"

케나가 마을에 나타난 것을 사람들이 이미 안다는 사실에 놀랐지만, 짧게 그녀와 눈을 맞추면서 놀란 마음을 들키지 않으려고 노력했다. 그중 누구도 케나가 스코티와 사귀던 짧은 시절을 제대로 아는 사람은 없었다. 이 중 누구도 사실 제대로 스코티를 아는 사람도 없었다.

하지만 그들은 디엠을 알고 나를 알고, 그 이야기를 안다. 그래서 이 사람들은 자신들이 진실을 알 충분한 자격이 있다고 스스로 생각하고 있다. "어디서 들었어요?"

"우리 이모가 그레이스와 같이 일하거든요." 그중 한 명이 말했다.

"세상에 여기 돌아올 생각을 한다니 믿을 수가 없어요." 휘트니가 말했다. "그레이스 말로는 접근금지명령 신청을 했다고 하던데요?"

"그랬대요?" 나는 모르는 척 시치미를 뗐다. 알고 있다는 표시를 하는 것보다는 이편이 나았다. 더 많은 질문을 쏟아낼 게 뻔했기 때문이다.

"몰랐어요?" 휘트니가 물었다.

"그 이야기를 하긴 했는데 이미 실행에 옮긴 줄은 몰랐네요."

"그럴 만하다고 생각해요." 그녀가 말한다. "디엠을 몰래 데려가기라도 하면 어떡해요?"

"그러진 않을 거예요." 트럭에 가방을 던지고 뒷문을 소리 나게 닫으며 내가 말했다.

"그냥 지나칠 수가 없어요." 휘트니가 말했다. "중독자들은 가끔 엉뚱한 짓을 하곤 하죠."

"그녀는 중독자가 아니에요." 지나치게 단호하게 말한 것 같다. 너무 빠르고. 휘트니가 의심스러운 눈초리를 가득 보내고 있었다.

로만이 이번 경기에 왔었더라면 좋았을 텐데. 로만은 항상 엄마 부대의 습격을 벗어나는 내 방패막이가 되어 주었는데 그는 오늘 오지 못했다. 그들 중 몇몇은 레아와 친구였다. 레아와의 의리 때문에 내게는 치근덕거리진 않았지만 로만에게는 거리낄 것이 없었다. 그래서 나는 엄마 부대가 나타나면 자주 그녀들의 소굴 한가운데에 그를 던져두곤 했다.

"그레이디에게 안부 전해줘요." 서둘러 말하고 그들에게서 멀어지면서 그레이스와 디엠 쪽으로 향했다.

이 상황에서 케나를 어떻게 보호해야 할지 모르겠다. 내가 그래야 하는지도 모르겠지만. 하지만 모든 사람들이 그녀를 최악으로 생각하도록 내버려 두는 것은 아무래도 잘못된 일이다.

〜

케나에게 오늘 데리러 갈 거라고 말하진 않았다. 가게로 향하는 길에 케나의 식료품점 근무 시간이 거의 끝나간다는 것을 깨닫기 전만 해도 그녀를 데리러 갈 줄 나도 몰랐다. 주차장에 차를 세우고 2분도 채 지나지 않아 그녀가 밖으로 걸어 나오는 게 보였다. 그녀가 내 트럭을 알아보지 못하고 도로 쪽으로 걸어가는 바람에 그녀를 붙잡기 위해 주차장을 가로질러 차를 몰아야 했다.

내 트럭을 본 그녀는 내가 조수석 문을 가리키자 표정이 한순간 밝아졌다. 분명히 그랬다. 그런데 그녀는 문을 열면서 "고마워요"라고 작게 우물거리더니 말했다. "태워 줄 필요 없어요. 걸어가도 괜찮아요."

"지금 야구장에서 오는 길이에요. 가는 방향이고요."

그녀는 우리 둘 사이에 지갑을 놓고 안전벨트를 당겨 맸다. "디엠이 티볼을 잘하나요?"

"네. 친구들과 어울려 노는 걸 좋아하는 건지 경기하는 걸 좋아하는 건지는 모르겠지만요. 하지만 꾸준히 한다면 꽤 잘할 수 있을 것 같아요."

"티볼 말고 다른 건 어떤 걸 해요?"

케나가 궁금해하는 것을 탓할 수는 없다. 내가 케나와 지나치게 많은 것을 공유하며 나 스스로 이런 상황을 만든 것이다. 그런데 그 여자들이 내 머릿속에 의심의 씨앗을 심어 놓아 버렸다.

디엠의 일정을 파악하려고 묻는 것이라면 어떻게 해야 하는 걸까? 디엠의 일정을 구체적으로 알게 되면 갑자기 나타나 디엠을 데려가기가 쉬워질 것이 분명했다. 케나를 의심한다는 것 자체로 죄책감이 들었지만, 디엠은 내 인생의 최우선 순위였다. 과잉보호를 하는 것처럼 보이더라도 그편이 차라리 낫다.

"미안해요." 케나가 말했다. "대답하기 곤란한 질문은 하면 안 되는 건데……."

내가 차를 출발시키자 그녀는 창밖을 바라보았다. 그러다가 그녀는 손가락을 접었다 폈다 하더니 허벅지를 움켜쥐었다. 디엠도 똑같은 행동을 한다. 한 번도 만난 적 없는 두 사람이 똑같은 행동 습관을 지닐 수 있다는 사실이 놀랍다.

엔진소리가 너무 시끄러운 것 같았다. 그녀에게 미리 경고해 줘야 할 것 같아서 속도를 내면서 창문을 올려 닫았다. "그분들이 당신에게 접근금지 신청을 냈어요."

그녀가 나를 빤히 쳐다보는 것이 옆눈으로 보였다. "진담이에요?"

"네. 송달 서류를 받기 전에 미리 알려주고 싶었어요."

"왜 그렇게까지 하는 걸까요?"

"식료품점에서의 일 때문에 그레이스가 겁을 먹은 것 같아요."

그녀는 고개를 절레절레 흔들며 창밖을 내다보았다. 술집 뒷골목에 차를 세울 때까지 더 이상 아무런 말이 없었다.

오늘 밤 그녀가 일을 망치도록 일부러 그녀가 차에 타자마자 기분 상하는 얘기를 한 것 같은 죄책감이 일었다. 일을 시작하기 전에 접근금지명령에 관해서 이야기해선 안 되었다. 하지만 그녀도 알 권리가 있다. 그녀는 접근금지명령을 받을 정도의 행동을 한 적이 없었다. 이유라면 디엠과 같은 마을에 존재한다는 것뿐이었다. 패트릭과 그레이스에게는 그 단순한 사실이 충분한 이유가 되었다.

"디엠은 무용을 해요." 뒤늦은 답을 하며 디엠의 공연 비디오를 꺼냈다. "내가 어젯밤에 갔던 곳이에요. 디엠의 무용 발표회가 있었어요." 나는 케나에게 전화기를 건넸다.

그녀는 처음 몇 초간은 무표정한 얼굴로 지켜보더니 이내 웃음을 터뜨렸다.

디엠의 영상을 보는 케나의 얼굴을 흐뭇하게 지켜보는 그런 내가 싫어졌다. 내 안에서 무언가가 벌어지고 있다. 내가 느껴선 안 될 감정이었다. 하지만 케나와 디엠이 직접 만나는 장면을 목격했을 때의 기쁨은 어떨지 정말 궁금해졌다.

케나는 얼굴 한가득 웃음을 띠고 영상을 세 번이나 돌려보았다.
"정말 끔찍하네요!"

그 말에 웃음이 났다. 평상시에 그녀에겐 없던 기쁨으로 가득 찬 목소리였다. 만약 케나의 인생에 디엠이 함께 한다면, 늘 이런 목소리일까 궁금했다.

"디엠이 무용을 좋아하나요?" 케나가 물었다.

나는 고개를 저었다. "아니요. 공연이 끝나고 그만두고 싶다고 말했어요. 그리고 '칼로 하는 그거'를 하고 싶대요."

"펜싱 말이에요?"

"디엠은 모든 것을 배우고 싶어 해요. 항상이요. 하지만 어떤 것에도 끈기 있게 하지는 않아요. 금세 지겨워지고 다른 것이 더 재밌어 보이는 모양이에요."

"아이의 지루함은 총명함의 표시라던데요." 케나가 말했다.

"디엠은 정말 똑똑하니까 말이 되네요."

케나가 웃었다. 하지만 내게 전화기를 건네는 그녀의 미소가 불안하게 흔들리고 있었다. 그녀가 트럭에서 내려 뒷문으로 향했고 나도 그녀를 뒤따랐다.

그녀를 위해 뒷문을 열자 애런이 반갑게 인사를 했다. "헤이, 보스. 헤이, 니콜."

케나가 그에게 다가가자 그가 손을 들고 서로 오래 알고 지낸 사이처럼 하이 파이브를 했다.

로만은 빈 병이 담긴 쟁반을 들고 주방으로 걸어 들어왔다. 그는 내게 고개를 끄덕이며 인사를 했다. "어떻게 됐어요?"

"아무도 안 울었고 아무도 토하지 않았어." 내가 말했다. 우리가 생각하는 티볼에서 성공적인 하루의 의미였다.

로만은 대답을 듣고는 곧장 케나에게 말했다. "글루텐 프리도 있더라고요. 세 개 냉장고에 넣어뒀어요."

"고마워요." 케나가 말했다. 디엠과 관련이 없는 일에 그녀가 반짝이는 관심을 보이는 것은 처음이었다. 무슨 이야기를 하고 있는 건지 종잡을 수 없었다. 지난밤 고작 몇 시간을 비웠을 뿐인데 케나는 여기 있는 모든 사람들과 이미 개인적인 친분 관계를 맺은 것 같았다.

그리고 로만은 왜 그게 뭐가 되었든, 뭔지 모르는 세 개를 그녀에게 사주었다는 거지? 왜 나는 케나와 로만이 가까워진 것 같다는 생각에 본능적 반응이 나오는 거지? 로만이 케나에게 반한 건가? 내가 질투할 자격은 있는 건가? 어젯밤 술집에 돌아왔을 때 저 둘이 같이 휴식 시간을 보내고 있는 걸 봤는데. 로만은 일부러 그런 걸까?

그 생각을 하고 있을 때 메리 앤이 나타났다. 그녀는 헤드폰을 케나에게 내밀었다. 그리고 케나가 말했다. "당신은 생명의 은인이에요."

"집에 여분이 하나 더 있었어요." 메리 앤이 말했다. 그녀는 나를 지나치며 말했다. "안녕, 보스."

케나는 목에 헤드폰을 건 다음 앞치마를 둘렀다. 헤드폰은 어디에도 연결하지 않았다. 그녀는 휴대폰도 없지 않은가. 그녀가 그 상태로 어떻게 음악을 들으려는 건지 이해가 되지 않았다.

"헤드폰은 어디에 쓰려고요?" 내가 물었다.

"음악 소리를 막으려고요."

"소음방지용 헤드폰인가 보네요. 그런데… 음악을 듣기 싫어요?"

"난 음악을 싫어해요." 그녀는 얼른 싱크대로 얼굴을 돌렸지만 그녀의 표정이 흔들리는 것을 보고 말았다.

음악을 싫어한다고? 그럴 수도 있나? "왜 음악이 싫어요?"

그녀가 어깨 너머로 고개를 돌려 나를 바라보았다. "슬퍼서요." 그녀는 헤드폰으로 귀를 막고 싱크대에 물을 틀었다.

음악은 나를 지탱해주는 유일한 것이다. 나는 음악이 없는 삶은 상상할 수조차 없다. 하지만 케나 말이 맞았다. 대부분 음악은 사랑에 관한 것이거나 상실에 관한 것이다. 그 두 가지는 어떤 방식으로든 받아들이기 힘든 주제였다.

그녀가 일할 수 있도록 남겨두고 내 일을 하기 위해 가게 안으로 향했다. 아직 가게 문을 열지 않았다. 마침 메리 앤이 문의 잠금장치를 풀고 있는 중이었다. 나는 로만 옆에 가서 물었다. "세 개가 뭐야?"

그는 나를 바라보았다. "네?"

"너가 케나를 위해 냉장고에 뭔가 세 개를 넣어두었다고 했잖아."

"니콜이요." 그가 메리 앤의 위치를 살피며 정정했다. "컵케이크 이야기예요. 집주인이 글루텐을 못 먹는대요. 니콜이 집주인에게 잘 보이려고 하는 중이거든요."

"왜?"

"그건 모르겠어요. 전기요금 관련해서 뭔가 있는 것 같던데요." 로만은 그렇게 말하곤 가버렸다.

케나가 모두와 잘 지내다니 기쁜 일이다. 하지만 어젯밤 잠시 자리를 비웠던 것이 후회되기 시작했다. 그들 모두 내가 모르는 케나를 어떤 식으로든 이해하고 알게 된 것 같았다. 그게 왜 내 신경을 거스르는지 알 수 없지만.

나는 사람들이 오기 전에 주크박스에서 몇 곡을 예약해 놓고 내가 고른 노래를 분석해 보았다. 수천 곡을 재생할 수 있는 디지털 주크박스라 하더라도 케나에게 스코티나 디엠을 어떤 식으로든 떠오르지 않게 할 음악을 고른다는 것은 매우 어려운 일이라는 것을 깨달았다. 그녀 말이 맞았다. 삶이 제대로 흘러가고 있지 않다면 노래의 내용이 무엇이든 모든 노래가 사람을 우울하게 만들 것이다. 나는 예약한 곡들을 지우고 오락가락하는 지금의 내 기분에 맞춰 무작위 재생모드를 켜고 자리를 떴다.

25장

케나

급여 수표를 받았다. 파트타임이라 금액은 적었지만 새 휴대폰을 사기에는 충분했다.

아파트 밖 피크닉 테이블에 앉아 휴대폰으로 앱을 검색하고 있는 중이다. 오늘은 식료품점을 개점할 때 출근했기 때문에 일을 끝내고 렛저의 바에 가기 전까지 몇 시간 정도 시간이 남아있었다. 야외 활동 시간이 제한되어 있던 지난 5년을 고려해서, 가능한 한 햇볕을 많이 쬐면서 비타민D를 얻으려 하고 있다.

차 한 대가 주차장에 들어섰다. 때마침 고개를 들어보니 레이디 다이애나가 앞좌석에서 나를 향해 손을 크게 흔들고 있었다. 아쉽게도 우리는 대부분의 경우 근무 시간이 달랐다. 그녀의 엄마에게 출퇴근할 때 같이 차를 태워달라고 하면 좋을 텐데. 이전까지 레이디 다이애나의 엄마와 따로 인사를 나눈 적이 없었다. 나보다 약간 더 나이가 들어 보이는 것으로 보아 30대 중반쯤 될 것 같았다. 그녀는 웃으며 풀밭을 가로질러 내게 달려오는 레이디 다이애나를 따라왔다. 레이디 다이애나가 내 손에 들려있는 휴대폰을 가리켰다. "언니도 전화기를 가지고 있는데 왜 나는 전화기를 가지면 안 돼요?"

그녀의 엄마는 내 옆자리에 앉았다. "언니는 어른이잖아." 그녀의 엄마가 나를 바라보며 말했다. "안녕하세요. 난 아델린이라고 해요."

나는 내 소개를 어떻게 해야 할지 망설여졌다. 두 직장에서 모두 나는 니콜이었다. 하지만 나는 처음에 레이디 다이애나에게 케나라고 소개했다. 그리고 집주인 루스도 날 케나로 알고 있었다. 언젠가는 들통이 날 테니 어떻게든 거짓말을 진실로 만들 방법을 찾아야 한다.

"케나예요." 내가 말했다. "하지만 니콜이라고 불려요." 적당한 대답 같았다. 거짓말이긴 하지만 사실이기도 했다.

"오늘 직장에 새 남자 친구가 생겼어요." 레이디 다이애나가 말했다. 그녀는 신이 나서 깡충깡충 뛰고 있었다. 그녀의 엄마가 끙 앓는 소리를 냈다.

"아, 그래?"

레이디 다이애나가 고개를 끄덕인다. "이름은 길이에요. 나랑 같이 일해요. 빨강 머리예요. 나한테 자기 여자친구가 되어달라고 부탁했어요. 그도 나처럼 다운증후군을 가지고 있고, 비디오 게임을 좋아한대요. 내 생각에 나는 아마 그 애랑 결혼할 것 같아요."

"천천히 해." 그녀의 엄마가 말했다. 숨도 쉬지 않고 말하고 있는 레이디 다이애나에게 천천히 말을 하라는 것인지 아니면 그녀의 결혼 계획을 천천히 하라는 것인지 궁금했다.
"그 사람 착해?" 내가 그녀에게 물었다.
"플레이스테이션이 있어요."
"그런데 착해?"
"포켓몬 카드도 엄청 많이 가지고 있어요."
"그래서 착하긴 한 거야?" 나는 같은 말을 반복했다.
그녀가 어깨를 으쓱했다. "잘 모르겠어요. 물어봐야겠어요."
나는 미소를 지었다. "그래. 그렇게 해. 꼭 너에게 착하게 대하는 사람과 결혼해야 해."
아델린이 나를 바라보았다. "그 애를 알아요? 길인가 뭔가 하는 아이?" 아이의 이름만 들었을 뿐인데도 그녀의 마음이 고스란히 드러나는 것 같아 미소가 지어졌다.
나는 고개를 저었다. "아니요. 하지만 제가 계속 지켜볼게요." 나는 레이디 다이애나를 쳐다보았다. "그리고 그 아이가 괜찮은 아이인지 확인할게요."
아델린은 조금 안심한 것 같았다. "고마워요." 그녀가 일어섰다. "일요일에 점심 먹으러 오나요?"
"무슨 점심이요?"
"어머니의 날을 맞아서 조촐한 점심을 먹는데 레이디 다이애나에게 당신을 초대하라고 했는데요."
어머니의 날이라는 소리에 찌릿한 통증이 느껴졌다. 그날에 대해서는 생각조차 하지 않으려고 노력했는데. 감옥에서 나와 디엠과 같은 마을에 있는 상태로 맞이하는 내 첫 번째 어머니의 날이었다.

레이디 다이애나가 말했다. "케나의 딸이 납치되었다고 해서, 그래서 케나는 초대하지 않았어요."

나는 바로 고개를 저었다. "딸이 납치된 게 아니고요… 그냥… 이야기가 길어요. 제게 양육권이 없어요." 나는 매우 당황했다. 아델린도 눈치챘을 것이다.

"걱정하지 말아요. 점심은 여기사는 사람 모두를 위한 거예요." 아델린이 말했다. "주로 루스를 위해서 여는 거예요. 루스의 자녀들이 멀리 떨어져 살거든요."

나는 알았다는 듯 고개를 끄덕였다. 만약 내가 가겠다고만 하면 그녀가 날 더 이상 재촉하지 않을 테고, 그러면 레이디 다이애나에게 왜 딸이 납치되었다고 이야기했는지 더는 설명하지 않아도 될 것이다. "제가 뭘 가져가면 될까요?"

"우리가 알아서 준비할게요." 그녀가 말했다. "만나서 반가웠어요." 그녀가 걸어가다 말고 돌아섰다. "혹시 아는 사람 중에 여분으로 탁자나 의자 몇 개 가지고 있는 사람 있어요? 아무래도 앉을 자리가 좀 더 필요할 것 같은데."

내가 아는 사람이라곤 렛저뿐이라 나는 아니라고 말해야 했다. 하지만 그녀가 나를 외로운 사람으로 생각하는 게 싫어서 고개를 끄덕이며 말했다. "주변에 물어볼게요."

아델린은 드디어 나를 만나서 정말 다행이라고 말하고는 아파트로 걸어갔다. 하지만 레이니 다이애나는 뒤에 남았다. 엄마가 사라지자 그녀는 내 전화기에 손을 뻗었다. "게임 해봐도 돼요?"

나는 그녀에게 전화기를 건네주었고 그녀는 피크닉 테이블 옆 풀밭에 앉았다. 나는 렛저의 가게로 출근할 준비를 해야 했다. "나는 가서 옷을 좀 갈아입고 올게. 내가 돌아올 때까지 게임해도 돼." 레이디 다이애나는 알았다는 듯 고개를 끄덕였지만 나를 쳐다보지는 않았다.

돈을 아껴서 차를 한 대 마련하면 직장까지 걸어가지 않아도 될 터이다. 하지만 어서 돈을 모아서 마을을 떠나 그들을 불안에서 해방시켜야 한다는 압박감에 그런 생각조차 할 수가 없게 되었다.

∽

바에 일찍 도착했는데 다행히 뒷문이 열려 있었다. 지난주 일을 해보고 나서는 내가 이곳에서 무엇을 해야 할지 확신이 들었다. 내가 앞치마를 두르고 싱크대에 물을 틀어 받기 시작했을 때 로만이 들어왔다.

"일찍 왔네요." 그가 말했다.

"네. 차가 얼마나 막힐지 몰라서요."

로만이 웃었다. 그는 내가 차가 없다는 것을 알고 있다.

"렛저가 날 채용하기 전에는 누가 접시를 씻었어요?" 내가 그에게 물었다.

"모두 다요. 잠시 시간이 나는 사람이 돌아가면서요. 아니면 일 끝나고 차례로 돌아가면서 늦게까지 남아서 설거지를 했죠." 그가 앞치마를 들었다. "이제 옛날로는 못 돌아갈 것 같아요. 가게 문 닫을 때 바로 퇴근할 수 있어서 정말 좋아요."

내가 임시직인 것을 로만이 알고 있는지 궁금했다. 아마 알고 있을 것 같은데.

"오늘 아마 바쁠 거예요." 그가 경고하듯 말했다. "기말고사 마지막 날이잖아요. 대학생 아이들이 한 무더기로 쏟아져 들어올 것 같은 느낌이 있어요."

"메리 앤이 좋아하겠네요." 나는 통에 액체비누를 담으며 말했다. "저기. 물어볼 게 있어요." 내가 그를 돌아보며 말했다. "일요일에 아파트에서 점심 모임이 있어요. 여분의 탁자가 필요하대요. 혹시 그런 게 있을까요?"

로만이 천장 쪽으로 머리를 까닥하며 말했다. "위쪽 창고에 있을걸요." 그는 휴대폰 화면 창을 보더니 말했다. "문 열려면 아직 좀 시간이 있는데 같이 가보죠."

나는 물을 잠그고 그를 따라 골목으로 나갔다. 그는 주머니에서 열쇠 꾸러미를 꺼내더니 휙휙 넘기며 열쇠를 찾았다. "집안이 엉망진창일 텐데 미리 미안해요." 문에 열쇠를 꽂으며 그가 말했다. "보통은 런트가 있을 때를 대비해서 좀 더 깨끗이 치워놓는데 누가 온 지가 오랜만이라서요." 그가 문을 당겨 열자 불이 환하게 밝혀진 계단이 나타났다.

"런트가 뭐예요?" 나는 그를 따라 계단을 올라가면서 물었다. 계단이 끝나는 자리에서 휘어진 복도가 나오고 문을 여니 술집의 주방 정도 크기의 공간이 나왔다. 주방과 달리 사람이 거주할 수 있는 공간으로 잘 꾸며져 있었다.

"런트는 술에 취해서 집에 못 가고 남은 사람들을 우리끼리 부르는 말이에요. 술이 깨서 어디로 가야 하는지 기억할 때까지 이곳 소파에 두었다가 집에 돌려보내는 경우가 있어요." 그가 불을 켜자 제일 먼저 소파가 눈에 들어왔다. 세월의 흔적이 묻어있는 낡은 소파는 보기만 해도 아주 편안해 보였다. 그리고 킹사이즈

침대에서 몇 발짝 떨어진 곳에 평면TV 1대가 놓여있었다.

효율적인 아파트였다. 술집 앞 거리가 내려다보이는 창문이 있는 작은 식당 겸 부엌도 별도로 있었다. 내 아파트보다 훨씬 매력적인 공간이었다.

"귀엽네요." 부엌의 조리대에 서른 개 이상의 커피 머그잔이 줄을 지어 세워진 것을 가리키며 말했다. "커피에 중독이 된 거예요, 아니면 커피잔에 중독이 된 거예요?"

"사정이 있어요." 로만은 다시 열쇠를 뒤적였다. "이 문 뒤에 창고 공간이 있어요. 지난번 내가 봤을 때 테이블이 있었던 것 같은데 확답은 못 하겠네요." 그가 문을 열자 테이블 2개가 벽에 세워져 있는 게 보였다. 그가 그중 하나를 꺼내는 것을 도와주었다. "둘 다 필요해요?"

"하나면 될 것 같아요."

로만과 나는 테이블을 한 쪽씩 잡고 계단을 내려왔다. "계단 아래에 일단 놓아두는 게 좋겠어요. 그랬다가 렛저 트럭으로 오늘 밤 가져다 놓자고요." 그가 말했다.

"완벽한 계획이에요. 고마워요."

"근데 무슨 점심 모임이에요?"

"그냥 포틀럭 파티(참석자들이 자신의 취향에 맞는 요리나 와인 등을 가지고 오는 미국·캐나다식 파티 문화-옮긴이) 같은 거예요." 나는 어머니날을 기념하는 것처럼 보이고 싶지 않았고 사람들의 비난을 받고 싶지도 않았다.

로만은 타인을 쉽게 판단하는 사람은 아닌 것 같았다. 사실 그는 꽤 호감이 가는 괜찮은 사람이었다. 내가 렛저와 키스하는 것이 어떤 느낌인지 몰랐다면 아마 그를 다르게 보았을지도 모른다.

다른 남자의 입술을 볼 때마다 렛저가 떠올랐다. 술집에서 그날 내가 느꼈던 감정이 아직도 변하지 않고 있다는 사실에 화가 난다. 다른 사람에게 빠졌다면 훨씬 쉬웠을 텐데. 누구라도 렛저가 아닌 다른 사람이었다면.

로만이 테이블을 계단 아래쪽에 지탱해서 세워두었다. "의자도 필요해요?"

"아, 맞아요. 의자." 의자를 생각 못 했다. 그는 계단 위쪽으로 다시 올라갔고 나도 그를 뒤따르며 물었다. "그런데 당신이랑 렛저는 서로 어떻게 알게 되었어요?"

"렛저가 풋볼 경기에서 날 부상 당하게 한 장본인이에요."

나는 계단 꼭대기에서 멈춰 섰다. "그가 당신의 축구 인생을 끝장낸 사람이고, 지금 둘은… 친구?" 인생의 궤적이 어떻게 그렇게 흘러갈 수 있는지 잘 이해가 되지 않았다.

로만은 창고 문을 다시 열며 내 눈을 찬찬히 들여다보았다. "정말 이 이야기 못 들었어요?"

나는 고개를 저었다. "제가 지난 몇 년 동안 좀 바빠서요."

그가 웃었다. "네, 그런 것 같네요. 내가 요약해서 알려줄게요." 그는 문을 열고 의자를 집어 들었다. "부상 후에 무릎 수술을 받아야 했어요." 로만이 말했다. "정말 고통이 심했어요. 그러다 진통제에 중독이 되었고 NFL에서 벌었던 모든 돈을 거기에다 썼어요." 그는 문밖에 의자 두 개를 놓더니 두 개를 더 집어 들었다. "스스로 인생을 꽤나 잘 망쳤다고 할 수 있었죠. 그 소문이 렛저에게 흘러 들어갔고 그가 나를 찾아냈어요. 내 생각에 렛저는 일종의 책임감을 느꼈나 봐요. 그가 내 무릎을 부러뜨린 건 사고였을 뿐인데 말이죠. 모두가 나를 외면했을 때 그가 나타났고, 내가 필요한 도움을 받도록 해주었어요."

그가 말하는 이 이야기를 어떻게 받아들여야 할지 모르겠다. "와우."

로만은 6개의 의자를 기대어 쌓아두고 창고 문을 닫았다. 그가 4개를 들고 난 2개를 들고 다시 계단을 내려갔다. "렛저가 내게 일자리를 주었고 이 아파트를 빌려주었어요. 2년 전에 중독치료소에서 나올 때요." 의자를 벽에 정렬해 붙여 놓으며 로만이 말했다. "어떻게 시작된 건지는 도저히 기억이 안 나지만 렛저는 내가 중독에서 벗어난 날을 기념하면서 매주 커피 머그잔을 주곤 했어요. 지금도 매주 금요일마다 머그잔을 하나씩 줘요. 그런데 요즘은 일부러 재수 없이 굴려고 그러는 거예요. 이제 놓을 공간조차 없다는 걸 자기도 알거든요."

정말이지 마음이 따뜻해지는 이야기였다. "당신이 커피를 좋아하는 거면 좋겠네요."

"나는 커피로 버텨요. 혹시 내가 커피를 못 마신 날은 내 주변에 오지 않는 게 좋을 거예요." 로만의 눈길이 내 뒤쪽 어딘가에 꽂혔다. 몸을 돌려보니 렛저가 그의 트럭과 바의 뒷문 사이에 서 있었다. 그가 우리를 지켜보고 있었다.

나는 그 자리에 얼음이 되었지만 로만은 하던 행동을 멈추지 않았다. 그는 바의 뒷문 쪽으로 걸어갔다. "케나가 일요일에 일이 있다고 테이블과 의자를 좀 빌려달래요. 우리가 계단 아래에 내려다 놓았으니까 일 마치고 집에 갈 때 가져다줘요."

"니콜이야." 렛저가 로만의 말을 정정해 주었다.
"니콜이든 누구든요." 로만이 말한다. "잊어먹지 말아요. 테이블, 의자, 집에 옮겨줘요." 그리고 그는 술집 안으로 사라졌다.
렛저가 잠시 땅을 내려보다가 나를 쳐다보았다. "무슨 일 때문에 테이블이 필요한 거예요?"
나는 바지 뒷주머니에 손을 끼워 넣으며 말했다. "그냥 일요일 점심이에요. 아파트에서요." 그는 더 많은 설명이 필요하다는 듯 계속 나를 바라보았다.
"일요일은 어머니의 날인데요."
나는 고개를 끄덕이고 문 쪽으로 걷기 시작했다. "넵. 나는 내 딸과는 그날을 기념할 수 없으니 아파트에서 다른 엄마들과 축하라도 하려고요." 목소리가 비꼬는 듯 뒤틀렸다. 약간의 비난이 섞인 것처럼 들리기도 했다. 안으로 들어서자 뒤에서 문이 쿵 소리를 내며 닫혔다. 나는 싱크대로 바로 향한 뒤 물을 틀었다. 지난주 메리 앤이 빌려준 헤드폰을 집어 들고 이번에는 마침내 갖게 된 내 전화기에 연결했다. 나는 근무 시간 동안 듣기 위해서 오디오북을 저장해 두었다.
목뒤로 살짝 바람이 느껴졌다. 렛저가 들어온 것 같았다. 잠시 기다리다 고개를 돌려 그를 살펴보았다.
그는 정면을 응시하며 앞쪽으로 조금의 망설임도 없이 걸어가고 있었다. 그는 표정이 잘 드러나지 않는 사람이라 그가 무슨 생각을 하고 있는지 알 수 없었다. 그가 일하는 모습을 처음 본 그날을 제외하고는 렛저의 다양한 표정을 본 적이 없었다. 그날 밤에 그는 느슨하고 자유롭고 평온해 보였다. 하지만 내가 누군지를 알고 나서부터 내 앞의 그는 경직되어 보였다. 내가 그의 생각을 알지 못하게 하려고, 가능한 모든 노력을 하고 있는 것처럼.

26장

렛저

몸의 관절 마디가 숙취로 인한 것처럼 뻣뻣하고 자연스럽게 움직여지지 않는 것 같다. 그러나 숙취는 아니다. 그냥 짜증이 나는 건가? 나는 지금 머저리처럼 행동하고 있다. 나도 알고 있고 로만도 안다. 하지만 내 성숙함은 아직 이 상황을 받아들일 만큼은 아닌가 보다.

케나는 언제 출근을 했지? 둘이 함께 로만의 아파트에 얼마나 오래 같이 있었을까? 그녀는 왜 내게 딱딱하게 대하는 거지? 난 대체 왜 이렇게 신경을 쓰고 있고?

지금 이 감정을 어떻게 해야 할지 모르겠다. 그래서 나는 이 감성을 꽁꽁 싸서 목구멍이나 위장, 또는 이 뭣 같은 기분을 처박아 둘 만한 어디든 숨겨두기로 했다. 기말고사 주간이 끝나는 때이다. 오늘 밤은 예정대로 다들 미친 날이 될 것이다.

주크박스를 켜니 어젯밤 선곡 중 마지막 남은 노래가 흘러나왔다. 제이슨 이스벨의 「만약 우리가 뱀파이어라면」이었다. 훌륭하다. 서사적인 사랑을 다룬 노래. 딱 케나에게 필요한 것이다. 하지만 그녀는 이미 헤드폰을 착용하고 있다.

나는 평소 늘 그렇듯 영업을 시작하기 전에 미리 과일을 썰기 시작했다. 그때, 아마 조금은 지나치게 화가 난 듯 라임을 썰고 있었던지 로만이 물었다. "괜찮아요?"

"응, 괜찮아." 평소처럼 말하려고 했지만 내가 평소에 어떻게 말했는지 기억이 나지 않았다. 왜냐하면 평소에 로만은 내가 괜찮은지 물어본 적이 없었다. 나는 보통 항상 괜찮았다.

로만은 한숨을 쉬더니 내 손에 있는 칼을 빼냈다. 그는 팔꿈치로 편안하게 기대고 칼을 빙글빙글 돌리며 말했다. "아무것도 아니었어요. 그녀가 테이블과 의자를 빌려달라고 한 거예요. 우린 위층에 3분쯤 있었고요."

"난 아무 말도 안 했어."

"말할 필요도 없었어요." 그가 격앙된 웃음을 터트렸다. "젠장, 형님께서 질투심이 많은 스타일인 줄 전혀 몰랐네요."

나는 칼을 다시 뺏어 들고 라임을 자르기 시작했다. "질투심과는 아무 상관이 없어."

"그럼 뭔데요?" 그가 물었다.

그에게 대답할 작정이었는데, 아마 말도 안 되는 거짓말을 했겠지만, 그때 문이 열리고 네 명의 손님이 안으로 밀려 들어왔다. 시끄럽고 오늘을 축하할 준비가 된, 그리고 아마 이미 술에 취했을. 일할 기분이 전혀 아니었지만 나는 하던 대화를 끊고 손님을 맞을 준비를 했다.

〜

8시간 후, 로만과 나는 골목에서 테이블과 의자를 트럭에 싣고 있었다. 오늘 저녁 있었던 일을 생각할 시간도, 미처 마무리하지 못한 대화를 끝낼 시간도 거의 없었던 밤이었다. 우리 둘 사이엔 거의 대화가 없었다. 둘 다 피곤했고 로만은 주의 깊게 행동하고 있는 것 같았다. 하지만 나는 그와 케나가 그의 아파트에 함께 있었다는 생각이 들면 들수록 더욱 신경이 곤두섰다.

로만이 케나에게 관심이 있다는 건 알 수 있었다. 케나도 그런지는 모르겠지만, 그녀는 아마 이 마을에 머물 구실이 될 만한 누군가가 있으면 그게 누구든 매달리려 할 만큼 절박한 상황이다.

나는 이런 생각을 하는 것만으로도 죄책감이 느껴졌다.

"나중에 다시 이야기할 거죠?" 로만이 물었다.

나는 트럭의 적재함 문을 닫은 다음 트럭을 한 손으로 잡고 다른 손으로는 턱을 감싸 쥐었다. 말을 시작하면서 조심스럽게 단어를 골랐다. "그녀와 무언가 함께 시작한다면, 그녀는 이곳을 떠나지 않을 이유로 삼을 거야. 그녀가 이곳에서 일하는 목적은 전적으로 돈을 모아서 떠나기 위해서야."

로만은 눈을 굴리는 것만으로는 자신의 불쾌감을 충분히 전달할 수 없다는 듯 고개를 갸웃거렸다. "내가 그녀와 사귀려고 하는 것처럼 보여요? 당신이 내게 해준 게 있는데 내가 그런 짓을 할 것 같아요?"

"내가 질투해서 그녀에게 접근하지 말라고 하는 게 아니야. 패트릭과 그레이스의 삶이 정상으로 돌아갈 수 있도록 그녀는 이곳을 떠나야 해."

로만이 웃는다. "헛소리 좀 그만 해요. 돈 많이 주는 NFL에서 뛰었잖아요. 수익성 좋은 사업을 하고 있고, 말도 안 되게 만들고 있긴 하지만 자기 집도 건축하고 있고요. 파산한 사람도 아니잖아요, 렛저. 그녀가 이곳을 떠나길 원했다면 그 여자에게 당장 수표를 써주고 쫓아냈으면 되는 거였어요."

갑작스레 너무 긴장되어서 목에서 소리가 날 때까지 고개를 젖혔다. "공짜로 주는 돈은 안 받으려 했을 거야."

"시도는 해봤고요?"

그럴 생각은 해보지도 않았다. 나는 케나를 안다. 그녀는 그런 돈을 절대 받지 않았을 테니까. "그냥 그녀를 조심하라고, 로만. 디엠의 인생에 들어오려면 무슨 짓이라도 할거라니까."

"음… 적어도 우리 둘 다 그 부분에 있어선 합의가 되네요." 그는 이렇게 말하고는 아파트 계단 통로로 사라져 버렸다.

나쁜 녀석.

맞는 말만 해 대는 나쁜 녀석.

아무리 부정하려고 해도, 케나가 이 마을에 더 오래 머물까 걱정이 되어서 이렇게 행동하는 것이 아니다. 그녀가 떠나면 어쩌나 하는 생각이 날 더 벼랑 끝에 선 기분으로 만든다는 사실이 불안할 뿐이다.

어쩌다 이렇게 되었을까? 완전하게 혐오하던 여자를 어쩌다 나는 정반대로 느끼게 되었을까? 내가 스코티에게 이 정도로 형편없는 친구가 되어버리는 걸까? 내가 패트릭과 그레이스에게 이 정도로 불충실한 사람이었던 걸까?

나는 그녀가 떠나기를 원해서 고용한 게 아니다. 그녀가 내 곁에 있었으면 해서 고용한 것이다. 밤마다 베개에 머리를 대고 그녀와 다시 키스하는 순간을 바라고 있기 때문에 그녀를 고용했다. 패트릭과 그레이스가 마음을 바꾸기를 희망하기 때문에 그녀를 고용했다. 그리고 그런 날이 오면 나는 그녀 곁에 있어 주고 싶다.

27장

케나

문에서 한 발 뒤로 물러서는데 얼굴이 화끈 달아올랐다. 렛저가 로만에게 하는 말을 전부 듣고 말았다. 그가 뒷계단을 올라오는 소리가 들려서 나는 서둘러 정리 창고로 들어가 가방을 집어 들었다. 그가 문을 열자마자 나를 바라보는 눈길에서 그의 머릿속에 지금 어떤 생각이 지나가고 있는지 궁금해서 참을 수가 없었다.

그가 이 일을 제안한 이후로 나는 스스로 그는 나를 미워하고 내가 이곳을 떠나길 원해서 고용한 것이라고 확신했다. 하지만 로만 말이 맞았다. 렛저는 내게 돈을 쥐여주고 당장 떠나라고 할 수도 있었다. 그것이 정말 그가 원하는 것이라면.

왜 나는 여기 계속 있을까?

왜 그는 로만에게 날 조심하라고 했을까? 내가 이 일을 바랐던 게 아니었다. 그가 내게 제안한 일이다. 그가 암시하고 싶은 게 무엇인지는 몰라도 내가 딸에게 접근하려고 로만을 이용할지 모른다고 생각한다니 뺨을 한 대 세게 맞은 것 같았다. 그가 넌지시 말하고 싶었던 게 무엇인지 모르겠다. 아니면 그는 그저 나에 대한 영토표시를 한 것인지도 모르겠다.

"갈 준비 됐어요?" 렛저가 물었다. 그는 불을 끄고 나를 위해 뒷문을 잡아 주었다. 내가 그를 지나칠 때 둘 사이에 약간 다른 종류의 긴장감이 느껴졌다. 디엠과 관련된 어쩔 수 없이 발생하던 긴장감이 아니라 둘의 존재만으로 서로에게 느껴지는 긴장감이었다.

아파트에 가까워지자 공기가 부족한 것처럼 느껴졌다. 창문을 내리고 싶었지만 그 사람 때문에 제대로 숨을 쉬지 못하는 게 들킬 것 같아서 그것마저도 할 수가 없었다. 나는 조심스럽게 그를 두어 번 쳐다보았지만 평소 같지 않게 그는 입을 앙다물고 있어서 그의 턱이 더 단단해 보였다. 그는 로만이 한 말에 대해 생각하고 있을까? 그의 말에 동의하기 때문에 그는 화가 난 걸까? 아니면 로만이 완전히 번지수가 틀린 이야기를 해서 화가 난 걸까?

"혹시 접근금지명령서 받았어요?" 그가 물었다.

나는 목을 가다듬고 말하려고 했지만 아니요라는 목소리가 간신히 조그맣게 새어 나왔다.

"휴대폰으로 구글 검색을 해보니까 명령서가 발부되려면 1주일에서 2주일 정도 걸린대요."

겨우 그렇게 덧붙이고는 창문으로 고개를 돌렸다. 그러자 렛저가 물었다. "전화 생겼어요?"

"네. 며칠 전에요."

그는 자신의 휴대폰을 집더니 내게 건넸다. "전화번호 여기 저장해요."

그가 내게 이래라저래라하는 것 같아 마음에 들지 않았다. 나는 전화기를 받아 들지 않고 쳐다만 보았다. 그런 다음 그를 바라보았다. "만약 내가 전화번호를 알려주고 싶지 않다면요?"

그가 힐끗 나를 바라보며 말했다. "나는 당신 상사예요. 직원한테 연락할 방법이 필요해요."

그가 근거 있는 논리를 대는 바람에 할 말이 없어져 버렸다. 그의 전화기를 가져와서 내 번호로 문자를 보냈다. 그러면 나도 그의 번호를 갖게 될 것이다. 그의 휴대폰에 내 번호를 저장하면서 케나 대신에 니콜이라고 적었다. 누군가 그의 전화기를 보게 될지도 모른다는 생각이 들어서였다. 후회하는 것보다는 안전한 게 낫겠다 싶었다.

휴대폰 보관대에 전화기를 넣고 있을 때 그가 주차장에 차를 세웠다. 그는 트럭의 시동을 끄자마자 차에서 내려 적재함의 문을 열었다. 그가 테이블을 잡길래 그를 도우려고 했지만 그가 말했다. "내가 알아서 할게요. 어디로 가지고 갈까요?"

"위층까지 가져다주셔도 괜찮을까요?" 그가 먼저 앞장을 섰고 나는 의자 두 개를 집어 들었다. 계단에 도착했을 때 그는 이미 나머지 의자를 가지러 계단을 내려오고 있었다. 그는 옆으로 물러서더니 등을 난간에 기대고 내가 지나갈 공간을 만들어 주었다. 지나치면서 그를 느낄 수가 있었다. 그에게서는 라임 향이 났고 나쁜 결정의 냄새가 났다.

탁자는 아파트 문 옆에 비스듬히 세워져 있었다. 나는 문을 열고 의자들을 들여다 놓았다. 창밖을 내다보니 렛저는 트럭에서 나머지 의자들을 꺼내고 있었다. 그래서 나는 실내를 눈으로 훑으며 그가 돌아오기 전에 서둘러 치울 것이 없을지 살펴보았다. 소파에 놓여있는 브래지어 하나가 눈에 들어와서 베개로 일단 덮어서 가렸다.

아이비는 발밑에서 야옹 소리를 계속 내고 있었다. 사료와 물그릇이 비어있어서 채워주고 있는데 렛저가 노크를 하고 문을 열었다. 그리고 의자와 문 앞에 있던 탁자를 집안으로 옮겼다.

"다른 건요?" 그가 물었다.

내가 물그릇을 욕실 안으로 옮겨놓으니 아이비는 곧장 그쪽으로 달려갔다. 아이비가 열린 현관문을 통해 도망치지 못하게 문을 닫아서 욕실 안에 가두어 두었다. "아니요, 없어요. 도와줘서 고마워요." 나는 렛저가 떠나면 문을 잠그려고 문 쪽으로 걸어가며 말했다. 하지만 그는 가만히 문고리를 잡고 그 자리에 서 있었다.

"몇 시에 내일 식료품점 일이 끝나요?"

"네 시요."

"티볼 경기가 그때쯤 끝날 거예요. 내가 데리러 갈게요. 조금 늦을지도 몰라요."

"괜찮아요. 걸어갈 수 있어요. 날씨가 괜찮을 거예요."

"알았어요." 그는 그렇게 말했지만 불편한 몸짓으로 출입구에 머물러 있었다.

내가 그의 말을 우연히 들었다고 말해야 할까?

그래야 할 것 같았다. 삶을 빼앗겼던 지난 5년의 세월이 내게 가르쳐 준 것이 하나 있다면, 남은 내 생을 정면으로 마주하는 것을 두려워하며 단 1초라도 낭비하고 싶지 않다는 것이다. 내 인생이 이렇게 된 데는 내 비겁함이 큰 몫을 했다.

"몰래 엿들으려고 한 건 아니었어요." 팔로 내 몸을 감싸며 말했다. "하지만 당신이 로만과 하는 대화를 들었어요."

내 얼굴을 쳐다보고 있던 렛저가 눈길을 돌렸다. 그는 매우 당황한 것 같았다.

"왜 로만에게 나를 조심하라고 했어요?"

렛저는 생각에 잠긴 듯 입술을 깨물었다. 그가 꿀꺽 숨을 넘기는 것 같았지만 아무런 말도 하지 않았다. 세상의 고통이 뭔지 보여주려는 것처럼 그의 얼굴은 산산이 부서져 보였다. 그는 문틀에 머리를 기대고 발끝을 내려다보았다. "내가 틀렸나요?" 그의 목소리는 거의 속삭임에 가까웠지만 그 질문은 내 안에서 울려 퍼지는 외마디 비명처럼 느껴졌다. "디엠을 위해서라면 어떤 것이든 하지 않을 수 있어요?"

나는 좌절감을 느끼며 숨을 내쉬었다. 교묘한 질문처럼 느껴졌다. 나는 그녀를 위해서라면 무엇이든 할 수 있는 것처럼, 무엇이든 하지 않을 수도 있다. 물론 다른 사람을 이용하는 짓도 포함해서. "그건 공정한 질문이 아니잖아요."

그의 눈이 나와 마주친다. 그 사람 때문에 맥박이 뛰기 시작한다.

"로만은 내 가장 친한 친구예요." 그가 말했다. "기분 나쁘게 듣지 말아요. 하지만 난 당신을 몰라요, 케나. 난 여전히 당신이 나타났던 첫날 밤 우리 사이에 있었던 일이 진짜였는지 아니면 그 모든 것이 디엠을 얻기 위한 의도된 행동이었는지 모르겠어요."

나는 머리를 벽에 대고 렛저의 표정을 살폈다. 그는 인내심을 가지고 나를 바라보고 있었고 어떤 것도 판단하지 않으려는 것처럼 보였다. 그는 진심으로 우리가 나눈 키스가 진심이었는지 알고 싫어하는 것 같았다. 마치 그에게 큰 의미가 있는 것처럼.
 진심이었다. 하지만 또한 아니기도 했다.
 "당신이 이름을 말하기 전까지는 난 당신이 누군지 전혀 몰랐어요." 내가 말했다. "나는… 말하자면… 당신 무릎에 앉은 채로 당신이 스코티의 친구라는 사실을 알게 돼 버린 거예요. 정말로 당신을 유혹하는 건 계획에 없던 일이었어요."
 그는 내 대답이 자신에게 스며드는 시간을 갖는 것처럼 한참을 생각하더니 고개를 가만히 끄덕였다. "알게 되어서 다행이네요."
 "그래요?" 나는 등을 펴고 몸을 바짝 벽에 기댔다. "그 진실을 안다는 것이 중요한 일인지 전혀 모르겠지만 진정 중요한 건, 당신은 여전히 내가 딸을 만나지 않기를 바란다는 거예요. 당신은 여전히 내가 이곳을 떠나길 바라고 있고요." 이것 이외에는 아무것도 중요하지 않다.
 렛저는 머리를 떨구더니 다시 나를 바라보았다. 그는 날카로운 눈길로 나를 보며 말했다. "당신이 디엠과 만나게 되는 것보다 날 더 행복하게 할 수 있는 건 이 세상에 없어요. 만약 내가 그분들의 마음을 바꿀 방법이 있다면 생각할 것도 없이 당장이라도 그렇게 했을 거예요, 케나."
 숨이 막혔다. 그의 고백은 내가 듣고 싶었던 전부였다. 울고 싶지 않아서 눈을 감았다. 그리고 그가 떠나는 모습을 보고 싶지 않았다. 하시민 이 순간에도 내가 디엠의 인생에 같이 있기를 그가 원하고 있는지 확신이 들지 않았다.
 그 순간 온기가 느껴졌다. 그의 팔이 내 주변을 감싸는 것처럼 느껴져 눈을 감은 채 작게 숨을 몰아쉬었다. 그의 숨소리가 들리고 숨결이 뺨에서 느껴졌다. 그다음은 목으로. 그가 마치 나를 탐색하는 것만 같았다.

포로가 된 것처럼 지금 이 순간 그에게 둘러싸인 기분이었다. 하지만 눈을 뜨면 이 모든 것이 상상이고 그는 이미 열려 있던 아파트 문으로 걸어 나갔다는 사실을 발견할까 두려웠다.

다시 한번 그가 숨을 내쉬었다. 따뜻한 숨결이 내 목과 어깨에 내려앉았다. 간신히 눈을 뜨니 그가 바로 내 앞에서 양손으로 벽을 짚은 채 날 내려다보고 있었다. 그는 망설이고 있었다. 지금이라도 떠나야 할지 아니면 우리가 만났던 날 밤의 키스를 재현할지 결정을 하지 못한 것처럼 보였다. 그것도 아니면 그는 내가 어떤 움직임이나 결정, 혹은 실수라도 해주기를 기다리고 있는지도 몰랐다.

무엇이 나를 손을 들어 올려 그의 가슴에 대도록 만들었는지 모르겠다. 나의 행동에 그는 숨을 내쉬었다. 마치 그것이 내게 원했던 전부인 것처럼.

내가 그의 가슴에 손을 올린 것이 그를 밀어내기 위해서인지 그에게 가까이 다가가기 위해서인지 나 스스로도 알 수 없었다. 그는 내게 이마를 대고 잠시 생각에 잠기더니, 우리가 만난 이후로 해야 했던 수많은 선택과 감정들은 깊은 곳으로 밀어둔 듯 내게 입을 맞추었다.

뜨거운 열기가 심장 박동 소리에 맞춰 내 몸을 감싸고 나는 그의 숨결을 받아들였다. 그의 입술이 내 윗입술을 스칠 때 머릿속은 하얘졌다. 그는 내 머리를 부드럽게 만졌고, 우리의 키스는 더 깊어졌다. 그의 입술은 내가 기억하는 것보다 훨씬 따뜻했고 그의 손은 훨씬 부드러웠다.

하지만 그의 키스는 분명 조심스러웠다. 그의 온기가 나를 감싸고 내가 그의 목에 두 팔을 감고 매달리기 시작할 때 그는 주저하며 나를 떼어놓았다.

나는 그의 키스를 원하지만, 디엠 때문만이 아니라도 그와는 언젠가 헤어져야 하기에 이 순간을 멈출 이유는 충분했다. 감정적으로든 육체적으로든 내가 렛저와 가까워질수록 디엠과 그의 관계를 위험에 빠트리게 될 것이 분명했다. 만약 스코티의 부모님이 렛저가 날 만나고 있다는 것을 알게 되기라도 한다면, 그 고통을 생각하면······. 그런 일을 겪게 할 순 없다.

잠시 머뭇거리던 그가 다시 내게 다가오려 했지만 나는 가까스로 머리를 흔들고 힘을 내어 말했다. "하지 말아요. 이미 충분히 상처받았어요."

렛저는 멈칫하며 뒤로 물러나더니 손을 들어 부드럽게 내 턱을 만져주었다. "알아요. 내가 미안해요."

어떻게 하면 우리 사이가 잘 이뤄질까 고민하고 싶지만 그럴 수도 없다. 그래선 안 된다. 어떻게 하면 우리 사이를 상처입히지 않을 수 있을까?

그는 결국 벽을 밀치고 나에게서 멀어졌다. "나는 정말 너무······." 그는 적절한 단어를 찾으려는 듯 그의 머리를 한참 쓸어넘기다 말했다. "무력하고, 쓸모없고." 그는 마침내 단어를 찾은 것처럼 이 두 단어를 내뱉고는 문밖으로 나갔다. "내가 미안해요." 그의 등 뒤로 그가 중얼거리는 소리가 들려왔다.

나는 문을 닫고 잠금쇠를 걸었다. 그리고 오늘 밤 참았던 모든 숨을 내뱉었다. 심장이 두근거리고 있었다. 집안에 온기가 차오르는 것 같아 온도조절기를 낮추고 아이비를 욕실에서 꺼내주었다. 우리는 잠시 함께 소파에 몸을 웅크리고 누웠다가 나는 곧 노트를 꺼내 편지를 쓰기 시작했다.

스코티에게,
방금 일어날 일에 대해서 내가 사과해야 하는 걸까?
무슨 일이 있었는지도 잘 모르겠지만, 그건 좋은 것도 나쁜 것도 아닌, 그 어떤 일보다 슬픈 일이었어.
같은 일이 다시 생기면 어쩌지?
만약 내가 거부하지 않았다면 지금쯤 어떻게 되었을지 모르는데, 다음에도 그렇게 할 만큼 내가 충분히 강할 수 있을지 모르겠어.
그 사람도 결국에는 선택을 해야 할 거야. 그리고 아마 날 선택하지는 않을 거야. 내가 그렇게 되도록 하지도 않을 거고. 그가 디엠을 선택하지 않는다면 난 그 사람에게 실망할 것 같아.
그러면 난 어떻게 될까? 디엠과 같이할 기회도 잃게 되고 렛저도 잃게 되겠지.
나는 이미 당신을 잃었어. 그것만으로도 충분히 힘들어.
한 사람이 얼마나 많은 패배를 겪게 되면 모든 걸 포기하게 될까, 스코티? 왜냐하면 이제 난 승산이 다 떨어진 것 같거든.
사랑을 담아,
케나

28장

렛저

디엠이 팔로 내 목을 꽉 감쌌다. 주차장을 가로질러 그레이스의 차까지 목말을 태워 주었다. 티볼 경기가 막 끝났고 디엠은 내게 다리가 너무 아프다며 안아달라고 했다.
"나도 렛저 따라서 일하러 갈래요." 디엠이 말했다.
"안돼. 아이들은 술집에 들어올 수가 없어."
"가끔 갔었잖아요."
"응. 쉬는 날에만 갈 수 있어." 나는 명확하게 대답해야겠다고 생각했다. "그것보다도 중요한 건, 오늘 밤에는 가게 문을 열 테고 분명 바쁠 거고 그러면 너를 지켜보고 있을 수가 없어."
디엠은 존재주차도 모르는 엄마가 그곳에 있을 거라는 이야기는 하지 않기로 했다. "네가 열여덟 살이 되면 와서 날 위해 일해도 돼."
나는 디엠의 안전띠를 매 주었다. "모두가 죽으면 난 몇 살이 될까요?" 아이가 물었다.

"언제 죽을지는 아무도 몰라." 내가 디엠에게 말했다. "하지만 만약 우리 모두가 꽤 나이가 들었을 때까지 살게 된다면 디엠과 함께 늙어 가게 되겠지."

"렛저가 200살이 되면 난 몇 살이에요?"

"이미 죽었을 나이지."

그녀의 눈이 동그랗게 커지고 나는 바로 고개를 흔들었다. "아니, 우리 모두가 죽었을 거야. 200살까지 사는 사람은 아무도 없어."

"우리 선생님은 200살이에요."

"브래드쇼 선생님은 나보다 어려." 그레이스가 앞자리에서 거들었다. "거짓말 그만해."

디엠은 앞으로 몸을 숙이며 속삭였다. "브래드쇼 선생님은 정말 200살이에요."

"네 말 믿어." 나는 그녀의 머리 윗부분에 입을 맞추었다. "오늘 잘했어. 사랑해."

"나도요. 같이 일하러 가고 싶은데…" 나는 말이 채 끝나기 전에 문을 닫았다. 일반적으로는 이렇게 서둘러 그들을 보내지 않는다. 하지만 주차장을 지나올 때 케나로부터 문자를 받았다.

이렇게만 쓰여있었다.

제발 날 데리러 와줘요.

어제 내가 물었을 때 분명 그녀는 차가 필요가 없다고 말했다.

그래서 문자를 받았을 때 무슨 일이 생긴 건지 걱정이 되어 참을 수가 없었다.

그레이스와 디엠의 차가 출발하기도 전에 이미 나는 트럭에 도착했다. 패트릭은 정글짐을 만들어야 해서 오늘 경기를 보러 오지 않았다. 나는 패트릭의 진행 상황을 확인하고 한 두 시간쯤 도와주려고 잠시 집에 들를 계획이었다. 하지만 나는 지금 케나를 확인하러 식료품점에 가야 한다.

식료품점에 도착하면 패트릭에게 들르지 못할 것 같다고 문자를 보내야겠다. 정글짐은 거의 완성 단계였다. 디엠의 생일이 다가오고 있고, 그 사실은 오늘이 원래 중요한 날이었다는 것을 뜻한다. 레아와 나의 결혼식. 우리는 결혼식 후에 일주일 동안 하와이에 갈 계획이었고 나는 디엠의 생일 파티날짜에 돌아오지 못할까 봐 스트레스를 받았던 것으로 기억한다.

그것이 레아와 나 사이에 있던 주요 논쟁 중 하나였다. 그녀는 나에게 디엠의 5번째 생일이 우리의 신혼여행만큼이나 중요한 일이라는 점을 마음에 들어 하지 않았다. 패트릭과 그레이스는 사정에 따라 파티날짜를 옮길 수도 있었다. 하지만 레아는 파티 일정을 옮길 수 있는지 물어보지도 않고 우리 신혼여행의 큰 걸림돌이 디엠의 5번째 생일인 것처럼 행동했다. 그리고 그것은 많은 적신호 중 가장 중요한 한 가지가 되고 말았다.

우리가 헤어진 후 나는 레아에게 하와이 여행을 선물했다. 이미 모든 비용은 냈다. 하지만 그녀가 여전히 가고 싶은지는 모르겠다. 그녀라도 갔으면 하는 마음이지만 그녀와 연락하지 않은 지 석 달이 지났다. 이젠 레아가 어떻게 살고 있는지 알 방법이 없을 것만 같다. 알고 싶다는 뜻이 아니라 어떤 한 사람의 모든 일상에 관여하다가 갑자기 아무것도 모른다는 것은 정말 이상한 느낌이었다.

누군가를 안다고 생각했는데 나중에 전혀 몰랐다는 사실을 깨닫게 되는 것도 이상한 기분이다. 레아와 그랬다. 그리고 케나와도 마찬가지다. 케나는 처음에 내가 너무 형편없는 사람으로 판단했다. 레아는 지나치게 호의적으로 판단했고.

케나에게 가고 있다는 문자를 보냈어야 했다. 왜냐하면 식료품점에서 한참을 떨어진 길가에서 혼자 걷고 있는 그녀가 눈에 들어왔기 때문이다. 머리를 숙이고 토트백 손잡이를 양손으로 꼭 잡은 채였다. 길 반대쪽에 차를 세웠지만 그녀는 내 차를 알아차리지 못했다. 내가 경적을 울리자 그녀가 고개를 들어 날 발견하고는 도로 양쪽을 살핀 뒤 길을 건너 트럭에 올랐다. 그녀가 문을 닫으며 무거운 한숨을 내쉬었다. 그녀에게선 어젯밤처럼 사과 냄새가 났다.

그녀는 가방을 사이에 놓고 그 안에서 봉투 하나를 꺼냈다. 그리고 그것을 내게 내밀었다. "받았어요. 접근금지명령이요. 손님 차에 식료품을 실어주려고 가게에서 걸어 나오는 길에요. 정말 굴욕적이었죠."

판사가 왜 이렇게 빨리 승인했는지 의아했는데, 곧 서류에 쓰인 그레이디의 이름을 보고서야 이해가 됐다. 아마 그레이디가 패트릭과 그레이스의 보증을 서주었을 테고 현재 상황을 약간 각색해 덧붙였을 것이다. 그레이디는 그런 식이었다. 그의 아내는 그의 그런 면을 사랑했다. 오늘 그녀가 야구장에서 이 소식을 꺼내지 않았다는 게 놀라울 뿐이다.

나는 서류를 접어 그녀의 가방에 다시 넣었다. "이런 건 아무 의미도 없어요." 그녀를 일단 안심시키려고 노력했다.

"아니요. 이건 모든 걸 의미해요. 이건 내게 보내는 메시지예요. 그분들은 자신의 마음을 바꾸지 않을 거라고 내게 알리는 거라고요." 그녀가 안전띠를 당겼다. 그녀의 눈과 뺨이 모두 붉어졌지만 울지는 않았다. 이미 충분히 울고 난 후에야 내가 그녀에게 왔다. 무거운 마음으로 차를 몰기 시작했다.

어젯밤 자책했던 것처럼, 지금 이 순간에도 난 정말 쓸모없는 놈이라는 생각이 들었다. 지금 내가 하는 것 이상으로는 케나를 도울 방법이 더 이상 없었다. 패트릭과 그레이스는 마음을 바꾸지 않을 것이다. 그리고 이 문제가 대화 주제가 될 때마다 그들은 즉시 방어적인 태도를 보였다. 어려운 문제다. 그들이 왜 케나를 곁에 두지 않으려는지 그 심정에 충분히 동의한다. 하지만 한편으로는 격렬하게 동의하지는 못하겠다.

케나를 받아들이느냐의 문제를 논하기도 전에 내가 먼저 그들의 삶에서 쫓겨날 수도 있다. 내가 너무 그 주제를 몰아붙이거나 내가 아주 조금이라도 케나의 편이라고 생각한다면, 그들은 케나에게 그렇듯 나를 위협으로 여기기 시작할지도 모른다. 그게 가장 두렵다.

최악은 케나에 대한 그들의 생각을 탓할 수가 없다는 점이다. 그녀의 선택은 결과적으로 그들의 인생을 송두리째 바꿔놓았다. 하지만 그들의 선택도 케나의 인생을 점점 위태롭게 하고 있었다.

젠장. 해결책이 보이지 않았다. 불가능한 상황의 깊은 늪에 나 스스로를 밀어 넣고 있는 기분이다. 단 한 사람만이라도 고통받지 않을 해결책이란 게 있나 싶을 만큼의 복잡한 상황인 것만은 분명하다.

"오늘은 쉴래요?" 그녀가 일할 상황이 아니라는 것은 충분히 이해할 수 있었다. 하지만 그녀는 머리를 흔들었다.

"일해야죠. 괜찮아요. 그냥 너무 당황했어요. 이런 일이 닥칠 줄 알았으면서도요."

"네. 하지만 그레이디가 서류를 집 앞에서 전달할 정도의 예의는 당신에게 갖췄어야 해요. 집 주소가 명령서에 쓰여있지 않은 것도 아닌데." 가게에 가려면 다음 신호등에서 우회전을 하면 되었지만 케나에게 조금 시간이 필요할 것 같았다.

"스노 콘 먹을래요?"

이런 심각한 상황에서 바보 같은 해결책일지도 모르겠지만, 스노 콘은 항상 나와 디엠에게는 답이 되어주었다.

케나는 고개를 끄덕였고 얼핏 미소가 보이는 것도 같았다. "좋아요. 스노 콘이면 완벽할 것 같아요."

29장

케나

나는 트럭 창문에 머리를 대고 렛저가 스노 콘 판매대로 성큼성큼 걸어가는 것을 지켜보고 있었다. 그는 문신한 팔을 계산대에 올려놓고 두 개의 레인보우 스노 콘을 주문하면서 그의 매력을 발산하고 있다. 직업 특성상 손님일 때도 저렇게 친절하게 대하는 건가? 그러면 상대에게 너무 유혹적으로 보일 텐데.

예전에 스코티와 한번 이곳에 온 적이 있었다. 하지만 스코티는 스노 콘을 주문하는 것이 렛저만큼 어울리는 타입은 아니었다. 우리는 스노 콘 판매대 왼쪽에 있던 피크닉 테이블에 앉았었다. 지금은 주차장으로 바뀌어서 피크닉 테이블은 어디에도 보이지 않았다. 판매대 정면에는 분홍색 우산이 달린 플라스틱 테이블이 놓여있다.

나는 렛저에게 문자를 보내서 태워달라고 했을 뿐이다. 에이미의 조언이 있었기 때문이다.

그녀가 공황 상태에 빠진 나를 화장실에서 발견했고 무슨 일인지 물었다. 나는 누군가가 내게 접근금지명령서를 보냈다고 그녀에게 말할 수가 없었다. 대신 나는 그저 사실만 말했다. 내가 때때로 공황 장애가 온다고. 하지만 지나갈 거라고. 그리고 미안하다고. 그런 다음 제발 나를 해고하지 말아 달라고 애처롭게 빌었다.

그녀는 나를 매우 슬픈 표정으로 바라보다가 이내 웃어주었다. "내가 왜 당신을 해고하겠어요? 연장근무를 원하는 직원은 당신이 유일한데요. 그래서 공황 발작이 온 거예요. 큰일이라고요." 그녀는 내가 그 먼 길을 걸어가야 한다는 걸 알고는 내게 집까지 데려다 줄 사람을 부르라고 말했다. 그래서 나는 그에게 문자를 보냈고 내가 혼자가 아님을 알려주어 그녀를 안심시켰다. 누군가가 나를 걱정해주는 느낌이 좋았다.

감사해야 할 것이 많다는 것을 나도 안다. 에이미도 그중 하나이다. 그렇지만 내 인생에서 원하는 단 한 가지로부터 나는 점점 멀어지고 있는 것 같다. 그래서 다른 모든 것에 감사하기가 어려울 뿐이다.

렛저가 스노 콘 두 개를 들고 트럭으로 돌아왔다. 내 것에는 스프링클이 뿌려져 있다. 별것 아니지만 나는 기억해 두기로 했다. 만약 모든 좋을 일들을 기억해 둔다면, 그게 아무리 사소한 일이라 해도, 하나하나 쌓여, 살아가면서 겪게 될 나쁜 일들의 고통을 조금은 덜어주지 않을까.

"디엠을 여기 데려온 적 있어요?" 내가 물었다.

그는 숟가락을 사용해 길을 가리켰다. "무용 연습실이 저 길로 한 블록 정도 떨어져 있어요." 그가 말했다. "내가 데려다주고 그레이스가 데리고 와요. 디엠에게는 안 된다고 말하기가 정말 어려워요. 그래서 여기 자주 오죠." 그는 숟가락을 입에 물고는 지갑을 열어 명함 크기의 종이카드를 한 장 꺼냈다. 조그만 스노 콘 도장이 가득 찍혀있었다. "곧 공짜로 한 개 받을 수 있어요." 그가 다시 지갑에 집어넣으며 말했다.

나도 모르게 희미한 웃음이 나왔다. "인상적이네요." 그와 같이 주문하러 가서 스노 콘 도장 카드를 건네는 모습을 지켜보았더라면 하는 아쉬움이 들었다.

"바나나와 레모네이드." 한 입을 먹은 후 그가 나를 바라보았다. "그게 디엠이 제일 좋아하는 조합이에요."

나는 미소를 지었다. "제일 좋아하는 색이 노란색인가요?"

그는 고개를 끄덕였다.

나는 스노 콘의 노란색 부분을 한 숟갈 떴다. 그가 내게 허락해 준 이 작은 한입은 내가 감사해야 할 또 다른 부분이었다. 비록 아주 작은 부분이지만, 그가 이런 작은 조각들을 충분히 내게 줄 수만 있다면, 내가 떠나야 하는 순간에 그렇게 가슴 아프지 않을 수도 있을 것 같다.

디엠에 관한 것이 아닌 다른 대화 주제를 생각해 내려고 노력했다. "지금 짓고 있는 집은 어떻게 생겼어요?"

그러자 렛저는 휴대폰을 들고 몇 시인지 확인하더니 차에 후진 기어를 넣었다. "보여줄게요. 라지와 로만이 잠깐 동안은 우리 일까지 맡아줄 수 있을 거예요."

나는 한 입 더 스노 콘을 입에 넣으며 아무 말도 하지 않았다. 하지만 새집을 내게 보여주려는 그의 의지가 나에게 어떤 의미가 있는지를 그는 깨닫지 못하는 것 같았다. 스코티의 부모님은 내게 접근금지명령을 신청했지만 적어도 렛저는 나를 믿어주었다. 내게 한 가닥 희망이 생겼다. 그리고 나는 그 희망을 꼭 붙들고 싶었다.

∽

마을에서 15마일 이상 벗어나 체셔리지라고 적힌 커다란 나무 입구가 있는 지역으로 들어섰다. 그런 다음 구불구불한 도로를 따라 올라가기 시작한다. 나무들이 도로를 껴안고 있는 것처럼 도로를 덮고 있다. 도롯가의 옆으로는 우체통이 약 200미터의 간격으로 놓여있었다. 하지만 어떤 집도 도로에서는 보이지 않았다. 나무가 너무 울창해서 우체통만이 여기 사람들이 살고 있다는 증거가 되었다. 평화롭고 한적한 곳이었다. 그가 왜 이곳을 택했는지 알 것 같았다.

나무가 너무 우거져서 도로에서는 거의 보이지 않는 그의 사유지에 도착했다. 나중에 우체통을 세울 것으로 보이는 곳에 말뚝이 하나 박혀 있었고 언젠가 대문이 생길 것처럼 보이는 위치에 기둥도 세워져 있었다.

"여기 가까이 다른 이웃이 있나요?"

그는 고개를 절레절레 흔들었다. "적어도 반 마일 이내에는 없을 거예요. 이 부동산은 10에이커 부지예요."

부지 안으로 들어서자 드디어 나무 사이로 집 한 채가 모습을 드러내기 시작했다. 내 예상과는 달랐다. 지붕이 솟아있는 일반적인 대저택 스타일이 아니었다. 이 집은 단층으로 넓게 퍼져있는 독특한 형태로, 내가 알 수 없는 재질들로 만들어져 있었다. 나는 렛저가 이렇게 현대적이고 일반적이지 않은 집을 원할 거라고 상상하지 못했다. 나는 왜 통나무집이나 뭔가 전통적인 형태의 집을 떠올렸는지 모르겠지만, 아마도 그와 로만 둘이서만 집을 짓고 있다고 말했기 때문에 아무래도 조금은 덜 복잡한 형태일 거라고 생각했던 것 같다. 나는 트럭에서 내리며 여기서 디엠이 마당을 뛰어다니고 파티오에서 놀다가 데크의 화덕에서 마시멜로를 구워 먹는 모습을 상상했다.

렛저는 이곳저곳을 보여주었지만 나는 이런 삶이 상상조차 되지 않았다. 더구나 내 딸에게 일어날 수 있는 일인지조차도. 뒷마당이 내려다보이는 야외 주방의 조리대는 아마도 내 평생 소유했던 모든 것을 합친 것보다 더 값어치가 있어 보였다. 세 개의 침실이 있었고, 웬만한 방 크기의 말도 안 되는 옷장이 있는 메인 침실이 내게는 하이라이트였다.

그가 신이 나서 로만과 자신이 손수 지은 것들을 이야기하는 걸 감탄하며 듣고 있었다. 하지만 그 감동의 크기만큼 또한 우울함이 엄습해 왔다. 이 집은 내 딸이 와서 시간을 보낼 곳이며, 그 말은 내가 다시 이곳에 올 가능성이 거의 없다는 의미였다. 그가 직접 만든 공간을 자랑스러워하는 모습이 보기 좋으면서도, 그와 함께 여기 서 있는 내가 초라하게 느껴졌다.

솔직히 말해서 그가 디엠의 길 건너편에 더 이상 살지 않을 거라고 생각하면 슬퍼지는 건 사실이다. 그가 한 사람으로서 정말 좋아지기 시작했고, 디엠의 인생에서 변치 않을 상수가 되어 줄 것이라는 사실이 위안이 되었는데, 이곳으로 이사를 오게 된다면 더 이상은 상수가 아닌 변수가 되지 않을까 하는 불안감이 든다.

그리고 그것이 디엠을 슬프게 하지는 않을지 걱정이 되었다.
 구불구불한 언덕이 내려다보이는 넓은 파티오 뒷문이 아코디언처럼 열렸다. 뒤쪽 데크로 나가니 해가 막 지려 하고 있었다. 이 마을 전체에서 가장 멋진 일몰을 볼 수 있는 곳 중 하나라는 생각이 들었다. 해가 나무들의 윗부분을 붉게 비추면서 나무에 마치 불이 붙은 것처럼 보였다.
 파티오에는 아직 의자가 놓여있지 않아서 나는 계단에 자리를 잡았고 렛저는 내 옆에 앉았다. 아름다운 이 광경에 대한 나의 감흥을 렛저에게 떠벌리는 대신 나는 말없이 앉아만 있었다. 이곳이 얼마나 아름다운 곳인지를 잘 알고 있는 그에게는 별다른 칭찬은 필요하지 않을 것 같아서였다. 불현듯 그가 이곳을 짓는 데 얼마나 많은 비용이 들었을지 궁금해졌다.
 "부자예요?" 나도 모르게 말이 튀어나왔다. 질문을 하고나서 얼굴을 손으로 가렸다. "미안해요. 무례했어요."
 그가 웃더니 무릎에 팔꿈치를 올렸다. "괜찮아요. 이 집은 보이는 것보다 저렴해요. 로만과 나는 지난 몇 년 동안 대부분의 작업을 우리 손으로 직접 했어요. 그렇긴 해도 2년간의 짧은 풋볼 경력에서 번 돈으로 투자를 잘하긴 한 거죠. 대부분 다 쓰고 없긴 하지만, 그 돈으로 사업도 하고 있고 이제 집도 있으니까요. 나쁘진 않아요."
 그의 말을 들으니 기분이 좋으면서 다행이라는 생각도 들었다. 적어도 누군가에게는 삶이 제대로 흘러가는구나. 물론 모두가 그렇듯 그의 인생에서 나름의 실패도 있겠지만 말이다. 렛저의 실패는 무엇이었을까 궁금해졌다. "잠깐만요." 적어도 한 가지, 그가 성공하지 못했던 일이 떠올라서 내가 말했다. "이번 주말에 결혼하기로 되어있지 않았던가요?"

렛저가 고개를 끄덕였다. "정확히 두 시간 전에요."

"지금… 슬픈가요?"

"물론이죠." 그가 말했다. "나는 그 결정을 후회하지는 않아요. 하지만 그녀와 결혼하지 못한다는 사실은 나를 슬프게 해요. 나는 그녀를 사랑하니까요."

그가 '사랑한다'고 말했다. 현재형으로. 말을 바로잡기를 기다렸지만 그는 그렇게 하지 않았고, 나는 실수가 아니라는 것을 깨달았다. 그는 그녀를 여전히 사랑한다. 자신의 인생이 다른 사람의 삶과 양립할 수 없다는 것을 깨달았다고 해도 그 감정이 지워지지는 않는 것 같았다.

갑작스레 질투의 감정이 가슴속에서 피어올랐다. "어떻게 프러포즈했어요?"

"이 얘기 꼭 해야 해요?" 슬프다기보다는 어색하다는 듯 그는 웃었다.

"네. 나는 꼬치꼬치 묻는 버릇이 있거든요."

그는 숨을 내쉬더니 말했다. "그녀의 아버지에게 먼저 허락을 구했어요. 그런 다음 그녀가 그토록 원했던 반지를 샀어요. 나는 2주년 기념일에 그녀와 저녁 식사를 하고, 그 식당 근처의 공원에서 성대한 프러포즈를 계획했어요. 그녀의 친구들과 가족이 공원에서 기다리고 있고, 내가 무릎을 꿇고 프러포즈하는 걸로요. 인스타그램에 올라올 법한 전형적인 프러포즈였어요."

"눈물이 나왔나요?"

"아니요. 너무 긴장해서요."

"그녀는 울던가요?"

그는 기억을 더듬는 듯 머리를 갸웃거렸다. "그랬던 것 같지는 않아요. 아마 눈물 한두 방울 정도? 저녁이라 어두웠고 프러포즈 영상도 좀 형편없이 나왔어요. 다음 날 그녀가 불평을 하더군요. 영상이 맘에 들지 않는다고요. 해가 지기 전에 프러포즈를 했어야 한다고."

"재미있는 분이네요."

렛저가 웃었다. "솔직히, 당신도 아마 그녀를 좋아했을 거예요. 그녀를 나쁜 사람처럼 만드는 소리를 계속하고 있긴 하지만 우리는 함께 정말 즐거웠어요. 우리가 함께일 때는 스코티에 대해 생각하지 않을 수 있었어요. 그 덕분에 그녀와 있으면 마음이 조금은 가벼웠던 것 같아요."

그가 그렇게 말할 때 나는 고개를 돌렸다. "나라는 존재가 당신에게 그를 떠올리게 하나요?"

렛저는 내 질문에는 아무런 대답도 하지 않았다. 내 기분을 상하게 하고 싶지 않아서 대답하지 않기로 결정한 것 같았다. 하지만 그의 침묵은 나를 도망가고 싶게 만들었다. 나는 지금이라도 떠나야 할 것 같아서 몸을 일으켰다. 내가 자리에서 일어서려고 하자 그가 내 손목을 잡았고 부드럽게 나를 당겨 다시 앉혔다.

"앉아요. 해가 질 때까지만 같이 있어요."

그렇게 태양이 나무 속으로 가라앉는데 10분 정도의 시간이 흘렀다. 우리 둘은 아무 말 없이 햇빛이 사라지는 것을 보고 있었고 나무의 끝부분이 원래 색으로 돌아오는 것을 지켜보았다. 땅거미가 지고 있었다. 전기가 들어오지 않으니 집은 빠르게 어둠으로 드리워졌다.
렛저가 사색하는 표정을 짓다가 말했다. "죄책감이 들어요."
'드디어 나의 세상으로 들어온 걸 환영합니다.'
"왜요?"
"이 집을 짓는 것 때문이죠. 스코티가 나에게 실망했을 것 같아요. 디엠은 지금 살고 있는 집을 팔려고 내놨다는 이야기가 나올 때마다 슬퍼해요."
"그러면 이 집을 왜 짓는 거예요?"
"오랫동안 내 꿈이었어요. 디엠이 아기였을 때 나는 이 땅을 샀고 집의 디자인을 시작했어요. 내가 얼마나 디엠을 사랑하게 될지 알기 전에요." 그가 나와 눈이 마주쳤다. "오해하지 말아요, 그때도 여전히 디엠을 사랑했어요. 하지만 디엠이 걷기 시작하고, 말을 하게 되고, 디엠만의 개성이 나타나기 시작했을 때의 사랑은 다른 종류의 사랑이라고 할까. 우리는 떼려야 뗄 수 없는 사이가 되었어요. 점점 이곳은 내가 꿈꾸던 미래의 집이라기보다는……" 단어를 생각해내려 했지만 떠오르지 않는 것 같았다.
"감옥 같은 거요?"
렛저는 마치 이제야 자신을 이해해 주는 사람을 만났다는 듯이 나를 바라보았다. "네, 맞아요. 나는 여기에 갇힌 것처럼 느껴져요. 매일 디엠을 볼 수 없다는 생각에 마음이 무거워지기 시작했거든요. 우리의 관계는 점점 변해갈 거예요. 나의 하루 스케줄을 생각해 보면 아마 일주일에 한 번 정도나 아이를 볼 수 있겠죠. 어쩌면 그래서 내가 이 집을 지으면서도 서두르지 않나 봐요. 이곳으로 이사하고 싶은 건지도 사실 잘 모르겠어요."
"그럼, 이 집을 팔면 어때요?"
그는 말도 안 되는 생각이라는 듯 웃었다.
"진심이에요. 전 당신이 마을에서 한참 떨어진 곳에 사는 것보다는 내 딸 바로 길 건너에 살았으면 좋겠어요. 난 당장은 디엠의 삶을 함께할 수 없는 처지예요. 하지만 당신이 늘 디엠과 함께한다는 사실을 알게 된 건 내게 큰 위안이에요."
렛저가 한참 동안을 가만히 나를 바라보고 있었다. 그러더니 그는 일어서서 내게 손을 내밀었다. "이제 일하러 가죠."
"네, 사장님을 화나게 하면 안 되니까요." 나는 그의 손을 잡고 일어섰다. 그 순간 갑자기 그와 너무 가까워졌다는 생각이 들었다. 하지만 그는 뒤로 물러서거나 내 손을 놓지 않았고 숨이 닿을 듯한 거리에서 강렬한 눈빛으로 나를 바라보고 있었다. 두근거림이 등줄기를 타고 내려갔다.
렛저가 자신의 손가락으로 내 손가락 사이사이를 감쌌다. 손바닥이 맞닿았을 때 밀려오는 느낌은 나를 움찔하게 했다. 렛저의 두 눈에 밀려드는 고통스러움을 보니 그도 마찬가지인 것 같았다. 상황이 꼬이게 되면 좋아해야 할 일도 고통으로 느껴질 수 있다는 사실이 아이러니하다. 그리고 우리의 상황은 확실히 옳지 않다. 나는 그의 감정과 똑같이 느끼고 있다고, 그와 같이 마음이 찢어질 것 같다고 알려주고 싶었다. 그래서 그의 손을 힘주어 잡았다.
렛저가 내 이마에 자신의 이마를 맞댔다. 우리는 눈을 감은 채이 순간이 어떤 상황에 속하든, 그저 조용히 숨을 쉬며 서 있었다. 그가 말하지 않은 모든 것을 느낄 수 있었다. 나는 그가 하지 않은 키스마저 느낄 수 있었다. 만약 우리가 어젯밤 상황으로 돌아간다면, 상처가 더 깊어질 것이다. 그건 좋은 생각이 아니라는 것을 나만큼이나 그도 잘 알고 있을 것 같다.

"어떻게 할 거예요, 렛저. 디엠이 18살이 될 때까지 당신의 옷장에 날 가둬놓는 건 어때요?"

그가 맞잡고 있는 우리의 손을 내려다보며 어깨를 으쓱한다.
"엄청나게 큰 옷장이 있긴 해요."

나의 웃음소리가 잠시 동안의 정적을 갈라놓았다. 그도 함께 웃으며 어두운 집을 지나 트럭으로 돌아가는 길로 나를 이끌었다.

30장

렛저

 사무실에서 급여를 처리한 후, 생각을 정리하며 지난 몇 주 동안 내가 저지른 모든 실수를 되새겨 보는 중이다. 그녀가 떠나기를 원했다면 돈을 주고 떠나라고 했으면 그만이었다는 로만의 말이 옳다. 그랬어야 했다. 그녀 주변을 맴돌수록 나는 그녀에게 점점 더 잘못된 희망을 주고 있었다.
 스코티의 부모님은 그녀를 받아들인다는 생각은 당분간은 전혀 하지 않을 게 분명했다. 그런데 그녀가 이곳에 머물면서 계속 일을 한다면 우리 둘 다 노출될 위험에 처하게 된다.
 애초에 내가 무슨 생각으로 그녀를 고용했는지 모르겠다. 그녀가 잘 숨어 있을 수 있을 거로 생각했던 것 같다. 하지만 케나는 숨길 수 있는 종류의 여자가 아니었다. 그녀는 눈에 띄는 사람이었다. 누군가 그녀를 보고 그녀가 누구인지 알아차리게 될 것이다. 그렇게 된다면 우리 둘은 이 거짓말에 따른 결과를 체감하게 될 것이다.
전화를 꺼내 케나에게 문자를 보냈다.

잠깐 내 사무실로 와요.

나는 자리에서 일어나 그녀가 내 사무실로 오는 데까지 걸린 30초 동안 내내 돌아다녔다. 그녀가 사무실에 들어서자 나는 문을 닫고 책상으로 돌아가 책상 모서리에 걸터앉았다. 그녀는 팔을 모으고 긴장한 표정으로 문 근처에서 서 있었다. 그녀를 당황스럽게 만들 의도는 아니었다. 내 앞에 있는 의자를 가리키며 앉으라고 했고 그녀는 주저하며 다가와 의자에 앉았다.
"저한테 무슨 문제가 생겼나요?" 그녀가 말했다.
"잘못된 건 없어요. 그냥… 좀 생각을 해봤는데, 저번에 당신이 들었다던 대화에서 로만이 한 말 말이에요. 더 이상 출근하지 않아도 된다는 걸 말해주는 게 좋을 것 같아서요."
그녀는 놀란 표정이었다. "저 해고되는 건가요?"
"아니요. 물론 아니죠." 솔직하게 털어놓을 다음 이야기를 위해 숨을 가다듬었다. "우리 둘 다 내가 당신을 이기적인 이유로 고용했다는 걸 알고 있어요, 케나. 만약 떠나고 싶은 곳이 정해지고 돈이 필요하다면, 그냥 내게 부탁하면 돼요. 그걸 위해서 일할 필요는 없어요."
내가 그녀를 세게 한 대 때린 것처럼 그녀는 멍하니 나를 바라보고 있었다. 그녀는 자리에서 일어서더니 자리를 맴돌며 말했다.
"당신은 내가 여기를 떠나길 바라는 건가요?"

젠장. 나는 그녀의 삶이 좀 더 편해졌으면 하는 마음으로 그녀를 여기 불렀다. 하지만 전혀 다른 방향으로 이야기가 흘러가고 있다. 나는 고개를 저었다. "아니요." 손을 뻗어 그녀의 가느다란 손목을 붙잡아 서성거리는 그녀를 세웠다.

"그럼 왜 내게 그렇게 말해요?"

나는 그녀에게 여러 가지 이유를 댈 수 있었다. '왜냐하면 당신은 다른 선택권이 있다는 걸 알아야 하니까요. 왜냐하면 이곳에 있다가 누가 당신을 알아차리기라도 하면 안 되니까요. 왜냐하면 이렇게 계속 같이 일하다가는 이미 얇아질 대로 얇아진 남아있는 경계선이 언젠가는 산산조각이 날 것 같으니까요.'

하지만 나는 어떤 것도 말하지 못했다. 그저 나는 그녀의 손목을 잡은 채로 그녀를 뚫어져라 바라볼 뿐이었다. "당신도 왜 그런지 알잖아요."

그녀가 깊은 한숨을 내쉬었다.

그때 갑자기 사무실 문을 두드리는 소리가 들렸고 케나는 내 손을 얼른 뿌리쳤다. 나는 곧바로 몸을 곧추세워 똑바로 섰고 케나는 내 앞에 팔을 감싼 채 서 있었다. 우리의 반응은 마치 죄지은 사람이 하는 행동처럼 보이기에 충분했다.

메리 앤이 우리 둘을 번갈아 살펴보고 문 앞에 서 있었다. 그녀가 배시시 웃으며 말했다. "제가 방해를 했나요? 직원 평가 중인가 봐요?"

나는 책상으로 돌아가서 컴퓨터 화면을 보는 척했다. "무슨 일이에요, 메리 앤?"

"음. 이 얘기를 꺼내는 게 아무래도 시기가 적절치 않은 것 같긴 한데, 레아가 왔어요. 사장님이 오늘 결혼하기로 되어있던 여자요. 당신을 지금 밖에서 찾고 있어요."

그녀가 어떤 반응을 보일지 도저히 볼 자신이 없어 케나에게 눈길을 주지 않으려고 가능한 모든 노력을 했다. 가까스로 메리 앤에게 집중하면서 말했다. "금방 나간다고 전해줘요."

메리 앤이 뒤로 물러나더니 문은 닫지 않고 사라졌다. 케나는 뒤도 돌아보지 않고 그녀를 따라 나갔다.

혼란스러웠다. 왜 레아가 여기에 왔지? 뭘 원하는 걸까? 오늘로 예정되었던 일이 나보다는 그녀에게 더 큰 상처가 된 걸까? 나는 이 일에 대해 별다른 생각이나 후회를 하지 않았다. 그것만으로도 옳은 결정이었다는 걸 증명하고 있다고 생각했다. 적어도 나에게는. 가게 안으로 가려고 케나를 지나칠 때 잠깐 눈이 마주치긴 했지만 그녀는 바로 얼굴을 돌려버렸다.

사무실에서 나와 실내를 돌아보았지만 레아를 한눈에 찾을 수가 없었다. 급여 처리를 하려고 사무실로 들어가기 전보다 훨씬 많은 사람들로 붐비고 있었다. 내부를 찬찬히 다시 둘러보았지만 보이지 않았고, 메리 앤은 멀리 구석진 곳에 있어서 레아가 어디 있는지 물어볼 수도 없었다.

로만이 나를 보며 한 무리의 남자들을 가리켰다. "저 사람들 주문을 아직 못 받았어요."

"레아는 어딨어?"

로만이 의아해하며 물었다. "레아? 뭐라고요?" 그때 메리 앤이 다가와 바에 기대며 웃음기를 띠고 말했다. "로만이 눈코 뜰 새 없이 바빠서 사장님을 좀 잡아 오라고 해서요. 레아 이야기는 농담이에요. 약간의 긴장감을 조성해 보려는 시도였다고나 할까요? 여자들은 흥미로운 긴장감 같은 거 좋아한다고요. 고맙다는 인사는 됐어요." 그러더니 그녀는 쟁반 가득 음료를 들고 테이블로 가 버렸다.

혼란스러움에 고개를 절레절레 흔들었다. 메리 앤의 거짓말 때문에 지금 케나는 속으로 수천 가지의 온갖 상상을 하고 있을 텐데 싶어 짜증이 났다. 하지만 한편으로는 거짓말이라 다행이다 싶었다. 나는 레아를 만나고 싶지 않았다. 특히 오늘만은.

로만이 가리킨 손님들의 주문을 받고 세 테이블의 계산을 마쳤다. 로만이 다음 손님을 맞이하는 것 같길래 나는 서둘러 뒤쪽으로 향했다. 케나는 주방에 없었다. 그녀를 찾아보고 있는데 애런이 뒷문 쪽을 손짓하며 케나가 휴식 중이라고 알려주었다.

골목으로 난 문을 열자 케나가 팔짱을 끼고 건물 벽에 기대어 서 있었다. 밖으로 나오는 나를 보자마자 그녀의 얼굴에 안도감이 스쳐 지나갔다. 그녀는 질투를 하고 있었다. 그녀는 억지로 웃음을 띠며 감추려 했지만 질투를 밀어내기 전 그녀의 표정을 나는 분명히 보았다.

그녀에게 다가가 벽에 기대어 있는 그녀 옆에 똑같은 자세로 섰다. "메리 앤이 거짓말한 거예요. 레아는 여기 없어요. 메리 앤이 지어낸 이야기였어요."

그녀는 무슨 말인지 모르겠다는 듯 눈을 가늘게 떴다. "왜 메리 앤이 그런 말을…" 케나가 말을 멈추었고, 입꼬리에는 살며시 웃음이 퍼져나갔다. "와, 메리 앤 응큼하네요." 메리 앤이 한 거짓말에 화가 난 것 같지는 않았다. 오히려 감동을 받았다고 할까….

그녀가 웃자 나도 따라 웃었다. 그리고 말했다. "질투했죠?"

그녀가 눈을 동그랗게 떴다. "아니요. 그런 적 없어요."

"그랬어요."

그녀는 벽에서 몸을 떼고 계단으로 향하려다 말고 내 앞에서 멈춰 섰다. 그녀는 나를 마주 보고 있었고 그 표정이 무슨 뜻인지 알 수가 없었다. 그녀가 무슨 짓을 하려는 건지 모르겠지만 만일 그녀가 키스하려는 것이라면 오늘 저녁 힘들었던 감정들이 한순간에 사라질 것만 같았다.

그녀에 대한 감정으로 갈팡질팡하는 나는 지쳐있었다. 그녀를 숨겨야만 하는 상황에도 이제 지쳤다. 닥쳐올 결과를 두려워하지 않고 그녀에게 더 가까이 다가갈 수만 있다면, 스코티나 스코티의 부모님과 상관없이 그녀에 대해 무엇이든 물어볼 수만 있다면, 어떤 대가라도 치를 수 있을 것 같은 심정이었다. 나는 다른 사람들의 시선을 의식하지 않고 그녀에게 키스하고 싶었고, 그녀를 집에 데려가고 싶었고, 그녀 곁에서 잠들고 아침에 함께 깨어나는 것이 어떤 기분인지 알고 싶었다. 나는 그녀를 정말 좋아한다. 그녀와 함께하면 할수록 그녀와 떨어지고 싶지 않았다.

"퇴사통지서를 제출할게요. 그럼 2주 뒤에 나가면 돼요." 그녀가 말했다.

젠장. 당장이라도 무릎을 꿇고 그녀에게 떠나지 말라고 애원하게 될 것만 같아서 나는 입술을 꽉 깨물었다. "그럴 필요 없을 것 같은데요?"

그녀는 잠시 망설이는 것 같더니 말했다. "당신도 이유를 알잖아요."

그녀는 그대로 건물 안으로 사라졌고 나는 망할 감정으로 그 자리에 주저앉았다.

트럭을 몰고 곧장 패트릭과 그레이스의 집으로 가서 케나에 대해 모든 것을 말하고 싶은 마음이 강렬히 솟구쳤다. 그녀가 얼마나 이기적이지 않은 사람인지 말해주고 싶었다. 그녀가 얼마나 열심히 일하는지, 그리고 얼마나 너그러운 사람인지 꼭 이야기 해주고 싶었다. 우리 모두가 그녀의 삶을 지옥으로 만들고 있음에도 불구하고 그녀는 어떻게 된 일인지 우리를 원망하지 않는 것처럼 보였다.

패트릭과 그레이스에게 케나의 훌륭한 점을 모두 알려주고 싶다. 하지만 그보다 먼저 디엠의 인생에 끼어드는 것이 전혀 도움이 되지 않을 거라고 말한 내가 얼마나 어리석었는지 케나에게 꼭 말해주고 싶다.

내가 무슨 자격으로 아이 엄마에게 자신의 아이와의 관계에 대해 감히 그런 말을 할 수 있었을까?

내가 무슨 자격으로 그런 판단을 할 수 있겠는가?

31장

케나

집으로 돌아오는 길에 비가 내리기 시작했다. 빗방울이 유리창에 부딪히는 소리만 들리고 있었다. 골목에서의 대화 이후 우리는 서로에게 단 한마디도 하지 않고 있었다. 그만두겠다고 말한 것 때문에 그가 화가 난 것인지 궁금했다. 하지만 이야기를 먼저 꺼낸 건 그였다. 그는 아무런 말 없이 너무 조용했고 그 점이 날 불편하게 만들고 있었다.

어찌 되었든 그 사람 밑에서 계속 일을 할 수는 없다. 서로의 곁에 머물고 싶은 마음이 점점 커지고 있는데 떠날 계획을 그와 함께 세운다는 것도 우스운 일이다. 이대로면 우리 사이는 더 엉망이 될 게 분명했다.

주차장에 도착했지만 트럭 안에는 여전히 우리 사이에 해결되지 않은 에너지가 흐르고 있었다. 그는 시동을 끄고 안전띠를 풀더니 우산을 집어 들고 차 밖으로 나갔다. 그가 조수석까지 오는 데는 불과 몇 초밖에 걸리지 않았지만, 그 짧은 시간 동안 나는 그가 나를 집까지 데려다주는 것은 좋은 생각이 아니라는 결론을 내렸다. 혼자 올라가는 편이 낫다. 나 자신을 믿을 수가 없기 때문이다.
　그가 문을 열어주었고 나는 우산을 잡으려고 손을 뻗었다. 그러자 그가 우산 든 손을 살짝 뒤로 뺐다.
　"뭐 하는 거예요?" 그가 물었다.
　"우산 주세요. 혼자 갈게요."
　내가 트럭에서 내릴 수 있도록 그가 뒤로 한 걸음 물러나며 말했다. "아니요. 내가 데려다줄게요."
　"그래야 하는지 잘 모르겠어요."
　"물론 그럴 필요는 없죠." 이렇게 말하며 그는 내 머리 위로 우산을 받쳐주며 먼저 발걸음을 뗐다.
　계단을 끝까지 올라가기도 전에 숨이 턱 밑까지 차오르고 있었다. 렛저가 집에 들어오고 싶은 건지 아니면 단지 잘 자라는 인사를 하고 싶은 건지 확신이 들지 않았다. 왠지 열쇠가 찾아지지 않아 가방을 한참 뒤적여야 했다. 어느 쪽이든 긴장되기는 마찬가지였다.
　문 앞에서 그는 우산을 접어 들고 내가 문을 열 때까지 기다리고 있었다. 나는 문을 열다 말고 돌아서서 작별 인사를 하려는 듯 그를 마주 보았다. 하지만 그때 그는 아무 말 없이 문을 손으로 가리켰다. 나는 조용히 숨을 한번 들이마시고 뒤돌아서 문을 열었다. 그는 나를 따라 집 안으로 들어왔고 그의 등 뒤에서 문이 닫혔.
　그는 자신의 행동에 매우 확신이 찬 듯 보였다. 지금 내 감정과는 정반대였다. 나는 아이비를 안아서 욕실에 데려다 놓았다. 그래야 렛저가 혹시 돌아가려고 문을 열 때 아이비가 집 밖으로 따라 나가는 일이 없을 것이다.

욕실 문을 닫고 돌아서니 렛저가 조리대 앞에서 인쇄된 종이 더미를 손가락으로 넘겨보고 있었다. 그가 읽게 하고 싶지 않았다. 나는 얼른 달려가 종이 뭉치를 뒤집어 한쪽으로 치웠다.

"이게 그 편지인가요?" 그가 물었다.

"네. 출소 후 편지를 모두 타이핑해서 구글 드라이브에 저장해 뒀거든요. 혹시 편지를 쓴 노트를 잃어버릴지도 모르니까요. 이건 사무실에서 프린터기로 인쇄해 본 거예요."

"하나 읽어줄 수 있어요?"

나는 고개를 저었다. 편지엔 아주 사적인 내용과 내밀한 감정이 쓰여있었다. 그가 이 편지를 읽어달라고 부탁한 것은 이번이 두 번째다. 그리고 내 대답은 여전히 '아니요'였다. "당신이 내게 그 편지를 읽어달라고 하는 것은 당신의 심리 상담 녹화 테이프를 보여달라고 하는 것과 같아요."

"나는 심리 상담에 가지 않는데요." 렛저가 말했다.

"아무래도 상담 한번 받아보는 게 좋겠네요."

곰곰이 생각에 잠긴 듯 고개를 끄덕이며 그는 입술을 깨물었다. "언제 한번 기회가 되면요."

그를 지나쳐서 냉장고 문을 열었다. 그동안 조금씩 냉장고를 채워 두었던 터라 런처블 과자부스러기만 있던 지난번보다는 상태가 훨씬 좋았다. "마실 것 좀 줄까요? 물이랑 차, 우유 있어요." 나는 거의 비어있는 주스 용기를 들며 말했다. "사과주스 한 모금도요."

"난 괜찮아요."

나도 목이 마르지 않았지만 이런 식으로 그와 함께 계속 서 있다간 바짝 목이 말라 죽을 것처럼 느껴져서 예방적 조치로 남아 있던 사과주스를 통째로 마셨다. 그의 존재만으로 내 목이 타들어 가고 있었다.

일터에서 같이 있을 때와는 달랐다. 가게에서는 주변에 다른 사람들이 있으니, 딴생각이 들지 않도록 마음을 다잡을 수 있었다. 하지만 집안에 둘만 있는 지금은 서로의 거리가 얼마나 가까운지, 언제쯤 그가 다가와 키스할지, 심하게 쿵쾅거리는 심장 박동이 들키지나 않을지에 온통 신경이 집중되어 있다. 빈 사과주스 통을 내려놓고 입술을 닦았다.

"그래서 항상 당신에게서 사과 향이 나는 건가요?"

그 말에 똑바로 그를 쳐다보았다. 비밀스럽고 달콤한 말이었다. 너에게서 사과 맛이 난다고······. 감미로운 고백과 같았다. 그의 시선 때문에 사랑에 눈먼 풋풋한 십 대 소녀가 된 것만 같아서 나는 발끝을 내려다보았다. 그를 차라리 보지 않는 게 나을 것 같았다.

"원하는 게 뭐예요, 렛저?"

그는 조용히 조리대에 기댔다. 겨우 몇 발짝 떨어진 상태에서 그가 말했다. "나는 당신을 더 많이 알고 싶어요."

예상치 못했던 말이었다. 나도 모르게 그를 보려다가 금세 후회했다. 그사이에 그가 너무 가까이 다가와 있었다. 눈길을 다른 쪽으로 돌리며 물었다. "무엇을 알고 싶죠?"

"당신에 대해서. 당신이 무엇을 좋아하는지, 무엇을 싫어하는지, 당신의 목표가 뭔지. 무슨 일을 하면서 살고 싶은지."

웃을 수밖에 없었다. 그가 스코티나 디엠과 관련된 무언가를 물어볼 것으로 생각했다. 아니면 나의 현재 상황이라던가. 하지만 그는 나와 단지 일상적인 대화를 나누고 싶을 뿐이었다. "나는 항상 자물쇠 수리공이 되고 싶었어요."

그 말에 렛저가 웃음을 터뜨렸다. "자물쇠 수리하는 사람이요?"

나는 고개를 끄덕였다.

"왜 자물쇠 수리공이에요?"

"왜냐하면 아무도 자물쇠 수리공에게는 화를 내지 않으니까요. 사람들이 위기에 처했을 때 자물쇠 수리하는 사람이 도움을 주려고 나타나죠. 사람들의 지옥 같은 하루를 조금이라도 더 낫게 만들어 주는 보람 있는 직업이라고 생각해요."

렛저가 감탄하듯 고개를 끄덕였다. "자물쇠 수리공이 되고 싶어 하는 사람은 본 적이 없었어요."

"음. 이제 여기 봤네요. 다음 질문이요."

"왜 디엠이라는 이름을 선택했나요?"

나는 대답 대신 그에게 물었다. "왜 스코티의 부모님은 내가 지은 이름을 바꾸지 않았을까요?"

그가 고개를 가볍게 끄덕였다. "그분들은 당신과 스코티가 아이의 이름을 상의했을지도 모른다고, 디엠이라는 이름을 스코티가 고른 것일지도 모른다고 생각했어요."

"스코티는 내가 임신한 사실조차 몰랐어요."

"임신했다는 걸 당신은 이미 알고 있었나요?" 그가 물었다.

나는 고개를 저었다. "아니요. 디엠을 임신한 사실을 알았다면 나는 절대 유죄를 인정하지 않았을 거예요." 이렇게 말하는 내 목소리는 거의 속삭이듯 작아졌다.

내 대답에 그가 이어 물었다. "왜 죄를 인정한 거예요?"

두 손으로 몸을 감쌌다. 눈이 따끔거리기 시작해서 잠시 숨을 골랐다. "제대로 생각할 수 있는 상태가 아니었어요." 나는 말했다. 하지만 자세히 설명하지는 않았다. 그럴 수가 없었다.

렛저는 바로 다음 질문을 하지 않은 채 정적이 방안을 채우도록 잠시 가만히 두었다가 침묵을 깨며 말했다. "내가 스코티를 모르는 사람이었다면, 우리는 지금 어떤 사이일까요?"

"무슨 의미예요?"

그의 시선이 잠깐이지만 내 입술에 닿는 것을 느꼈다. "우리가 바에서 처음 만났던 그날. 당신은 내가 누군지 몰랐다고 했어요. 만일 내가 디엠도 스코티도 당신도 모르는, 그냥 아무나였다면 어땠을까요? 그날 밤 우리에게 무슨 일이 일어났을 것 같아요?"

"그날 있었던 일보다는 훨씬 더 많은 일이 있었겠죠." 나는 인정할 수밖에 없었다.

그는 내 대답을 삼키는 것처럼 꿀꺽 침을 삼켰다. 그가 나를 바라보고 있었고 애타게 그의 다음 질문이나 다음 행동을 기대하며 나도 그를 바라보았다.

"가끔은 내가 만약 디엠을 알지 못했다면 우리가 지금처럼 이렇게 이야기를 나누고 있었을까 생각해봐요."

"그게 무슨 상관이죠?" 내가 물었다.

"당신이 나 때문에 나와 함께 있길 원하는지, 디엠 때문에 날 이용하려고 나와 함께 있길 원하는지······."

턱이 딱딱하게 굳는 것 같았다. 날 그따위 여자로 생각했다니.

분노를 숨기려면 그와 마주친 시선을 거두고 무엇이든 다른 것을 보아야 했다. "내가 당신과의 관계를 이용할 생각이었다면, 이미 벌써 당신과 잤을 거예요." 뒤로 한 발짝 물러서 문 쪽으로 몸을 돌리며 말했다. "그만 가세요."

그때 렛저가 내 손목을 잡아채더니 나를 끌어당겼다.

그에게 너무 화가 나서 소리를 지를 작정이었는데 그만 그의 눈빛을 보고 말았다. 사과와 슬픔이 담긴 그의 두 눈. 그는 나를 가슴으로 당겨 포근한 두 팔 안에 가두었다. 나는 여전히 뻣뻣한 몸으로 내 분노를 어찌해야 할지 혼란스러워하고 있었다. 그는 부드럽게 내 팔을 들어 올려 그의 허리를 감도록 했다.

"당신을 모욕하려던 게 아니에요." 그의 숨결이 내 뺨을 스쳤다. "나는 그저 내 머릿속 생각들을 큰소리로 정리하고 있었던 것뿐이에요." 그가 머리를 내게 지그시 기대오는 느낌이 좋아서 나는 눈을 꽉 감았다. 누군가가 나를 필요로 하는 게 어떤 느낌인지 그동안 잊고 있었다. 나를 원하고 있다. 나와 마찬가지로.

렛저는 나를 더 세게 감싸 안으며 말했다. "당신을 미워하던 마음에서 몇 주 만에 당신을 좋아하게 되었고 당신을 위한 세상을 바라게 되었어요. 그러니 가끔 그런 감정이 엉키더라도 용서해줘요."

그는 내가 이해 못 할 거로 생각하겠지만 나도 잘 알고 있다. 때때로 나는 내 딸과의 사이에 벽이 되어버린 그에게 소리를 지르고 싶다가도 동시에 내 딸을 보호하는 든든한 벽이 되어 사랑해 주는 그에게 키스하고 싶었다.

그가 내 턱을 가만히 쓰다듬다가 내 얼굴을 살짝 올려 그를 바라보게 했다. "내가 당신에게 디엠의 인생에 당신은 필요 없다고 말했던 순간을 되돌리고 싶어요." 그가 내 머릿결을 쓰다듬으며 진지한 눈빛으로 보았다. "디엠은 당신이 엄마라서 정말 행운이에요. 당신은 배려심이 깊고 친절하고 게다가 강해요. 나중에 디엠이 꼭 당신처럼 자랐으면 좋겠어요." 그가 내 뺨에 흘러내리는 눈물을 닦아주었다. "그리고 그분들의 마음을 어떻게 하면 돌려놓을 수 있을지 모르겠지만 해볼 거예요. 당신을 위해서 싸우고 싶어요. 그게 바로 스코티가 원하는 일이라는 생각이 들어요."

그의 말이 불러일으킨 이 모든 감정을 어떻게 해야 할까.

렛저는 내게 키스하지 않았다. 왜냐하면 내가 그에게 키스했기 때문이다. 어떤 말로도 그에게 날 인정해 준 고마운 마음을 전달할 수 없었기 때문에 그저 그의 입술에 입을 맞추었다. 그가 나와 디엠의 만남을 찬성한다는 것만으로도 큰 변화인데 디엠이 나를 닮기를 바란다고 말한 것은 백만 걸음쯤 더 나아간 긍정적인 변화였다.

그리고 그 어느 누가 내게 해준 말보다 다정한 말이었다.

그의 혀가 내게 밀려들었다. 그의 따뜻한 숨결이 내게 생명을 불어넣고 있는 것 같았다. 가슴이 닿을 때까지 그를 끌어당겼지만, 여전히 충분히 가깝지 않다고 느껴졌다. 하지만 그가 나를 믿어준다는 사실만 알고 있으면 충분했다. 이제 나는 알고 있다. 내 전부가 그의 모든 것을 원하고 있다.

렛저가 나를 안아 올리고 방을 가로질러 소파로 데려가 눕히는 동안 그의 키스는 멈추지 않았다. 그의 무게가 지긋이 위에서 눌러오는 느낌이 좋았다. 그의 피부에 닿고 싶어서 나는 그의 셔츠를 벗기기 시작했다. 그때 그가 내 손을 밀어내며 말했다. "잠깐." 그가 몸을 일으켰다. "잠깐, 잠깐, 잠깐."

나는 머리를 소파에 떨구고 신음소리를 냈다. 더는 이런 밀고 당기는 상황을 견딜 수가 없다. 이제서야 그가 원하는 대로 내버려 두겠다는 생각이 들었는데 이제는 그가 밀어내고 있다.

그가 내 턱에 키스를 했다. "내가 너무 앞서가는 건지 모르겠지만, 우리가 만약 지금 섹스를 하려는 거라면, 당신이 내 옷을 벗기기 전에 차에 가서 콘돔을 가져오는 게 좋겠어요."

그래서 멈춘 거라면 다행이다. 그의 몸을 밀어내며 말했다. "서둘러요."

그가 소파에서 일어서 순식간에 문밖으로 나갔다. 남은 시간을 이용해 욕실 거울로 내 모습이 괜찮은지 확인했다. 아이비는 욕조 옆에 마련해 둔 작은 담요 위에 잠이 들어 있었다. 치약을 조금 덜어 치아와 혀를 문질러 닦았다.

스코티에게 간단하게라도 편지를 쓰고 싶었다. 앞으로 일어날 일에 대해 그에게 미리 경고라도 해주어야 할 것 같은 생각이 들었기 때문이다. 하지만 그는 죽었고 이미 5년이나 지났다. 바보 같은 생각이었다. 난 원하면 누구와도 잠을 잘 수 있다. 하지만 스코티는 내 마지막 사람이었으니 그에게는 중요한 순간일 수도 있다.

게다가, 그의 가장 친한 친구였다.

"미안해, 스코티." 나는 속삭였다.

문이 열리는 소리에 욕실을 나왔다. 렛저가 문을 잠그고 있었다. 돌아서는 그를 보고 나는 웃음을 터트렸다. 그는 비에 흠뻑 젖어 있었고 머리카락에서 물이 뚝뚝 떨어지고 있었다. 그가 머리를 뒤로 밀어 넘겼다. "우산을 가져갔어야 했는데 일 초라도 낭비하지 않으려고……."

나는 천천히 다가가서 그가 셔츠를 벗도록 도와주었다. 그는 호의에 보답하듯 내가 옷을 벗는 걸 도와주었다. 다행히 괜찮은 브래지어를 하고 있었다. 그의 바에서 일하는 주말이 될 때마다 준비를 했다. 오늘 같은 경우를 대비해서. 그런 일은 없을 거라고 속으로 생각하면서도 마음속 깊이 이런 일이 일어나길 늘 바랐을지도 몰랐다.

렛저가 앞으로 몸을 숙여 비에 젖은 입술로 내 입술에 키스를 했다. 젖은 그의 몸은 차가웠다. 그의 차가운 입술과는 대조적으로 그의 혀는 모든 것을 태워버릴 듯 뜨거웠다. 그가 손으로 내 머리를 감싸고 더 깊숙이 키스를 했고, 그 열기가 내 안에서 소용돌이치는 것처럼 느껴졌다. 나는 손을 내려 그의 청바지 버튼을 풀었다. 그가 얼마나 날 원하는 지 알고 싶었다. 그런데 어떻게 해야 할지 기억이 나지 않아 두려워졌다.

섹스를 한지 너무 오래되었다는 사실을 그에게 미리 알려줘야 할 것 같았다. 그가 나를 감싼 채 뒷걸음질 쳐 매트리스 쪽으로 데려갔다. 그가 나를 눕히고 내 남은 옷을 벗기기 시작했다. 그가 내 다리에 걸린 청바지를 내리고 있을 때 내가 말했다. "스코티가 죽은 뒤로 누구하고도 자본 적이 없어요."

그의 눈이 내게 와 머물렀고 그의 표정에서 안도감이 느껴졌다. 그는 내 위에 몸을 낮추더니 입술에 부드럽게 입을 맞추었다. "마음이 바뀌었다고 해도 괜찮아요."

나는 머리를 저었다. "그렇지 않아요. 나는 그냥 너무 오래됐다는 걸 알았으면 해서요. 내가 혹시 별로더라도…"
 그가 입을 맞추며 내 말을 끊고서 말했다. "당신은 이미 내 기대를 훨씬 뛰어넘었어요, 케나." 그는 목으로 옮겨 키스를 하기 시작했다. 눈이 감겼다. 목에서부터 배꼽까지 탐험하듯 입을 맞추면서 그는 내 팬티와 브래지어를 마저 벗겼고 자신의 청바지도 벗었다. 그가 내 위로 다시 기어올라 입술에 키스할 때 다리 사이에서 단단한 그를 느낄 수 있었다. 그리고 그 기대는 나를 가득 채웠다. 그가 콘돔을 씌우는 동안 나는 깊고 길고 의미 있는 키스를 해주었다.
 렛저는 내 입술에 입을 댄 채 드디어 내 안으로 들어오려고 했다. 천천히 그는 몸을 움직였지만 고통스러웠다. 그가 부드럽게 움직이는 동안 그의 어깨로 입을 옮겼다. 그가 내 안으로 완전히 들어왔을 때 고통은 기쁨으로 바뀌었고 나는 머리를 베개로 떨어뜨렸다. 그는 천천히 몸을 뺐다가 약간 힘을 주어 다시 내 안으로 들어왔다. 그는 날카롭게 숨을 내쉬었고 내 어깨에 떨어지는 그의 숨결은 피부를 간질였다. 나는 그의 목을 감싸 안고 그를 잡아당겼다. 그가 나를 온몸으로 눌러주기를 바랐다. 나는 그의 어깨를 물었다. 그의 살갗을 꽉 무는 바람에 그가 신음 소리를 냈고 그 소리가 나를 절정으로 이끌었다.
 광란의 키스가 이어졌고 그는 내 신음소리마저 삼킬 듯이 내 입술을 탐닉했다. 그가 무릎을 꿇고 내 허리를 잡은 채 나를 이끌었을 때 오르가슴의 파도가 온몸을 통해 흐르고 있었다.
 세상에. 그는 아름다웠다. 그가 몸을 움직일 때마다 팔의 근육이 부풀어졌다 잦아들었다. 그가 내 다리 한쪽을 그의 어깨 위로 들어 올렸다. 그는 이제 내게 더 깊숙이 들어올 수 있었고, 그로 인해 그가 절정에 다다르기까지는 몇 초밖에 걸리지 않았다. 그의 몸이 긴장되더니 나에게 체중을 실었다. "젠장." 그는 신음소리를 내고 같은 말을 반복했다. "젠장." 그러더니 나에게 키스를 했다. 이전에는 격렬한 키스였지만 지금은 훨씬 달콤한 키스였다. 부드럽고, 더 느린. 우리는 한참 동안 키스를 했다. 그가 욕실에 콘돔을 버리러 갈 때까지.

침대로 돌아와서 그는 자리를 고쳐 잡아 날 뒤에서 껴안고는 내 어깨에 입을 맞추었다. 그리고 내게 손깍지를 끼더니 손을 내 배 위에 올렸다. "오늘 밤 일정표에 '한 번 더'를 추가해도 괜찮을 것 같아요."

그의 표현이 재밌어 웃음을 터트렸다. "좋아요. 시리에게 한 시간 뒤로 일정을 잡아놓으라고 할게요." 내가 놀리듯 말했다.

"이봐, 시리!" 그가 소리쳤다. 두 전화기가 한꺼번에 울렸다. "지금부터 한 시간 뒤에 케나와 섹스라고 예약해 줘." 나는 웃으며 그를 팔꿈치로 치면서 몸을 돌렸다. 그가 웃으며 나를 내려다보았. "두 번째는 훨씬 오래 버틸 수 있어요. 약속해요."

"나는 못 그럴 거예요."

렛저가 내게 키스했고 그가 나를 가까이 당겨 안으며 얼굴을 내 머리카락 속에 묻었다. 한참 동안을 나는 천장을 올려다보고 있었다. 30분 정도가 지났을까, 렛저의 숨소리가 고른 걸 보니 그는 잠든 게 분명해 보였다.

빗줄기는 그칠 줄 모르고 내리고 있었고 내 마음은 잠이 들기엔 너무 복잡했다. 욕실에서 아이비가 울음소리를 내는 게 들렸다. 매트리스에서 빠져나와 욕실에서 아이비를 꺼내 주었고 아이비는 곧장 소파로 달려가 뛰어오르더니 공처럼 몸을 웅크리고 누웠다.

나는 조리대로 걸어가 노트를 열었다. 펜을 잡고 스코티에게 짧은 편지를 쓰기 시작했다. 글을 마치고 노트를 덮을 때 렛저가 나를 바라보고 있는 것을 알아차렸다. 그는 엎드려서 팔 위에 턱을 얹은 채 나를 보고 있었다.

"뭐라고 썼어요?" 그가 물었다.

그가 내게 편지에 관해 물어본 것은 이번이 세 번째였고, 그의 말을 들어주고 싶다는 생각이 든 것은 처음이었다. 나는 노트를 펼쳐 방금 쓴 내용을 보여주었다. 그리고 손가락으로 스코티의 이름을 훑었다. "마음에 들지 않을 수도 있어요."

"사실대로 쓴 건가요?"

나는 고개를 끄덕였다.

렛저는 옆 공간을 가리켰다. "그럼 난 듣고 싶어요. 이리와요."

모든 사람이 진실을 그대로 모두 받아들일 수 있는 것은 아니기 때문에 나는 경고의 의미로 눈썹을 치켜올렸다. 하지만 그는 굳건했다. 그는 등을 대고 누웠고 나는 그의 옆에서 다리를 꼬고 앉아 편지를 읽기 시작했다.

"스코티에게,

난 오늘 당신의 가장 친한 친구와 밤을 보냈어. 당신이 듣고 싶은 이야기인지는 모르겠어. 당신이 어디에 있던 이 편지를 들을 수만 있다면 당신은 내가 행복하기를 바랄 거라는 느낌이 들어. 지금 렛저는 날 행복하게 하는 유일한 사람이야. 위로가 될지는 모르겠지만, 그와의 시간도 좋았지만 어떤 누구도 당신과 비교할 수는 없어.

사랑해,

케나"

나는 노트를 덮고 무릎 위에 두었다. 렛저는 천장을 멍하니 바라보며 잠시 동안 침묵했다. "스코티 마음을 다치지 않게 하려고 그렇게 말한 거죠, 그렇죠?"

나는 웃으며 대답했다. "당신이 듣고 싶은 말이라면 그렇다고 해두죠."

그가 노트를 집어 옆으로 밀어두고는 팔로 나를 감싸며 안았다. 그 순간 완벽한 타이밍에 몸 안에서 느껴질 정도의 큰 천둥소리가 우르르 쾅 하고 하늘에서 들려왔다.

"이런." 렛저가 웃으며 말했다. "방금 했던 말 취소해요. 내가 형편없었다고 말해요."

나는 렛저에게서 몸을 빼내며 등을 대고 누웠다. "미안해 스코티, 당신이 그리워."

우리는 함께 깊은 한숨을 내쉬고는 빗소리를 들으며 그렇게 누워있었다.

32장

－

렛저

새끼 고양이는 밤새도록 케나의 품에서 잠들어 있었다. 아이비와 같이 있는 그녀를 지켜보는 것이 좋았다. 케나는 아이비에게 애정이 넘쳤다. 잠시 한눈을 판 사이에 아이비가 밖으로 나갈까 봐 늘 신경을 써서 보살폈다.

그녀가 디엠과 함께라면 어떻게 할지 궁금했다. 시간은 좀 걸리겠지만 내가 방법을 찾을 것이다. 그녀는 그럴 자격이 충분하고 디엠도 그럴 자격이 있다. 의심하기보다는 내 직감을 더 믿기로 했다.

시간을 확인하려고 조용히 움직이며 핸드폰에 손을 뻗었다. 아침 7시. 곧 디엠이 일어날 것이다. 패트릭이 그의 어머니 집으로 출발하기 전에 집에 도착하는 것이 좋을 것 같다. 그래도 케나가 잠이 든 상태에서 빠져나오고 싶지는 않았다. 그녀가 홀로 깨도록 둔다면 내가 나쁜 놈처럼 느껴질 것만 같다.

나는 그녀의 입술 옆에 부드러운 입맞춤을 했다. 그리고 그녀의 얼굴에서 머리카락을 쓸어 넘겼다. 그녀가 살짝 몸을 움직이며 신음 소리를 냈다. 그녀가 일어나려는 것 같았다. 그녀는 마침내 눈을 뜨고 나를 바라보았다.

"나 가야 해요." 조용히 내가 말했다. "나중에 다시 와도 되겠어요?"

그녀가 고개를 끄덕였다. "여기 있을게요. 나는 오늘 비번이에요." 그녀가 입을 맞췄다. "나중에 훨씬 나은 키스를 해줄게요. 하지만 우선 이부터 닦고요."

나는 웃으며 그녀의 뺨에 키스했다. 몸을 일으키기 전 짧은 눈맞춤 동안 그녀는 무언가를 생각하고 있는 것처럼 느껴졌다. 나는 잠시 동안 그녀를 내려다보며 그녀가 무슨 말을 할지 기다렸다. 하지만 그녀는 아무런 말을 하지 않았다. 나는 한 번 더 그녀의 입술에 키스하며 말했다. "오후에 돌아올게요."

시간을 너무 지체했다. 내가 집 앞에 도착할 때 디엠과 그레이스는 이미 일어나서 집 앞마당에 나와 있었다. 그레이스가 내 차를 보기도 전에 디엠은 나를 알아차리고 길을 건너 뛰어오고 있었다. 나는 진입로에 차를 세우고 시동을 껐다. 그리고 차 문을 열자마자 그녀를 안아 올렸다. 디엠이 나를 꼭 안아 목을 감쌌고 나는 디엠의 옆머리에 키스를 했다. 신에게 맹세하건대 이 소녀의 포옹에 비교할 만한 것은 없었다.

그레이스가 나에게 다가오며 내가 밤새 왜 들어오지 않았는지 마치 다 안다는 듯 놀리는 눈빛으로 나를 쏘아보았다. 지난밤 내가 누구와 함께였는지를 안다면 이런 눈빛으로 쳐다보지는 않았을 것이다.

"잠을 많이 못 잔 것 같네." 그녀가 말했다.

"충분히 잤어요. 이상한 쪽으로 생각하지 마세요."

그레이스가 웃으며 디엠의 묶은 머리를 쓰다듬었다. "타이밍이 딱 좋네. 출발하기 전에 작별 인사를 하고 싶어했는데."

디엠이 목을 다시 감싸 안았다. "나를 잊지 마세요." 그녀가 꼭 잡았던 손을 풀며 말했고 나는 그녀를 내려놓았다.

"하룻밤이야 D. 어떻게 내가 널 잊을 수가 있겠어."

디엠이 얼굴을 긁으며 말했다. "렛저는 늙었어요. 나이 든 사람은 잘 잊어버리잖아요."

"난 안 늙었어." 내가 말했다. "잠시만요, 그레이스." 나는 집으로 들어가는 문을 열고 부엌으로 향해 어제 아침에 그레이스를 위해 산 꽃을 집어 들었다. 그레이스와 패트릭을 위한 선물 없이 어머니의 날이나 아버지의 날을 그냥 지나친 적은 없었다. 나의 인생 내내 그레이스는 내게 어머니와 같은 사람이었다.

"어머니의 날을 축하해요." 그녀에게 꽃을 내밀자 그녀는 놀란 것처럼 행동하며 기뻐했고 나를 안아주었다. 하지만 지금 나의 온몸을 휘감고 있는 죄책감 때문에 그녀가 고맙다고 하는 말이 귀에 들어오지 않았다.

"가기 전에 물에 담가 둬야겠어." 그레이스가 말했다. "디엠 좀 차에 태워서 벨트를 매줄래?"

나는 디엠의 손을 잡고 길을 건넜다. 패트릭은 이미 차 안에서 기다리고 있었다. 그레이스가 집안으로 꽃을 가지고 들어가고, 나는 차 뒷문을 열어 디엠을 카시트에 앉혔다. "어머니의 날이 뭐예요?" 디엠이 내게 물었다.

"휴일이야." 나는 설명을 간략히 하려고 애쓰며 패트릭과 눈빛을 교환했다.

"나도 알아요. 하지만 왜 렛저와 노노는 나나한테 어머니의 날이라고 꽃을 줘요? 로빈이 렛저의 엄마잖아요."

"그래. 로빈이 우리 엄마야." 내가 말했다. "그리고 랜드리 할머니는 노노의 엄마야. 그래서 오늘 랜드리 할머니를 보러 가는 거고. 하지만 어머니의 날에 네가 좋아하는 어머니가 있으면 진짜 엄마가 아니라도 꽃을 사줄 수 있어."

디엠이 코를 찡긋했다. "우리 엄마한테도 내가 꽃을 줄 수 있어요?" 아이는 최근 집안 가계도를 꼼꼼히 살펴보고 있었다. 그것은 귀엽기도 했지만 걱정스러운 부분이었다. 결국에 아이는 자신의 가계도가 한때 번개를 맞았다는 사실을 알게 될 것이다.

패트릭이 마침내 끼어들었다. "어젯밤에 네가 나나한테 꽃을 이미 줬잖아. 기억하지?"

디엠이 머리를 가로저었다. "아니요. 여기 없는 우리 엄마에 대해 말하고 있는 거예요. 작은 차를 가지고 있다는 엄마요. 우리가 엄마한테도 꽃을 줄 거예요?"

패트릭과 나는 다시 한번 눈빛을 교환했다. 패트릭은 내 얼굴에 드리운 고통이 디엠의 질문이 불편해서일 거라고 오해했을 것이다. 그때 그레이스가 차로 돌아왔고 나는 디엠의 이마에 입을 맞추며 말했다. "너의 엄마도 꽃을 받게 될 거야. 사랑해. 랜드리 할머니에게 인사 전해줘."

디엠은 미소를 지으며 작은 손으로 내 뺨을 두드렸다. "행복한 어머니의 날 보내요, 렛저."

나는 차에서 물러서며 조심히 운전하라고 인사를 건넸다. 그들이 떠나자 디엠의 말이 가슴에 박히며 마음이 점점 더 무거워졌다. 디엠은 엄마에 대해 궁금해하고 있었다. 엄마를 걱정하기 시작했다. 패트릭은 내가 그저 디엠을 안심시켜 주려고 한 말이라고 생각하겠지만 나는 사실 진짜 약속을 하고 있었다. 디엠과의 약속은 절대 깨지 않는다.

케나가 오늘 누구에게서든 엄마라는 존재를 인정받지 못한 채 하루를 보낸다고 생각하니 이 모든 상황에 화가 나기 시작했다.

가끔은 이 상황에 대한 패트릭과 그레이스의 책임은 없는지 묻고 싶지만 그건 공정하지 못하다. 그분들은 그저 살아가기 위해 그들이 할 수 있는 모든 걸 하고 있을 뿐이다.

이것이 현실이다. 비난 받을만한 나쁜 사람이 아무도 없는 이 말도 안 되는 상황. 우리는 모두 하루를 버티기 위해 그저 할 일을 해야 하는 슬픔에 빠진 사람들이었다. 우리 중 누군가는 다른 이보다 더 슬프고, 우리 중 누군가는 그래도 용서하고픈 마음이 있을 수도 있다. 하지만 원망이란 감당하기 어려운 감정이다. 하물며, 나에게 가장 큰 상처를 준 사람을 용서한다는 건 더더욱 힘든 감정으로 다가올 것이다.

∽

몇 시간 후 케나의 아파트에 차를 세울 때 그녀의 모습을 발견했다. 그녀는 내가 빌려준 테이블을 닦고 있다가 차에서 내린 내 손에 들린 꽃을 보더니 몸이 경직되는 것처럼 보였다. 내가 그녀에게 다가갔을 때까지도 그녀는 계속 꽃을 쳐다보고 있었다. 그녀에게 꽃다발이 든 병을 내밀며 말했다. "어머니의 날 축하해요." 그녀에게 꽃병이 없을 것 같아서 꽃을 화병에 담아왔다.

그녀의 표정을 보니 꽃을 사 오는 게 아니었나 하는 생각이 들었다. 아이를 만나기도 전에 어머니의 날을 축하한다는 것이 불편할지도 모르겠다. 좀 더 신중하게 생각했어야 한다는 후회가 밀려들었다.

그녀는 잠시 망설이다가 마치 한 번도 선물을 받아본 적 없다는 듯이 어색하게 꽃을 받아 들었다. 그런 다음 그녀는 나를 보며 아주 조용히 말했다. "정말 고마워요." 그녀의 눈시울이 바로 붉어지는 걸 보니 꽃다발을 가져온 건 옳은 선택이었다는 생각이 들었다.

"점심은 어땠어요?"

그녀가 웃었다. "재미있었어요. 즐거웠어요." 그녀가 머리로 아파트를 가리키며 말했다. "올라갈래요?"

나는 그녀를 따라 위층으로 올라갔다. 집안으로 들어서자 그녀는 화병에 물을 약간 더 채워 넣고 조리대에 그것을 올려두었다. 그녀가 꽃을 매만지면서 말했다. "오늘 뭐 할 거예요?"

나는 '당신이 하고 싶은 뭐든지'라고 말하고 싶었지만 어젯밤 일 이후에 그녀의 생각이 어디에 가 있는지 알지 못했다. 때때로 모든 일이 잘 흘러가고 완벽한 듯 보여도 얼마쯤 시간이 지나면 그 완벽했던 일이 전혀 다른 흐름으로 바뀌는 경우가 종종 있다. "바닥 공사를 하러 새집에 가려고 해요. 패트릭과 그레이스가 디엠을 데리고 증조할머니 댁에 갔거든요. 내일 돌아올 거예요."
 케나는 새것처럼 보이는 단추가 달린 분홍색 셔츠와 하늘거리는 긴 흰색 스커트를 입고 있었다. 티셔츠와 청바지가 아닌 다른 모습은 처음이었다. 그녀의 가슴골이 살짝 드러나 있었고, 나는 쳐다보지 않으려 애썼지만 쉽지 않은 일이었다. 우리는 잠시 동안 아무 말 없이 조용히 서 있었다. 그리고 내가 말했다. "나랑 같이 갈래요?"
 그녀는 나를 조심스럽게 바라보았다. "내가 같이 가길 바라나요?"
 그 순간 나는 그녀가 보여주었던 망설임이 자신의 후회가 아닌 나의 후회를 두려워하고 있다는 사실을 깨달았다.
 "물론이에요. 같이 가요." 내 확신에 찬 대답에 그녀는 미소를 지었고, 나는 그녀에게 다가가 키스를 했다. 그녀는 내 입술을 편안히 받아들였다. 잠깐이라도 그녀를 불안하게 만들었던 나 자신이 미웠다. 그녀에게 꽃을 건네면서 바로 그녀에게 키스했어야 했다.
 "가는 길에 스노 콘 먹어도 돼요?" 그녀가 물었다.
 나는 고개를 끄덕였다.
 "펀치카드 가지고 있어요?" 그녀가 놀리듯 물었다.
 "그것 없이는 집 밖을 나가지 않죠."
 그녀가 웃으며 지갑을 집어 들고는 아이비를 쓰다듬으며 인사를 했다.
 아래층으로 내려가 케나와 나는 테이블과 의자를 접어 트럭으로 옮기기 시작했다. 테이블은 새집으로 옮길 계획이었기 때문에 여기에 다시 온 것은 자연스러운 일이 되었다.

마지막 의자를 옮기고 있는데 레이디 다이애나가 어디에선가 갑자기 나타났다. 그녀는 나와 케나 사이에 서서 물었다. "이 멍청이랑 떠나는 거예요?"

"이제 멍청이라고 그만 불러. 이 사람 이름은 렛저야."

레이디 다이애나가 나를 위아래로 훑어보더니 중얼거렸다. "렛저나 멍청이나."

케나는 못 들은 척하며 말했다. "내일 일하는 데서 보자."

차에 올라타서 나는 웃음을 터트렸다. "렛저나 멍청이나. 똑똑한데요."

케나는 안전벨트를 매며 말했다. "재치 있긴 한데 공격적이에요. 위험한 조합이죠."

나는 차를 후진시키며 그녀에게 준비한 또 다른 선물을 언제 주어야 할까 고민했다. 차 안에 함께 있으니 그 아이디어가 왠지 부끄러워지는 느낌이었다. 더군다나 오늘 오전 그렇게 오랜 시간을 들여서 만들었다는 사실에 더욱 어색해졌다. 아파트에서 최소한 1마일은 달린 후에야 용기를 내어 말했다. "당신을 위해 뭘 만들었어요."

정지 신호에 걸릴 때를 기다렸다가 링크를 문자로 보냈다. 그녀의 전화기에서 알림이 울리고 그녀는 링크를 열고 화면을 몇 초간 바라보았다. "이게 뭐예요? 플레이리스트?"

"네. 오늘 오전에 만들었어요. 어떻게든, 절대 슬픈 감정을 불러일으키지 않을 노래 스무 곡이 들어있어요."

그녀는 휴대폰 화면을 응시하며 노래를 스크롤했다. 그녀에게서 반응을 기다리고 있었지만 그녀의 얼굴은 무표정했다. 그녀가 창밖을 내다보더니 터져 나오는 웃음을 참으려는 듯 입을 손으로 가렸다. 계속 그녀를 훔쳐보면서 반응을 살피다가 더 이상 참지 못하고 물었다. "지금 웃는 거예요? 그렇게 바보 같았어요?"

그러자 그녀가 고개를 돌려 나를 바라보며 미소를 지었고 그녀의 눈동자에는 눈물이 차오르고 있었다. "전혀 바보 같지 않아요."

그녀는 손을 뻗어 내 손을 가만히 잡고는 그대로 시선을 돌려 창밖을 바라보았다. 그녀의 미소에 만족하며 2마일 정도를 내달리다가 갑자기 그녀의 눈에 어른거렸던 눈물이 떠올라 얼굴이 찌푸려졌다.

그녀의 외로움이 마음을 아프게 했다. 그녀가 행복해졌으면 좋겠다. 패트릭과 그레이스에게 케나에게 기회를 줘야 하는 이유를 제대로 이야기하고 싶지만, 스코티와 그녀의 지난 일을 아직도 잘 모른다는 사실이 우리가 원하는 결과를 막을지도 모른다는 걱정이 들었다.

그녀와 함께 있을 때마다 항상 맴도는 질문이었다. '그날 무슨 일이 있었나요? 왜 당신은 스코티를 두고 떠났어요?' 하지만 항상 그렇듯 물어보기 적절한 타이밍은 찾아오지 않았다. 어젯밤에도 그녀에게 물어보고 싶었지만 차마 꺼내지 못했다. 그녀가 간직한 슬픔이 너무 깊고 커 보였기 때문에 그녀를 더 슬프게 만들 이야기를 물어볼 용기가 좀처럼 나지 않았다.

하지만 나는 알아야 한다. 그날 밤 무슨 일이 있었는지, 왜 그런 일이 일어났는지. 그것을 알기 전까지는 나는 안전히 그녀를 대변할 수도, 디엠의 인생에 들어올 수 있도록 그녀를 무턱대고 지지해 줄 수도 없을 것 같았다.

"케냐?" 우리는 동시에 서로를 쳐다보았다. "그날 밤 무슨 일이 있었는지 알고 싶어요."

공기가 무거워지면서 우리가 숨을 들이마시기조차 어려워지는 느낌이었다. 그녀가 느리게 숨을 들이마시더니 내 손을 놓았다. 그러고는 자기 허벅지를 꽉 잡아 쥐었다.

"그날 일에 대해서 썼다고 했잖아요. 읽어줄 수 있어요?"

그녀의 표정은 그날 밤 기억으로 돌아가기가 너무 무섭다는 듯이 두려움에 사로잡힌 것 같았다. 그게 아니라면 나를 그날의 기억으로 데려가기가 두려운 것일지도……. 그녀를 비난하고 싶은 생각은 없고 온전히 그날 일을 알고자 할 뿐이다.

난 알아야 해요.

만약 내가 패트릭과 그레이스에게 무릎을 꿇고 그녀에게 기회를 달라고 애원하게 된다면 내가 대신 싸워줘야 할 그녀에 대해 완전히 알아야 한다. 이 시점에서 그녀가 어떤 말을 하든 그녀에 대한 내 마음은 바뀌지 않을 것이다. 나는 그녀가 좋은 사람이라는 사실을 알고 있다. 아주 나쁜 하룻밤의 실수를 저지른 사람. 착한 사람에게도 나쁜 사람에게도 어느 누구에게라도 언제 일어날지 모르는 일. 누군가는 운이 좋아서 그런 순간에도 사상자가 거의 없을 수도 있는…….

자동차 핸들을 꽉 잡아 쥔 다음 내가 말했다. "제발요. 난 알아야겠어요, 케나."

또다시 침묵의 시간이 지나고 그녀가 전화기를 집어 들고 화면을 켰다. 그리고 그녀가 목을 가다듬었다. 나는 살짝 내려져 있는 창문을 끝까지 올려 차 안을 조용하게 만들었다. 글을 읽기 전 그녀는 긴장한 듯 보였다. 내가 그녀 편이라는 것을 알려주고 싶어서 손을 뻗어 흐트러진 머리카락을 귀 뒤로 살짝 넘겨주었다. 그녀를 마음대로 판단하지 않을 거라는 나의 다짐도 함께 느끼게 해주고 싶었다.

나는 단지 무슨 일이 있었는지 알고 싶을 뿐이다.

33장

케나

스코티에게,

당신의 자동차는 내가 가장 좋아하는 장소였어. 이 말을 전에 했었는지 모르겠네.

온전한 우리 둘만의 시간을 가질 수 있는 유일한 장소였지. 스케줄이 서로 맞는 날 당신이 날 데리러 오는 걸 손꼽아 기다리곤 했었어. 당신 자동차에 타면 날 반기는 따뜻한 집에 온 것 같은 포근함이 느껴졌어. 내가 저녁을 먹지 못한 날엔 내가 제일 좋아하는 맥도날드 감자튀김을 사서 컵홀더에 준비해 두기도 했었고.

당신은 정말 다정한 사람이었어. 생각지도 못하는 사소한 부분까지 늘 날 위해서 챙겨주었지. 당신은 내게 과분한 사람이야. 물론 당신은 아니라고 하겠지만.

당신이 떠난 날을 수없이 되새겨 보았어. 그날 일을 추정이긴 하지만 종이에 분 단위로 적어보기도 했어. 그날 아침 실제로 1분 30초 동안 양치질을 했는지는 모르겠어. 직장에서 쉬는 시간이 정말로 15분이었는지, 그날 밤 갔던 파티에서 정확히 57분을 보낸 건지도 사실 잘 모르겠어.

여기저기서 몇 분씩 계산이 틀릴지는 모르겠지만 대부분은 그날 밤 있었던 모든 일을 기억해. 심지어 잊고 싶은 일까지도……

당신은 신입생 때 룸메이트였던 대학 친구가 파티를 열었는데 도움을 많이 받은 친구여서 꼭 파티에 참석해야 한다고 했어. 그 파티에 참석하지 않았더라면 어땠을까? 당신의 마지막 날 그래도 당신의 친구들을 대부분 만났으니 다행이라고 해야 하나?

파티에 참석한 당신은 온전히 즐기지 못하는 듯했어. 실은 당신이 파티에 가는 걸 썩 내켜 하지 않았다는 걸 알고 있었어. 당신은 인생에서 더 중요한 것들에 집중하기 시작한 때였으니까. 막 대학원 수업을 시작했고 남는 시간엔 공부를 하거나 늘 나와 함께였었지.

우리가 오래 머물지 않을 거라는 걸 알았기 때문에 나는 거실 구석에 있는 의자를 찾아서 당신이 돌아다니는 동안 몸을 웅크리고 앉아만 있었어. 당신이 알고 있었는지 모르지만 나는 우리가 그곳에 있던 57분 내내 당신만 바라보았어. 당신은 정말 매력적이었어. 사람들은 당신 주위로 몰려들었고 당신과 이야기하는 사람들의 눈은 반짝였어. 그리고 아직 인사하지 못한 사람이 보이면 당신은 반갑게 아는 척을 해주었고, 그들이 파티에서 가장 중요한 사람처럼 느끼게 만들어 주더라. 당신에게는 사람을 끄는 힘이 있어. 상대방이 인정받은 것처럼, 그리고 중요한 사람인 것처럼 느끼게 하는 힘 말이야.

도착한 지 56분쯤 지났을 때 당신이 구석에 앉아 있는 날 발견하고 내게 웃어주었어. 그러더니 옆에 있던 사람들을 두고 내게 다가왔어. 갑자기 당신의 온전한 관심을 혼자 받게 되었지.

당신은 나를 한참 동안 바라보았어. 내가 당신에게 얼마나 소중한 사람인지 느껴졌어. 당신은 내 옆에 앉아 목에 키스를 하며 귀에 대고 속삭였어. "혼자 둬서 미안해."

당신은 날 혼자 두지 않았어. 내내 당신과 함께였는걸.

"지금 갈래?" 당신이 물었어.

"당신이 재밌으면 괜찮아."

"당신은 어때? 재미있어?" 당신이 물었지.

나는 어깨를 으쓱했어. 그 순간 파티보다 훨씬 재밌는 일이 생각났어. 당신의 얼굴에 퍼지는 미소를 보니, 당신도 같은 생각인 것 같았어.

"호수에 갈래?"

나는 고개를 끄덕였어. 내가 가장 좋아하는 세 가지 중 하나였으니까. 그 호수, 당신의 자동차, 그리고 당신.

당신은 맥주를 가지고 파티에서 몰래 빠져나왔어. 한적한 시골 뒷길에 있던 그 호수는 가끔 밤에 가곤 했던 우리가 좋아하는 장소였어. 친구들과 자주 캠핑을 왔던 곳이라고 했어. 내가 룸메이트와 함께 살고 있던 곳에서 멀지 않은 곳이라 당신이 한밤중에 날 찾아오면 그곳으로 갔고 가끔은 함께 머물다가 해가 뜨는 걸 지켜보기도 했었지.

그날 밤, 우리는 당신이 가져온 맥주를 거의 10병 가까이 나눠 마셨을 거야. 그리고 친구에게 샀다고 했던 마리화나가 들어간 음식들도 먹었어. 음악을 크게 틀어 놓고 물속에 들어가서 춤을 추고 키스를 했지. 당신과의 키스는 늘 특별했어. 그런데 그날 물속에서의 키스는 당신이 내게 하는 마지막 키스인 것처럼 느껴졌어. 당신은 알 수 없는 두려움이나 어떤 예감이 들었던 것이 아닐까…. 아니면 그냥 우리의 마지막 키스라서 내가 특별하게 기억하는 건지도 모르지.

물에서 나온 뒤 우리는 호숫가 달빛 아래에 누웠어. 마치 온 세상이 머리 위에서 빙글빙글 돌고 있는 것 같았지.

"미트로프가 먹고 싶어." 당신이 말했어.

너무 뜬금없는 소리라 내가 웃었어. "미트로프?"

"응. 좋은 생각 같지? 미트로프랑 으깬 감자." 당신이 몸을 일으키며 말했어. "먹으러 가자."

당신이 나보다 술을 더 많이 마신 것 같다고 나에게 운전을 하라고 했어. 술을 마시고 운전하는 건 정말 우리답지 않은 일이었는데 달빛 때문에 그날따라 우리가 제정신이 아니었나 봐. 젊고 사랑에 빠져 있었던 우리는 마치 거칠 것 없는 천하무적처럼 느꼈던 것 같아. 그리고 가장 행복할 때 죽는 사람은 없는 거 아니었어? 그건 반칙이잖아.

우리는 취해 있었고 판단력이 흐려져 있었던 게 분명해. 아무튼 당신은 내게 운전을 맡겼고 이유가 뭐든 나는 안 된다고 말하지 않았지.

차로 가려다 자갈에 걸려 넘어졌으면서도 나는 차 문을 열고 차에 탔어. 후진이 아닌 주행모드인지 확인하려고 눈을 세게 깜빡여야 했음에도 불구하고 나는 운전대를 기어코 잡았어. 볼륨을 어떻게 줄이는지도 기억이 나지 않을 정도였는데, 결국 나는 호수에서 차를 몰고 나오는 걸 선택한 거야. 라디오에선 콜드플레이의 노래가 귀가 찢어질 듯 크게 울려 나오고 있었어.

사고가 있기까지 얼마 가지도 못했어. 자갈밭이었는데 내가 너무 빨리 달렸어. 그렇게 급격히 꺾어진 길인 줄 몰랐어. 도로를 나보다 잘 아는 당신이 천천히 가라고 소리를 질렀고, 그 소리에 놀란 나는 브레이크를 밟았어. 속도가 난 상태로 자갈 위에서 브레이크를 밟으면 차를 전혀 통제할 수 없게 된다는 걸 그때서야 알았어. 차는 마치 얼음에 미끄러지는 것처럼 계속 왼쪽으로 갔어.

보통 사람들은 사고 전과 후가 드문드문 기억이 나는 경우가 많다던데 나는 그날 밤 매 순간이 전부 다 기억이 나. 내가 원하든 원하지 않든 말이야.

컨버터블 자동차가 도랑에 부딪혀 기울어지면서 뒤집히기 시작했을 때 잘못하면 앞 유리에 얼굴이 베일 수도 있겠다 싶었어. 당신과 내 얼굴을 보호해야 한다는 생각을 했어. 그 순간 가장 두려웠던 건 겨우 그런 거였어. 유리 조각 따위라니. 사람들 말과 다르게, 눈앞에 인생이 파노라마처럼 흘러가는 일 따윈 없었어. 그때 내가 걱정한 거라고는 앞 유리창이 어떻게 될까 정도였어.

왜냐하면 가장 행복할 때 죽는 사람은 없을 테니까.

온 세상이 기울어지는 것처럼 보였어. 그리고 뺨에 자갈이 닿는 느낌이 들었고.

라디오에선 여전히 콜드플레이 음악이 흘러나오고 있었어.

엔진도 여전히 돌아가고 있었고.

숨이 막혀 소리를 지를 수도 없었지만 그래야 하는지도 몰랐던 것 같아. 그때까지만 해도 여전히 차 걱정과 당신이 얼마나 화가 났을까 하는 생각만 하고 있었으니까. 그래서 내가 당신에게 그때 속삭였던 것 같아. "정말 미안해." 견인차를 불러야 하는 게 가장 큰 걱정거리인 것처럼 말이야.

모든 일은 순식간에 일어났어. 하지만 그때 나는 괜찮았어. 당신도 괜찮은 줄 알았어. 당신이 곧 내게 괜찮냐고 물어봐 줄 거라고 생각하면서. 자동차가 뒤집혀 있어서 그날 밤 마신 모든 게 뱃속에서 뒤집혀 속이 울렁거렸고 느껴보지 못했던 중력의 무게가 온몸에 전해지고 있었어. 토할 것 같아서 몸을 바로 해야겠다고 생각했어. 더듬거리며 안전벨트 버튼을 찾았고 겨우 벨트를 풀자마자 몸이 바닥에 떨어졌던 기억이 나. 그리 높지도 않았는데 예상치 못한 일이라 꺅하고 소리를 질렀어.

그때까지도 당신은 아무 말이 없었지.

어두웠고 우리가 차 안에 갇혔다는 걸 깨달았어. 그래서 나는 손을 뻗어 당신의 팔을 붙잡고 당신을 따라 밖으로 나가야겠다고 생각했어. 당신은 분명 길을 찾을 테니까. 나는 항상 당신을 의지했던 것 같아. 당신이 있으니 아무 걱정도 하지 않았어. 자동차도 더 이상 걱정하지 않았어. 당신은 내가 괜찮은지가 더 중요했을 테니까.

속도가 너무 빨라서도 아니었고 부주의하게 운전해서도 아니었어. 아주 조금 술에 취해 있었고 기분이 너무 좋아서라고 생각했고, 바보처럼 이 정도쯤은 괜찮다고 생각했던 게 문제였을 뿐이지.

깊은 도랑에 처박혀서 차가 뒤집힌 것일 뿐 큰 사고는 아닐 거라고 생각했어. 일이 주 정도 수리를 하고 나면 내가 정말 많이 사랑했던, 집처럼 편안했던 그 컨버터블 자동차는 아무 문제 없을 거라고. 당신처럼 그리고 나처럼 괜찮을 거라고.

"스코티." 당신의 이름을 부르며 팔을 흔들었어. 당신에게 내가 괜찮다고 알려주려고. 그런데 당신은 움직이지 않았어. 그제야 당신의 팔이 힘없이 축 늘어져 있다는 걸 깨달았어. 그때 처음 든 생각은 당신이 기절했을지도 모른다는 거였어. 하지만 몸을 바로 하려고 내 손을 뺐는데 온통 피범벅이 되어있었어. 당신이 몸 안에 흐르고 있어야 할 피잖아. 이해가 안 됐어. 지방 도로의 도랑에 빠지는 하찮은 사고로 사람이 다칠 수 있다는 걸 생각해 본 적은 없었어. 그런데 그건 분명 당신의 피였어.

황급히 당신에게 다가갔어. 당신이 안전벨트를 한 채 거꾸로 매달려 있었기 때문에 당신을 빼내기가 힘들었어. 온 힘을 다해 잡아당겨도 당신은 꼼짝도 하지 않았어. 당신의 얼굴을 내 쪽으로 돌려보니 당신은 마치 잠을 자고 있는 것처럼 보였어. 입술은 살짝 벌어져 있었고 눈은 감겨 있었어. 당신과 밤을 보내고 다음 날 깨어보면 내 옆에 누워 잠을 자던 그 모습 그대로였어.

계속 당신을 당겨 보았지만 무언가가 당신을 누르고 있는지 조금도 움직일 수가 없었어. 어깨와 팔이 끼여서 당신을 빼낼 수도 없었고 안전벨트에 손이 닿지도 않았어. 아주 어두웠어. 달빛이 호수에 반사되는지는 알았지만 핏물에도 반사되는지는 몰랐어. 당신의 피는 사방으로 흩어져 있었어. 차가 뒤집히니 모든 것이 더 혼란스러웠어. 컵홀더에 놓았던 내 휴대폰은 온데간데없이 사라져 버렸고. 당신의 주머니가 어디였더라? 당신의 전화기는 어디 있었지? 휴대폰이 필요했어. 허둥대며 이리저리 더듬어 휴대폰을 찾는 순간이 영겁의 시간처럼 느껴졌어. 하지만 손에 닿는 건 돌과 유리 조각뿐이었어.

이가 덜덜 떨렸어. 하지만 계속해서 나는 당신의 이름을 불렀어. "스코티. 스코티, 스코티, 스코티." 난 어떻게 기도해야 할지 몰랐지만 그 외침은 일종의 기도였어. 아무도 내게 기도하는 법을 가르쳐주지 않았어. 당신이 부모님과 함께 식사할 때 하던 기도와 양어머니였던 모나의 기도가 생각났지만 그건 음식에 대한 감사 기도였을 뿐이야. 당신이 깨어나길 바라며 그냥 당신의 이름을 부르고 또 불렀어. 신께서 관심이나 기울이실지 모르겠지만 제발 내 목소리를 들을 수 있기를 바라면서 말이야.

하지만 그날 밤 우리에게 관심을 가져준 사람은 아무도 없었어.

그때 내가 겪은 일들을 어떻게 말로 표현해야 할지 모르겠어. 사람들은 끔찍한 상황에 처해도 침착하게 어떻게 행동해야 할지 알 거라고 생각하겠지만 그건 착각일 뿐이야. 끔찍한 상황이 닥치면 생각이라는 걸 할 수가 없거든. 말로 표현할 수 없는 공포의 순간이 오면 생각의 끈이 끊어지는 사람이 대부분일지도 몰라. 그리고 내가 그랬어. 끊어짐. 무슨 일이 벌어지고 있는지 인지하지도 못한 채 영혼이 나간 듯 내 몸의 일부분만 움직이고 있었어. 무엇을 찾는지도 모르면서 손이 뭔가를 계속 찾고 있었어.

시간이 지날수록 미친 듯이 불안해졌어. 앞으로 우리의 삶이 영원히 바뀔 거라는 게 온몸으로 느껴졌거든. 한순간의 실수가 우리의 길을 완전히 바꾸어 놓았고, 모든 것이 예전과 같지 않을 것이고, 절대 다시는 돌아올 수 없다는 것도.

바닥과 자동차 문 사이의 좁은 공간으로 겨우 기어 나왔어. 밖으로 나와 몸을 일으키자마자 구토가 나왔어. 헤드라이트 불빛이 가로수를 비추고 있었지만 그 빛은 우리를 전혀 도와주지 못했어. 나는 당신을 구하려고 조수석으로 달려갔지만 아무것도 하지 못했어. 차가운 당신의 손을 꽉 쥐며 계속 이름을 불렀어. "스코티, 스코티, 스코티. 안돼, 안돼, 안돼." 앞 유리창으로 가서 발로 유리를 부숴보려고도 했지만, 내 힘으론 깨트릴 수가 없었어. 도저히 당신을 빼낼 수가 없었어.

무릎을 꿇고 유리에 얼굴을 댄 채 내가 당신에게 한 짓을 똑똑히 보았어. 누군가를 얼마나 사랑하는지와 상관없이 그 사람에게 끔찍한 짓을 저지를 수도 있다는 냉혹한 현실을 보았어. 상상할 수 있는 가장 끔찍한 고통의 파도가 온몸을 덮치는 것 같았어. 머리에서 시작해서 발끝까지 전해지는 고통에 몸을 웅크리고 몸부림쳤어. 신음이 흘러나오다 흐느껴 울기 시작했어. 다시 당신에게 돌아가서 손을 잡았는데 맥박은

뛰지 않았고 손끝의 온기도…….
나는 더 이상 소리를 낼 수 없을 지경이 될 때까지 비명을 질렀어. 내 정신이 아니었어. 그날의 나를 표현할 수 있는 유일한 문장이야.
아무리 주변을 찾아보아도 어둠 속에서 당신과 내 휴대폰을 찾기란 쉽지 않았어. 그래서 고속도로 쪽으로 달리기 시작했어. 뛰면 뛸수록 더 혼란스러웠어. 지금 벌어지고 있는 일이 현실일까? 진짜로 지금 벌어지고 있는 일인가? 신발 한 짝만을 신은 채 고속도로를 달리고 있는 내 모습이 마치 꿈속에서 벌어지는 일 같았어. 악몽 속에서 빨리 앞으로 뛰어가야 하는데 그러지 못하는 내가 보이는 듯했어.
내가 기억을 떠올리지 못한 건 사고 당시가 아닌 이 순간 이후부터였어. 정신을 차릴 수 없을 정도의 흥분과 내 몸을 관통하던 극도의 불안감이 그날의 일부 기억을 물에 빠트려 떠내려 보낸 모양이야. 내가 낼 수 있는지도 몰랐던 기괴한 소리를 냈던 것 같아. 당신이 죽었다고 생각하자 숨조차 쉴 수가 없었어. 당신이 숨을 쉬지 못하는데 내가 어떻게 숨 쉴 수 있겠어? 끔찍한 깨달음이었어. 나는 무릎을 꿇고서 어둠 속에서 비명을 질렀어.
그 길가에 얼마나 오래 있었는지 잘 모르겠어. 내 옆을 많은 차들이 지나갔지만 아무도 차를 세워주지 않았어. 내 손에는 여전히 당신의 피가 묻어 있었고 두려웠고 화가 났어. 당신 어머니의 얼굴이 계속 떠올랐어. 나는 당신을 죽였고 모두들 당신을 그리워하고 추모하게 될 텐데…. 당신은 이제 주변 사람들을 행복하게 해줄 수도 없겠지. 전부 내 잘못이었어. 나는 죽고 싶다는 생각만 들었어.
다른 건 아무것도 생각나지 않았어.
나는 지금 죽고 싶다.

도로에 뛰어들었을 때가 아마 11시쯤이었을 거야. 차 한 대가 방향을 틀어 겨우 나를 피해 갔어. 이후 세 번의 시도를 더 했지만 차에 스치는 것조차 힘들었어. 아슬하게 나를 피했던 운전자들은 어둠 속에서 갑자기 뛰어든 나에게 화를 냈어. 경적을 울리고 내게 욕을 했지만 아무도 나를 도와주지 않았고 고통에서 구해주지 못했어. 아마 몇 마일을 걸었을 거야. 아파트에서 얼마나 떨어진 곳인지 가늠이 되지 않았지만 아파트에 도착하면 4층 발코니에서 뛰어내릴 작정이었어. 그 순간에 생각할 수 있었던 건 그것뿐이었어. 나는 당신과 함께하기로 결심했어. 당신이 내 전부인데 당신 없이 무슨 의미가 있겠어?

시간이 조금씩 흐를 때마다 나는 점점 더 작아지고 작아지다가 결국은 더 이상 보이지 않는 투명 인간이 된 기분이 들었고, 그때까지 나는 걷고 또 걸었어. 그게 내 마지막 기억이야. 내가 당신을 두고 떠났었다는 것을 깨닫기까지의 긴 시간 동안 나는 존재하지 않는 투명 인간이었어.

몇 시간.

사람들은 내가 태연히 집으로 걸어와 잠이 들었다고 말하겠지만 그게 아니었어. 집으로 오는 내내 어지러움과 두통, 이명 현상을 견뎌내던 나는 결국 집에 도착하자마자 쓰러졌어. 다음 날 아침 경찰이 방문을 두드려서 눈을 떴을 때 나는 바닥에 쓰러져 있었어. 머리 옆 바닥에 작은 피 웅덩이가 고여있는 걸 보니 사고 당시 머리를 부딪혀 뇌진탕 증세로 기절했던 것 같았어. 사고 후에 내가 허둥대며 인지 기능이 부족했던 걸 보면 뇌진탕의 충격이 있었던 건 분명한 것 같아. 하지만 변명할 시간도 확인시켜 줄 시간도 없이 경찰은 침실로 들이닥쳤고 내 팔을 붙들고 일으켜 세우고 있었어.

그게 내 침실을 본 마지막이야.

룸메이트 클라리사가 잔뜩 겁에 질려 있었던 모습이 기억나. 나를 걱정해서라기보단 살인자와 같이 살아왔다는 사실이 두려웠을 거야. 제이슨인가 아니면 저스틴이었나? 이름조차 기억나지 않는 그녀의 남자 친구는 내가 자신들의 하루를 망쳤다는 듯 그녀를 위로하고 있었어. 그런 그들에게 얼떨결에 사과할 뻔했는데 목소리가 나오지 않았어. 그 순간에는 이해되지 않는 게 너무나 많았고 혼란스러웠어. 두려웠고 깊이 상처받고 있었어. 하지만 그 순간 나를 덮치던 복잡한 감정들 중 가장 강렬했던 건 외로움이었던 것 같아.

그리고 그게 영원히 이어질 줄은 몰랐어. 영원한 외로움. 경찰차 뒷자리에 태워지던 그 순간 내 인생은 당신과 함께 끝이 났고 당신 없는 이후의 삶은 그 어떤 것도 의미가 없다고 생각했어.

당신을 만나기 전의 삶과 당신과 함께하던 삶만 있을 뿐,
당신 이후의 삶이 있을 거라고는 생각조차 할 수가 없었어.
하지만 나는 지금도 살아가고 있어,
당신 없는 삶 속에 영원히 남겨진 채…….

∽

아직 읽을 부분이 더 남아 있었지만 목이 타고 신경이 곤두서면서 렛저가 어떤 생각을 하고 있을지 두려워졌다. 그가 핸들을 너무 세게 잡고 있어서 손가락 마디가 하얗게 변한 게 눈에 들어왔다. 물병을 꺼내 천천히 물을 마셨다. 렛저는 여전히 아무 말 없이 차를 몰았다. 조금 후 집에 도착했고 렛저는 주차를 하더니 팔꿈치를 문에 얹고는 내 얼굴을 보지도 않은 채 내게 말했다. "계속 읽어요."

손이 떨리고 있었다. 울음을 참으며 계속 읽을 자신이 없었지만 운다고 한들 그가 크게 신경 쓸 것 같지도 않았다. 한 모금 물을 더 마신 후 다음 편지를 읽기 시작했다.

∽

스코티에게,

취조실 분위기는 이랬어.

그들이 물었지. "술은 얼마나 마셨어요?"

나는 침묵했어.

"사고 후에 누가 당신을 집에 데려다줬습니까?"

"……."

"불법 약물을 복용하고 있습니까?"

"……."

"구조 요청을 했습니까?"

"……."

"당신이 사고 현장에서 달아났을 때 그가 여전히 살아있었다는 걸 인지했습니까?"

"……."

"우리가 그를 발견하기 30분 전까지만 해도 그가 살아있었다는 사실 알고 있습니까?"

"악! 악! 악!!!!!"

수없이 비명을 질렀어.

그들은 나를 다시 감방에 가두었고 내가 진정되면 다시 오겠다고 했어. 내가 진정이 된다면.

나는 진정이 되지 않았고 계속 비명을 질러 댔어, 스코티.
나는
생각해
그날
난
제정신이 아니었다고.
나의 비명이 그친 후 그들은 24시간 동안 두 번 더 나를 심문실로 불렀어. 나는 상심에 빠져 잠을 전혀 자지 못했고 아무것도 먹고 마시지도 못했어.
그저 죽고만 싶었어.
내가 구조 요청만 제때 했더라면 그는 살았을 거라는 말을 듣고 나서는 나는 제정신으로 삶을 살아가지 못할 거라고 확신했어. 그 말은 듣는 순간 난 죽은 거였어. 그게 월요일이야. 사고가 있고 이틀이 지나서였어. 아직 살아있는 척하고 있지만 내가 곧 육체적으로 죽게 되면 적을 묘비의 비문을 생각해 뒀어. '케나 니콜 로완, 그녀가 사랑하는 스코티가 떠난 이틀 뒤 사망.'
이 모든 일을 겪으면서도 엄마에게는 전화할 생각조차 하지 않았어. 누구에게든 도움을 청할 생각도 못 할 정도로 절망에 빠져 있었어. 고향 친구들에게 연락해서 내가 한 짓을 어떻게 설명할 수 있겠어? 나 자신이 말할 수 없이 부끄러웠어. 그래서 나의 친구들, 내가 알던 사람들은 내가 한 짓을 몰라. 그리고 당신을 알았던 모든 이들은 날 미워했고. 결국 아무도 날 찾아오지 않게 되었어.
변호사를 지정해 주었지만 보석을 신청해 줄 사람이 아무도 없었어. 보석금을 내고 풀려났다고 해도 갈 곳도 없었을 거야. 감옥 안이 오히려 편안했어. 당신과 같이 있을 수 있는 게 아니라면 어디든 상관없었어. 감옥에서 음식을 거부하고, 결국에는 내 심장이 멈추기를 바라고 있었어. 그날 밤 당신의 심장처럼.

알고 보니, 당신의 심장은 그때도 여전히 뛰고 있었던 거야. 죽은 건 단지 당신의 팔이었던 거지. 소름 끼치는 이야기를 자세히 듣게 돼 버렸어. 사고 당시 당신의 팔이 끔찍하게 으스러지고 짓눌려서 혈관이 끊어졌고 그래서 내가 당신의 맥박을 느끼지 못했을 거라고 했어. 어쨌든 그 모든 악조건의 상황에서도 어떻게 당신이 깨어나고 차에서 빠져나와 도움을 요청했는지 모르겠어. 나는 당신을 도울 수 없었는데.

내가 당신 옆에 더 오래 있었다면, 더 열심히 구출하려고 노력했다면 어땠을까? 내가 패닉에 빠지지 않고 현실의 범주에서 제대로 상황을 인지할 수 있었다면 어땠을까? 당신이 늘 그렇듯 나도 당시 침착함을 유지 할 수 있었더라면 당신은 지금도 살아서 존재조차 몰랐던 우리 딸과 함께 할 수 있었을 거야. 아이를 둘 이나 셋쯤 더 낳았을 수도 있겠네. 나는 선생님이나 간호사 아니면 작가가 되었을 거야. 당신이 내가 할 수 있다고 믿어주었던 그 무언가가 분명 되어 있었을 거야.

세상에…… 당신이 너무 보고 싶어.

어떤 형태로라도 당신이 내 앞에 나타나 주기만 한다면…….

가끔 당시의 내 정신상태가 선고에 영향을 미쳤는지 궁금해. 나는 내면이 텅 빈 상태였고 그 공허함이 내 눈에 드러나 보였을 거야. 당신이 죽고 나서 2주 뒤에 열린 첫 번째 공판에 난 아무런 관심이 없었어. 변호사는 내가 법정에서 무죄라고 주장해 주기만 하면, 그날 밤 내가 제정신이 아니었고 내 행동에는 의도가 없었으며, 현재 매우, 매우, 매우 후회하고 있다는 것을 자신이 증명할 수 있을 거라고 말했어.

하지만 변호사의 말에는 아무런 관심이 없었어. 나는 감옥에 가길 바랐거든. 다시는 자동차를 운전하거나 자갈길을 걷거나, 라디오에서 흘러나오는 콜드플레이 음악을 들을 자신이 없었어. 모든 일을 당신 없이 해야 하는 세상으로 돌아가고 싶지 않았어.

지금 돌이켜보니 나는 극도의 우울감으로 깊고 위험한 정신상태에 빠져 있었던 것 같아. 하지만 그 누구도 눈치채지 못했어. 아니 아무도 신경 써주는 사람이 없었을 뿐이야. 사람들 모두 스코티의 편이었어. 모두가 정의를 원했고. 안타깝게도 공감이라는 감정은 법정에서 정의와 함께하기는 힘든 감정이었어.

재밌는 건 나도 그 사람들 편이었다는 거야. 나도 그들을 위한 정의를 원했어. 내가 오히려 그들에게 공감했어. 당신의 어머니, 당신의 아버지, 법정에 모인 당신을 아는 모든 사람들에게.

나는 변호사를 경악하게 만들면서 유죄를 인정했어. 그래야 했어. 내가 사고 현장에서 달아난 후 당신이 겪었던 이야기가 시작됐을 때 법정에 앉아 내용을 듣기보다는 당장이라도 죽는 편이 낫겠다고 생각했어.

미안해 스코티.

미안해 스코티, 미안해 스코티, 미안해 스코티.

선고를 위해 다음 법정 날짜가 잡혔을 때 한참 동안 생리를 하지 않았다는 걸 깨달았어. 하지만 평소에도 주기가 일정하지 않았기 때문에 아무에게도 임신 가능성을 말하지 못했어. 당신의 일부가 내 몸속에서 자라고 있다는 걸 미리 알았더라면, 분명 나를 변호하고 재판에서 싸울 방법을 찾았을 거야. 우리 딸을 위한 싸움일 테니까.

선고일에 당신의 어머니가 읽는 피해결과진술서를 듣지 않으려고 노력했지만 그녀의 말 하나하나가 내 뼈에 지금도 새겨져 있어. 당신이 언젠가 나에게 했던 말이 계속 생각이 났어. 당신의 부모님은 많은 아이를 낳길 원했지만 당신만을 운명적으로 어렵게 얻었다고. 진술을 듣는 동안 내내 생각나는 건 그 말뿐이었어. 기적적으로 얻은 아들을 내가 죽였고, 그들에게는 아무도 없고, 이 모든 게 내 잘못이었어.

진술서를 읽을 계획이었지만 힘이 빠지고 마음이 무너져서 아무 말도 할 수가 없었어. 육체적으로나 감정적으로나 정신적으로. 그 의자에 갇힌 것 같았어. 겨우 자리에서 일어섰을 때 변호사가 내가 쓰러지지 않도록 팔을 잡아주었고, 그가 나 대신 무언가를 큰 소리로 읽는 것 같았어. 하지만 내용은 기억이 잘 나지 않아. 그날 법원에서 무슨 일이 있었는지 아직도 명확하게 떠오르는 게 없어. 그날은 그 밤과 너무나 비슷했거든. 멀리서 나를 지켜보는 끔찍한 악몽.

주변이 전혀 보이지 않았어. 주위에 사람들이 있다는 건 알았지만, 그리고 판사가 말을 하고 있다는 건 알았지만 뇌가 작동을 멈춘 것 같았어. 어떤 말도 해석이 되지 않았고, 판사의 판결문에도 아무 반응을 하지 않았어. 왜냐면 무슨 말인지 이해할 수가 없었거든. 나중에 탈수 증세로 정맥 주사를 맞고 나서야 가석방이 가능한 7년 형을 선고받았다는 사실을 알아서.

'7년이라고? 말도 안 돼. 그 정도로는 충분하지 않아.' 난 그렇게 생각했어.

차 안에 홀로 남겨졌던 당신은 어땠을지 생각하지 않으려고 노력해. 당신은 날 어떻게 생각했을까? 차 밖으로 튕겨 나갔을 기라고 생긱헸을까? 혹시 날 찾고 있었어? 아니면 내가 당신을 버린 걸 알았어?

그날 밤 홀로 당신이 겪었을 고통스러운 시간이 남겨진 우리 모두를 괴롭고 슬프게 해. 당신은 무슨 생각을 했을지. 누구를 부르짖었을지.

당신의 마지막 순간은 어떠했을지. 당신의 어머니와 아버지는 남은 삶을 얼마나 큰 고통 속에 살아내야 할지.

가끔은, 그래서 디엠이 우리에게 온 게 아닐까 생각했어. 당신의 부모님이 살아갈 수 있도록 당신이 디엠을 이곳에 보낸 건 아니었을까? 디엠을 내 인생에 두지 않은 건 당신이 날 벌주는 방식이 아닐까? 괜찮아, 난 그런 벌을 받아 마땅하니까.

아침에 눈을 뜨면 조용히 내 죄를 사죄하며 하루를 시작해. 당신에게, 당신 부모님에게 그리고 디엠에게. 그리고 종일 마음속으로 감사 기도를 하며 하루를 보내. 당신 부모님이 우리 딸을 길러주시는 것에 대해. 그러고는 잠이 들기 전 다시 내 죄를 뉘우치며 하루를 마치곤 해.

미안하고 고맙고, 그리고 미안해.

이게 나의 하루야. 매일을 그렇게 반복해.

미안해. 고마워. 그리고 미안해.

당신의 고통스럽고 외로운 죽음을 생각하면 내 형량은 정의롭지 못했어. 하지만 그날의 내 행동이 이기심 때문이 아니라는 것만은 당신 가족들이 알아줬으면 좋겠어. 공포와 충격, 고통과 혼돈 그리고 두려움이 날 당신에게서 멀어지게 했다는 사실 말이야. 맹세코 나의 이기심 때문은 아니야.

당신은 내가 나쁜 사람이 아니라는 걸 알고 있을 거야. 그리고 당신은 날 용서해 줄 거라는 것도 알아. 당신은 그런 사람이니까. 단지 바람이라면 우리 딸이 언젠가 날 용서해 줬으면 한다는 거야. 그리고 당신의 부모님도.

그리고 나면, 기적이 일어나서 나 자신을 용서할 수 있을 때가 올지도 모르지.

그때까지 당신을 사랑해. 당신이 그리워.

미안해.

고마워.

그리고…… 미안해.

34장

–

케나

 더 이상 읽을 수가 없어 문서를 닫았다. 눈물이 차올랐다. 울지 않고 여기까지 읽었다는 사실이 놀라웠다. 소리 내 읽으면서도 단어에 몰입하지 않으려고 노력했다. 전화기를 옆으로 치우고 눈을 닦았다.
 렛저는 미동조차 하지 않았다. 그는 운전석 문에 팔을 기댄 채 같은 자세로 정면을 보고 있었다. 트럭을 채우던 내 목소리가 사라지자 무겁고 환영받지 못한 침묵만이 남게 되었다. 렛저는 더 이상 참을 수 없게 되자 문을 열고 트럭 밖으로 나갔다. 차 뒤편으로 가서 아무 말 없이 테이블을 내리기 시작하는 모습이 백미러에 비친다. 그는 테이블을 바닥에 내려놓고는 차에서 의자 한 개를 집어 들고 잠시 멈칫하더니 그 의자를 테이블에 집어 던졌다. 그리고 두 번째 의자를 들고서는 다시 바닥에 내던졌다.
 앞으로 몸을 숙이고 얼굴을 손으로 가렸다. 렛저에게 단 한 문장도 읽어줘서는 안 됐던 거였다. 그가 상황에 화가 난 건지 나에게 화가 난 건지 모르겠다. 아니면 지난 5년간 쌓아온 감정을 처리하기 위해서 의자를 던지고 있는 건지 알 수가 없다.

"젠장!" 마지막 의자가 부서질 듯 바닥에 떨어지는 소리와 함께 그가 소리쳤다. 집을 둘러싼 빽빽한 나무 사이로 그의 목소리가 울려 퍼졌다. 그가 트렁크 문을 닫자 트럭 전체가 흔들렸다. 그다음은 침묵만이 남았다. 고요한 정적. 귀에 들려오는 건 나의 얕고 가쁜 숨소리뿐이었다. 그의 분노가 어떤 것이든 나를 향하는 것일까 두려워 그를 마주할 자신이 없었다.

터벅터벅 자갈 위를 걷는 그의 발걸음 소리에 목에 걸린 덩어리를 꼴깍 삼켰다. 그가 문을 열었다. 나는 얼굴을 묻은 채 움직이지 않다가 결국 손을 떼고 망설이는 눈빛으로 그를 올려다보았다. 그는 트럭 윗부분을 손으로 짚고 머리를 팔에 기댄 채 문에 몸을 기대고 있었다. 눈은 빨갛게 충혈되어 있었지만 증오에 찬 표정은 아니었다. 심지어 분노의 눈빛도 아니었다. 자신의 감정을 분출함으로써 나를 두렵게 만들었다는 사실을 잘 아는 듯 오히려 미안해하는 것처럼 보였다.

"당신에게 화가 난 게 아니에요." 그가 입을 앙다물며 아래를 내려다보았다. 그러면서 머리를 가볍게 저으며 말했다. "생각할 게 많아서요."

나는 고개를 가만히 끄덕였다. 심장이 두근거리고 목이 부으오른 것처럼 느껴져서 아무런 말을 할 수가 없었다. 무슨 말을 해야 할지 자신이 없기도 했지만…….

트럭의 지붕에서 손을 떼면서 그는 계속 바닥만 내려다보고 있었다. 그러다 잠시 후 렛저가 손으로 내 얼굴을 부드럽게 감싸 쥐고 그와 똑바로 눈을 마주칠 수 있도록 얼굴을 기울였다. 차마 하기 힘든 말을 꺼내는 듯 그가 느리고 부드러운 숨을 내쉬며 말했다. "당신이 스코티를 잃은 건 정말 유감이에요."

그 순간 더 이상 참지 못하고 눈물이 왈칵 터져 나왔다. 나도 스코티를 잃었다는 사실을 누군가에게서 위로받은 것은 처음이었다. 렛저의 그 한마디는 그가 생각하는 것보다 훨씬 나에게 큰 의미로 다가왔다. 말을 잇는 그의 얼굴이 고통스러움으로 물들고 있었다. "우리가 당신한테 한 짓을 스코티가 보고 있다면 어쩌죠?" 눈물이 한 방울 맺혀 그의 뺨에 흘러내렸다. 외로운 눈물 한 방울이 나를 슬프게 한다. "지난 세월 동안 당신을 그토록 힘들게 한 사람 중에 내가 있었어요. 미안해요, 케나. 정말 미안해요."

나는 그의 가슴, 심장 바로 위에 손을 올렸다. "괜찮아요. 내가 쓴 글로 인해 어떤 것도 바뀌지 않아요. 여전히 내 잘못이고요."

"괜찮지 않아요. 괜찮지 않아요." 그는 내 머리에 뺨을 대고 포근히 안아주었다.

그는 이제 그날 밤 일을 자세한 부분까지 아는 유일한 사람이다. 이것이 상황을 더 좋게 할지 나쁘게 만들지는 확신할 수 없었다. 하지만 기분은 나아졌으니 그것대로 의미가 있었다. 적어도 나를 짓누르던 무게가 조금은 가벼워진 것 같았다. 나를 수면 아래에 묶어 두었던 것은 닻의 무게만은 아니었다. 내 딸을 품에 안을 때까지는 벗어날 수 없는 닻의 사슬이지만 그의 동정심이 내 고통의 한 조각쯤은 덜어내 준 것 같았다. 마치 그가 나를 수면 위로 들어 올려 잠시 숨을 고를 수 있게 해준 것처럼 느껴졌다.

마침내 그가 몸을 떼고 나를 재단할 만큼 충분히 멀어졌다. 내 표정에서 무엇을 본 것인지 그는 나를 안심시켜야겠다고 생각한 것 같았다. 그는 머릿결을 부드럽게 만져주며 이마에 부드럽게 입을 맞추었다. 그다음엔 코끝에 그리고 입술에 가볍게 입맞춤을 해주었다. 내가 키스를 할 거라곤 기대하지 않을 것 같지만, 이 순간 그 어느 때보다도 그에게 키스를 하고 싶었다. 그의 셔츠를 꽉 쥐고 나는 조용히 깊은 키스를 했다. 그의 키스는 용서이자 약속처럼 느껴졌고 나의 키스는 그에게 하는 사과였다.

35장

렛저

어떻게 그녀에게서 떨어져서 집 안으로 들어가 바닥 작업을 시작할 힘을 낼 수 있었는지 모르겠다. 그녀는 앉아서 나를 지켜보거나 노트에 글을 쓸 거라고 생각했는데 바닥 작업을 돕겠다고 했다. 가끔 짧은 휴식 시간을 가지고 물을 마시고 키스를 했지만, 세 시간 동안 쉬지 않고 일한 덕분에 거실 바닥 작업을 거의 마칠 수 있었다.

트럭에서 내린 이후로 중요한 얘기는 단 한마디도 나누지 않았다. 이미 충분히 무거운 하루를 보낸 우리는 마치 무거운 짐은 모두 차 안에 두고 온 것처럼 가벼워지려고 최선을 다하고 있었다. 집 안으로 들어온 뒤로 편지 얘기는 꺼내지 않았다. 그녀도 접근금지명령에 대해 언급하지 않았다. 이 지붕 아래에서는 어머니의 날이라는 단어를 꺼내지 않았고, 우리의 육체적 관계가 무엇을 의미하는 지, 어떻게 길을 찾아가야 할지에 대한 어떤 이야기도 나누지 않았다. 지금은 둘이 함께 같은 생각을 하고 있다는 것이 중요했다. 오늘 하루를 마칠 때 서로가 행복하기를…….
　케나와 나에게는 오늘이 필요했다. 케나는 특히. 그녀는 항상 어깨 위에 모든 세상의 무게를 짊어지고 있는 것처럼 보였지만, 오늘은 중력을 무력화시킨 듯 공중에 떠다니는 사람 같았다. 내가 그녀를 만난 날부터 오늘까지보다, 지난 몇 시간 동안 그녀는 훨씬 많이 미소 지었고 소리 내 웃었다. 그녀에게 그동안 내가 무거운 짐이었던가 하는 생각이 들 정도였다.
　케나가 나무 조각을 제자리에 고정한 다음 물병에 손을 뻗다가 내가 그녀의 가슴을 쳐다보고 있는 것을 알아차리고는 웃었다.
"내 눈을 똑바로 보기 힘든가 봐요."
"내 생각에는 당신 셔츠의 매력에 빠진 것 같아요." 티셔츠를 주로 입던 그녀가 깊이 파인 실크 소재의 특별한 상의를 입고 세 시간째 일하고 있었다. 땀에 젖은 부위에 옷이 달라붙어 그녀의 라인이 드러났다. "당신 상의가 미칠 듯이 사랑스러워요."
　그녀가 웃는 모습에 다시 키스를 하고 싶어졌다. 내가 그녀에게 기어가 입술에 키스를 하자 너무 세게 다가섰는지 그녀가 뒤로 넘어졌다. 그녀의 웃음소리를 뚫고 그녀에게 계속 키스하며 그녀 위로 올라갔다. 가구를 아직 채워 넣지 않았던 게 후회가 된다. 바닥으로썬 하드우드는 좋은 소재이지만 좀 더 편안한 곳에서 그녀와 키스할 수 있다면 무엇이든 하겠다. 그녀의 입술만큼 부드러운 어딘가에서.
"이 바닥 작업은 결코 끝낼 수 없겠는데요." 그녀가 속삭였다.
"거실 따위는 상관 말아요." 키스를 할수록 좀 더 발전했다. 내가 다가가고 그녀가 끌어당기고 서로를 탐닉하는 혼돈의 시간 뒤에 그녀의 셔츠는 우리 옆 바닥 어딘가에 떨어졌다.
 그녀의 부드러운 피부에 키스했다. "두려워요." 그녀가 속삭였다. 나는 몸을 일으켜 내 머리를 손으로 두르고 있는 그녀를 내려다보았다. "당신이 사실을 말하기 전에 그분들이 우리 사이를 알게 되면 어쩌죠? 너무 무모한 짓 같아요."
 오늘은 완벽한 날이기에 그녀가 그런 생각에 빠지지 않았으면 좋겠다. 게다가 그분들은 지금 다른 지역으로 떠난 상태이니 그분들이 돌아올 때까지는 그 생각은 잠시 미뤄둬도 된다. 그녀의 이마에 위로의 입맞춤을 하며 말했다. "걱정한다고 해서 아무것도 나아지지 않아요. 그분들은 마을에 없어요. 일어날 일은 언젠가 일어날 거예요. 우리가 지금 무슨 일을 하던지요."
 그 말에 그녀가 웃으며 말했다. "좋은 지적이네요." 그리곤 목을 감싸 안으며 그녀에게로 끌어당겼다.
 그녀에게 몸을 맞대고 속삭였다. "내가 당신을 영원히 숨겨야 한다면 일어날 수 있는 최악의 상황이 뭘까요? 혹시 내 옷장 봤어요? 무지 크거든요. 아마 당신도 마음에 들 거예요."
 입술을 맞댄 채로 그녀가 웃었다.
 "미니 냉장고와 TV를 설치해 줄게요. 그분들이 혹시라도 오게 되면, 당신은 옷장에 가서 휴가를 잠시 보내면 돼요."
 "농담을 잘하는 편은 아니군요. 끔찍해요." 그렇게 말했지만 그녀는 웃어주었다.
 다시 키스를 했고 우리는 더 이상 웃지 않았다. 그런 다음 나는 그녀에게서 몸을 떼고 옆에 가만히 누워 그녀를 바라보았다. 그녀는 정말 흠잡을 데 없이 완벽했다. 하지만 입 밖으로 꺼내 말하지는 않았다. 그녀의 외모에 대한 피상적인 칭찬으로 그녀의 다른 완벽함을 깎아내리고 싶지 않았기 때문이다. 내가 그녀를 얼마나 똑똑하고 따뜻한 사람이라 생각하는지, 그녀가 얼마나 영혼이 맑고 회복력이 있는 사람인지 알려주고 싶었다.

그녀의 흠 잡을 데 없는 얼굴에서 눈을 돌려 천천히 그녀의 가슴골을 바라보자, 그녀가 긴장한 듯 몸을 살짝 떨며 말했다. "바닥을 끝내야 해요."

"얘들 때문에 집중을 할 수가 없어요. 다시 옷을 입어야겠는데요." 손가락으로 그녀의 가슴을 가리키며 말했다.

그 순간 그녀의 웃음소리와 함께 방을 가로지르는 헛기침 소리가 들려왔다. 누가 집에 들어온 것이든 그의 시야에서 케나를 가려야 한다는 생각에 재빨리 몸을 일으켰지만 허둥지둥 댈 수밖에 없었다. 고개를 들어보니 부모님이 입구에 서서 천장을 올려다보고 서 있었다. 케나는 서둘러 내게서 떨어지더니 셔츠에 손을 뻗었다.

"세상에나." 그녀가 속삭였다. "누구세요?"

"제 부모님이요." 내가 중얼거렸다. 나를 당황하게 하는 것이 두 분의 가장 좋아하는 취미임이 분명했다. 부모님이 들을 수 있도록 목소리를 키워 말했다. "오늘 오실 거라고 미리 알려줘서 고마워요." 나는 케나를 일으켜 세우고 부모님이 눈 둘 곳을 몰라 헤매고 있는 동안 그녀가 셔츠를 입는 것을 도와주었다.

아버지가 말했다. "나는 들어오는 순간부터 분명 신호를 보냈다. 얼마나 더 눈치를 줘야 하는 거냐?"

부끄러워야 할 것 같은데 생각만큼 창피하지 않았다. 부모님이 일부러 놀리려는 말에는 이제 면역력이 생긴 것이 틀림없었다. 하지만 케나는 아니다.

그녀는 옷을 입고 내 뒤에 반쯤 가려진 채로 서 있었다. 아버지는 우리가 작업하고 있던 바닥을 가리키며 말했다. "많이 진도가 나간 것처럼 보이는구나… 바닥 말이야."

"바닥 말고도 여러 면에서 말이다." 엄마가 즐거워하며 말했다. 케나가 내 팔에 얼굴을 묻었다. "이 친구는 누구니, 렛저?" 엄마가 웃으며 물었다. 엄마에겐 여러 종류의 미소가 있었고 항상 다정한 의미만을 내포하는 건 아니었다. 하지만 지금은 매우 즐거워 보였다. 너무 재밌는 일이 생겼다는 듯이.

"여기는… 음…" 어떻게 케나를 소개해야 할지 감이 오지 않았다. 이름을 뭐라고 알려줘야 할지부터 막막했다. 내가 케나라고 말한다면 부모님은 분명 그 이름을 기억할 것이다. 하지만 굳이 부모님에게도 거짓말을 할 필요가 있을까 망설여진다. "여기는… 새로운 직원이에요." 내가 이 상황을 어떻게 대처하기를 원하는지 그녀에게 물어봐야 할 것 같았다. 그녀의 어깨에 팔을 두르고 그녀를 침실로 이끌며 말했다.

"실례 좀 할게요. 거짓말을 좀 정리하고 와야겠어요."

부모님의 시야에서 벗어나 케나를 데리고 침실로 들어갔더니 그녀가 눈을 크게 뜨고 나를 바라보았다. "내가 누군지 말하면 안 돼요." 그녀가 목소리를 낮춰 말했다.

"나는 거짓말을 할 순 없어요. 당신을 자세히 보게 되면 엄마는 아마 당신이 누군지 알아차릴 거예요. 선고 공판 때 엄마도 같이 갔었어요. 아마 얼굴을 기억하실 거예요. 한번 보면 잘 잊지 않는 편이거든요. 게다가 당신이 마을로 돌아왔다는 것도 알아요."

케나는 쓰러질 것처럼 보였다. 그녀는 방안을 걷기 시작했고 세상의 짐이 다시 그녀의 어깨에 돌아와 내려앉은 것을 볼 수 있었다. 두려움에 찬 눈빛으로 나를 바라보며 그녀가 물었다. "그분들이 날 미워하나요?"

그녀의 질문이 내 심장을 깊숙이 찔렀다. 그녀의 눈에는 눈물이 차오르고 있었다. 이제서야 알겠다. 스코티를 아는 모두가 자신을 미워할 거라고 그녀는 생각하고 있었다. "아니요. 당연히 당신을 미워할 리가 없어요."

스코티가 죽었을 때 부모님은 크게 상심했다. 내가 패트릭과 그레이스에게 소중하듯 스코티는 우리 부모님에게 중요한 존재였다. 하지만 케나에 대해 어떻게 생각하는지 부모님과 구체적으로 이야기를 나눈 기억이 없다. 벌써 5년 전이다. 그 당시 우리가 무슨 대화를 나누었는지, 부모님은 그때 사건에 대해 어떻게 생각하고 있었는지 기억나지 않는다. 그리고 그 뒤로 우리는 그때 사건을 입에 올리지 않았다.

케나는 내가 하려는 행동에 당황한 기색이 역력했다. "그냥 집에 데려다주면 안 돼요? 뒷문으로 살짝 나갈 테니 트럭에서 만나요."

케나를 이해할 수도 있겠다. 케나는 나의 부모님이 어떤 사람인지 알지 못한다. 아무것도 걱정할 필요가 없다는 걸 그녀는 모른다.

나는 그녀의 얼굴을 손으로 감싸 안으며 말했다. "케나. 그분들은 내 부모님이에요. 당신이 누군지 알아차린다 해도 내 편이 되어주실 거예요." 그녀는 이 말에 조금 진정이 되는 것 같았다. "일단은 당신을 니콜이라고 소개할게요. 그런 다음 당신을 집에 데려다줄게요. 부모님께는 내가 나중에 사실대로 말할게요. 알겠죠? 좋은 분들이에요. 당신처럼요."

그녀가 고개를 끄덕였고 나는 짧은 입맞춤을 건네고 그녀의 손을 잡았다. 그리고 그녀를 데리고 침실에서 나왔다. 부엌에서 부모님은 두 분이 지난번 이곳에 온 뒤에 로만과 내가 추가로 해놓은 작업들을 둘러보고 있었다. 우리가 돌아온 것을 알아차린 부모님은 자연스럽게 조리대에 몸을 기대며 그녀를 소개해 주기를 기다렸다.

나는 케나에게 손짓을 하며 말했다. "이쪽은 니콜이에요." 부모님을 가리키며 케나에게 말했다. "이분은 어머니 로빈이고 이분은 우리 아버지 벤지예요."

케나는 미소를 띠며 두분과 악수를 하더니 내게서 멀어지는 것이 두려운 듯 얼른 다시 내 옆으로 다가왔다. 조금이라도 안심이 되었으면 싶어서 나는 그녀의 손을 끌어당겨 그녀의 등 뒤로 가져가 꼭 쥐여주었다.

"네가 혼자라 아니라니 정말 반갑구나. 이런 서프라이즈는 언제나 환영이야." 엄마가 말했다. "오늘 혼자서 우울해하고 있을 줄 알았더니."

물어보기가 두렵다. "내가 왜 우울해해요?"

엄마가 웃으며 아버지에게 얼굴을 돌렸다. "10달러 내놔요, 벤지." 그녀가 손바닥을 내밀었고 아버지는 지갑에서 10달러짜리 지폐를 꺼내 손 위에 올려놓았다. 엄마는 청바지 주머니에 지폐를 구겨 넣었다. "오늘 신혼여행을 떠나기로 했던 날이라는 걸 기억

할지 내기했었거든."

왜 전혀 놀랍지가 않지? "그럼 두 분 중 누가 내가 어머니의 날을 잊었을 거라고 걸었어요?"

엄마가 손을 들었다.

"잊어버리지 않았어요. 이메일 확인해봐요. 이번 주에 꽃을 어디로 보내야 할지 알 수가 없어서 기프트카드를 보냈어요."

엄마가 10달러짜리 지폐를 주머니에서 꺼내서 아버지에게 다시 돌려주었다. 엄마는 나에게 걸어오더니 날 껴안고 말했다. "고마워." 그러고는 파티오 문에 온통 관심을 빼앗겨서 케나는 쳐다보지 않았다. "오, 와우! 생각했던 것보다 훨씬 멋진데?" 엄마는 나를 놓아주고 우리를 지나쳐 폴딩 도어를 아코디언처럼 접었다 폈다 하기 시작했다.

아버지는 여전히 나와 케나에게 집중하고 있었다. 곧 아버지가 친절하게 그녀를 대화에 끼워 넣으려고 시도하리라는 것을 알 수 있었다. 하지만 케나는 지금 자신을 모른 척해주기를 바라고 있다.

"니콜은 일하러 가야 해요." 내가 얼버무렸다. "니콜을 데려다 줘야 하니까 그럼 나중에 집에서 만나요."

엄마가 등 뒤에서 ㅎㅎㅎ 웃는 소리가 들렸다. "우리 이제 막 도착했어. 이 집의 공사 진척이 어떤지 좀 더 둘러보고 싶은데."

아버지의 관심은 여전히 케나였다. "니콜, 무슨 일을 해요? 렛저와…" 내게 손짓을 하며 말했다. "렛저와 가게에서 일하는 것 말고요."

케나는 숨을 가쁘게 쉬더니 말했다. "아. 어떻게 말씀드려야 하지…. 좋아요, 말씀드릴게요. 렛저와 다른 일은 하지 않았어요."

이런, 아버지의 말은 그 뜻이 아닌데. 나는 그녀의 손을 꽉 쥐었다. 설명을 해야 할 것 같았다. "내 생각에 아버지 말은 날 위해서 일하는 것 말고 다른 직업이 있냐는 말이에요." 그녀가 이해되지 않는다는 눈빛으로 나를 바라보았다. "내가 당신을 우리 직원이라고 소개했고 그런 다음 나는 당신이 일하러 가야 한다고 거짓말을 해버렸잖아요. 오늘은 일요일인데, 두 분은 일요일엔 우리 술집이 문을 닫는다는 것을 아시니까… 당신에게 다른 직업이 있나 보다 생각하신 것 같아요."

나는 횡설수설하고 있었다. 부모님 앞에서 이 대화를 하자니 상황을 점점 더 악화시키고 있는 것 같았다. 그리고 두 분은 이 상황을 즐기고 있었다.

엄마가 아버지 옆으로 돌아와서 환하게 웃었다.

"이제 집에 데려다줘요." 케나가 애원하듯 말했다.

나는 고개를 끄덕였다. "그래요. 이건 고문이에요. 아무튼 거짓말은 미안해요."

"하지만 나에게는 어머니의 날을 맞아 정말 좋은 선물이었어요." 엄마가 말했다. "지금껏 가장 행복한 어머니의 날이 될 것 같은데요?"

"파혼 때문에 렛저가 슬퍼하고 있을 거라고 생각해서 우리는 여기에 온 거예요." 아버지도 옆에서 거들었다. "아버지의 날 선물로는 대체 뭘 줄 셈일까, 여보?"

"상상은 되는데 말이에요." 엄마가 말했다.

"두 분 창피해요. 그만 좀 하세요. 저도 거의 서른이에요. 언제 끝나는 거예요?"

"너는 고작 스물여덟이야." 엄마가 말했다. "서른 되려면 한참 남았어. 스물아홉은 되어야 거의 서른이라고 하는 거지."
"가요." 내가 케나에게 말했다.
"안돼. 저녁 식사 때 같이 와." 엄마가 말했다.
"그녀는 배고프지 않아요." 나는 케나를 문밖으로 이끌었다. "그럼 이따 집에서 만나요!"
부모님 두 분만을 남겨두었다는 것이 무엇을 의미하는지를 깨달았을 때는 이미 트럭에 거의 도착한 뒤였다. 나는 잠시 멈춰 섰다가 말했다. "잠시만 기다려요. 금방 올게요." 트럭을 가리키며 그녀에게 먼저 들어가 있으라고 한 뒤 나는 돌아서 집안으로 향했다. 그리고 현관에 선 채 말했다. "내 새집에서 사랑을 나눌 생각은 하지 말아요."
"오, 이런." 아버지가 말했다. "절대 안 그래."
"나 진지해요. 이곳은 나의 새집이에요. 두 분이 먼저 사용하면 가만히 두지 않겠어요."
"안 그럴 거야." 엄마가 날 쫓아내며 말했다.
"그러기엔 너무 나이를 먹었어." 아버지가 말했다. "너무 늙었어. 아들이 거의 서른이잖니."
나는 현관문에서 한 발짝을 떼고 부모님을 내쫓았다. "나가요, 얼른요. 두 분 다 못 믿겠어요." 그리고 밖으로 나오기를 기다렸다가 현관문을 잠그고 부모님의 차를 가리켰다. "집에서 만나요."
나는 부모님의 가벼운 항의는 무시하며 트럭으로 발걸음을 옮겼다. 결국 부모님이 철수할 때까지 기다렸다가 케나와 나는 동시에 한숨을 내쉬었다. "가끔 너무 심할 때가 있어요."

"후, 좀 전에는…"

"우리 부모님이 이런 분들이에요." 그녀를 힐끗 쳐다보니 다행히 그녀는 웃고 있었다.

"당황스럽긴 했지만 그분들이 좋아요." 그녀가 말했다. "하지만 그분들과 저녁을 먹기엔 일러요."

그녀를 탓할 수 없다. 후진 기어를 넣으며 좌석 중앙을 가리켰다. 이제 그게 무엇이든 모래 위에 그었던 선을 무너뜨렸으니 그녀를 최대한 가까이 두고 싶었다. 그녀가 내 쪽으로 미끄러지듯 자리를 옮겼고 나는 그녀의 무릎 위에 손을 올렸다. 그리고 집으로 차를 몰았다.

"당신이 그걸 참 많이 해요." 그녀가 말했다.

"내가 뭘 많이 해요?"

"당신은 항상 손으로 뭔가를 가리켜요. 그건 무례해요." 기분 상한 목소리라기보다는 오히려 즐거운 목소리로 그녀가 말했다.

"항상 그러지 않아요."

"지금도 그러잖아요. 당신의 술집에 처음 갔던 그날 밤 나는 눈치챘는데요? 그래서 내가 당신이 키스하는 걸 허락한 거예요. 왜냐하면 좀 멋졌거든요. 당신이 여기저기 가리키며 지시하는 방식이요."

나는 웃었다. "방금 내가 무례하다고 하더니 내가 무례해서 섹시하다는 거예요?"

"아뇨. 친절한 사람이 섹시하죠. 아마 무례라는 단어를 잘못 선택한 것 같아요." 그녀가 내 어깨에 머리를 기댔다. "당신이 뭔가를 가리키는 행동이 정말 섹시해요."

"정말요?" 나는 그녀의 무릎에서 손을 떼고 우편함을 가리켰다. "저 우편함 보여요?" 그런 다음 나는 나무를 가리켰다. "저 나무 좀 봐요." 정지선 가까이에서 브레이크를 밟으며 나는 신호등을 가리켰다. "저것 봐요, 케나. 저게 뭐죠? 저게 웬 비둘기야?"

그녀가 고개를 들더니 호기심 어린 눈빛으로 나를 바라보았다. 신호등 앞에 완전히 차가 섰을 때 그녀가 말했다. "스코티가 그 말을 자주 했어요. 그게 무슨 의미예요?"

나는 고개를 저었다. "그냥 스코티가 자주 하던 표현이에요." 그 표현이 어디서 유래했는지 아는 사람은 나와 패트릭뿐이었다. 대단한 비밀이나 숨겨진 이야기가 있는 것은 아니지만 나는 아직 그 비밀을 간직하고 싶었다. 케나는 더는 묻지 않고 자세를 똑바로 세우더니 차가 출발하기 전에 내게 키스를 했다. 그녀는 웃고 있었고 지금처럼 그녀의 웃음을 보는 것은 정말 기분 좋은 일이었다. 운전하는 데 집중하려고 애쓰며 나는 그녀의 무릎에 손을 다시 올렸다.

그녀는 내 어깨에 다시 기대고 있다가 잠시 후 말했다. "스코티와 같이 당신을 만났더라면 좋았을 것 같아요. 당신과 스코티는 사이가 정말 좋았을 거라는 생각이 들어요."

어느 순간이 되면 스코티가 그렇게 죽었다는 사실을 우리 모두가 잊어야 할 때가 올 것이다. 그러니 이제는 서로 숨기지 말고 직접 스코티에 대해 이야기를 해야한다. 나 또한 그를 기억하고 그에 대해 얘기하며 좋은 감정만 함께 떠올려야 할 시점에 와 있다. 나는 사람들과 그에 대해 이야기를 나누고 싶다. 특히 패트릭이 울지 않는 모습을 보며 스코티의 아버지와 스코티를 함께 추억하고 싶다.

우리는 모두 스코티를 알고 있지만 각자의 다른 방식으로 스코티를 기억하고 있다. 모두 다른 추억을 간직하고 있었다. 패트릭과 그레이스에게 다른 누구도 보지 못했던, 케나만이 기억하는 스코티의 모습을 이야기 해준다면 좋겠다.

"스코티와 같이 당신을 만났더라면 좋았을 것 같아요." 나도 인정했다.

케나가 내 어깨에 입을 맞추고 머리를 다시 기댔다. 잠시 침묵이 흘렀고 내가 손을 들어 자전거 타는 남자를 가리켰다. "저 자전거 좀 봐요." 나는 앞에 보이는 주유소를 가리켰다. "저 주유소의 주유기 보여요?" 나는 구름을 가리켰다. "저 구름 좀 봐요."

케나가 웃음을 터트렸다. "그만 해요. 섹시함을 망치고 있잖아요."

～

두 시간 전쯤 케나를 아파트에 내려주었다. 밤새 그녀와 함께 시간을 보내고 싶었지만 오늘은 어머니의 날이고, 부모님은 일정이나 약속 따위는 개나 줘버리라고 하는 사람들이었다. 그리고 그들은 항상 최악의 시간에 나타나곤 했다. 적어도 이번에는 한낮이었다. 언젠가 한 번은 새벽 3시에 나타나 뒤뜰에서 너바나를 틀어 놓고 그릴에 스테이크를 굽는 아버지 때문에 깬 적도 있었다.

아버지는 오늘 햄버거를 만들었고 우리는 한 시간 전에 막 저녁 식사를 마쳤다. 저녁 내내 그들이 케나에 관해 물어볼 거로 생각하며 기다렸다. 아니 니콜에 관해 물어볼 거라고. 하지만 두 분 중 누구도 그 이름을 꺼내지 않았다. 오늘 밤 우리가 이야기한 거라고는 두 분의 최근 여행기와 나와 디엠의 근황들이었다.

두 분은 디엠과 스코티 부모님이 집을 비웠다는 소식에 실망했다. 그래서 나는 다음번에는 들러야겠다는 생각이 들면 미리 전화라는 것을 해보는 게 어떠냐고 제안했다. 그것이 우리 모두를 편하게 한다고.

나의 부모님은 스코티의 부모님과 항상 잘 어울려 지냈다. 스코티의 부모님은 나이가 들어 스코티를 가졌던 터라 우리 부모님보다는 나이가 많았다. 그래서인지 나는 스코티의 부모님이 훨씬 성숙하다고 생각했다. 물론 미성숙이라는 단어는 내 부모님을 설명하기에는 적절하지 않다. 그들은 남들보다 근심·걱정이 없는 편이었고 조직화되지 않은 사람들이었다. 비록 그 네 분을 '매우 친함'이라는 카테고리에 넣을 수는 없겠지만 그분들은 스코티와 나로 인해 유대감을 공유하고 있었다.

디엠이 내게 딸인 것처럼 내 부모님에게는 손녀와 다름없었다. 디엠은 두 분에게도 소중했고 그래서 디엠에게 늘 최선을 다하고 싶어 했다.

아버지가 그릴을 청소하기 위해 뒷마당으로 가자마자 엄마는 바 의자에 앉아 그녀의 여러 가지 미소 중 하나를 내게 보내왔다. 이번엔 '너한테 있는 비밀, 빨리 털어나 봐' 식의 미소였다.

나는 엄마를 외면하며 설거지하는 데 집중했다. 결국 엄마가 나섰다. "이리 와서 네 아버지가 들어오기 전에 나랑 얘기 좀 해."

나는 손에 묻은 물기를 닦고 엄마의 맞은편에 앉았다. 엄마는 마치 내 비밀을 이미 다 안다는 듯 나를 바라보고 있었다. 전혀 놀랍지 않았다. 엄마는 한번 본 얼굴을 절대 잊지 않는다는 말이 그냥 하는 말이 아니다. 그건 초능력 같은 것이었다.
"스코티 부모님도 아시니?" 엄마가 물었다.
나는 무슨 말인지 모르겠다는 듯 시침을 뗐다. "알다니 뭘요?"
엄마의 머리가 옆으로 살짝 기울어졌다. "그녀가 누군지 알아, 렛저. 나는 그녀가 너희 술집에 걸어 들어오던 날 이미 알아봤어."
잠깐만. 뭐라고? "엄마가 취해 있던 그날이요?"
엄마가 고개를 끄덕였다. 지금 생각해보니 그날 케나가 바에 처음 걸어들어왔을 때 그녀를 가만히 쳐다보던 엄마가 떠올랐다. 왜 그때 내게 아무 말도 하지 않았던 걸까? 며칠 뒤 전화로 디엠 엄마가 마을에 돌아왔다는 소문을 내게 이야기하면서도 그 얘기를 꺼내지 않았다.
"지난번에 통화할 때 그녀가 마을을 떠날 것 같다고 나한테 말하지 않았니? 이미 둘이 아는 사이였다면 어떤 말을 그녀에게서 들었던 것 아니니?" 엄마가 말했다.
"맞아요. 그럴 거예요." 이렇게 말해놓고는 그녀가 절대로 떠나지 않기를 바라고 있다는 생각에 죄책감이 들었다. "아니면 그랬을 수도 있죠. 모르겠어요. 나도 더는 모르겠어요."
"패트릭과 그레이스도 너희 둘 사이가 이렇다는 걸 아니?"
"아뇨."
엄마가 숨을 내쉬었다. "너 대체 무슨 짓을 하고 있는 거야?"
"나도 모르겠어요." 나는 솔직하게 말했다.
"끝이 좋지 못할 거야."
"저도 알아요."

"그녀를 사랑하니?"

나는 무겁고 느린 숨을 내쉬었다. "확실한 것은 난 더 이상 그녀를 미워하지 않는다는 거예요."

엄마는 와인을 한 모금 마시더니 이 대화를 정리할 시간을 가지는 것 같았다. "글쎄. 네가 옳은 결정을 하길 바라."

나는 눈썹을 치켜뜨며 말했다. "뭐가 옳은 결정인데요?"

엄마가 어깨를 으쓱했다. "나도 모르겠어. 그냥 네가 그랬으면 좋겠어."

짧은 웃음소리를 내며 내가 말했다. "아무 충고도 안 해줘서 고마워요."

"그게 내가 여기 온 이유야. 사람들이 부모 노릇이라고 부르는 이런 일에 발을 들여놓으려고 말이야." 그녀가 웃으며 팔을 뻗어 내 손을 꼭 잡아주었다. "지금 그녀와 함께 있고 싶어 한다는 거 알아. 네가 오늘 밤 우리를 버리고 가도 용서해 줄게."

엄마가 케나의 정체를 알고도 여전히 상관없다는 듯한 모습에 놀라 잠시 멈칫했다.

"케나가 잘못하고 있다고 생각해요?" 짧은 침묵 뒤에 내가 엄마에게 물었다.

엄마는 나를 솔직한 눈빛으로 바라보았다. "스코티는 내 아들이 아니야. 하지만 스코티와 관련된 모두가 정말 안됐다는 생각이 들어. 케나마저도. 만약 스코티에게 벌어진 일이 너에게 생겼다면 내가 패트릭이나 그레이스와 다른 선택을 했을 거라고 말하진 못하겠어. 이렇게 큰 비극적 사건에는 각자가 옳은 선택도 하고 나쁜 선택도 하게 돼. 난 네 엄마야. 그리고 네가 그녀가 특별하다고 생각한다면 분명 그녀에게는 특별한 뭔가가 있는 거라고 생각해. 나는 믿어."

나는 엄마의 말을 곱씹어 보았다. 그리고 열쇠와 휴대폰을 집어 들고 엄마의 뺨에 뽀뽀를 했다. "내일까지 여기 있을 거죠?"

"그래, 이삼일 정도 머물 거야. 아버지에게는 네가 인사하고 갔다고 말할게."

36장

케나

샤워를 하고 있는데 쉴 새 없이 현관문 두드리는 소리에 화들짝 놀랐다. 레이디 다이애나라면 그렇게 노크하지는 않을 텐데, 렛저를 제외하고 이곳에 올 사람은 그녀밖에 없었다.

막 머리에서 컨디셔너를 헹궈내고 있었기 때문에 욕실 문을 열고 소리를 질렀다. "잠깐만요!" 정신없이 몸을 닦고 급한 대로 티셔츠와 팬티를 입고 청바지를 챙겨 문으로 달려가 도어 스코프로 밖을 확인했다. 렛저였다. 나는 일단 문을 열고 그가 안으로 들어오는 동안 청바지를 입기 시작했다.

그는 내가 옷을 다 입지 않았다는 것에 당황한 것 같았다. 그는 그곳에 서서 청바지 단추를 다 채울 때까지 나를 지켜보았다. 나는 미소를 띠었다. "부모님은 버리고 왔어요?"

그가 나를 끌어당겼다. 그저 단순한 입맞춤일 거로 생각했던 나는 그의 저돌적 키스에 순간 당황했다. 나를 누르는 그의 입술이 더 많은 이야기를 하는 것처럼 느껴졌다. 고작 3시간이 지났을 뿐인데 오랫동안 만나지 못했던 것처럼 나를 원하고 있었다.

"당신 냄새가 너무 좋아요." 그가 내 젖은 머리에 얼굴을 묻고 말했다. 그는 손을 내 허벅지로 내리더니 나를 안아 올려 다리로 그의 허리를 두르게 했다. 그는 나를 안고 소파로 데려가 뉘었다.

"이건 침대가 아닌데요." 내가 놀리듯 말했다.

그가 내 아랫입술을 살짝 물었다. "괜찮아요. 지금은 어디든 상관없어요. 당신과 함께 할 수만 있다면."

"그렇다면 이 소파 말고 매트리스로 날 데려가 줘요."

그는 리듬을 잃지 않으려 애쓰며 나를 들어 올려 매트리스 위에 올려놓았다. 그가 내 목에 키스를 하고 있는데 아이비가 울음소리를 내며 매트리스 위로 올라와 렛저의 손을 핥기 시작했다. 그는 키스하는 것을 멈추고 고양이를 바라보았다.

"좀… 어색한데요."

"욕실에 데려다 놓고 올게요." 나는 고양이를 욕실에 넣고 사료와 물을 넣어준 뒤 문을 닫았다. 그리고 이번에는 렛저의 몸 위로 내가 올라갔다. 그의 위에 걸터앉은 내 허벅지를 부드럽게 쓰다듬으며 그가 나를 바라보았다.

"아직도 괜찮다고 생각해요?" 그가 물었다.

"뭘 말하는 거예요? 우리 사이요?"

그가 고개를 끄덕였다.

"우리 사이가 괜찮다고 생각한 적은 한 번도 없어요. 우리는 끔찍한 사이죠."

그가 티셔츠 앞부분을 잡고 우리 입술이 닿을 때까지 나를 끌어당겼다. "나 진지해요."

나는 미소를 지었다. 이런 식으로 내게 가까이 몸을 밀착한 상태로 내가 진지하기를 바라면 안 되는 거였다. "내가 당신 위에 있는 이 순간에 정상적인 대화를 나누자는 거예요?"

그가 몸을 뒤집어 내 위로 올라왔다. "당신과 계속 사랑을 나누고 싶지만, 우리 사이가 더 발전하기 전에 스코티 부모님과 대화를 나눠야만 할 것 같아요."

"그냥 단순한 잠자리일 뿐이에요."

그는 한숨을 쉬더니 말했다. "케나." 그가 내게 가르치려는 듯 이름을 불렀다.

그의 말은 이해되지만 계속 도돌이표처럼 반복되는 이 논쟁에 힘이 빠졌다. 잠깐은 생각이란걸 하고 싶지 않았다. 그와 함께 할 때마다 그런 생각이 드는 내 처지가 안타까울 뿐이다. 생각만으로도 힘들었고 솔직히 말하자면 두렵기까지 했다. "내가 무슨 생각인지 정말 알고 싶어요?"

"그래요. 그래서 묻는 거예요."

"우리는 하루에도 매번 왔다 갔다하고 있어요. 당신은 걱정하고, 그러다 내가 걱정하고. 그런 다음 당신이 걱정하고. 하지만 걱정만으로 이 문제가 해결되지는 않을 것 같아요. 우리 사이가 좋은 결말을 맺을 것 같지도 않고요. 모르죠, 그럴 수도 있겠죠. 아무튼 우리는 서로 함께하고 싶어 하고 어느 쪽으로 끝이 나든 우리가 예측할 수 없는 미래에 대해 걱정하면서 우리 둘의 시간을 낭비하고 싶지는 않아요. 그래서 지금 당장 옷을 벗고 나랑 사랑을 해요."

렛저가 머리를 절레절레 저으며 동시에 웃었다. "내 마음을 그대로 읽은 것 같아요."

아마 그랬을지도 모른다. 하지만 렛저에게 한 말은 내 생각과는 전혀 달랐다. 나는 두려웠다. 렛저가 무슨 말을 하더라도 스코티 부모님의 마음을 바꿀 수 없다는 걸 마음속 깊이 깨닫고 있었다. 그분들이 잘못된 게 아니었다. 두 분의 결정은 옳다. 왜냐하면 그것이 그나마 가장 마음의 평화를 가져다주는 방법이었을 것이기 때문이다.

그 결정을 존중할 것이다.

오늘 밤이 지나고 나면.

하지만 지금, 이 순간에는 나는 이기적인 사람이 되리라. 이 세상 단 한 사람, 내가 바라는 대로 나를 봐주는 그 사람에게만 집중하리라. 그러기 위해서 내가 그에게 거짓말을 해야 한다면, 그리고 우리의 이야기가 해피엔딩으로 끝날 거라 믿는 것처럼 행동해야 한다면, 그렇다면 나는 그렇게 할 것이다.

나는 그의 셔츠를 벗기고 그다음에 내 셔츠와 청바지를 벗었다. 잠시 후 우리는 알몸이 되자 서로의 몸을 탐닉하기 시작했다. 왜 우리가 서두르고 있는지 알 수 없었지만 우리는 모든 것을 서둘렀다. 키스, 애무, 헐떡임까지. 마치 우리에게 시간이 얼마 남지 않았다는 듯.

그는 강하게 나를 밀어붙였다. 다시 그리고 또다시. 결국 매트리스 옆 바닥에서 땀에 흠뻑 젖고 숨이 막힐 정도가 되어서야 끝이 났다. 그리고 그가 나를 등 뒤에서 안은 채로 우리는 함께 샤워를 했다. 물이 우리 위를 흐르는 동안 그는 나를 조용히 안아주었다.

언젠가는 그에게 작별 인사를 해야 한다는 생각에 욕실 구석에 몸을 웅크리고 울음을 터트리고 싶어졌다. 스코티의 부모님을 오해하고 있다고, 우리 사이가 잘 해결될 수 있을 거라고 나 자신을 설득하려 노력했다. 내일은 아닐 수도 있고, 이번 달이 아닐 수도 있겠지만 부디 렛저의 말이 맞기를…. 언젠가 어쩌면 그가 그분들의 마음을 바꿔놓을 수 있기를…. 아마 그가 씨앗이 될 무언가를 전하고, 그 씨앗이 자라고 자라서 그들이 나를 가엾게 여기는 날이 올 수 있을지도…….

무슨 일이 있든, 그가 날 용서해 주었다는 사실에 나는 항상 감사해할 것이다. 내가 다른 누군가에게 용서받을 수 없다고 해도 말이다. 나는 몸을 돌려 그를 마주했다. 그런 다음 손을 들어 올려 그의 뺨을 감쌌다. "당신이 디엠을 사랑하지 않았다고 하더라도 난 당신과 사랑에 빠졌을 거예요."

그의 표정이 바뀌며 그는 내 손바닥에 키스를 했다.

37장

렛저

인생은 참 재미있다. 지금쯤이면 신혼여행을 기념하며 바닷가 리조트에서 막 결혼한 아내와 함께 눈을 뜨고 있을 시간인데, 대신 나는 황량한 아파트의 싸구려 매트리스 위에서 오랫동안 증오해왔던 여자 옆에서 눈을 떴다. 작년에 누군가 수정구슬을 통해 오늘 이 모습을 미리 보여주었더라면 대체 무슨 일이 있었길래 그런 끔찍한 결정의 끈을 잇게 되었는지 궁금해했을 것이다.

하지만 지금은 모든 것이 명확해지고 있고 내가 여기 있다는 사실을 직시했다. 지금껏 인생에서 중요한 결정을 내릴 때 오늘보다 더 확신에 찼던 적은 없었다.

케나는 아직 깨지 않았으면 좋겠다. 그녀는 평화로워 보였고 나는 오늘 어떻게 할지 계획을 세울 시간이 필요했다. 더는 미루지 않고 마주하고 싶었다. 결론이 어떻게 될지 두렵다. 마음 같아서는 우리의 바람대로 이뤄질 거라는 희망을 품은 채 케나와 함께 비밀리에 행복한 시간을 몇 주 정도 더 보내고 싶었다. 하지만 미루면 미룰수록 우리는 더 엉망이 될 것이다. 패트릭과 그레이스에게 하고 싶지 않은 유일한 것이 바로, 사실을 털어놓기 전에 두 분이 내 거짓말을 미리 알아차리게 되는 것이었다.

깨지 않았으면 했던 케나가 팔을 올려 눈을 가리며 옆으로 몸을 돌렸다. 그녀는 내게 몸을 밀착시키더니 끙하는 소리를 냈다. "여긴 너무 밝아요." 목이 잠긴 듯한 그녀의 목소리가 매력적이었다.

나는 그녀의 볼에 키스를 하며 인사를 했다. "잘 잤어요? 이제 9시가 넘었네요."

케나가 벌떡 일어났다. "뭐라고요? 해가 막 뜬 줄 알았는데요." 그녀가 이불을 옆으로 치웠다. "9시까지 일하러 가야 했어요."

"오, 젠장. 태워 줄게요." 케나의 고양이가 내 셔츠 안에 들어가 몸을 말고 잠을 자고 있었다. 고양이를 안아 올려 소파에 내려놓은 다음 서둘러 셔츠와 청바지를 찾아 입었다. 케나는 욕실 문을 열어 놓은 채 양치를 하고 있었다. 실오라기 하나 걸치지 않은 그녀 때문에 청바지를 입다 말고 얼어붙었다.

그녀가 거울로 나를 보고 웃으며 욕실 문을 발로 차서 닫았다. "어서 옷 입어요!"

나는 옷을 다 입은 뒤 욕실에 있는 그녀에게 다가갔다. 그녀는 입 안을 헹구며 옆으로 비켜서 주었다. 내가 손가락에 치약을 짜고 있는데 그녀가 서랍장을 열더니 칫솔이 들어있는 패키지를 꺼냈다.

"더블 팩으로 샀어요." 그녀가 여분의 칫솔을 건넨 뒤 욕실을 나갔다.

준비를 모두 마치고 그녀에게 물었다. "몇 시에 끝나요?" 그녀를 당겨 안자 그녀에게서 상큼한 민트 향이 났다.

"다섯 시요. 만약 해고당하지 않는다면요."

결국 우리는 10시를 15분 남겨 놓고서 식료품점에 도착했다. 45분을 늦은 셈이다. 하지만 우리가 작별 키스를 마칠 때쯤 시계는 9시 50분을 가리키고 있었다.

"다섯 시에 데리러 올게요." 그녀가 문을 닫기 전에 내가 말했다.

그녀가 웃었다. "우리 사이가 이렇게 되었다고 내 운전기사가 되어야 한다는 뜻은 아니에요."

"우리 사이가 이렇게 되기 전부터 난 당신 운전기사였어요."

그녀가 문을 닫고 트럭을 돌아 내 쪽으로 다가올 때 미리 창문을 내리고 그녀를 기다렸다. 그녀가 몸을 기대고 내게 마지막 키스를 건넸다. 그녀가 몸을 떼면서 잠시 멈칫했다. 뭔가 할 말이 있는 것 같았지만 그녀는 아무 말도 하지 않았다. 혀끝에 맴도는 무언가를 두고 잠시 나를 쳐다보더니 몸을 돌려 상점 안으로 들어갔다.

집으로 차를 몰면서 줄곧 내가 우스꽝스러운 미소를 짓고 있다는 사실을 깨달았다. 집에 다가왔을 때쯤 웃음을 거둬보려 했지만 그녀 생각을 할 때마다 미소는 다시 돌아왔다.

부모님의 RV가 집 앞 진입로 전체를 차지하고 있었다. 나는 어쩔 수 없이 집 밖의 도로변에 주차를 했다. 그레이스와 패트릭은 벌써 돌아온 모양이었다. 그는 마당에 물을 주고 있었고 디엠은 분필통을 들고 마당 진입로에 앉아 있었다.

나는 얼굴에서 웃음기를 거두었다. 단순히 미소를 띤다고 해서 지난 24시간 동안의 일들이 들통나지는 않겠지만 패트릭은 내 미소가 여자 때문일 거라고 추측할 수 있을 만큼은 나를 잘 알고 있다. 그러면 그는 물을 것이다. 그러면 나는 지금까지 한 것보다 더 많은 거짓말을 그에게 해야 한다.

트럭 문을 닫는 소리에 디엠이 고개를 들었다. "렛저!" 아이가 양쪽 도로를 살피며 내게 달려와 우리는 길 한복판에서 만났다. 나는 디엠을 번쩍 안아 올리며 꼭 안아주었다.

"증조할머니 집에서 재미있었어?"

"네, 거북이를 발견했어요. 노노가 키워도 된대요. 지금 유리 상자에 넣어서 방에 있어요."

"보고 싶은데?" 나는 아이를 내려주고 손을 잡았다. 잔디밭에 발을 막 들여놓기 전에 패트릭과 내 눈이 마주쳤다.

심장이 갑자기 내려앉는 듯했다. 그의 얼굴은 굳어있었고 내게 인사도 건네지 않았다. 지금까지 본 중에 가장 체념한 듯한 표정이었다.

그의 시선이 디엠에게 향하며 말했다. "잠깐만 있다가 네 거북이를 보여주렴. 렛저와 할 이야기가 있어."

패트릭에게서 뿜어져 나오는 긴장감을 느낄 리가 없는 디엠은 집안으로 뛰어 들어갔고, 나는 패트릭이 아무렇게나 물을 주고 있던 잔디밭 가장자리에 얼어붙어 있었다. 그는 아무 말도 하지 않고 그저 계속 풀밭에 물을 주고 있었다. 마치 내가 내 죄를 인정하기를 기다리는 것처럼.

여러 가지 이유로 걱정이 되었다. 그의 태도로 미루어보면 뭔가 잘못된 게 분명한데 내가 먼저 말을 꺼냈다가 그게 아닐 수도 있으면 모든 것이 잘못될 수 있다. 패트릭의 어머니가 편찮으시다거나 아니면 디엠에게 알리고 싶지 않은 나쁜 소식을 들었다거나. 그의 행동하는 방식으로 봐서 케나와는 전혀 관련이 없을 수 있으므로 그가 꺼내기 힘들어하는 그것이 무엇이 되었든 나는 그의 말을 기다리기로 했다.

노즐을 풀어 호스를 바닥에 내려놓고 내게 다가오는 그의 신중한 발걸음 소리에 내 심장 박동은 마구 뛰었다. 그는 내게서 몇 발짝 떨어진 곳에서 걸음을 멈추었다. 하지만 내 심장은 계속 쿵쾅대고 있었다. 얼마 동안 침묵하고 있었는지 모르겠다. 그가 나와 정면으로 마주하고 싶어 한다는 걸 느낄 수 있었다. 그리고 패트릭은 갈등이나 충돌을 일삼는 사람은 아니었지만 안 좋은 이야기를 할 때 돌려 말할 줄 모른다는 사실은 염려가 되었다.

뭔가 그를 신경 쓰이게 하고 있고 이건 분명 심각한 일이다. 긴장을 풀어보려고 자연스러운 인사를 건넸다. "언제 돌아왔어요?"

"오늘 아침에." 그가 말했다. "너 대체 어디 있었니?" 그는 한밤중에 몰래 빠져나간 아들 때문에 무척 화가 난 아버지처럼 물었다.

무슨 말을 해야 할지 모르겠다. 이 순간에 가장 적합한 거짓말이 뭘지 머리를 굴려봤다. 하지만 그 어느 것도 이 상황에 맞는 것은 없었다. 부모님의 캠핑카가 진입로를 막고 있어서 차고에 차가 주차해 있었다고 말할 수도 없다. 그리고 트럭을 몰고 지금 집에 도착했으니 내가 어젯밤 집에 있었다고 말하기에 곤란한 상황임은 분명했다.

패트릭이 머리를 가로저었고 우주만큼이나 크나큰 실망감이 얼굴에 드러났다. "그는 너의 가장 친한 친구였어, 렛저."

숨을 들이마실 수조차 없었다. 손을 주머니에 집어넣고 발끝만 내려다보았다. 왜 패트릭이 이 말을 하는 걸까? 뭐라고 해야 할지 모르겠다. 그가 무엇을 알고 있는지 난 모른다. 나는 그가 어떻게 알게 되었는지도 모른다.

"오늘 아침 우리는 그녀의 아파트에서 너의 트럭을 봤어." 그의 목소리는 낮았다. 그는 나를 보고 있지 않았다. 지금 그의 앞에 서 있는 인간을 참을 수가 없다는 듯이. "나는 우연이라고 생각했어. 너와 같은 트럭을 가진 누군가가 그곳에 살고 있는 거라고. 하지만 자세히 살펴보려고 가까이 다가갔을 때 디엠의 카시트를 봤어."

"패트릭—"

"그녀와 자는 사이니?" 그의 목소리는 단조롭고 밋밋했으며 불안한 느낌을 주었다.

나는 팔로 가슴을 감싸며 내 어깨를 꽉 쥐었다. 가슴이 너무 꽉 조여서 폐를 바이스로 세게 누르고 있는 것 같았다.

"우리 셋이 앉아서 이 일에 관해 이야기해야 할 것 같구나. 그녀와 자는 사이니?" 그가 다시 물었다. 이번에는 훨씬 큰 소리로.

나는 얼굴을 쓸어내리며 이렇게 사태가 흘러간다는 사실에 좌절했다. 나에게는 몇 시간만 더 필요했을 뿐인데. 이분들에게 찾아가서 사실대로 털어놓을 생각이었는데. 그편이 훨씬 나았을 것이다. "그녀에 대해서 우리가 오해하고 있었어요." 내가 지금 어떤 말을 해도 받아들이지 못할 만큼 실망한 상태라는 걸 알면서도 전혀 설득력 없는 말을 겨우 속삭이듯 말하고 있었다.

그는 허탈한 웃음을 터트리더니 세상에서 가장 슬픈 표정을 지으며 얼굴이 일그러졌다. 그리고 화가 난 듯 그의 눈썹이 치켜 올라갔다. "우리가 오해를 했어? 우리가 잘못되었다는 거야?" 그가 한걸음 내게 다가서서 내 눈을 노려보았다. 그의 표정은 배신감으로 가득 차 있었다. "그 여자가 내 아들을 죽게 내버려 두지 않았어? 너의 가장 친한 친구가 이 지구에서의 마지막 시간을 홀로 황량한 길바닥에서 아무도 없이 숨을 헐떡이며 죽어갈 때 그녀는 뭘 했니?" 화가 난 채 그는 떨어지는 눈물을 닦았다. 그는 분노한 나머지 내게 소리를 지르지 않기 위해 계속해서 심호흡을 해야 할 정도였다.

"그건 사고였어요, 패트릭." 내 목소리는 거의 들리지 않았다. "그녀는 스코티를 사랑했어요. 극심한 공포로 인해 공황 상태에 빠져서 잘못된 선택을 한 거예요. 하지만 그녀는 자신의 잘못된 선택에 대해 죗값을 치렀어요. 언제쯤이면 우리가 그녀를 비난하지 않을 수 있을까요?"

그는 내 질문에 주먹으로 대답하기로 선택했다. 내 입술을 향해 그의 주먹이 날아왔다. 나는 아무런 행동을 하지 않고 가만히 서 있었다. 죄책감이 너무 커서 그들이 원한다면 백만 번이라도 맞을 수 있을 것 같았다. 피하고 싶지 않다.

"헤이!" 아버지가 집에서 뛰어나오고 있었다. 그 순간 패트릭은 나를 다시 한 대 쳤다. 그레이스가 집에서 나오며 이 모습을 보았다. 아버지는 패트릭과 나 사이에 몸을 밀어 넣고 패트릭의 세 번째 펀치를 몸으로 막았다.

"뭐 하는 짓이야, 패트릭?" 아버지가 소리를 질렀다.

패트릭은 아버지를 쳐다보지도 않았다. 그는 일말의 후회도 없다는 듯 나를 똑바로 노려보았다. 나는 여기서 이런 방식으로 이 대화를 끝내고 싶지는 않았다. 그래서 나는 그에게 간청이라도 하기 위해 한 발짝 앞으로 다가섰다. 그때 디엠이 밖으로 뛰어나왔다. 패트릭은 디엠을 보지 못하고 나에게 다시 달려들며 나를 넘어뜨리려 했다.

"맙소사!" 아버지가 그를 밀어내며 소리쳤다. "그만!"

소란을 보고 디엠이 울기 시작했다. 그레이스가 아이를 붙잡아 집안으로 데리고 들어가려고 했지만 디엠은 나를 원했다. 그녀는 내게 손을 내밀었고 나는 어떻게 해야 할지 혼란스러웠다.

"나는 렛저와 가고 싶어요." 디엠이 애원하듯 말했다.

그레이스가 몸을 반쯤 돌리고 나를 바라보았다. 그녀의 표정을 보니 그녀는 지금 패트릭보다 훨씬 더 깊이 상처 입었다는 사실을 알 수 있었다.

"그레이스, 제발요. 내 말 좀 들어줘요."

그녀는 등을 돌리더니 디엠을 데리고 집안으로 사라졌다. 문이 닫힌 뒤에도 디엠이 우는 소리가 들렸다. 가슴이 찢어지는 것 같았다.

"감히 우리에게 너의 선택을 강요하지 마." 패트릭이 말했다. "너는 그 여자를 선택하든지 디엠을 선택하든지 해. 대신 5년 전 겨우 평화를 찾을 수 있게 해주었던 우리의 선택에 대해 왈가왈부하지 마. 네가 자초한 일이야, 렛저." 패트릭이 등을 돌리고 안으로 설어 늘어갔다.

아버지는 나를 진정시킬 생각으로 내 팔을 잡았지만 나는 그럴 기회를 주지 않았다. 나는 곧장 트럭으로 가서 차를 몰고 가게로 향했다.
가게에 도착한 후 안으로 들어가는 대신 계단을 올라 로만의 아파트 문을 두드렸다. 그가 문을 열 때까지 끊임없이 두드렸다. 로만이 당황한 표정을 짓다가 터진 입술을 보고 말했다. "아, 젠장." 그는 옆으로 물러서며 내가 들어갈 수 있게 해주었다.

부엌으로 들어가서 종이 타월을 적셔 입술에 묻은 피를 닦아냈다.

"어떻게 된 거예요?"

"케나와 밤을 보냈어. 스코티 부모님이 그걸 알게 됐고."

"패트릭이 이렇게 만든 거예요?"

나는 고개를 끄덕였다.

로만의 눈이 가늘어졌다. "같이 한 대 친 건 아니죠? 60살이나 된 분이에요."

"당연하지. 하지만 나이 때문이 아니야. 나만큼이나 건강하셔. 내가 맞을 만해서 맞서지 않았을 뿐이야." 종이 타월을 입술에서 떼어내니 온통 피로 얼룩져 있었다. 화장실로 가서 얼굴을 확인했다. 눈 근처에 약간 멍이 들긴 하겠지만 눈에 이상은 없을 것 같았다. 하지만 입술은 안쪽이 약간 찢어졌다. 그가 너무 세게 때리는 바람에 내 이빨에 입술이 찢긴 것 같았다. "젠장." 피가 입에서 쏟아져 나왔다. "꿰매야 할 것 같은데."

로만이 입술을 보더니 얼굴을 찡그렸다. "젠장." 그가 수건을 꺼내서 적신 다음 내게 전해주며 말했다. "가요. 응급실까지 태워 줄게요."

38장
―
케나

매장을 나와 주차장 건너편에 있는 렛저의 트럭을 발견하자 발걸음이 가벼워졌다. 그는 내가 매장에서 나오는 것을 보고 나를 태우기 위해 주차장을 가로질러 차를 몰고 왔다. 트럭에 타면서 그에게 키스하기 위해 서둘러 그에게 다가갔다. 그런데 그가 내 쪽으로 얼굴을 돌리지 않는 바람에 내 입술은 그의 볼에 닿았다. 그와 조금 더 가까이 있고 싶어서 가운데 자리에 앉고 싶었지만 팔걸이가 내려진 데다 컵홀더에는 음료가 놓여있었다. 나는 조수석에 앉아 안전띠를 맸다.

그는 선글라스를 낀 채로 내가 트럭에 탄 이후 나를 한 번도 보지 않았다. 걱정되기 시작했지만 그가 팔걸이 너머로 손을 뻗어 내 손을 가만히 잡아 주었기 때문에 안심 할 수 있었다. 어젯밤을 후회하며 오늘 하루를 보낸 것은 아닌지 걱정했지만 내 손을 꽉 잡는 그의 몸짓은 날 반기고 있다는 걸 느끼게 해주었다. 편집증적으로 생각이 너무 많아서 탈이다. "그거 알아요?"

"뭐요?"

"나 승진했어요. 계산원으로요. 시간당 2달러씩 더 받게 됐어요."

"잘 됐어요, 케나." 그는 여전히 나를 바라보지 않았다. 그는 내 손을 놓고 한 손으로 운전하면서 왼손을 머리에 가져다 댔다. 나는 왜 그가 달라 보이는지 잠시 생각하며 그를 쳐다보았다. 차 안이 조용해졌다.

입술이 바짝 마르는 것 같아서 내가 말했다. "음료수 한 모금 마셔도 돼요?"

렛저가 컵홀더에서 마실 것을 집어 들고 내게 전해주었다. "달콤한 차예요. 몇 시간 되긴 했지만."

음료를 든 채 나는 그를 계속 쳐다보았다. 나는 컵을 다시 원래 자리에 놓고 말했다. "무슨 일 있어요?"

그는 고개를 저었다. "아무 일도 없어요."

"그분들께 이야기했나요? 무슨 일 생긴 거죠?"

"아무 일도 아니에요." 거짓말인 듯한 티가 났다. "당신 집으로 일단 가요." 잠시 머뭇거리다 이렇게 덧붙이는 것을 보니 그가 생각해도 얼마나 설득력이 없는 말인지 스스로 알아차린 것 같았다.

바닥으로 꺼지는 것 같은 느낌이 들면서 불안감이 파도처럼 밀려왔다. 무엇이 그를 이렇게 뻣뻣하고 경직되게 했는지 아는 것이 두려워 그에게 지금 당장 말하라고 재촉할 용기가 나지 않았다. 나는 아파트에 도착할 때까지 줄곧 창밖을 내다보며 이번이 렛저가 나를 집에 데려다주는 마지막이겠구나 하는 직감이 들었다.

그는 주차장에 차를 세우고 시동을 껐다. 나는 벨트를 풀고 트럭 밖으로 나갔다. 문을 닫았는데도 그가 여전히 차 안에 앉아 있음을 깨달았다. 그는 운전대를 엄지손가락으로 두드리며 생각에 잠겨 있는 것 같았다. 몇 초가 지나고 그가 문을 열고 결국 차에서 내렸다. 나는 그의 표정을 읽어보려고 그에게 다가가다가 그의 얼굴을 마주하고는 그 자리에서 꼼짝도 할 수가 없었다.

"세상에 맙소사." 그의 입술이 부풀어 올라 있었다. 그에게 다가가 선글라스를 벗겼다. 시커멓게 멍이 든 눈이 보였다. 물어보기가 겁이 나 소심한 목소리로 우물거렸다. "무슨 일이 있었어요?"

그는 내게 가까이 다가서며 팔로 내 어깨를 감싸 안았다. 그리고 나를 그에게 당기며 뺨을 내 머리에 대고 잠시 쉬는 듯했다. 그는 나를 가만히 안고 있다가 머리 옆쪽에 입맞춤을 했다. "안으로 들어가요." 그가 내 손을 잡고 계단 위로 나를 이끌었다.

아파트에 들어와 간신히 문을 닫고서야 나는 그에게 다시 물어볼 수 있었다. "무슨 일이에요, 렛저?"

그는 조리대에 몸을 기댄 채 내 손을 쥐었다. 나를 당겨 내 머릿결을 쓰다듬으며 나를 내려다보았다. "그분들이 내 트럭이 여기 있는 걸 오늘 아침에 봤대요."

오늘 아침에 가졌던 희망의 조각이 산산이 사라졌다. "그래서 당신을 때린 거예요?"

렛저가 고개를 끄덕였다. 나는 속이 메스꺼워서 뒤로 물러서며 마음을 가라앉혀야 했다. 얼마나 화가 나야 패트릭이 누군가를 때릴 수 있을까 싶어 울고 싶어졌다. 스코티와 렛저의 이야기로 미루어보면 패트릭은 쉽게 화를 내는 사람이 아닌 것 같았다. 그 의미는…… 그분들은 나를 증오한다. 렛저와 내가 함께였다는 사실이 친절하고 침착한 한 남자를 돌아 버리게 만들었다는 의미는 그분들은 나를 매우 많이 증오하고 있다는 거다.

내 생각이 맞았어. 그분들은 렛저에게 선택을 하라고 했을 거야. 공황 상태가 가슴에서부터 온몸으로 퍼져나가기 시작했다. 물을 한 모금 마신 다음 발밑에서 야옹거리고 있는 아이비를 안아 올렸다. 아이비를 쓰다듬어주며 그녀의 존재에서 위안을 얻으려고 노력했다. 이제 내게 남은 건 아이비뿐이었다. 이 이야기는 내가 예상했던 대로 끝이 날 것이다. 반전은 없다.

나는 이곳에 하나의 목표를 위해 왔다. 그 목표는 스코티의 부모님과 내 딸과 함께 관계를 형성하려는 것이었다. 그러나 그분들은 원치 않는다는 것이 명확해졌다.

나는 바닥에 아이비를 내려놓은 다음 팔로 가슴을 감싸 쥐었다. 차마 렛저를 쳐다보며 물을 자신이 없었다. "그분들이 날 그만 만나라고 했나요?"

그가 한숨을 내쉬었고 그것이 내가 알아야 할 전부였다. 그가 이제 떠나주었으면 좋겠다. 아니면 내가 떠나는 게 나을지도 모르겠다. 이 아파트, 이 마을, 이 도시에서. 할 수 있는 한 가장 멀리 내 딸로부터 떠나고 싶다. 내가 딸을 만나지도 못하는데 이렇게 가까이 있다가는 딸을 데리고 도망가고 싶은 마음이 점점 더 커질 것 같았다. 여기 너무 오래 있다 보면 내가 바보 같은 짓을 저지를지도 모른다는 생각이 들 정도로 절박한 마음이었다.

"나 돈이 필요해요."

렛저가 무슨 말인지 이해를 못 했다는 듯 나를 바라보았다. 내가 왜 돈이 필요한지 이해할 수 없다는 표정이었다.

"이사 가야겠어요, 렛저. 나중에 갚을게요. 하지만 난 떠나야 해요. 새로운 곳을 마련할 만한 돈이 없어요. 나는 여기 머물 수 없어요."

"잠깐만요." 그가 내 앞으로 한 발짝 다가서며 말했다. "떠나겠다고요? 포기하겠다는 거예요?"

그의 단어 선택이 나를 화나게 했다. "나는 정말 있는 힘껏 노력해 왔어요. 그분들은 내게 접근금지 신청을 했고요. 나는 그걸 포기라고 부를 수는 없어요."

"우리는 어쩌고요? 이렇게 그냥 떠나버리겠다고요?"

"바보처럼 굴지 말아요. 당신보다 내가 더 괴로워요. 적어도 당신은 결국 디엠을 차지했잖아요."

그가 내 어깨를 쥐었지만 나는 그를 외면했다. 그가 손을 내 머리 옆쪽으로 옮기고 얼굴을 들어 올려 그를 똑바로 바라보게 했다. "케나, 이러지 말아요. 제발. 몇 주만 기다려 줘요. 어떻게 되는지 우리 지켜봐요."

"어떻게 될지 뻔해요. 우리는 비밀리에 서로 계속 만날 테고 우리는 사랑에 빠지고… 하지만 그분들은 마음을 바꾸지 않을 거예요. 나는 여전히 떠나야겠죠. 몇 주 뒤면 지금 당장 떠나는 것보다 훨씬 더 지옥처럼 상처 입을 게 분명해요." 나는 옷장으로 걸어가서 여행 가방을 들었다. 가방을 열고 매트리스 위에 던져놓은 다음 내 물건들을 그 안으로 집어 던지기 시작했다. 옆 마을로 가는 버스를 탈 수 있을 것이다. 그런 다음 호텔에 일단 머물면서 어디로 가야 할지 결정해야 한다. "나 돈이 필요해요." 나는 다시 말했다. "1센트까지 정확하게 갚을게요, 렛저. 약속해요."

렛저가 쿵쾅거리며 내게 걸어오더니 여행 가방의 문을 닫았다. "그만해." 그는 내 몸을 돌려 나를 끌어당기며 팔로 감싸 안았다. "그만 좀 해요, 제발."

너무 늦었다. 이미 우리는 너무 아팠다.

나는 그의 옷을 잡아 쥐고 울기 시작했다. 그의 곁에 머물 수 없다고 생각하니 참을 수가 없었다. 그의 웃음을 볼 수도 없고 그의 지지도 느낄 수 없다니. 그의 품 안에 있으면서도 이미 나는 그가 그리웠다. 하지만 그를 떠난다는 생각에 마음이 아파져 오는 만큼이나 디엠 생각에 눈물이 흘렀다. 그리고 지금의 눈물은 지금껏 그래왔듯 온전히 아이를 위한 눈물이다.

"렛저." 조용히 그의 이름을 불렀다. 그리고 나는 그의 가슴에서 머리를 들어 그를 올려다보았다. "지금 당신이 해줄 수 있는 일은 그분들께 가서 사과하는 거예요. 디엠에게 당신이 필요해요. 가슴이 아프지만 내가 저지른 일 때문에 그분들이 과거에서 벗어나지 못한다면, 그건 당신이 고칠 수 있거나 바꿀 수 있는 일이 아니에요. 그분들의 부서진 내면을 어떻게 해줄 순 없어요. 당신이 할 수 있는 것은 그분들은 믿고 지지해 주는 거예요. 그리고 나와 같이 그걸 할 수는 없어요."

그는 눈물을 보이지 않으려고 이를 악물고 있었다. 하지만 내가 옳다는 것을 그도 알고 있는 것처럼 보였다. 그는 내게서 한발 물러서더니 지갑을 열었다. "내 신용카드가 필요해요?" 그는 매우 화가 난 것 같았다. 패배한 듯한 얼굴로 그는 지갑에서 신용카드와 20달러짜리 지폐 여러 장을 홱 잡아서 꺼내 들었다. 그는 그것들을 조리대 위에 내던지듯 올려놓더니 내게 다가와 이마에 입을 맞추고 황급히 돌아섰다. 문이 쾅 소리를 내며 닫혔다.

나는 머리를 감싸고 큰 소리로 울기 시작했다. 희망을 품었던 나 자신에게 화가 났다. 그 일이 벌어진 지 5년이 훌쩍 넘었다. 그들이 날 용서할 거였다면 진작에 그랬을 것이다. 용서함으로써 마음의 평화를 찾는 사람들이 있는가 하면 용서를 배신으로 여기는 사람들도 있다. 그들에게는 날 용서하는 것이 아들을 배신하는 것이라고 느껴질 것이다. 언젠가 그분들이 마음을 바꾸기를 바랄 뿐이지만 그때까지는 이것이 내 삶이다. 이것이 내가 가야 할 길이다.

여기서 다시 시작해야 한다. 렛저 없이, 다시금. 날 믿어주었던 날 격려해 주었던 그가 없이 홀로 다시 시작해야 한다.

흐느껴 울고 있는데 현관문이 다시 열리는 소리가 들렸다. 고개를 들어보니 그가 문을 닫고 방을 가로질러 오는 것이 보였다. 그가 나를 들어 올려 조리대에 내려놓더니 눈을 마주 보게 한 다음 내게 슬픔과 절망을 담은 키스를 했다. 마치 내게 줄 수 있는 마지막 키스인 것처럼.

키스 후 그는 결심이 선 듯한 표정으로 나를 보며 말했다. "당신의 딸을 위해 최선을 다할 거예요, 약속해요. 나는 디엠이 최고의 삶을 살 수 있도록 만들 거예요. 디엠이 엄마에 관해서 물어보면 당신이 얼마나 멋진 사람이었는지 말해줄게요. 당신이 디엠을 얼마나 사랑했는지 알면서 자랄 수 있도록 꼭 해줄게요."

머릿속이 엉망진창이었다. 그가 너무 그리울 것이다.

그가 부은 입술을 내게 포갰고 나는 부드럽게 입을 맞추어 주었다. 이마를 맞댄 채 그는 마음의 평정심을 유지하려고 고군분투

하는 것처럼 보였다. "당신을 위해 이 이상 더 할 수가 없어서 정말 미안해요." 그는 내게서 몸을 떼고 뒷걸음질했다. 그의 모습을 지켜보는 것이 마음이 아파 나는 바닥을 내려다보았다. 그런데 발아래 명함처럼 보이는 뭔가가 눈에 들어왔다. 자세히 보니 렛저의 스노 콘 펀치카드였다. 조금 전 지갑에서 돈과 카드를 꺼낼 때 같이 떨어진 모양이었다.

"렛저 기다려요." 나는 얼른 카드를 주워 그에게 다가가 전해주었다. "당신에게 필요할 거 같아서요." 눈물을 훔치면서 내가 말했다. "공짜 스노 콘 받으려면 얼마 안 남았어요."

고통을 참으며 웃음을 짓더니 펀치카드를 받아 들고는 그의 이마를 내 이마에 마주 댔다. "정말 화가 나요, 케나. 이건 불공평해요."

하지만 그건 우리가 결정할 일이 아니다. 나는 마지막으로 그에게 키스를 하고 그의 손을 꽉 쥐고 애원하는 눈빛으로 바라보았다. "그분들을 미워하지 말아요. 알겠죠? 그분들은 내 꼬마에게 좋은 삶을 만들어 주고 있어요. 제발 그분들을 미워하진 말아요."

그는 겨우 고개를 끄덕였다. 어쨌든 고개를 끄덕였으니 됐다. 나는 손을 빼고는 그가 떠나는 모습을 보고 싶지 않아 욕실로 들어가 문을 닫았다.

잠시 후 현관문이 닫히는 소리가 들렸다. 그 순간 나는 바닥에 주저앉으며 허물어졌다.

39장

―

렛저

 나는 주차를 하고 곧장 패트릭과 그레이스의 집으로 걸어가 문을 두드렸다. 선택의 여지가 없었다. 디엠은 영원히 내 삶에서 가장 소중한 여자일 것이다. 무슨 일이 있든 누가 뭐라든, 그리고 언제든지. 하지만 그렇다고 해서 내 마음이 괜찮다는 뜻은 아니다.
 문을 연 것은 패트릭이었다. 그리고 바로 그레이스도 패트릭 옆으로 모습을 드러냈다. 그녀는 다시 싸움이 생길까 봐 걱정되는 것 같았다. 두 분 모두 내 상처를 보고 약간 놀란 듯했지만 패트릭은 사과하지 않았다. 그럴 거라고 기대하지도 않았지만.
 두 사람의 눈을 똑바로 바라보며 내가 말했다. "디엠이 내게 거북이를 보여주고 싶어 했어요."
 문장이 아주 간결했다. 하지만 많은 의미를 내포하고 있었다. 문장을 번역하자면 '나는 디엠을 선택했어요. 예전처럼 우리 돌아가요.'

패트릭이 잠시 나를 쳐다보고 있는데 그레이스가 옆으로 물러서며 말했다. "침실에 있어."

그것은 용서와 수용의 의미였다. 내가 원하는 방식의 용서는 아니지만 나는 받아들였다.

방문을 열고 들어가니 디엠은 바닥에 엎드려 있었다. 거북이 한 마리가 한 발짝 떨어진 곳에 있었고 아이는 녹색 레고 조각으로 거북이를 자기 쪽으로 유인하려고 애쓰고 있었다.

"그래, 이게 너의 거북이구나?"

디엠은 몸을 일으켜 앉으면서 얼굴 한가득 웃음을 지었다. "네." 아이는 거북이를 집어 들고 침대로 나를 데려갔다. 자리에 앉아 침대 머리 판에 몸을 기댔다. 아이는 침대 가운데로 기어 와서 내 손에 거북이를 올려놓고는 내 옆을 파고들었다. 거북이를 다리 위에 올려놓자, 무릎 쪽으로 기어가기 시작했다.

"노노가 왜 때렸어요?" 그녀는 내 입술을 보며 물었다.

"가끔 어른들은 잘못된 결정을 해, 디엠. 내가 노노의 기분을 상하게 하는 말을 했고 그래서 화가 나셨던 거야. 노노 잘못이 아니야. 그건 내 잘못이야."

"노노한테 화났어요?"

"아니."

"노노는 지금도 화가 나 있어요?"

그럴 가능성이 높았다. "아니." 나는 대화 내용을 바꾸고 싶었다. "거북이 이름이 뭐야?"

디엠은 거북이를 집어 올리더니 자신의 무릎에 올려놓았다. "렛저."

나는 웃으며 말했다. "내 이름을 따서 거북이 이름을 지었단 말이야?"

"네. 왜냐하면 나는 렛저를 사랑하니까요." 아이의 달콤한 목소리에 마음이 뭉클해졌다. 케나가 지금 디엠의 말을 들을 수 있다면 좋겠다.

나는 디엠의 머리 위에 입을 맞추었다. "나도 널 사랑해, 디엠."

나는 거북이를 수족관에 넣어주고 침대로 다시 돌아와 디엠이 잠이 들 때까지 곁에 머물렀다.

패트릭과 그레이스가 디엠을 사랑한다는 사실을 안다. 그리고 그분들이 나를 사랑한다는 것도 알고 있다. 그렇다면 절대 우리 둘을 떼어놓지는 못할 것이다. 지금은 화가 날 수도 있지만 디엠이 나를 얼마나 사랑하는지를 알고 있는 한, 나는 항상 디엠 인생의 중요한 한 부분을 차지할 수 있을 것이다. 우리 셋이 엉망이 된 지금 상황을 잘 풀지 못한다고 하더라도 말이다.

나는 디엠의 삶의 일부이고 그렇기에 디엠을 위해 최선을 다해 싸울 것이다. 디엠에게 최선은 아이의 삶에 엄마가 존재하는 것이다. 내가 케나의 아파트를 떠나기 전 했던 행동을 정당화할 수 있는 이유도 이것이다. 진작에 이렇게 했어야 했다.

케나가 욕실 문을 닫자마자 나는 아파트 문을 닫고 떠난 척을 했다. 대신 나는 그녀의 휴대폰을 집어 들었다. 비밀번호는 쉽게 추측할 수 있는 디엠의 생일이었다. 나는 그녀의 구글 문서를 열고 스코티에게 보낸 모든 편지가 담긴 파일을 찾았다. 그리고 그 파일을 내 메일 주소로 모두 전송한 후 몰래 그녀의 아파트를 빠져나왔다.

나는 디엠의 침실에서 휴대폰으로 패트릭과 그레이스의 프린터 네트워크를 연결했다. 이메일을 열고 케나가 내게 읽어주었던 편지를 찾았다. 그녀가 스코티에게 쓴 나머지 편지들은 건너뛰었다. 나는 그녀의 휴대폰에서 이 파일을 가져옴으로써 이미 충분히 그녀의 프라이버시를 침범했다. 그녀가 언젠가 내게 허락해 줄 때까지는 나머지는 읽을 계획이 없다.

오늘 밤, 나는 이 편지 한 장이면 된다.

인쇄 버튼을 누르고 눈을 감았다. 그리고 복도 건너편에 있는 패트릭의 서재 프린터가 작동하는 소리를 들었다.

잠시 후 프린터가 작동을 멈추었을 때 나는 디엠의 침대에서 살며시 빠져나와 방 안에서 잠시 기다렸다. 1분이 지나도 아이는 여전히 쌕쌕거리며 잠을 자고 있었다. 디엠이 완전히 잠든 상태인 것을 확인하고 나서야 방을 나와 패트릭의 서재로 들어갔다. 나는 편지를 집어 들고 제대로 인쇄가 되었는지 확인했다.

"행운을 빌어줘, 스코티." 나는 속삭였다.

편지를 들고 복도로 나왔을 때 두 분은 부엌에 있었다. 그레이스는 휴대폰을 보고 있었고 패트릭은 식기 세척기에서 접시를 꺼내 정리하고 있었다. 내가 다가가자 그들은 동시에 나를 쳐다보았다.

"할 말이 있는데요. 큰 소리 내고 싶진 않아요. 하지만 만약 그래야 한다면 할 거예요. 그러니 일단 밖으로 나가는 게 어떨까요? 디엠을 깨우고 싶진 않아요."

패트릭이 식기 세척기 문을 닫았다. "우리는 네가 하는 말 듣고 싶지가 않아, 렛저." 그는 문 쪽으로 몸을 향했다. "돌아가는 게 좋겠어."

그들의 마음을 공감하지만 아쉽게도 나는 이미 한계에 부딪힌 것 같았다. 목을 타고 올라오는 뜨거운 기운의 분노를 누르려고 노력했지만 이미 충분히 참았기 때문에 더는 힘들었다. 케냐가 내게 한 말이 떠올랐다. '그들을 미워하지 말아요.'

"나는 내 인생을 저 여자아이에게 바쳤어요." 내가 말했다. "그건 분명 내게 빚진 거예요. 지금 하려는 얘기를 하기 전까지는 이 집에서 떠나지 않을 거예요." 나는 현관문을 나와 집 앞쪽 파티오 의자에 앉아 그들을 기다렸다. 그들은 경찰을 부르거나 밖으로 나오거나, 그것도 아니면 나를 무시하고 침실로 돌아갈 수도 있다. 그 세 가지 중 하나가 일어날 때까지 나는 이곳에 있을 생각이었다.

몇 분이 지나고 등 뒤에서 문이 열리는 소리가 들렸다. 나는 일어서 몸을 돌렸다. 패트릭과 그레이스는 현관문에서 한 발짝 정도로만 앞으로 걸어 나왔다. 두 사람 모두 내가 하려는 말을 들으려는 자세처럼 보이진 않았지만 어쨌든 나는 할 말은 해야 했다. 이 이야기를 하는데 적당한 시간은 결코 없을 것이다. 자신들의 삶을 송두리째 무너뜨린 여자를 편드는 상황에서 적당히 좋은 때란 존재하지 않는다.

내가 지금 하게 될 이야기가 내 인생에서의 어떤 말보다 가장 중요하다는 느낌이 들었다. 좀 더 준비했더라면 좋았을 텐데. 케냐에게 남은 희망이라고는 나와 내가 하게 될 간청뿐이라니. 그녀는 더 나은 대우를 받을 자격이 있다.

불안정하게 숨을 내쉬었다. "내가 한 모든 결정은 디엠을 위한 거예요. 내가 사랑하는 여자와 약혼을 깬 것도 그녀가 우리 꼬마 아가씨에게 충분한 사람인지 확신할 수 없었기 때문이에요. 언제

나 내겐 내 자신의 행복보다는 디엠의 행복이 먼저였어요. 두 분도 이미 잘 알고 계실 거라고 생각해요. 그리고 케나의 행동으로 인한 고통으로부터 스스로를 보호하려고 노력하고 계신다는 것도 알아요. 하지만 두 분은 케나 인생의 최악의 순간만을 가져와서 그 순간으로만 그녀의 모습을 규정하려고 해요. 그건 정당하지 않아요. 케나에게 공평하지가 않아요. 디엠에게도 마찬가지고요. 그리고 이젠 스코티에게마저 이것이 공평한 건지 궁금해지기 시작했어요."

나는 손에 프린트된 편지를 들고 있었다.

"그녀가 편지를 썼어요. 스코티에게요. 지난 5년 동안 줄곧 그렇게 해왔어요. 내가 읽은 건 이것뿐이지만 그녀에 대한 내 생각을 완전히 바꾸기엔 충분했어요." 나는 잠시 말을 멈추었다. 그리고 내 말을 되짚어 보았다. "사실, 그건 아니에요. 이 편지의 내용을 알기 전부터 케나를 용서했던 것 같아요. 하지만 그녀가 이 편지를 제게 읽어주었던 순간, 그녀도 우리 모두와 마찬가지로 상처 입고 내내 아파해 왔다는 걸 깨달았어요. 그리고 우리는 그녀의 고통을 계속 끄집어 내면서 그녀를 천천히 죽이고 있어요." 나는 이마를 꽉 누르며 하려는 말의 단어 하나하나를 강조하려고 했다. "우리는 한 아이의 엄마를 그녀의 아이에게서 떼어놓고 있어요. 이건 옳지 않아요. 스코티도 이 상황에 화가 날 거예요."

내가 말을 마치고, 이어 침묵이 흘렀다. 우리 모두는 마치 숨도 쉬지 않는 것처럼 고요했다. 나는 그레이스에게 편지를 건네주었다. "읽기 힘드실 거예요. 하지만 제가 케나를 사랑하게 됐기 때문에 이걸 읽어달라고 부탁하는 건 아니에요. 저는 스코티가 그녀를 사랑했기 때문에 이 편지를 읽어봐달라고 부탁드리는 거예요."
 그레이스가 울기 시작했다. 패트릭은 여전히 나를 바라보지 않았다. 하지만 그는 아내를 가만히 당겨 안았다.
 "지난 5년 동안 제 인생을 두 분께 바쳤어요. 그 대가로 내가 바라는 건 단 20분이에요. 아마 그만큼 오래 걸리지도 않을 거예요. 편지를 읽은 뒤에 천천히 생각해 주세요. 두 분이 어떤 결정을 하던 존중할게요. 맹세해요. 하지만 제발, 부디 20분만 시간을 내주세요. 스코티가 디엠을 사랑했을 만큼 아이를 사랑해 줄 다른 누군가를 가질 기회를 디엠에게서 뺏지 말아 주세요."
 나는 그들에게 반박할 기회나 편지를 내게 돌려줄 기회를 주지 않기로 했다. 나는 바로 돌아서서 내 집으로 향했고, 곧장 문을 열고 안으로 사라져 버렸다. 그들이 집 안으로 들어갔는지, 아니면 밖에서 편지를 읽고 있는지 확인하기 위해 창밖을 내다보는 일도 하지 않았다. 너무나 긴장이 되어서 몸이 떨리고 있었다.
 부모님을 찾아보니 모두 뒷마당에 계셨다. 아버지는 캠핑카 내부 물건들을 잔디밭에 펼쳐 놓고 물 호스를 이용해 청소를 하고 있었고 엄마는 파티오 야외 소파에 앉아 책을 읽고 있었다. 나는 엄마 옆에 자리를 잡았다. 엄마가 책에서 눈을 떼고 나를 보며 미소 짓다가 이내 나의 표정을 보곤 책을 덮었다.
 나는 손에 얼굴을 묻고 울기 시작했다. 어쩔 수가 없었다. 내가 사랑하는 모든 이들의 목숨이 이 순간에 달려 있는 것만 같았다. 감당할 수 없는 이 상황을 어찌해야 할지 모르겠다.
 "렛저." 엄마가 말했다. "오, 애야." 엄마가 팔로 나를 감싸 안았다.

40장

케나

 어젯밤 너무 많이 울어서인지 편두통과 함께 잠에서 깼다. 그가 그렇게 하기를 원하는 건 아니지만 렛저는 문자를 보내거나 전화를 하지는 않았다. 그래, 깔끔한 헤어짐이 좋다.
 몇 년 전 그날 밤의 선택이 수년이 지난 지금에서도 또 다른 희생자를 낳았다는 사실이 너무나 싫다. 그날 밤의 여진은 언제까지 계속될까? 나는 그날의 파문을 영원히 겪게 될 건가?
 가끔, 우리 모두 선과 악을 같은 양만큼 똑같이 가지고 태어나는 것은 아닐까 생각한다. 누구도 더 악랄하거나 덜 악랄하지 않고, 그저 각자 다른 시기에 각기 다른 방식으로 자신의 악을 방출할 뿐이라면?
 아마 누군가는 유아기에 대부분의 나쁜 행동을 표출하는 반면, 누군가는 십 대 시절이 완벽한 호러물이 되기도 한다. 어른이 될 때까지 거의 악의를 드러내지 않는 사람들도 있다. 하지만 그들에게서도 악은 천천히 조금씩 삐져나오고 있을지도 모른다. 우리가 죽을 때까지 매일 매일 조금씩.

반면에 그렇다면, 그 말은 세상에 나 같은 사람들도 있다는 뜻이다. 그들의 모든 악을 단 한 번에 풀어버리는 사람. 어느 끔찍한 하룻밤에.

악마성이 한 번에 드러나면 영향력은 천천히 평생을 걸쳐 흘러나올 때보다 훨씬 클 것이다. 그것이 남긴 파괴는 지도에 훨씬 넓은 반경으로 흔적을 남기고 훨씬 많은 사람의 기억에 자리 잡게 된다.

나는 세상에 좋은 사람과 나쁜 사람만 있고 그 중간은 없다는 말을 믿고 싶지 않다. 나의 마음속 어딘가에 악으로 가득 찬 양동이가 있어서, 양동이가 비워질 때마다 계속 채워지는, 내가 그런 나쁜 인간이라고 믿고 싶지 않다. 내 마음속 악의 양동이는 이미 비워졌고, 과거에 했던 잘못된 행동을 되풀이할 사람은 아니라고 믿고 싶다. 하지만 세월이 지난 지금까지도 사람들은 나로 인해 여전히 고통받고 있다.

그렇지만⋯⋯ 내가 남긴 참화에도 불구하고 나는 나쁜 사람이 아니다. 나는 나쁜 사람이 아니다. 이 사실을 깨닫는데 지난 5년간 매주의 상담 치료가 필요했다. 그리고 최근에서야 소리쳐 이 말을 할 수 있게 되었다. "나는 나쁜 사람이 아니에요."

렛저가 만들어 준 플레이리스트를 오늘 아침 내내 듣고 있다. 정말이지 슬픔과는 어떤 관련도 없는 노래들뿐이었다. 이렇게 슬픔과 관련이 없는 많은 노래를 어떻게 찾아냈는지 모르겠다.

메리 앤의 헤드폰을 끼고 무작위 재생 버튼을 누른 뒤 아파트를 청소하기 시작했다. 이사할 곳이 결정 나면 보증금을 돌려받아야 하니 루스가 보증금을 돌려주지 않을 이유를 만들지 않아야 했다. 처음 왔을 때보다 10배는 집을 더 깨끗하게 해 놓을 작정이었다.

음악에는 들어있지 않았던 쿵쿵하는 소리가 들렸을 때는 청소를 시작한 지 대략 10분쯤 지났을 때였다. 그리고 그 비트음이 음악이 아니라는 사실을 깨닫는 데에도 꽤 오랜 시간이 걸렸다.

그것은 노크 소리였다.

헤드폰을 벗고나니 이번에는 더 큰 소리가 울렸다. 누군가가 문을 두드리고 있었다. 심장 박동이 빨라지기 시작했다. 렛저가 아니길 바랐다. 하지만 렛저였으면 했다. 한 번 더 키스를 나눈다고 내가 부서지지는 않을 것이다. 문 쪽으로 살금살금 걸어가서 도어 스코프로 들여다보았다.

렛저였다.

이마를 문에 대고 올바른 결정을 내리려고 애썼다. 그가 마음이 약해진 것이 분명했다. 하지만 그래선 안 된다. 그가 약해진 순간에 내가 반응을 하면 분명 우리는 무너지게 될 것이다. 그리고 이렇게 우물쭈물 망설이다가 결국은 우리 모두를 파멸로 이끌 것이다. 나는 휴대폰을 열고 그에게 문자를 보냈다.

문 열지 않을 거예요.

도어 스코프를 통해 그가 문자를 읽는 모습을 훔쳐보았지만 그의 표정은 흔들리지 않았다. 그는 도어 스코프를 쳐다보며 손가락으로 손잡이를 가리켰다.

젠장. 또 저런 식이야. 나더러 어쩌라는 거야? 나는 잠금을 풀고 5센티미터 정도만 문을 열었다. "키스해서도 안 되고 날 터치해서도 안 되고 어떤 달콤한 말도 안 돼요."

렛저가 미소를 지었다. "최선을 다할게요."

조심스레 문을 다 열었는데도 그는 들어올 생각을 하지 않았다. 그는 똑바로 서서 말했다. "잠깐 시간 있어요?"

나는 고개를 끄덕였다. "네. 들어오세요."

그는 머리를 가로저었다. "저에게 말고요." 그가 내게서 시선을 거두며 아파트 안쪽을 가리키더니 오히려 문에서 한 발짝 물러섰다. 그리고 그레이스가 내 시야에 들어왔다.

나는 순간적으로 입을 손으로 틀어막았다. 전혀 예상하지 못한 일이었고 스코티가 죽은 뒤로는 그녀와 얼굴을 마주한 적이 없었다. 그녀를 보자마자 이렇게 숨이 멎는 느낌일 거라고는 생각하지 못했다. 무슨 의미인지 모르겠다. 의미가 있다고 미리 생각하고 싶지 않다. 하지만 그녀가 여기에 모습을 드러냈다는 사실만으로도, 마음에 묻기에는 너무 많은 희망이 솟아나고 있었다.

눈물이 줄줄 흘러내렸다. 그녀에게 하고 싶은 말이 너무 많았다. 해야 할 사과가 많았다. 해야 할 약속도.

그레이스가 집안으로 발을 내디뎠다. 렛저는 밖에 서 있다가 우리 둘만의 공간을 위해 문을 닫았다. 나는 종이 타월을 집어 눈물을 닦았다. 소용이 없었다. 그들이 내게서 디엠을 데려갔던 날을 제외하고는 이렇게 울어본 적이 없었던 것 같다.

"널 속상하게 하려고 온 게 아니야." 그레이스가 말했다. 그녀의 표정만큼이나 목소리가 온화했다.

나는 머리를 저었다. "그게 아니라…… 죄송해요. 진정할 시간을 조금만… 주세요."

그레이스는 소파를 가리켰다. "우리 앉을까?"

나는 고개를 끄덕이고 소파에 함께 자리를 잡았다. 그레이스는 나를 잠시 바라보았다. 아마 내 눈물의 의미를 판단하고 있는 듯했다. 악어의 눈물인지 진심의 눈물인지…….

그녀는 자기의 옷 주머니에 손을 넣더니 무언가를 꺼냈다. 처음에는 손수건인 줄 알았다. 하지만 자세히 보니 그건 작은 검은색 벨벳 주머니였다. 그레이스가 그 주머니를 내게 건네주었고 나는 이유를 알 수가 없었다. 끈을 풀어 벨벳 주머니를 열고 그 안의 내용물을 손바닥에 떨어뜨렸다.

숨이 턱 막혔다. "이게? 어떻게?" 수년 전 스코티가 데려갔던 골동품 가게에서 내가 첫눈에 반했던 반지였다. 그가 감당할 수 없었던 분홍색 보석이 박힌 사천 달러짜리 반지. 그 이야기를 누구에게도 한 적이 없었는데 어떻게 그레이스가 이 반지를 가지고 있는지 혼란스러웠다. "어떻게 이걸 가지고 계세요?"

"너희 둘이 그 반지를 보았던 날, 스코티가 나에게 전화를 했어. 스코티는 아직 청혼할 준비는 안 됐지만, 때가 되면 어떤 반지로 청혼할지 이미 알겠다고 했어. 스코티는 반지를 살 돈이 당장은 없는데 다른 누군가가 그 반지를 먼저 사게 될까봐 걱정이 된다고 했어. 그래서 우리가 돈을 빌려줬지. 스코티는 내게 반지를 주면서 자신이 돈을 갚을 때까지 안전한 장소에 잘 보관해달라고 부탁했어." 그레이스는 내 손바닥에 있던 반지를 바라보며 말했다. "스코티를 위해 끼워보렴."

손가락에 반지를 끼우면서 손은 계속 떨리고 있었다. 스코티가 이렇게까지 했다니 믿을 수가 없었다.

그레이스는 재빨리 숨을 내쉬었다. "솔직하게 말하게, 케나. 스코티가 죽은 후 나는 이 반지를 간직하고 싶지 않았어. 그리고 네가 이 반지를 갖게 하고 싶지도 않았고. 너에게 너무나 화가 났었거든. 하지만 디엠이 딸이라는 소식을 듣고 나는 반지를 계속 가지고 있기로 결심했어. 어쩌면 언젠가 디엠에게 전해줄 수도 있겠다 싶어서. 하지만 곰곰이 생각해보니… 내가 결정할 문제가 아니었어. 네가 이 반지를 가졌으면 좋겠어. 스코티는 널 위해서 이걸 샀으니까."

이 순간을 처리하기에 너무 많은 생각이 흐르고 있어서 회복하는 데 잠시 시간이 걸렸다. 나도 모르게 믿을 수 없다는 듯 고개를 절레절레 흔들었다. 그녀의 말이 현실적으로 다가오지도 않았고 완전히 받아들이기조차 버거웠다. "고맙습니다."

그레이스가 손을 내밀어 내 손을 꼭 잡아 쥐며 그녀를 바라보게 했다. "이 얘기는 하지 않기로 렛저에게 약속했지만…… 실은 렛저가 네가 스코티에게 쓴 편지 하나를 우리에게 보여줬어."

그녀가 말을 끝내기도 전에 나는 머리를 젓고 있었다. 어떻게 렛저가 그 편지 중 하나를 가져갈 수 있었지? 어떤 편지를 보여준 거지?

"어젯밤 그걸 읽었어." 그녀의 표정이 어두워졌다. "너의 관점에서 사건을 바라보니 더 큰 충격과 슬픔이 느껴졌어. 정말 힘들었어. 그날의 세세한 일들을 모두 알게 되었으니까. 밤새 울었어. 하지만 오늘 아침에 일어나니 말할 수 없이 놀라운 평화로운 감정에 휩싸였어. 너를 미워하지 않는 마음으로 아침을 맞이한 건 오늘이 처음이었어." 그녀가 얼굴에 흐르는 눈물을 닦아냈다. "법정에서 너의 침묵이 무관심이라고 그동안 생각했어. 네가 그 차에서 스코티를 버려두고 떠난 것은 네가 자신만을 생각한 이기심 때문이라고, 법적 문제에 휘말리고 싶지 않아서였다고 여겼어. 그래, 어쩌면 그렇게 끔찍한 상실에 대해 비난할 누군가가 있다는 게 훨씬 편했기 때문이었는지도 몰라. 너의 슬픔이 내게 평화를 가져다주지 않는다는 건 알아, 케나. 하지만 네가 전혀 슬퍼하지 않는다고 생각했을 때보다 지금 울고 있는 널 보니 너를 이해하기가 조금은 쉬워졌어."

그레이스가 내 묶음 머리에서 느슨하게 떨어진 머리 한 가닥을 향해 손을 뻗어 귀 뒤로 부드럽게 넘겨주었다. 엄마가 할 법한 행동이었다. 이해가 되지 않았다. 어떻게 그녀가 5년간 나를 미워하다가 그 짧은 시간에 나를 용서할 수 있었는지. 그래서 여전히 긴장이 되었다. 하지만 그녀의 눈에 흐르는 눈물은 진실처럼 느껴졌다. "정말 미안해, 케나." 그녀가 진심을 담아 이렇게 말했다. "지난 5년 동안 딸과 떨어져 지내게 한 건 내 잘못이고 변명의 여지가 없어. 내가 이제 할 수 있는 유일한 일은 디엠 없이는 네가 더 이상 단 하루도 보내지 않도록 해주는 거야."

가슴으로 손을 가져가는 데 손이 덜덜 떨리고 있었다. "제가… 제가 디엠을 만나볼 수 있을까요?"

그레이스가 고개를 끄덕였다. 그리고 그녀는 쓰러지려는 나를 안아주었다. 그녀는 부드럽게 내 머리를 쓰다듬어 주었고 지금 일어나고 있는 이 모든 상황을 내가 받아들일 수 있도록 시간을 주었다.
 이것이 내가 원한 전부였다. 한꺼번에 내게 닥쳐왔다. 육체적으로나 감정적으로 감당할 수 없을 정도로 압도적이다. 나는 이런 꿈을 꾼 적이 있었다. 그레이스가 나타나서 날 용서해 주고 디엠을 만날 수 있도록 허락해주는 꿈. 하지만 이내 홀로 깨어나 그것은 잔인한 악몽일 뿐이었다는 걸 깨닫곤 했었다. 제발 이것이 현실이기를.
 "렛저가 아마 여기서 무슨 일이 벌어지는지도 모른 채 죽어가고 있을 거야." 그녀가 일어나서 문 쪽으로 걸어가더니 그에게 문을 열어 주었다.
 렛저는 내가 눈에 들어올 때까지 정신없이 나를 찾는 듯했다. 내가 그에게 미소를 보내자 그는 바로 안도의 표정을 지었다. 마치 내 미소가 이 순간 의미 있는 유일한 것이라는 듯이.
 그는 먼저 그레이스를 끌어안았고, 나는 그가 그녀의 귀에 대고 속삭이는 소리를 들었다. "고마워요."
 그녀는 아파트를 떠나기 전에 나를 돌아보았다. "오늘 밤 라자냐를 만들 거야. 저녁 식사하러 오면 좋겠어."
 나는 고개를 끄덕여 답을 했다. 그레이스가 떠나고 그녀가 채 문을 닫기도 전에 렛저는 팔로 나를 감싸 안았다.
 "고마워요." 그가 아니었다면 이런 일은 절대로 일어나지 않았을 거라는 걸 알기에 나는 몇 번이고 반복해서 말했다. "정말 고마워요. 고마워요." 마침내 내가 긴 감사 인사를 멈추고 그를 바라보니 그도 눈물을 흘리고 있었다. 지금껏 느끼지 못했던 깊은 감사의 마음이 솟아나 나를 가득 채웠다.

그에게 정말 고마웠다. 그에게.

이 순간이 내가 진정 렛저 워드와 사랑에 빠진 순간일지도 모른다.

~

"나 속이 안 좋아요."

"차 세울까요?"

나는 머리를 저었다. "아니요. 더 빨리 가요."

렛저가 내 무릎을 든든하게 잡아주었다.

패트릭과 그레이스의 집으로 가기 위해 오후 내내 저녁을 기다리는 것은 마치 고문과도 같았다. 그레이스가 아파트를 떠나자마자 렛저가 나를 디엠에게 데려다주길 바랐지만 그분들의 뜻을 존중하고 싶었다. 필요한 만큼 충분히 인내심을 갖고 기다릴 것이다. 그분들이 정한 규칙과 시간을 지키고 그분들의 선택, 그분들의 바람대로 행동할 것이다. 그분들이 내 딸에게 해준 것처럼 나도 그분들을 존중할 것이다. 두 분이 좋은 분들인 것을 알고 있다. 스코티는 부모님을 사랑했다. 그들은 단지 상처 입은 분들이었고 그래서 이 결정을 내리기까지 필요했던 그들의 시간을 존중해야 한다.

뭔가 실수를 하지 않을지, 잘못된 말을 하지는 않을지 걱정된다. 예전에 그분들의 집에 갔을 때는 실수의 연속이었다. 이번에는 달라야 한다. 너무 많은 것이 걸려 있다.

렛저 집의 진입로에 차를 세우고도 우리는 바로 트럭에서 내리지 않았다. 그는 내게 격려의 말을 건네고 키스해 주었다. 하지만 그러고 나니 오히려 그 어느 때보다 더 긴장되고 심장이 빨리 뛰었다. 모든 감정이 한꺼번에 몰려오기 시작했다. 빨리 이 모든 걸 해치워 버리지 않으면 내 몸이 폭발할 것 같았다.

그가 내 손을 꽉 잡았고 우리는 길을 건넜다. 그리고 디엠이 놀던 잔디밭을 가로질러 디엠이 살고 있는 집의 현관문을 두드렸다.

울지마, 울지마, 울면 안 돼.

나는 진통을 하듯 렛저의 손을 힘주어 쥐었다.

문이 마침내 열리고 내 앞에 서 있는 사람은 패트릭이었다. 그는 긴장한 듯 보였지만 어찌 보면 웃음을 살짝 띤 것도 같았다. 그는 나를 당겨 안아주었다. 내가 그저 그 앞에 서 있기 때문이라거나 아내가 시켜 억지로 하는 포옹처럼 느껴지지 않았다. 많은 것을 담은 충만한 포옹이었다. 패트릭이 몸을 뗄 때 그는 한참을 눈을 닦아야 할 정도였다. "디엠은 거북이와 함께 뒷마당에 있어." 그가 복도를 가리키며 말했다.

그에게서는 거친 말이나 부정적인 에너지가 나오지 않았다. 지금이 사과하기에 적절한 시기인지 아닌지는 모르겠지만, 패트릭이 디엠이 있는 곳으로 나를 바로 안내하는 걸 보면 우리 셋을 위한 자리는 잠시 뒤로 미루고 싶어 하는 것 같았다.

렛저가 내 손을 잡고 집안으로 이끌었다. 나는 이 집에 와본 적이 있다. 뒷마당에도. 그래서인지 친숙한 느낌이 들었다. 하지만 모든 게 두렵기만 하다. 아이가 날 좋아하지 않으면 어쩌지? 아이가 내게 화가 났으면?

그레이스는 부엌에서 나타났다. 뒷마당으로 향하기 전에 나는 잠시 걸음을 멈추고 그레이스를 보았다. "디엠에게는 뭐라고 말씀하셨어요? 엄마가 없는 것에 대해서요? 정확히 알고 싶어서요……."

그레이스가 머리를 저었다. "전혀 얘기해 본 적이 없어. 언젠가 한 번 디엠이 자신은 왜 엄마와 함께 살지 않느냐고 물어본 적이 있어서 나는 엄마의 차가 충분히 크지 않아서라고 대답했어."

나는 초조하게 웃으며 말했다. "뭐라고요?"

그레이스가 어깨를 으쓱했다. "내가 당황했었거든. 뭐라고 해야 할지 몰라서."

내 차가 충분히 크지 않다고? 그래 나는 잘 해낼 수 있어. 지금껏 나는 두 분이 아이에게 나에 대한 나쁜 감정을 심어주지 않았을까 두려워했었다. 내가 두 분을 몰랐던 거였다.

"나머지는 너에게 맡기기로 했어." 패트릭이 말했다. "아이에게 어디까지 알려주고 싶어 하는지 확실치가 않았으니까 말이야."

나는 고개를 끄덕이고 울지 않으려 애쓰며 미소를 지었다. 렛저를 쳐다보니 그는 내 옆에서 단단히 닻을 내리고 나를 안심시켜 주고 있었다. "나랑 같이 갈래요?"

우리는 뒷문으로 향했다. 스크린 도어 너머로 아이가 풀밭에 앉아 있는 것이 보였다. 아이의 모습을 보자 그동안 아이에게 있었던 모든 일에 대해 알고 싶어졌다. 반면 지금 이후 일어날 일이 두렵기도 하다. 디엠을 낳을 때 겪었던 감정과 비슷한 느낌이다. 나는 미지의 영역에 홀로 서 있는 듯 두려웠다. 하지만 그때와 다른 점은 희망과 설렘, 사랑이 공존하고 있다는 거였다.

렛저는 결국 용기를 북돋아 주는 말을 건네며 나를 살짝 앞으로 밀었고 나는 문을 열었다. 디엠이 고개를 들어 포치에 서 있는 렛저와 나를 바라보았다. 아이는 내게 짧은 눈길을 건네더니 렛저와 눈이 마주치자 눈이 반짝였다. 아이는 그에게 달려왔고 렛저는 팔로 그녀를 품에 안았다.

딸기향 샴푸 냄새가 났다.

나에게는 딸기향이 나는 딸이 있다.

렛저는 디엠과 뒷마당의 그네로 가서 자리를 잡고는 나에게 옆의 빈 그네를 가리켰다. 나는 조심스럽게 다가가 그들 옆에 앉았다. 디엠은 그의 무릎에 앉아 나를 바라보며 렛저에게 몸을 웅크리고 있었다.

"디엠, 여기는 내 친구 케나야."

디엠이 나를 보고 웃어주었고 그 미소는 나를 바닥으로 쓰러지게 만들 뻔했다. "내 거북이 보고 싶어요?" 아이가 활짝 웃으며 물었다.

"응, 보고 싶어."

아이의 작은 손이 내 손가락 두 개를 쥐고는 렛저에게서 몸을 떼고 나를 끌어당겼다. 일어서며 나는 렛저를 바라보았고 그는 나를 안심시키며 고개를 끄덕여 주었다. 디엠은 나를 풀밭으로 데려가서는 거북이 옆 땅바닥에 철퍼덕 주저앉았다.

디엠의 얼굴을 볼 수 있도록 거북이를 사이에 두고 나는 반대쪽에 엎드렸다. "이름이 뭐야?"

"렛저." 아이가 낄낄 웃으며 거북이를 들어 올렸다. "똑 닮았어요."

그 말에 나는 활짝 웃었다. 아이는 거북이가 목을 빼고 나오게 하려고 애쓰고 있었지만, 나는 디엠을 계속 쳐다보기만 했다. 영상이 아닌 가까이에서 아이를 직접 느끼는 것은 내가 세상에 다시 태어난 것 같은 기분을 들게 했다.

"내 정글짐도 보고 싶어요? 다음 주에 5살이 되는 내 생일 선물이에요." 정글짐으로 달려가는 디엠을 따라갔다. 렛저를 한번 뒤 돌아보니 그는 여전히 그네에 앉아 우리를 지켜보고 있었다.

디엠이 정글짐에서 고개를 내밀며 말했다. "렛저, 렛저가 길을 잃지 않도록 수조에 넣어줄래요?"

"물론이지." 그가 일어서며 말했다.

디엠은 손을 잡아 나를 정글짐 안쪽으로 끌어당기더니 정글짐 가운데 앉게 했다. 다른 곳보다 이곳이 훨씬 편안하게 느껴졌다. 아무도 우리를 볼 수 없는 곳. 내가 아이와 어떤 이야기를 어떻게 나눌지 사람들이 판단하지 않을 장소.

"이거 아빠가 놀던 거래요." 디엠이 말했다. "노노와 렛저가 날 위해 다시 만들어줬어요."

"난 너의 아빠를 알아."

"아빠랑 친구였어요?"

나는 웃으며 말했다. "나는 아빠 여자 친구였어. 내가 정말 많이 사랑했단다."

디엠이 소리 내 웃었다. "아빠가 여자 친구가 있었는지 몰랐어요."

지금 아이에게서 너무 많은 스코티의 모습이 아른거렸다. 이 웃음소리마저도. 눈물이 떨어지려고 해 아이에게서 얼굴을 돌려야 했다.

하지만 디엠은 내 눈물을 보고 말았다. "왜 슬퍼요? 아빠가 보고 싶어요?"

나는 눈물을 닦으며 고개를 끄덕였다. "응, 나는 정말 그가 보고 싶어. 하지만 그래서 우는 건 아니야. 드디어 널 만나게 돼서 너무 행복해서 우는 거야."

디엠이 고개를 갸우뚱하며 말했다. "왜요?"

아이는 내게서 3발짝쯤 떨어진 곳에 있었다. 나는 아이를 붙잡고 안아주고 싶었다. 나는 내 앞에 있는 바닥을 두드리며 말했다. "이리 가까이 오렴. 할 말이 있어."

디엠이 내게 기어 와서 다리를 꼬고 자리에 앉았다.

"우리가 이전에 만난 적이 없다고 생각하겠지만…" 이걸 어떻게 말해야 할지 모르겠지만 나는 가장 단순한 방법을 택하기로 했다. "내가 너의 엄마야."

디엠의 눈에 무언가가 그득 차올랐지만 아직 그녀의 반응이 어떤 의미인지 알 수가 없었다. 놀라움인지 호기심인지 모르겠다. "정말요?"

나는 아이에게 웃어주었다. "응 그래. 너는 내 배 속에서 자랐어. 그리고 네가 태어났을 때 나나와 노노가 엄마를 대신해서 널 데려가 키워주셨어."

"이제 더 큰 차를 샀어요?"

웃음이 나오는 걸 참을 수가 없다. 이 흥미로운 정보를 내게 미리 알려주어서 다행이다. 그렇지 않았더라면 아이가 무슨 말을 하는지 전혀 알 수가 없었을 것이다. "나는 사실 지금은 차가 없어. 하지만 곧 생길 거야. 너를 만날 때까지 더는 기다릴 수가 없어서 렛저가 날 태워줬어. 정말 오랫동안 널 보고 싶었거든."

디엠은 별다른 반응을 보이지 않았다. 아이는 그저 웃고 있었다. 그러고는 잔디밭 위를 기어다니며 정글짐 벽의 일부분을 구성하고 있는 틱택토 게임판을 뒤집기 시작했다. "티볼 경기 보러와요. 내 마지막 경기예요." 아이가 정글짐 벽에 있는 글자를 만지작거리며 말했다.

"나도 네가 티볼 경기하는 거 꼭 보고 싶어."

"언젠가 나는 칼로 하는 그거도 꼭 하고 싶어요." 디엠이 말했다. "있잖아요. 이 게임 어떻게 하는지 알아요?"

나는 고개를 끄덕이며 아이에게 다가가 틱택토 게임을 어떻게 하는지 보여주었다. 지금, 이 순간이 디엠에게는 나만큼이나 기념비적이지는 않다는 사실을 깨달았다. 디엠을 만나게 되면 일이 어떻게 진행될지 머릿속으로 수없이 많은 시나리오를 그려왔었다. 모든 시나리오에서 디엠은 엄마가 자기 인생의 일부가 되기까지 너무 오랜 시간이 걸린 것에 대해 슬퍼하거나 화를 냈었다. 하지만 아이는 마치 내가 없었다는 사실조차 몰랐다는 반응이다.

정말 감사한 일이었다. 지난 몇 년 동안의 걱정과 절망감은 모두 나만의 일방적인 망상이었다. 디엠은 완전했고 행복했고 가득 차 있었다. 이보다 더 좋은 결과를 바랄 수는 없다. 별다른 파장 없이 그녀의 삶에 스며들 수만 있다면······.

디엠은 내 손을 잡고 말했다. "이 놀이 하고 싶지 않아요. 그네 타러 가요." 아이는 게임을 포기하고 나와 함께 정글짐 중앙에서 기어나왔다. 그리고 그네에 올라타더니 물었다. "이름을 잊어버렸어요."

"케나라고 해." 나는 더 이상 이름을 속이지 않겠다고 맹세하듯 결연한 표정으로 말했다.

"밀어줄래요?"

나는 그네를 밀어주고 아이는 최근에 렛저가 데려갔던 영화에 관해 이야기하기 시작했다. 그때 렛저가 포치로 걸어 나와 대화를 나누고 있는 우리를 보았다. 그는 우리에게 다가와 내 뒤에 서더니 팔로 나를 감싸 안았다. 그는 내 옆 머리에 키스를 했고 그 순간 디엠이 고개를 돌려 우리를 보았다. "웩!"

렛저는 다시 내 옆머리에 키스하며 말했다. "익숙해져야 해, 디엠."

렛저가 이어 디엠의 그네를 밀어주고 나는 옆 그네에 앉아서 둘을 지켜보았다. 디엠은 머리를 뒤로 젖히고 렛저를 바라보았다. "우리 엄마랑 결혼할 거예요?"

질문의 핵심은 분명 결혼이라는 부분인데 내 머릿속은 아이가 '우리 엄마'라고 표현했다는 사실에 집중하고 있었다.

"모르겠어. 아직은 서로 더 잘 알아가야 해." 렛저가 나를 보며 미소를 지었다. "아마 조만간 내가 케나와 결혼할 정도의 자격을 갖출 수 있지 않을까."

"자격을 갖춘다는 게 무슨 뜻이에요?" 아이가 물었다.

"그건 그녀에게 내가 충분하다는 뜻이야."

"넌 충분히 훌륭해요." 디엠이 말했다. "그래서 내가 거북이 이름을 렛저라고 지은 거예요." 아이가 머리를 다시 젖히고 그를 바라보았다. "나 목말라요. 주스 가져다줄 수 있어요?"

"직접 가서 가져와야지." 그가 말했다.

"아니에요, 내가 가져올게요." 내가 그네에서 내리며 말했다.

나는 렛저가 디엠에게 중얼거리는 소리를 들었다. "너 버릇없어."
디엠이 웃었다. "아니거든요!"
집 안으로 들어가 잠시 고개를 돌려 그들을 지켜보았다. 그 둘은 정말 사랑스러웠다. 아이는 말할 수 없이 사랑스러웠다. 갑자기 잠에서 깨어나 이 모든 것이 실제가 아니었음을 깨닫게 되는 건 아닌가 두려워졌다. 하지만 지금 분명히 이 일은 일어나고 있고, 결국 내가 이럴 자격이 있다는 걸 받아들이게 될 거라는 예감이 든다. 스코티 부모님과 진실된 대화를 마침내 나누고 난 후라면.
부엌으로 들어서니 그레이스가 요리를 하고 있었다. "디엠이 주스를 마시고 싶대요." 내가 말했다.
그레이스의 손은 다진 토마토로 가득했고 샐러드에 담는 중이었다. "냉장고에 있어."
나는 주스를 집어 들고 그레이스가 저녁 준비하는 모습을 지켜보았다. 스코티가 날 이 집에 데려왔던 처음보다는 그레이스에게 더 많은 도움이 되고 싶고 대화도 나누고 싶었다. "도와드릴까요?"
그레이스가 날 보고 웃었다. "그러지 않아도 돼. 가서 너희 딸과 더 시간을 보내렴."
부엌을 빠져나오는 발걸음이 무겁게 느껴졌다. 그레이스에게 하고 싶은 말이 너무나 많았지만 오전에 아파트에선 기회를 만들 수가 없었다. 나는 몸을 돌렸다. 죄송하다는 말이 혀끝에 맴돌고 있었다. 하지만 입을 열면 울어버릴 것만 같았다.
그레이스와 눈이 마주쳤다. 그녀가 내 표정에서 고통을 읽은 것 같았다.
"그레이스······" 내 목소리가 속삭이듯 들렸다.

그녀는 즉시 내게 걸어와 나를 끌어안았다. 놀라운 포옹이었다. 용서의 포옹. "있지." 그녀가 부드럽게 말했다. "잘 들어봐." 그녀는 몸을 떼고 내가 들고 있던 주스를 옆으로 치웠다. 그녀와 난 키가 비슷해서 눈이 서로 마주 닿아 있었다. 그녀는 내 손을 양손으로 잡아 쥐며 안심시켜 주었다. "우리는 앞으로 나아갈 거야." 그녀가 말했다. "그게 다야. 그렇게 간단한 거야. 나는 널 용서했고 너는 날 용서하고, 그리고 우리는 함께 나아갈 거야. 이 꼬마 숙녀에게 우리가 줄 수 있는 최선의 삶을 주는 거야. 알겠지?"

나는 고개를 끄덕였다. 난 당연히 그럴 수 있으니까. 나는 항상 그들을 용서해 왔으니까. 힘들었던 건 나 자신의 용서였을 뿐. 하지만 이제는 스스로를 용서해 주어도 괜찮을 때가 온 것 같다.

그러니까 이제 용서하려고 한다.

널 용서해, 케나.

41장

―

렛저

 그녀는 잘 어울렸다. 꿈만 같았다. 저녁 식사를 끝냈지만 우리는 여전히 식탁에 앉아 있었다. 디엠은 내 무릎에 안겨있었고 케나는 내 옆자리에 있다. 저녁 식사를 위해 처음 자리에 앉았을 때 그녀는 긴장한 듯했지만 지금은 꽤 편안해 보였다. 패트릭이 식사를 하면서 디엠의 인생에서의 하이라이트였던 장면들을 케나에게 들려주기 시작했을 때부터 그녀는 긴장을 조금씩 풀어나가는 것 같았다. 지금은 패트릭이 6개월 전 디엠의 팔이 부러졌을 당시의 이야기를 하는 중이었다.
 "디엠은 처음 2주 동안은 깁스를 평생 해야 한다고 생각했어. 우리 중 누구도 부러진 뼈가 낫는다고 말해줄 생각을 하지 않았고 디엠은 사람의 뼈가 부러지면 영원히 부러진 채로 있는 거라고 생각했던 모양이야."
 "오, 안 돼." 케나가 웃으며 말했다. 그녀는 디엠을 보고 아이의 머리를 손으로 쓰다듬었다. "가여워라."

디엠이 케나에게 손을 내밀자 케나가 손을 잡았다. 디엠은 너무 자연스럽게 내 무릎에서 미끄러져 케나의 무릎으로 이동했다. 순식간에 빠르고 조용하게 일어난 일이었다. 디엠은 케나에게 몸을 밀착시키고 케나는 세상에서 가장 쉽고 자연스러운 일이라는 듯 디엠을 팔로 감싸 안았다.

우리는 모두 둘을 지켜보고 있었다. 하지만 뺨을 디엠의 머리에 대고 있던 케나는 그 사실을 알아차리지 못했다. 이 자리에서 당장이라도 눈물이 울컥 쏟아질 것만 같았다. 목을 가다듬고 의자를 뒤로 뺐다. 말을 하려다간 목소리가 갈라질 것 같아서 잠깐 실례하겠다는 말도 꺼낼 수가 없었다. 나는 아무 말 없이 자리를 박차고 뒷문으로 걸어 나갔다.

네 명에게 시간을 주고 싶었다. 그동안 그들 사이에서 완충 역할을 해왔지만 이젠 나 없이도 서로가 자연스러운 상호작용을 해야 한다. 나에게 기댄 편안함이 아니라 케나 스스로가 그들과 편안하고 자연스러운 관계를 맺는 것이 무엇보다 중요하다.

예상했던 것과 다른 케나의 모습에 패트릭과 그레이스는 기쁜 마음이면서도 약간의 놀라움을 느낀다는 것을 알 수 있었다. 시간적, 공간적 거리감과 참혹한 사건이 서로 결합하게 된다면 전혀 알지 못하는 어떤 사람도 악당으로 만들기에 충분하다는 것을 보여주었다. 케나는 절대 악당이 아니다. 그녀는 피해자였다. 우리 모두 피해자였다.

태양이 지지는 않았지만 벌써 8시에 가까워지고 있었다. 케나는 아직 이곳을 떠날 준비가 되어있지 않았을 테지만 이제 곧 디엠이 자러 가야 할 시간이었다. 나는 오늘의 이벤트가 그녀에게 어떤 여파를 미칠지 궁금했다. 그녀 혼자만의 시간을 주고 싶기도 하고, 인생 최고의 날이었다고 회상하는 그녀의 곁에 머물고 싶기도 했다.

뒷문이 열리더니 패트릭이 포치로 걸어 나왔다. 그는 의자에 앉지 않았다. 기둥 하나에 몸을 기댄 채 뒷마당을 바라보았다. 어젯밤 패트릭과 그레이스에게 그 편지를 남기고 나서, 나는 어떤 즉각적인 반응이 있으리라 예상했었다. 문자메시지라거나 전화, 아니면 현관에서 문 두드리기.

하지만 아무 일도 없었다. 편지를 남기고 떠난 2시간 뒤, 나는 겨우 용기를 내어 창밖을 내다보았고 집의 모든 불은 꺼져 있었다. 인생에서 그 순간만큼 절망감을 느낀 적은 한 번도 없었다. 내 모든 노력이 물거품이 되었다고 생각했다. 하지만 밤새 불면증에 시달리고 난 오늘 아침 나는 현관문의 노크 소리를 들었다.

문을 열고 보니 그레이스가 혼자 서 있었다. 밤새 울었는지 그녀의 눈은 퉁퉁 부어올라 있었다. "케나를 만나고 싶어." 그녀가 한 말은 그게 전부였다.

우리는 그대로 트럭을 타고 케나의 아파트로 갔다. 어떤 일이 생길지 전혀 알지 못한 채. 그레이스가 케나를 받아들이려는 건지, 거절하려는 것인지도 알지 못한 채. 케나의 집에 도착하자 그레이스는 트럭에서 내리기 전에 나를 보며 말했다. "그녀를 사랑하니?"

고개를 끄덕이는 내게는 일 초의 망설임도 없었다.

"왜?"

이 질문에도 마찬가지로 망설임은 없었다. "만나보시면 알 거예요. 그녀는 미워하기보다 사랑하는 게 훨씬 쉬운 사람이에요."
 그레이스는 잠시 조용히 앉아 있다가 마침내 트럭에서 내렸다. 그녀도 나만큼이나 긴장한 것처럼 보였다. 위층으로 함께 걸어 올라갔고 그녀는 나에게 케나와 단둘이서 이야기를 하고 싶다고 말했다. 아파트 안에서 둘 사이에 무슨 말이 오가는지 모르는 것도 힘들었지만, 패트릭이 이 상황을 어떻게 생각하고 있는지 모르는 것만큼 힘들지는 않았다. 우리는 그 얘기를 할 기회가 전혀 없었다. 물론 그가 그레이스와 같은 생각이기를 바라지만 그렇지 않을지도 모른다. 그레이스가 원하기 때문에 그저 케나를 받아들이고 있는지도…….
 "무슨 생각 하세요?" 내가 그에게 물었다.
 패트릭이 턱을 긁으며 내 질문에 곰곰이 생각에 잠긴 듯 보였다. 그는 나를 똑바로 바라보지 않은 채 답을 했다. "만약 네가 케나와 도착하기 전, 몇 시간 전에 그 질문을 했다면 나는 지금도 너한테 화가 많이 나 있다고 말했을 거야. 그리고 널 때린 것에 대해 미안하지 않다고 말했을 거야." 그는 잠시 숨을 고르며 포치 계단에 앉았다. 무릎 사이에 두 손을 깍지 끼우고 나를 쳐다보았다. "하지만 네가 그녀와 있는 모습을 보고 생각이 바뀌었어. 네가 그녀를 바라보는 눈빛, 디엠이 그녀의 무릎에 기어오를 때 너의 눈에 차오르는 눈물을 보고 말이야." 패트릭이 고개를 저었다. "나는 디엠 나이 때부터 널 봐왔어, 렛저. 넌 지금껏 단 한 번도 널 의심할 이유가 있게 행동한 적이 없었지. 네가 니엠에게 케나기 필요하다고 말한다면, 그러면 난 널 믿는다. 적어도 내가 지금 할 수 있는 유일한 것은 널 믿는 거야."

제길.

나는 그에게서 얼굴을 돌리고 눈물을 닦았다. 이 빌어먹을 감정을 어떻게 해야 할지 잘 모르겠다. 케나가 온 후로 너무 많은 일이 있었다.

패트릭에게 뭐라고 대답해야 할지 생각이 떠오르지 않아 나는 의자에 몸을 기댔다. 어쩌면 아무 말도 필요하지 않을지도 모른다. 그의 이야기만으로 우리의 대화는 충분했다. 우리는 침묵 속에서 몇 분 동안 앉아 있었다. 이전에 그와 함께 앉아 있던 침묵의 시간과는 달랐다. 지금의 고요함은 편안하고 평화로웠으며 슬프지 않았다.

"맙소사." 패트릭이 말했다.

나는 그를 쳐다보았지만 그의 눈길은 뒷마당 어딘가에 가 있었다. 그가 바라보는 곳을 따라 눈을 돌렸더니… 아니, 말도 안 돼.

"무슨 이런 일이 다 있어요?" 나는 조용히 말했다. "저기 저거 비둘기예요?"

그랬다. 비둘기였다. 진짜 살아있는 하얀색과 회색이 섞인 비둘기 한 마리가 뒷마당을 걸어 다니고 있었다. 자신의 생애 역사상 가장 기적적인 순간에 나타나 마치 별일 아니라는 듯이 태연하게.

패트릭이 웃음을 터트렸다. 어리둥절함이 가득 찬 웃음이었다. 그의 멈추지 않는 웃음에 나도 따라서 웃음을 터트렸다. 그리고 패트릭은 울지 않았다. 스코티를 떠올리면서도 그가 울지 않는 건 처음 있는 일이었다.

이 집의 뒷마당에, 오늘 같은 중요한 날에, 이 순간에, 갑자기 비둘기가 나타나다니… 우연치고는 대단한 일이라고밖에 생각이 들지 않았다. 그리고 패트릭과 내가 스코티에 관한 대화를 나누고 결국에는 그가 홀로 울 수 있도록 내가 자리를 비켜주지 않아도 된다는 것 또한 분명 대단한 변화였다. 스코티가 우리를 떠난 뒤 처음으로 패트릭에게서 희망이 느껴졌다. 우리 모두에게서도.

∽

케나가 내 집에 들어온 때는 그녀가 예고 없이 집 앞 거리에 나타났던 그때뿐이었다. 우리 둘 모두에게 좋은 기억은 아니었다. 그래서 내가 현관문을 열고 그녀를 안으로 안내했을 때 그녀가 환영받는다는 느낌을 받았으면 했다. 오늘 밤에는 진짜 침대에서 케나를 온전히 느낄 수 있기를 기대하고 있다. 나는 항상 그녀가 공기주입식 매트리스나 트럭, 또는 딱딱한 마룻바닥보다는 더 나은 대접을 받아야 한다고 생각했다.

그녀에게 이곳저곳 집안을 소개해 주고 싶지만 키스하고 싶은 욕구가 먼저였다. 현관문을 닫자마자 나는 그녀를 내 쪽으로 끌어당겼다. 조금의 슬픔도 그 속의 두려움도 없는 첫 번째 키스였다. 집을 보여주려던 생각을 까맣게 잊어버릴 정도로 아주 오랫동안 키스는 계속되었다. 그리고 그녀를 안아 올려 바로 침대로 데려갔다. 그녀를 침대에 내려놓자 그녀는 몸을 젖히며 탄식하듯 말했다.

"오, 세상에, 렛저. 너무 부드러워요."

침대 옆 리모컨을 집어 들고 마사지 모드를 켜 침대가 진동하자 그녀는 신음소리를 냈다. 내가 그녀 위로 몸을 낮추자 그녀가 나를 발로 밀어냈다. "침대를 감상할 충분한 시간이 필요해요." 그녀가 눈을 감으며 말했다.

나는 어쩔 수 없이 그녀 옆에 쭈뼛쭈뼛 누워 그녀 얼굴에 번지는 미소를 구경했다. 손을 들어 닿을락 말락 부드럽게 그녀의 입술 모양을 따라 그렸다. 그리고 손끝으로 그녀의 턱과 목선을 따라 쓰다듬었다.

"할 말이 있어요." 내가 조용한 목소리로 말했다.

그녀는 눈을 뜨고는 부드럽게 미소를 지으며 나의 말을 기다렸다.

나는 다시 그녀의 얼굴에 손을 가져가 그녀의 흠 잡을 데 없는 입술을 만졌다. "지난 몇 년 동안 디엠에게 좋은 롤모델이 되려고 노력하면서 살았어요. 그래서 페미니즘에 관한 책도 몇 권 읽었고요. 여성의 외모에 지나치게 집중하는 것은 해로울 수 있다는 걸 배웠기 때문에 디엠이 얼마나 예쁜지 말해주는 대신 디엠이 얼마나 똑똑한지, 너가 얼마나 강한지 같은 다른 것에 초점을 맞췄어요. 당신에게도 같은 방식으로 대했던 것 같아요. 그래서 내가 당신의 외모에 대해서 한 번도 칭찬을 하지 않았던 거예요. 당신이 얼마나 말도 안 되게 아름답다고 생각하는지 입 밖으로 꺼내지 않았어요. 하지만 지금껏 이 말을 하지 않았던 게 오히려 다행이었네요. 왜냐하면 지금처럼 이렇게 아름다웠던 적은 없었거든요." 나는 그녀의 코에 입을 맞추었다. "행복은 당신에게 잘 어울려요, 케냐."

그녀가 내 뺨을 만지며 미소를 지었다. "당신에게 감사해요."

내가 머리를 저었다. "오늘 밤은 내 덕분이 아니에요. 딸을 보겠다는 일념으로 돈을 모아 이 동네로 이사를 하고 매일 걸어서 출근한 사람은 내가 아니니까요."

"사랑해요, 렛저."
"나는 그저 당신이 알았으면 해요. 내가 얼마나 많이 당신을…"
"나도 사랑해요."
그녀는 활짝 웃으며 입술을 내게 바짝 붙였다. 그녀에게 키스하려고 했지만 그녀는 내 입술을 꾹 누른 채 여전히 웃고 있었다. 나는 당신을 사랑한노라고 계속해서 그녀에게 속삭이며 그녀를 가만히 안고 싶었다. 그리고 그녀를 안은 채 우리 모두에게 오늘 있었던 일을 되돌아보는 시간을 가지고 싶었다.
너무나 많은 일이 있었다. 그리고 여전히 많은 일이 남아 있다.
"나 이사하지 않을 거예요." 내가 말했다.
"무슨 말이에요?"
"이 집 팔지 않을래요. 새로 짓고 있는 집을 팔 거예요. 이곳에 계속 살고 싶어요."
"언제 그렇게 결정했어요?"
"지금 막이요. 내 사람들이 여기 있잖아요. 이곳이 내 집이에요."
미친 짓인지도 모른다. 새집을 짓는데 쏟아부은 그 많은 시간을 생각하면 말이다. 하지만 나와 함께 로만 또한 그만큼의 같은 시간을 투자했다. 아마 자재 비용만 계산해서 로만에게 파는 게 좋겠다. 이것은 내가 그에게 해줄 수 있는 고마움의 표시이기도 하다. 결국 이 모든 일의 결정적 계기는 바로 로만이었는지도 모르기 때문이다. 그날 밤 로만이 빨리 가서 케나를 확인해 보라고 내게 강요하지 않았더라면 우리 모두에게 이 순간이 찾아왔을지 확신할 수 없다.

그녀는 내게 키스를 했고 우리는 한 시간 뒤 땀과 충만함에 젖어 서로를 감싸고 누워 있었다. 그녀가 잠이 들 때까지 그녀를 지켜보다 천장을 올려다보았다. 잠이 오지 않았다.

그 망할 비둘기 생각이 떠나지 않았다.

스코티가 그 비둘기와 어떤 관련이 있을까? 미친 생각인가?

아마 그저 우연이었을 것이다. 아니, 어떤 계시일 수도 있다. 그가 어디에선가 보낸 메시지.

우연이든 계시이든 그건 중요하지 않았다. 사랑하는 사람을 잃고 나서 대처할 수 있는 최고의 방법은 가능한 많은 장소에서, 많은 일에서 그 사람의 흔적을 찾는 것, 그가 여전히 어떻게든 우리를 들을 수 있다고 생각하는 것, 그리고 그에게 말하기를 멈추지 않는 것이다.

"너의 그녀들에게 정말 잘할게, 스코티. 약속해."

42장

–

케나

카시트 안전벨트를 풀고 디엠이 렛저의 트럭에서 내리도록 도와주었다. 나는 손에 십자가를 들고서 나머지 한 손으로 트럭에 놓여있는 망치를 집어 들었다.

"정말 내가 도와주지 않아도 괜찮겠어요?" 렛저가 물었다.

그를 안심시키려고 웃으며 머리를 저었다. 내가 디엠과 둘이서만 하고 싶은 일이다.

나는 디엠을 처음 십자가를 발견했던 길가로 데려갔다. 스니커즈의 바닥으로 풀밭을 쓸면서 처음 십자가가 꽂혀있던 구멍을 찾아낸 다음 디엠에게 십자가를 전해주었다. "저 구멍 보여?"

아이는 구멍을 자세히 들여다보느라 몸을 앞으로 숙였다.

"바로 그곳에 이걸 꽂아봐."

디엠이 구멍 속으로 십자가를 밀어 넣었다. "왜 여기에 놓는 거예요?"

"왜냐하면 그래야 나나가 슬프지 않을 수 있을 테니까."

"이러면 우리 아빠도 행복해요?"

나는 디엠 옆에 무릎을 꿇고 앉았다. 아이 삶의 너무 많은 순간들을 놓쳤다. 그래서 우리가 함께 보내는 매 순간순간이 진실하기를 바랐고 최선을 다해 솔직해지려 했다.

"아니. 아마 그렇지 않을 거야. 너희 아빠는 추모비가 우습다고 생각했었어. 하지만 나나는 그렇게 생각하지 않으서. 때때로 우리는 자기 자신을 위해선 하지 않을 일이라도 우리가 사랑하는 사람을 위해서는 어떤 일을 하기도 해."

디엠이 망치에 손을 뻗었다. "내가 해도 돼요?"

나는 망치를 디엠에게 전해주고 아이의 힘겨운 망치질을 지켜보았다. 몇 번의 망치질 후 아이는 내게 망치를 돌려주었고 나는 땅에 깊숙이 박힐 때까지 서너 번 십자가를 내리쳤다. 그러고는 디엠을 감싸 안은 채 십자가를 바라보았다. "아빠에게 하고 싶은 말 있니?"

디엠이 잠시 생각하는 듯하더니 말했다. "뭐라고 해요? 소원 빌어도 되나요?"

나는 웃음을 띤 채 디엠에게 말했다. "한번 해 봐. 하지만 아빠는 산타클로스나 지니는 아니야."

"나는 여동생이나 남동생 아기가 있었으면 좋겠어요."

내게서 쓸쓸한 미소가 희미하게 흘러내렸다. '아직은 디엠의 소원을 들어줄 생각 하지 마, 스코티.'

나는 디엠을 안고 트럭으로 데려가 문을 열며 말했다. "동생을 가지려면 소원만으로는 안돼."

"나도 알아요. 월마트에서 달걀을 사야 해요. 아기가 자라려면요."

나는 카시트에 아이를 앉히고 벨트를 채워주었다. "꼭 그렇진 않아. 아기들은 엄마의 배 속에서 자라. 너도 엄마 배 속에서 자랐다고 내가 말했던 거 기억하지?"

"응, 맞아요. 그러면 다른 아기를 데려다 기를 수 있어요?"

어떻게 대답해야 할지 몰라서 디엠을 쳐다보았다. "우리 고양이를 한 마리 더 기를까? 아이비도 친구가 필요하니까."

디엠은 신이 나서 손을 흔들며 외쳤다. "예! 새 아기 고양이!"

나는 아이의 머리에 입을 맞추고는 문을 닫았다.

렛저가 조수석 문을 여는 나를 곁눈질하면서 가운데 자리를 가리켰고 나는 서둘러 자리에 앉아 안전벨트를 맸다. 그는 내 손을 가져가 손가락을 끼워 맞잡았다. 디엠에게 형제를 만들어 준다는 생각이 그를 신나게 만들었는지 눈을 반짝이며 나를 쳐다보았다. 그러고는 내게 키스를 하고 차를 몰기 시작했다.

정말 오랜만에 라디오가 듣고 싶어졌다. 어떤 노래도 괜찮을 것 같았다. 심지어 슬픈 노래라 하더라도. 나는 앞으로 몸을 숙여 라디오를 켰다. 렛저의 트럭 안에서 그가 만든 슬픔방지 선곡 리스트 외의 다른 음악을 듣는 건 처음인 것 같다. 렛저도 그 사실을 알아차리고는 나를 흐뭇하게 바라보았다. 나는 그에게 웃어주었고 그의 어깨에 몸을 기댔다.

음악은 여전히 내게 스코티를 떠올리게 한다. 하지만 스코티를 생각하는 것이 더 이상 나를 슬프게 하지 않는다. 이제 나는 나를 용서했고, 그를 생각하는 것은 나를 미소 짓게 할 뿐이다.

에필로그

스코티에게,

그동안 당신에게 자주 편지를 쓰지 못해서 미안해. 외로울 때면 당신에게 편지를 쓰곤 했는데 지금은 그럴 기회가 없다는 걸 다행이라고 생각해야 하나?

나는 여전히 당신이 그리워. 나는 항상 당신을 그리워할 거야. 당신이 내게 남긴 이 허전함들은 우리만이 느낄 수 있는 상실감에서 비롯됐겠지. 당신이 어디에 있던 당신은 나에겐 완벽해. 그게 중요해.

디엠은 이제 막 7살이 되었어. 지난 2년의 시간이 정신없이 지나갔고 지금은 마치 내가 원래 여기 있었던 것처럼 느껴져. 그래서 아이 인생의 처음 5년을 함께하지 못했다는 사실을 잊어버릴 때가 많아. 렛저와 당신 부모님의 배려 덕분일 거야. 그들은 내게 디엠이 자랄 때 이야기를 들려주거나 영상을 보여주며 그 5년을 채워주고 있어.

내가 없던 시간을 디엠이 기억조차 하는지 모르겠어. 그 아이에게 나는 항상 여기 있었던 거야. 당신과 내가 아무것도 해줄 수 없던 시간 동안, 당신을 사랑했던 사람들이 아이에게 많은 것을 해주었기 때문이라는 걸 알아.

디엠은 지금도 당신 부모님과 살고 있어. 나는 디엠을 매일 만날 수 있고 매일 함께 저녁을 먹어. 그리고 렛저의 집에서 나와 함께 일주일에 이틀 밤 이상을 같이 보내. 두 집에 모두 아이의 방이 있어. 하루 종일 나와 함께 있었으면 좋겠지만 태어날 때부터 지내온 아이의 일상을 지켜주는 것이 중요하다는 걸 알아. 패트릭과 그레이스는 디엠 삶의 중요한 부분을 차지할 자격이 있어. 그분들에게서 그걸 뺏고 싶지 않아.

당신 부모님이 나를 받아들여 준 날부터 나는 한 번도 환영받지 못한다고 느낀 적이 없어. 그들은 조건부로 날 받아들이지 않았어. 당신을 사랑했던 모든 이들과 함께 내가 원래 여기에 속해있었던 것처럼 날 받아들여 주셨어.

당신 주위엔 좋은 사람들만 있더라, 스코티. 당신 부모님과 당신의 가장 친한 친구, 그리고 당신 친구의 부모님까지. 이렇게 많은 사랑으로 가득 찬 가족을 본 적이 없어. 이제 당신의 삶에 함께했던 사람들이 내 삶의 일부가 되었어. 당신이 그분들께 주었을 사랑과 존경만큼 나도 계속해서 그분들을 사랑하고 존경하기 위해 최선을 다할 거야.

스코티, 내가 이름을 지을 때 얼마나 신중한지 기억하지? 디엠이 태어났을 때 어떤 이름을 지을까 정말 오랫동안 고심했었어.

심지어 아이비 이름을 짓는데도 3일이나 걸렸어.

　2주 전 내가 찾아낸 이름은 단연코 가장 중요한 이름이었어. 어찌 보면 생각해 내기 가장 쉬운 이름이었겠지만.

　갓 태어난 아들을 내 가슴에 안았을 때 나는 눈물을 흘리며 아기를 내려다보며 말했어.

　"안녕, 스코티."

　사랑해,

　케나

케나 로완의 플레이리스트

1) "Raise Your Glass" - Pink
2) "Dynamite" - BTS
3) "Happy" - Pharrel Williams
4) "Pratice Man" - They Might Be Giants
5) "I'm Good" - The Mowgli's
6) "Yellow Submarine" - The Beatles
7) "I'm Too Sexy" - Right Said Fred
8) "Can't Stop the Feeling!" - Justin Timberlake
9) "Thunder" - Imagine Dragons
10) "Run the World (Girls)" - Beyonce
11) "U Can't Touch This" - MC Hammer
12) "Forgot About Dre" - Dr. Dre featuring Eminem
13) "Vacation" - Dirty Heads
14) "The Load Out" - Jackson Browne
15) "Stay" - Jackson Browne
16) "The King of Bedside Manor" - Barenaked Ladies
17) "Empire State of Mind" - JAY-Z
18) "Party in the U.S.A." - Miley Cyrus
19) "Fucking Best Song Everrr" - Wallpaper
20) "Shake It Off" - Taylor Swift
21) "Bang!" - AJR

감사의 글

　이 소설에서 이야기가 실제로 벌어지는 장소가 명시되어 있지 않다는 것을 눈치채셨을 겁니다. 책을 쓸 때 캐릭터의 배경을 정함에 있어, 이렇게 문제가 되었던 적은 없었습니다. 이야기를 쓰는 동안 케나를 계속 이런저런 도시에 배치해 보았지만, 어느 곳도 적절하다고 느껴지지 않았습니다.
　케나와 같은 사람들은 세상 어디에나, 모든 마을에 있습니다. 그들이 어디에 살고 있든지 세상에 홀로 남겨진 것 같은 사람들 말입니다. 저는 이 책을 거의 마무리할 때까지도 제가 정확한 배경을 지정하지 않았다는 사실을 깨달았습니다. 하지만 케나의 이야기가 펼쳐진 곳의 모호성이 오히려 나을지도 모른다고 느꼈습니다. 여러분이 세상 어느 곳에 있든 이 이야기가 벌어지는 장소를 마음껏 상상해도 좋습니다. 우리 이웃이 겉으로는 아무리 온전해 보여도 내면이 얼마나 많은 부서진 조각들로 이루어졌는지 우리는 알 수가 없습니다.

독서는 누군가의 취미이기도 하지만 누군가에게는 직면한 어려움으로부터의 탈출구가 될 수도 있습니다. 이 책을 탈출구로 삼아주신 여러분들에게 감사하다는 말씀을 드리고 싶습니다. 처음 이 책을 구상할 때는 로맨틱 코미디로 이야기를 쓸 생각이었지만 캐릭터의 성향이나 이야기의 흐름이 명백하게 그럴 수 있는 분위기가 아니었습니다. 다음번에 다시 시도해 보도록 하겠습니다.

이 책을 읽고 도움이 되는 조언을 해주신 분들에게 감사드리고 싶습니다. 그리고 이 책이 출간된 이후에도 책을 읽고 피드백을 해주실 많은 분들께도 미리 감사드립니다.

그리고 두 명의 여성 독자, 케나와 로완에게도 큰 감사를 표합니다. 두 분의 이름을 제 독자 그룹에서 보고 등장인물에 잘 어울릴 것 같아서 이름을 훔쳤어요. 제가 이름에 누를 끼치지 않은 것이길 바랍니다.

어머니, 제가 쓰는 모든 책의 첫 번째 그리고 가장 열성적인 독자가 되어주셔서 감사해요. 어머니가 아니었다면 대부분의 책들은 완성되지 못했을 거예요.

마지막 순간까지 절 도와주고도 공식적으로 언급되지 못한 모든 분들에게도 감사드려요.

그리고, 음. 틱톡! 대체 뭔가요? 이게 무슨 일일까요? 무슨 말을 해야 할지 모르겠어요. 틱톡 사용자 여러분들이 제 책이 새로운 독자들에게 읽힐 수 있도록 해 주셨을 뿐 아니라 많은 다른 저자들의 책도 도와주셨어요. 독서에 대한 여러분들의 사랑이 새로운 독서 인구를 만들었고 거대한 방식으로 전체 출판 업계를 도와주고 있어요. 정말 아름다운 일입니다.

그리고 마지막으로 콜린 후버 코호트(Collen Hoover's CoHorts) 회원들께 감사드립니다. 매일 제 하루를 밝혀주고 있어요.

온 세상에 감사드리고 그 안에 살고 있는 모든 분께 감사드립니다.

리마인더스 오브 힘

초판 1쇄 2024년 4월 1일

지은이 콜린 후버
옮긴이 박지민
펴낸이 김운태
기획·관리 박정윤
편집 김운태
디자인 정초희
일러스트 박종웅

펴낸곳 도서출판 미래지향
출판등록 2011년 11월 18일 제2013-000129호
주소 서울시 마포구 마포대로 53 B동 1603호
전자우편 kimwt@miraejihyang.com
대표전화 02-780-4842
팩스 02-707-2475
홈페이지 www.miraejihyang.com
ISBN 979-11-85851-29-7

값은 뒤표지에 있습니다.
잘못된 책은 구입하신 서점에서 바꾸어 드립니다.